I0641837

8° Z.
579

ŒUVRES COMPLÈTES

DE

GÉRARD DE NERVAL

V

LE RÊVE ET LA VIE

LES FILLES DU FEU

LA BOHÈME GALANTE

BIBLIOTHÈQUE IMPÉRIALE

CHEZ LES MÊMES ÉDITEURS

ŒUVRES COMPLÈTES

DE

GÉRARD DE NERVAL

PRÉCÉDÉES

D'une Notice par **Théophile Gautier**

Format grand in-18

Les autres volumes paraîtront successivement.

Imprimerie générale de Ch. Lahure, rue de Fleurus, 9, à Paris.

LE RÊVE
ET LA VIE

LES FILLES DU FEU

LA BOHÈME GALANTE

PAR

GÉRARD DE NERVAL

BIBLIOTHÈQUE IMPÉRIALE IMPR.

PARIS

MICHEL LÉVY FRÈRES, LIBRAIRES ÉDITEURS
RUE VIVIENNE, 2 BIS, ET BOULEVARD DES ITALIENS, 15
A LA LIBRAIRIE NOUVELLE

1868

C.

LE RÊVE ET LA VIE

AURÉLIA

PREMIÈRE PARTIE

I

Le rêve est une seconde vie. Je n'ai pu percer sans frémir ces portes d'ivoire ou de corne qui nous séparent du monde invisible. Les premiers instants du sommeil sont l'image de la mort; un engourdissement nébuleux saisit notre pensée, et nous ne pouvons déterminer l'instant précis où le *moi*, sous une autre forme, continue l'œuvre de l'existence. C'est un souterrain vague qui s'éclaire peu à peu, et où se dégagent de l'ombre et de la nuit les pâles figures gravement immobiles qui habitent le séjour des limbes. Puis le tableau se forme, une clarté nouvelle illumine et fait jouer ces apparitions bizarres; le monde des Esprits s'ouvre pour nous.

Swedenborg appelait ces visions *Memorabilia*; il les devait à la rêverie plus souvent qu'au sommeil; *l'Ane d'or*, d'Apulée, *la Divine Comédie*, du Dante, sont les modèles poétiques de ces études de l'âme humaine. Je vais essayer, à leur exemple, de transcrire les impressions d'une longue maladie qui s'est

1

passée tout entière dans les mystères de mon esprit; — et je ne sais pourquoi je me sers de ce terme maladie, car jamais, quant à ce qui est de moi-même, je ne me suis senti mieux portant. Parfois, je croyais ma force et mon activité doublées; il me semblait tout savoir, tout comprendre; l'imagination m'apportait des délices infinies. En recouvrant ce que les hommes appellent la raison, faudra-t-il regretter de les avoir perdues?...

Cette *vita nuova* a eu pour moi deux phases. Voici les notes qui se rapportent à la première. — Une dame que j'avais aimée longtemps et que j'appellerai du nom d'Aurélia, était perdue pour moi. Peu importent les circonstances de cet événement, qui devait avoir une si grande influence sur ma vie. Chacun peut chercher dans ses souvenirs l'émotion la plus navrante, le coup le plus terrible frappé sur l'âme par le destin; il faut alors se résoudre à mourir ou à vivre : — je dirai plus tard pourquoi je n'ai pas choisi la mort. Condamné par celle que j'aimais, coupable d'une faute dont je n'espérais plus le pardon, il ne me restait qu'à me jeter dans les enivrements vulgaires; j'affectai la joie et l'insouciance, je courus le monde, follement épris de la variété et du caprice; j'aimais surtout les costumes et les mœurs bizarres des populations lointaines, il me semblait que je déplaçais ainsi les conditions du bien et du mal; les termes, pour ainsi dire, de ce qui est *sentiment* pour nous autres Français. « Quelle folie, me disais-je, d'aimer ainsi d'un amour platonique une femme qui ne vous aime plus! Ceci est la faute de mes lectures; j'ai pris au sérieux les inventions des poëtes, et je me suis fait une Laure ou une Béatrix d'une personne ordinaire de notre siècle... Passons à d'autres intrigues, et celle-là sera vite oubliée. » L'étourdissement d'un joyeux carnaval dans une ville d'Italie chassa toutes mes idées mélancoliques. J'étais si heureux du soulagement que j'éprouvais, que je faisais part de ma joie à tous mes amis, et, dans mes lettres, je leur donnais pour l'état constant de mon esprit ce qui n'était que surexcitation fiévreuse.

Un jour, arriva dans la ville une femme d'une grande renommée qui me prit en amitié et qui, habituée à plaire et à éblouir, m'entraîna sans peine dans le cercle de ses admirateurs. Après une soirée où elle avait été à la fois naturelle et pleine d'un charme dont tous éprouvaient l'atteinte, je me sentis épris d'elle à ce point que je ne voulus pas tarder un instant à lui écrire. J'étais si heureux de sentir mon cœur capable d'un amour nouveau!... J'empruntais, dans cet enthousiasme factice, les formules mêmes qui, si peu de temps auparavant, m'avaient servi pour peindre un amour véritable et longtemps éprouvé. La lettre partie, j'aurais voulu la retenir, et j'allai rêver dans la solitude à ce qui me semblait une profanation de mes souvenirs.

Le soir rendit à mon nouvel amour tout le prestige de la veille. La dame se montra sensible à ce que je lui avais écrit, tout en manifestant quelque étonnement de ma ferveur soudaine. J'avais franchi, en un jour, plusieurs degrés des sentiments que l'on peut concevoir pour une femme avec apparence de sincérité. Elle m'avoua que ma lettre l'étonnait tout en la rendant fière. J'essayai de la convaincre; mais, quoi que je voulusse lui dire, je ne pus ensuite retrouver dans nos entretiens le diapason de mon style, de sorte que je fus réduit à lui avouer, avec larmes, que je m'étais trompé moi-même en l'abusant. Mes confidences attendries eurent pourtant quelque charme, et une amitié plus forte dans sa douceur succéda à de vaines protestations de tendresse.

I I

Plus tard, je la rencontrai dans une autre ville où se trouvait la dame que j'aimais toujours sans espoir. Un hasard les fit connaître l'une à l'autre, et la première eut occasion, sans doute, d'attendrir à mon égard celle qui m'avait exilé de son cœur. De sorte qu'un jour, me trouvant dans une société dont

elle faisait partie, je la vis venir à moi et me tendre la main.
Comment interpréter cette démarche et le regard profond et
triste dont elle accompagna son salut ? J'y crus voir le pardon
du passé ; l'accent divin de la pitié donnait aux simples paroles
qu'elle m'adressa une valeur inexprimable, comme si quelque
chose de la religion se mêlait aux douceurs d'un amour jusque-là
que-là profane, et lui imprimait le caractère de l'éternité.

Un devoir impérieux me forçait de retourner à Paris, mais
je pris aussitôt la résolution de n'y rester que peu de jours et
de revenir près de mes deux amies. La joie et l'impatience me
donnèrent alors une sorte d'étourdissement qui se compliquait
du soin des affaires que j'avais à terminer. Un soir, vers minuit, je remontais un faubourg où se trouvait ma demeure,
lorsque, levant les yeux par hasard, je remarquai le numéro
d'une maison éclairé par un réverbère. Ce nombre était celui
de mon âge. Aussitôt, en baissant les yeux, je vis devant moi
une femme au teint blême, aux yeux caves, qui me semblait
avoir les traits d'Aurélia. Je me dis :

— C'est *sa mort* ou la mienne qui m'est annoncée !

Mais je ne sais pourquoi j'en restai à la dernière supposition,
et je me frappai de cette idée, que ce devait être le lendemain
à la même heure.

Cette nuit-là, je fis un rêve qui me confirma dans ma pensée.

J'errais dans un vaste édifice composé de plusieurs salles,
dont les unes étaient consacrées à l'étude, d'autres à la conversation ou aux discussions philosophiques. Je m'arrêtai avec intérêt dans une des premières, où je crus reconnaître mes
anciens maîtres et mes anciens condisciples. Les leçons continuaient sur les auteurs grecs et latins, avec ce bourdonnement
monotone qui semble une prière à la déesse Mnémosine. — Je
passai dans une autre salle, où avaient lieu des conférences
philosophiques. J'y pris part quelque temps, puis j'en sortis
pour chercher ma chambre dans une sorte d'hôtellerie aux
escaliers immenses, pleine de voyageurs affairés.

Je me perdis plusieurs fois dans les longs corridors, et, en

traversant une des galeries centrales, je fus frappé d'un spectacle étrange. Un être d'une grandeur démesurée — homme
ou femme, je ne sais, — voltigeait péniblement au-dessus de
l'espace et semblait se débattre parmi des nuages épais. Man-
quant d'haleine et de force, il tomba enfin au milieu de la cour
obscure, accrochant et froissant ses ailes le long des toits et
des balustres. Je pus le contempler un instant. Il était coloré
de teintes vermeilles, et ses ailes brillaient de mille reflets
changeants. Vêtu d'une robe longue à plis antiques, il ressemblait à l'ange de la Mélancolie, d'Albrecht Durer. — Je ne pus
m'empêcher de pousser des cris d'effroi, qui me réveillèrent
en sursaut.

Le jour suivant, je me hâtai d'aller voir tous mes amis. Je
leur faisais mentalement mes adieux, et, sans leur rien dire de
ce qui m'occupait l'esprit, je dissertais chaleureusement sur
des sujets mystiques; je les étonnais par une éloquence particulière, il me semblait que je savais tout, et que les mystères
du monde se révélaient à moi dans ces heures suprêmes.

Le soir, lorsque l'heure fatale semblait s'approcher, je dissertais avec deux amis, à la table d'un cercle, sur la peinture
et sur la musique, définissant à mon point de vue la génération des couleurs et le sens des nombres. L'un d'eux, nommé
Paul ***, voulut me reconduire chez moi, mais je lui dis que
je ne rentrais pas.

— Où vas-tu? me dit-il.

— *Vers l'Orient.*

Et, pendant qu'il m'accompagnait, je me mis à chercher
dans le ciel une étoile, que je croyais connaître, comme si elle
avait quelque influence sur ma destinée. L'ayant trouvée, je
continuai ma marche en suivant les rues dans la direction desquelles elle était visible, marchant pour ainsi dire au-devant
de mon destin, et voulant apercevoir l'étoile jusqu'au moment
où la mort devait me frapper. Arrivé cependant au confluent
de trois rues, je ne voulus pas aller plus loin. Il me semblait
que mon ami déployait une force surhumaine pour me faire

changer de place; il grandissait à mes yeux et prenait les traits d'un apôtre. Je croyais voir le lieu où nous étions s'élever et perdre les formes que lui donnait sa configuration urbaine; —. sur une colline, entourée de vastes solitudes, cette scène devenait le combat de deux Esprits et comme une tentation biblique.

— Non ! disais-je, je n'appartiens pas à ton ciel. Dans cette étoile sont ceux qui m'attendent. Ils sont antérieurs à la révélation que tu as annoncée. Laisse-moi les rejoindre, car celle que j'aime leur appartient, et c'est là que nous devons nous retrouver !

III

Ici a commencé pour moi ce que j'appellerai l'épanchement du songe dans la vie réelle. A dater de ce moment, tout prenait parfois un aspect double, — et cela, sans que le raisonnement manquât jamais de logique, sans que la mémoire perdît les plus légers détails de ce qui m'arrivait. Seulement, mes actions, insensées en apparence, étaient soumises à ce que l'on appelle illusion, selon la raison humaine...

Cette idée m'est revenue bien des fois, que, dans certains moments graves de la vie, tel Esprit du monde extérieur s'incarnait tout à coup en la forme d'une personne ordinaire, et agissait ou tentait d'agir sur nous, sans que cette personne en eût la connaissance ou en gardât le souvenir.

Mon ami m'avait quitté, voyant ses efforts inutiles, et me croyant sans doute en proie à quelque idée fixe que la marche calmerait. Me trouvant seul, je me levai avec effort et me remis en route dans la direction de l'étoile sur laquelle je ne cessais de fixer les yeux. Je chantais en marchant un hymne mystérieux dont je croyais me souvenir comme l'ayant entendu dans quelque autre existence, et qui me remplissait d'une joie ineffable. En même temps, je quittais mes habits terrestres et je les dispersais autour de moi. La route semblait s'élever toujours et l'étoile s'agrandir. Puis je restai les bras étendus, attendant le moment où l'âme allait se séparer du corps, attirée magnétiquement dans le rayon de l'étoile. Alors, je sentis un frisson; le regret de la terre et de ceux que j'y aimais me saisit au cœur, et je suppliai si ardemment en moi-même l'Esprit qui m'attirait à lui, qu'il me sembla que je redescendais parmi les hommes. Une ronde de nuit m'entourait; — j'avais alors l'idée que j'étais devenu très-grand, — et que, tout inondé de forces électriques, j'allais renverser tout ce qui m'approchait. Il y avait quelque chose de comique dans le soin que je prenais de ménager les forces et la vie des soldats qui m'avaient recueilli.

Si je ne pensais que la mission d'un écrivain est d'analyser sincèrement ce qu'il éprouve dans les graves circonstances de la vie, et si je ne me proposais un but que je crois utile, je m'arrêterais ici, et je n'essayerais pas de décrire ce que j'éprouvai ensuite dans une série de visions insensées peut-être, ou vulgairement maladives... Étendu sur un lit de camp, je crus voir le ciel se dévoiler et s'ouvrir en mille aspects de magnificences inouïes. Le destin de l'âme délivrée semblait se révéler à moi comme pour me donner le regret d'avoir voulu reprendre pied de toutes les forces de mon esprit sur la terre que j'allais quitter... D'immenses cercles se traçaient dans l'infini, comme les orbes que forme l'eau troublée par la chute d'un corps; chaque région, peuplée de figures radieuses, se colorait, se mouvait et se fondait tour à tour, et une divinité, toujours la même, rejetait en souriant les masques furtifs de ses diverses incarnations, et se réfugiait enfin, insaisissable, dans les mystiques splendeurs du ciel d'Asie.

Cette vision céleste, par un de ces phénomènes que tout le monde a pu éprouver dans certains rêves, ne me laissait pas étranger à ce qui se passait autour de moi. Couché sur un lit de camp, j'entendais que les soldats s'entretenaient d'un inconnu arrêté comme moi et dont la voix avait retenti dans la même salle. Par un singulier effet de vibration, il me sem-

blait que cette voix résonnait dans ma poitrine et que mon
âme se dédoublait pour ainsi dire, — distinctement partagée
entre la vision et la réalité. Un instant, j'eus l'idée de me
retourner avec effort vers celui dont il était question, puis je
frémis en me rappelant une tradition bien connue en Allemagne, qui dit que chaque homme a un *double*, et que, lorsqu'il le voit, la mort est proche. — Je fermai les yeux et j'entrai dans un état d'esprit confus où les figures fantasques ou
réelles qui m'entouraient se brisaient en mille apparences fugitives. Un instant, je vis près de moi deux de mes amis qui
me réclamaient, les soldats me désignèrent; puis la porte s'ouvrit, et quelqu'un de ma taille, dont je ne voyais pas la figure,
sortit avec mes amis que je rappelais en vain.

— Mais on se trompe! m'écriais-je, c'est moi qu'ils sont venus chercher et c'est un autre qui sort!

Je fis tant de bruit, que l'on me mit au cachot.

J'y restai plusieurs heures dans une sorte d'abrutissement
enfin, les deux amis que j'avais *cru voir* déjà vinrent me chercher avec une voiture. Je leur racontai tout ce qui s'était
passé, mais ils nièrent être venus dans la nuit. Je dînai avec
eux assez tranquillement; mais, à mesure que la nuit approchait, il me sembla que j'avais à redouter l'heure même qui, la
veille, avait risqué de m'être fatale. Je demandai à l'un d'eux
une bague orientale qu'il avait au doigt et que je regardais
comme un ancien talisman, et, prenant un foulard, je la nouai
autour de mon cou, en ayant soin de tourner le chaton, composé d'une turquoise, sur un point de la nuque où je sentais
une douleur. Selon moi, ce point était celui par où l'âme ris-
querait de sortir au moment où un certain rayon, parti de
l'étoile que j'avais vue la veille, coïnciderait relativement à moi
avec le zénith. Soit par hasard, soit par l'effet de ma forte
préoccupation, je tombai comme foudroyé, à la même heure
que la veille. On me mit sur un lit, et pendant longtemps je
perdis le sens et la liaison des images qui s'offrirent à moi.
Cet état dura plusieurs jours. Je fus transporté dans une mai-

son de santé. Beaucoup de parents et d'amis me visitèrent sans que j'en eusse la connaissance. La seule différence pour moi de la veille au sommeil était que, dans la première, tout se transfigurait à mes yeux; chaque personne qui m'approchait semblait changée, les objets matériels avaient comme une pénombre qui en modifiait la forme, et les jeux de la lumière, les combinaisons des couleurs se décomposaient, de manière à m'entretenir dans une série constante d'impressions qui se liaient entre elles, et dont le rêve, plus dégagé des éléments extérieurs, continuait la probabilité.

<h2 style="text-align:center">IV</h2>

Un soir, je crus avec certitude être transporté sur les bords du Rhin. En face de moi se trouvaient des rocs sinistres dont la perspective s'ébauchait dans l'ombre. J'entrai dans une maison riante, dont un rayon du soleil couchant traversait gaiement les contrevents verts que festonnait la vigne. Il me semblait que je rentrais dans une demeure connue, celle d'un oncle maternel, peintre flamand, mort depuis plus d'un siècle. Les tableaux ébauchés étaient suspendus çà et là; l'un d'eux représentait la fée célèbre de ce rivage. Une vieille servante, que j'appelai Marguerite et qu'il me semblait connaître depuis l'enfance, me dit :

— N'allez-vous pas vous mettre sur le lit? car vous venez de loin, et votre oncle rentrera tard; on vous réveillera pour souper.

Je m'étendis sur un lit à colonnes drapé de perse à grandes fleurs rouges. Il y avait en face de moi une horloge rustique accrochée au mur, et sur cette horloge un oiseau qui se mit à parler comme une personne. Et j'avais l'idée que l'âme de mon aïeul était dans cet oiseau; mais je ne m'étonnais pas plus de son langage et de sa forme que de me voir comme transporté d'un siècle en arrière. L'oiseau me parlait de personnes de ma famille vivantes ou mortes en divers temps, comme si elles existaient simultanément, et me dit :

— Vous voyez que votre oncle avait eu soin de faire *son* portrait d'avance... Maintenant, *elle* est avec nous.

Je portai les yeux sur une toile qui représentait une femme en costume ancien à l'allemande, penchée sur le bord du fleuve, et les yeux attirés vers une touffe de myosotis. — Cependant, la nuit s'épaississait peu à peu, et les aspects, les sons et le sentiment des lieux se confondaient dans mon esprit somnolent ; je crus tomber dans un abîme qui traversait le globe. Je me sentais emporté sans souffrance par un courant de métal fondu, et mille fleuves pareils, dont les teintes indiquaient les différences chimiques, sillonnaient le sein de la terre comme les vaisseaux et les veines qui serpentent parmi les lobes du cerveau. Tous coulaient, circulaient et vibraient ainsi, et j'eus le sentiment que ces courants étaient composés d'âmes vivantes, à l'état moléculaire, que la rapidité de ce voyage m'empêchait seule de distinguer. Une clarté blanchâtre s'infiltrait peu à peu dans ces conduits, et je vis enfin s'élargir ainsi qu'une vaste coupole, un horizon nouveau où se traçaient des îles entourées de flots lumineux. Je me trouvai sur une côte éclairée de ce jour sans soleil, et je vis un vieillard qui cultivait la terre. Je le reconnus pour le même qui m'avait parlé par la voix de l'oiseau, et, soit qu'il me parlât, soit que je le comprisse en moi-même, il devenait clair pour moi que les aïeux prenaient la forme de certains animaux pour nous visiter sur la terre, et qu'ils assistaient ainsi, muets observateurs, aux phases de notre existence.

Le vieillard quitta son travail et m'accompagna jusqu'à une maison qui s'élevait près de là. Le paysage qui nous entourait me rappelait celui d'un pays de la Flandre française où mes parents avaient vécu et où se trouvent leurs tombes : le champ entouré de bosquets à la lisière du bois, le lac voisin, la rivière et le lavoir, le village et sa rue qui monte, les collines de grès sombre et leurs touffes de genêts et de bruyères, —

image rajeunie des lieux que j'avais aimés. Seulement, la maison où j'entrai ne m'était point connue. Je compris qu'elle avait existé dans je ne sais quel temps, et qu'en ce monde que je visitais alors, le fantôme des choses accompagnait celui du corps.

J'entrai dans une vaste salle où beaucoup de personnes étaient réunies. Partout je retrouvais des figures connues. Les traits des parents morts que j'avais pleurés se trouvaient reproduits dans d'autres qui, vêtus de costumes plus anciens, me faisaient le même accueil paternel. Ils paraissaient s'être rassemblés pour un banquet de famille. Un de ces parents vint à moi et m'embrassa tendrement. Il portait un costume ancien dont les couleurs semblaient pâlies, et sa figure souriante, sous ses cheveux poudrés, avait quelque ressemblance avec la mienne. Il me semblait plus précisément vivant que les autres, et pour ainsi dire en rapport plus volontaire avec mon esprit. — C'était mon oncle. Il me fit placer près de lui, et une sorte de communication s'établit entre nous; car je ne puis dire que j'entendisse sa voix; seulement, à mesure que ma pensée se portait sur un point, l'explication m'en devenait claire aussitôt, et les images se précisaient devant mes yeux comme des peintures animées.

— Cela est donc vrai! disais-je avec ravissement, nous sommes immortels et nous conservons ici les images du monde que nous avons habité. Quel bonheur de songer que tout ce que nous avons aimé existera toujours autour de nous!... J'étais bien fatigué de la vie!

— Ne te hâte pas, dit-il, de te réjouir, car tu appartiens encore au monde d'en haut et tu as à supporter de rudes années d'épreuves. Le séjour qui t'enchante a lui-même ses douleurs, ses luttes et ses dangers. La terre où nous avons vécu est toujours le théâtre où se nouent et se dénouent nos destinées; nous sommes les rayons du feu central qui l'anime et qui déjà s'est affaibli...

— Eh quoi! dis-je, la terre pourrait mourir, et nous serions envahis par le néant?

— Le néant, dit-il, n'existe pas dans le sens qu'on l'en... mais la terre est elle-même un corps matériel dont la s... des esprits est l'âme. La matière ne peut pas plus pér... l'esprit, mais elle peut se modifier selon le bien et sel... mal. Notre passé et notre avenir sont solidaires. Nous vi... dans notre race, et notre race vit en nous.

Cette idée me devint aussitôt sensible, et, comme si les... de la salle se fussent ouverts sur des perspectives infini... me semblait voir une chaîne non interrompue d'homm... femmes en qui j'étais et qui étaient moi-même; les cos... tous les peuples, les images de tous les pays appa... distinctement à la fois, comme si mes facultés d'atten... taient multipliées sans se confondre, par un phénomè... pace analogue à celui du temps qui concentre un siè... tion dans une minute de rêve. Mon étonnement s'... voyant que cette immense énumération se compo... ment des personnes qui se trouvaient dans la salle... vais vu les images se diviser et se combiner en m... fugitifs.

— Nous sommes sept, dis-je à mon oncle.

— C'est en effet, dit-il, le nombre typique de... mille humaine, et, par extension, sept fois sep... tage[1].

Je ne puis espérer de faire comprendre cette... pour moi-même est restée très-obscure. La méta... me fournit pas de termes pour la perception qui... du rapport de ce nombre de personnes avec l'harm... rale. On conçoit bien dans le père et la mère l'an... forces électriques de la nature; mais comment établ... tres individuels émanés d'eux, — dont ils émane...

[1]. Sept était le nombre de la famille de Noé; mais l'un des... chait mystérieusement aux générations antérieures des Éloïm...
... L'imagination, comme un éclair, me représenta les dieux... l'Inde comme des images de la famille pour ainsi dire primitivem... trée. Je frémis d'aller plus loin, car dans la Trinité réside encore... redoutable... Nous sommes nés sous la loi biblique...

une *figure* animique collective, dont la combinaison serait à la fois multiple et bornée? Autant vaudrait demander compte à la fleur du nombre de ses pétales ou des divisions de sa corolle..., au sol des figures qu'il trace, au soleil des couleurs qu'il produit.

V

Tout changeait de forme autour de moi. L'esprit avec qui je m'entretenais n'avait plus le même aspect. C'était un jeune homme qui désormais recevait plutôt de moi les idées qu'il ne me les communiquait... Étais-je allé trop loin dans ces hauteurs qui donnent le vertige? Il me sembla comprendre que ces questions étaient obscures ou dangereuses, même pour les esprits du monde que je percevais alors... Peut-être aussi un pouvoir supérieur m'interdisait-il ces recherches. Je me vis errant dans les rues d'une cité très-populeuse et inconnue. Je remarquai qu'elle était bossuée de collines et dominée par un mont tout couvert d'habitations. A travers le peuple de cette capitale, je distinguais certains hommes qui paraissaient appartenir à une nation particulière; leur air vif, résolu, l'accent énergique de leurs traits, me faisaient songer aux races indépendantes et guerrières des pays de montagnes ou de certaines îles peu fréquentées par les étrangers; toutefois, c'est au milieu d'une grande ville et d'une population mélangée et banale qu'ils savaient maintenir ainsi leur individualité farouche. Qu'étaient donc ces hommes? Mon guide me fit gravir des rues escarpées et bruyantes où retentissaient les bruits divers de l'industrie. Nous montâmes encore par de longues séries d'escaliers, au delà desquels la vue se découvrit. Çà et là, des terrasses revêtues de treillages, des jardinets ménagés sur quelques espaces aplatis, des toits, des pavillons légèrement construits, peints et sculptés avec une capricieuse patience : des perspectives reliées par de longues traînées de verdures grimpantes séduisaient l'œil et plaisaient

à l'esprit comme l'aspect d'une oasis délicieuse, d'une solitude
ignorée au-dessus du tumulte et de ces bruits d'en bas, qui
là n'étaient plus qu'un murmure. On a souvent parlé de nations proscrites, vivant dans l'ombre des nécropoles et des
catacombes ; c'était ici le contraire sans doute. Une race heureuse s'était créé cette retraite aimée des oiseaux, des fleurs,
de l'air pur et de la clarté.

    — Ce sont, me dit mon guide, les anciens habitants de
cette montagne qui domine la ville où nous sommes en ce
moment. Longtemps ils y ont vécu simples de mœurs, aimants et justes, conservant les vertus naturelles des premiers
jours du monde. Le peuple environnant les honorait et se
modelait sur eux.

    Du point où j'étais alors, je descendis, suivant mon guide,
dans une de ces hautes habitations dont les toits réunis présentaient cet aspect étrange. Il me semblait que mes pieds
s'enfonçaient dans les couches successives des édifices de différents âges. Ces fantômes de constructions en découvraient
toujours d'autres où se distinguait le goût particulier de chaque siècle, et cela me représentait l'aspect des fouilles que
l'on fait dans les cités antiques, si ce n'est que c'était aéré,
vivant, traversé des mille jeux de la lumière. Je me trouvai
enfin dans une vaste chambre où je vis un vieillard travail-
lant devant une table à je ne sais quel ouvrage d'industrie.
Au moment où je franchissais la porte, un homme vêtu de
blanc, dont je distinguais mal la figure, me menaça d'une
arme qu'il tenait à la main ; mais celui qui m'accompagnait
lui fit signe de s'éloigner. Il semblait qu'on eût voulu m'empêcher de pénétrer le mystère de ces retraites. Sans rien
demander à mon guide, je compris par intuition que ces hauteurs et en même temps ces profondeurs étaient la retraite
des habitants primitifs de la montagne. Bravant toujours le
flot envahissant des accumulations de races nouvelles, ils vi-
vaient là, simples de mœurs, aimants et justes, adroits, fermes
et ingénieux, — et pacifiquement vainqueurs des masses

aveugles qui avaient tant de fois envahi leur héritage. Eh quoi! ni corrompus, ni détruits, ni esclaves! purs, quoique ayant vaincu l'ignorance! conservant dans l'aisance les vertus de la pauvreté! — Un enfant s'amusait à terre avec des cristaux, des coquillages et des pierres gravées, faisant sans doute un jeu d'une étude. Une femme âgée, mais belle encore, s'occupait des soins du ménage. En ce moment, plusieurs jeunes gens entrèrent avec bruit, comme revenant de leurs travaux. Je m'étonnais de les voir tous vêtus de blanc; mais il paraît que c'était une illusion de ma vue; pour la rendre sensible, mon guide se mit à dessiner leur costume qu'il teignit de couleurs vives, me faisant comprendre qu'ils étaient ainsi en réalité. La blancheur qui m'étonnait provenait peut-être d'un éclat particulier, d'un jeu de lumière où se confondaient les teintes ordinaires du prisme. Je sortis de la chambre et je me vis sur une terrasse disposée en parterre. Là se promenaient et jouaient des jeunes filles et des enfants. Leurs vêtements me paraissaient blancs comme les autres, mais ils étaient agrémentés par des broderies de couleur rose. Ces personnes étaient si belles, leurs traits si gracieux, et l'éclat de leur âme transparaissait si vivement à travers leurs formes délicates, qu'elles inspiraient toutes une sorte d'amour sans préférence et sans désir, résumant tous les enivrements des passions vagues de la jeunesse.

Je ne puis rendre le sentiment que j'éprouvai au milieu de ces êtres charmants qui m'étaient chers sans que je les connusse. C'était comme une famille primitive et céleste, dont les yeux souriants cherchaient les miens avec une douce compassion. Je me mis à pleurer à chaudes larmes, comme au souvenir d'un paradis perdu. Là, je sentis amèrement que j'étais un passant dans ce monde à la fois étranger et chéri, et je frémis à la pensée que je devais retourner dans la vie. En vain, femmes et enfants se pressaient autour de moi, comme pour me retenir. Déjà leurs formes ravissantes se fondaient en vapeurs confuses; ces beaux visages pâlissaient, et ces traits accentués, ces yeux étincelants se perdaient dans une ombre où luisait encore le dernier éclair du sourire...

Telle fut cette vision, ou tels furent du moins les détails principaux dont j'ai gardé le souvenir. L'état cataleptique où je m'étais trouvé pendant plusieurs jours me fut expliqué scientifiquement, et les récits de ceux qui m'avaient vu ainsi me causaient une sorte d'irritation quand je voyais qu'on attribuait à l'aberration d'esprit les mouvements ou les paroles coïncidant avec les diverses phases de ce qui constituait pour moi une série d'événements logiques. J'aimais davantage ceux de mes amis qui par une patiente complaisance ou par suite d'idées analogues aux miennes, me faisaient faire de longs récits des choses que j'avais vues en esprit. L'un d'eux me dit en pleurant :

— N'est-ce pas que c'est vrai qu'il y a un Dieu?

— Oui ! lui dis-je avec enthousiasme.

Et nous nous embrassâmes comme deux frères de cette patrie mystique que j'avais entrevue. — Quel bonheur je trouvai d'abord dans cette conviction ! Ainsi ce doute éternel de l'immortalité de l'âme qui affecte les meilleurs esprits se trouvait résolu pour moi. Plus de mort, plus de tristesse, plus d'inquiétude. Ceux que j'aimais, parents, amis, me donnaient des signes certains de leur existence éternelle, et je n'étais plus séparé d'eux que par les heures du jour. J'attendais celles de la nuit dans une douce mélancolie.

VI

Un rêve que je fis encore me confirma dans cette pensée. Je me trouvai tout à coup dans une salle qui faisait partie de la demeure de mon aïeul. Elle semblait s'être agrandie seulement. Les vieux meubles luisaient d'un poli merveilleux, les tapis et les rideaux étaient comme remis à neuf, un jour trois fois plus brillant que le jour naturel arrivait par la

croisée et par la porte, et il y avait dans l'air une fraîcheur
et un parfum des premières matinées tièdes du printemps.
Trois femmes travaillaient dans cette pièce, et représentaient,
sans leur ressembler absolument, des parentes et des amies
de ma jeunesse. Il semblait que chacune eût les traits de
plusieurs de ces personnes. Les contours de leurs figures
variaient comme la flamme d'une lampe, et à tout moment
quelque chose de l'une passait dans l'autre ; le sourire, la
voix, la teinte des yeux, de la chevelure, la taille, les gestes
familiers, s'échangeaient comme si elles eussent vécu de la
même vie, et chacune était ainsi un composé de toutes, pareille à ces types que les peintres imitent de plusieurs modèles pour réaliser une beauté complète.

La plus âgée me parlait avec une voix vibrante et mélo-
dieuse que je reconnaissais pour l'avoir entendue dans l'enfance, et je ne sais ce qu'elle me disait qui me frappait par
sa profonde justesse. Mais elle attira ma pensée sur moi-
même, et je me vis vêtu d'un petit habit brun de forme ancienne, entièrement tissu à l'aiguille de fils ténus comme
ceux des toiles d'araignée. Il était coquet, gracieux et im-
prégné de douces odeurs. Je me sentais tout rajeuni et tout
pimpant dans ce vêtement qui sortait de leurs doigts de fée,
et je les remerciais en rougissant, comme si je n'eusse été
qu'un petit enfant devant de grandes belles dames. Alors,
l'une d'elles se leva et se dirigea vers le jardin.

Chacun sait que, dans les rêves, on ne voit jamais le soleil,
bien qu'on ait souvent la perception d'une clarté beaucoup
plus vive. Les objets et les corps sont lumineux par eux-
mêmes. Je me vis dans un petit parc où se prolongeaient des
treilles en berceaux chargés de lourdes grappes de raisins
blancs et noirs ; à mesure que la dame qui me guidait s'avançait sous ces berceaux, l'ombre des treillis croisés variait
pour mes yeux ses formes et ses vêtements. Elle en sortit
enfin, et nous nous trouvâmes dans un espace découvert. On
y apercevait à peine la trace d'anciennes allées qui l'avaient

jadis coupé en croix. La culture était négligée depuis longues années, et des plants épars de clématites, de houblon, de chèvrefeuille, de jasmin, de lierre, d'aristoloche, étendaient entre des arbres d'une croissance vigoureuse leurs longues traînées de lianes. Des branches pliaient jusqu'à terre chargées de fruits, et parmi des touffes d'herbes parasites s'épanouissaient quelques fleurs de jardin revenues à l'état sauvage.

De loin en loin s'élevaient des massifs de peupliers, d'acacias et de pins, au sein desquels on entrevoyait des statues noircies par le temps. J'aperçus devant moi un entassement de rochers couverts de lierre d'où jaillissait une source d'eau vive, dont le clapotement harmonieux résonnait sur un bassin d'eau dormante à demi voilée des larges feuilles du nénufar.

La dame que je suivais, développant sa taille élancée dans un mouvement qui faisait miroiter les plis de sa robe en taffetas changeant, entoura gracieusement de son bras nu une longue tige de rose trémière, puis elle se mit à grandir sous un clair rayon de lumière, de telle sorte que peu à peu le jardin prenait sa forme, et les parterres et les arbres devenaient les rosaces et les festons de ses vêtements; tandis que sa figure et ses bras imprimaient leurs contours aux nuages pourprés du ciel. Je la perdais ainsi de vue à mesure qu'elle se transfigurait, car elle semblait s'évanouir dans sa propre grandeur.

— Oh! ne fuis pas! m'écriai-je; car la nature meurt avec toi!

Disant ces mots, je marchais péniblement à travers les ronces, comme pour saisir l'ombre agrandie qui m'échappait; mais je me heurtai à un pan de mur dégradé, au pied duquel gisait un buste de femme. En le relevant, j'eus la persuasion que c'était *le sien*... Je reconnus des traits chéris, et, portant les yeux autour de moi, je vis que le jardin avait pris l'aspect d'un cimetière. Des voix disaient :

— L'univers est dans la nuit!

VII

Ce rêve si heureux à son début me jeta dans une grande perplexité. Que signifiait-il ? Je ne le sus que plus tard. Aurélia était morte.

Je n'eus d'abord que la nouvelle de sa maladie. Par suite de l'état de mon esprit, je ne ressentis qu'un vague chagrin mêlé d'espoir. Je croyais moi-même n'avoir que peu de temps à vivre, et j'étais désormais assuré de l'existence d'un monde où les cœurs aimants se retrouvent. D'ailleurs, elle m'appartenait bien plus dans sa mort que dans sa vie.... Égoïste pensée que ma raison devait payer plus tard par d'amers regrets.

Je ne voudrais pas abuser des pressentiments ; le hasard fait d'étranges choses ; mais je fus alors préoccupé d'un souvenir de notre union trop rapide. Je lui avais donné une bague d'un travail ancien dont le chaton était formé d'une opale taillée en cœur. Comme cette bague était trop grande pour son doigt, j'avais eu l'idée fatale de la faire couper pour en diminuer l'anneau, je ne compris ma faute qu'en entendant le bruit de la scie. Il me sembla voir couler du sang...

Les soins de l'art m'avaient rendu à la santé sans avoir encore ramené dans mon esprit le cours régulier de la raison humaine. La maison où je me trouvais, située sur une hauteur, avait un vaste jardin planté d'arbres précieux. L'air pur de la colline où elle était située, les premières haleines du printemps, les douceurs d'une société toute sympathique, m'apportaient de longs jours de calme.

Les premières feuilles des sycomores me ravissaient par la vivacité de leurs couleurs, semblables aux panaches des coqs de Pharaon. La vue, qui s'étendait au-dessus de la plaine, présentait du matin au soir des horizons charmants, dont les teintes graduées plaisaient à mon imagination. Je peuplais les coteaux et les nuages de figures divines dont il me semblait voir distinctement les formes. Je voulus fixer davantage mes pensées favorites, et, à l'aide de charbons et de morceaux de brique que je ramassais, je couvris bientôt les murs d'une série de fresques où se réalisaient mes impressions. Une figure dominait toujours les autres : c'était celle d'Aurélia, peinte sous les traits d'une divinité, telle qu'elle m'était apparue dans mon rêve. Sous ses pieds tournait une roue, et les dieux lui faisaient cortége. Je parvins à colorier ce groupe en exprimant le suc des herbes et des fleurs. — Que de fois j'ai rêvé devant cette chère idole! Je fis plus, je tentai de figurer avec de la terre le corps de celle que j'aimais; tous les matins, mon travail était à refaire, car les fous, jaloux de mon bonheur, se plaisaient à en détruire l'image.

On me donna du papier, et pendant longtemps je m'appliquai à représenter, par mille figures accompagnées de récits, de vers et d'inscriptions en toutes langues connues, une sorte d'histoire du monde mêlée de souvenirs d'étude et de fragments de songes que ma préoccupation rendait plus sensible ou qui en prolongeaient la durée. Je ne m'arrêtais pas aux traditions modernes de la création. Ma pensée remontait au delà : j'entrevoyais, comme en un souvenir, le premier pacte formé par les génies au moyen de talismans. J'avais essayé de réunir les pierres de la *Table sacrée*, et de représenter à l'entour les sept premiers *Éloïms* qui s'étaient partagé le monde.

Ce système d'histoire, emprunté aux traditions orientales, commençait par l'heureux accord des Puissances de la nature, qui formulaient et organisaient l'univers. — Pendant la nuit qui précéda mon travail, je m'étais cru transporté dans une planète obscure où se débattaient les premiers germes de la création. Du sein de l'argile encore molle s'élevaient des palmiers gigantesques, des euphorbes vénéneux et des acanthes tortillées autour des cactus; — les figures arides

des rochers s'élançaient comme des squelettes de cette ébauche de création, et de hideux reptiles serpentaient, s'élargissaient ou s'arrondissaient au milieu de l'inextricable réseau d'une végétation sauvage. La pâle lumière des astres éclairait seule les perspectives bleuâtres de cet étrange horizon ; cependant, à mesure que ces créations se formaient, une étoile plus lumineuse y puisait les germes de la clarté.

VIII

Puis les monstres changeaient de forme, et, dépouillant leur première peau, se dressaient plus puissants sous des pattes gigantesques ; l'énorme masse de leurs corps brisait les branches et les herbages, et, dans le désordre de la nature, ils se livraient des combats auxquels je prenais part moi-même, car j'avais un corps aussi étrange que les leurs. Tout à coup une singulière harmonie résonna dans nos solitudes, et il semblait que les cris, les rugissements et les sifflements confus des êtres primitifs se modulassent désormais sur cet air divin. Les variations se succédaient à l'infini, la planète s'éclairait peu à peu, des formes divines se dessinaient sur la verdure et sur les profondeurs des bocages, et, désormais domptés, tous les monstres que j'avais vus dépouillaient leurs formes bizarres et devenaient hommes et femmes ; d'autres revêtaient, dans leurs transformations, la figure des bêtes sauvages, des poissons et des oiseaux.

Qui donc avait fait ce miracle ? Une déesse rayonnante guidait dans ces nouveaux *avatars* l'évolution rapide des humains. Il s'établit alors une distinction de races qui, partant de l'ordre des oiseaux, comprenait aussi les bêtes, les poissons et les reptiles : c'étaient les dives, les péris, les ondins et les salamandres ; chaque fois qu'un de ces êtres mourait, il renaissait aussitôt sous une forme plus belle et chantait la gloire des dieux. — Cependant, l'un des Éloïms eut la pensée de créer une cinquième race, composée des éléments

2.

de la terre, et qu'on appela les *Afrites*. — Ce fut le signal
d'une révolution complète parmi les Esprits qui ne voulurent
pas reconnaître les nouveaux possesseurs du monde. Je ne
sais combien de mille ans durèrent ces combats qui ensanglan-
tèrent le globe. Trois des Éloïms avec les Esprits de leurs
races furent enfin relégués au midi de la terre, où ils fon-
dèrent de vastes royaumes. Ils avaient emporté les secrets
de la divine *cabale* qui lie les mondes, et prenaient leur force
dans l'adoration de certains astres auxquels ils correspondent
toujours. Ces nécromants, bannis aux confins de la terre,
s'étaient entendus pour se transmettre la puissance. Entouré
de femmes et d'esclaves, chacun de leurs souverains s'était
assuré de pouvoir renaître sous la forme d'un de ses enfants.
Leur vie était de mille ans. De puissants cabalistes les enfer-
maient, à l'approche de leur mort, dans des sépulcres bien
gardés où ils les nourrissaient d'élixirs et de substances
conservatrices. Longtemps encore ils gardaient les apparences
de la vie; puis, semblables à la chrysalide qui file son
cocon, ils s'endormaient quarante jours pour renaître sous
la forme d'un jeune enfant qu'on appelait plus tard à l'empire.

Cependant, les forces vivifiantes de la terre s'épuisaient
à nourrir ces familles, dont le sang toujours le même inondait
des rejetons nouveaux. Dans de vastes souterrains, creusés
sous les hypogées et sous les pyramides, ils avaient accumulé
tous les trésors des races passées et certains talismans qui les
protégeaient contre la colère des dieux.

C'est dans le centre de l'Afrique, au delà des montagnes
de la Lune et de l'antique Éthiopie, qu'avaient lieu ces
étranges mystères : longtemps j'y avais gémi dans la captivité,
ainsi qu'une partie de la race humaine. Les bocages que
j'avais vus si verts ne portaient plus que de pâles fleurs et des
feuillages flétris; un soleil implacable dévorait ces contrées,
et les faibles enfants de ces éternelles dynasties semblaient
accablés du poids de la vie. Cette grandeur imposante et

monotone, réglée par l'étiquette et les cérémonies hiéra-
tiques, pesait à tous sans que personne ôsât s'y soustraire.
Les vieillards languissaient sous le poids de leurs couronnes
et de leurs ornements impériaux, entre des médecins et des
prêtres, dont le savoir leur garantissait l'immortalité. Quant au
peuple, à tout jamais engrené dans les divisions des castes,
il ne pouvait compter ni sur la vie, ni sur la liberté. Au pied
des arbres frappés de mort et de stérilité, aux bouches des
sources taries, on voyait sur l'herbe brûlée se flétrir des
enfants et des jeunes femmes énervés et sans couleur. La
splendeur des chambres royales, la majesté des portiques,
l'éclat des vêtements et des parures, n'étaient qu'une faible
consolation aux ennuis éternels de ces solitudes.

Bientôt les peuples furent décimés par des maladies, les
bêtes et les plantes moururent, et les immortels eux-mêmes
dépérissaient sous leurs habits pompeux. — Un fléau plus
grand que les autres vint tout à coup rajeunir et sauver
le monde. La constellation d'Orion ouvrit au ciel les cata-
ractes des eaux; la terre, trop chargée par les glaces du pôle
opposé, fit un demi-tour sur elle-même, et les mers, sur-
montant leurs rivages, refluèrent sur les plateaux de l'Afrique
et de l'Asie; l'inondation pénétra les sables, remplit les
tombeaux et les pyramides, et, pendant quarante jours, une
arche mystérieuse se promena sur les mers portant l'espoir
d'une création nouvelle.

Trois des Éloïms s'étaient réfugiés sur la cime la plus
haute des montagnes d'Afrique. Un combat se livra entre
eux. Ici, ma mémoire se trouble, et je ne sais quel fut le
résultat de cette lutte suprême. Seulement, je vois encore
debout, sur un pic baigné des eaux, une femme abandonnée
par eux, qui crie les cheveux épars, se débattant contre la
mort. Ses accents plaintifs dominaient le bruit des eaux...
Fut-elle sauvée? Je l'ignore. Les dieux, ses frères, l'avaient
condamnée; mais au-dessus de sa tête brillait l'Étoile du
soir qui versait sur son front des rayons enflammés.

L'hymne interrompu de la terre et des cieux retentit harmonieusement pour consacrer l'accord des races nouvelles. Et, pendant que les fils de Noé travaillaient péniblement aux rayons d'un soleil nouveau, les nécromants, blottis dans leurs demeures souterraines, y gardaient toujours leurs trésors et se complaisaient dans le silence et dans la nuit. Parfois ils sortaient timidement de leurs asiles et venaient effrayer les vivants ou répandre parmi les méchants les leçons funestes de leurs sciences.

Tels sont les souvenirs que je retraçais par une sorte de vague intuition du passé : je frémissais en reproduisant les traits hideux de ces races maudites. Partout mourait, pleurait ou languissait l'image souffrante de la Mère éternelle. A travers les vagues civilisations de l'Asie et de l'Afrique, on voyait se renouveler toujours une scène sanglante d'orgie et de carnage que les mêmes esprits reproduisaient sous des formes nouvelles.

La dernière se passait à Grenade, où le talisman sacré s'écroulait sous les coups ennemis des chrétiens et des Maures.. Combien d'années encore le monde aura-t-il à souffrir, car il faut que la vengeance de ces éternels ennemis se renouvelle sous d'autres cieux ! Ce sont les tronçons divisés du serpent qui entoure la terre... Séparés par le fer, ils se rejoignent dans un hideux baiser cimenté par le sang des hommes.

IX

Telles furent les images qui se montrèrent tour à tour devant mes yeux. Peu à peu le calme était rentré dans mon esprit, et je quittai cette demeure qui était pour moi un paradis. Des circonstances fatales préparèrent, longtemps après, une rechute qui renoua la série interrompue de ces étranges rêveries. — Je me promenais dans la campagne, préoccupé d'un travail qui se rattachait aux idées religieuses. En passant devant une maison, j'entendis un oiseau qui parlait selon

quelques mots qu'on lui avait appris, mais dont le bavardage confus me parut avoir un sens; il me rappela celui de
la vision que j'ai racontée plus haut, et je sentis un frémissement de mauvais augure. Quelques pas plus loin, je rencontrai un ami que je n'avais pas vu depuis longtemps et qui
demeurait dans une maison voisine. Il voulut me faire voir sa
propriété, et, dans cette visite, il me fit monter sur une
terrasse élevée d'où l'on découvrait un vaste horizon. C'était
au coucher du soleil. En descendant les marches d'un escalier
rustique, je fis un faux pas, et ma poitrine alla porter sur
l'angle d'un meuble. J'eus assez de force pour me relever et
m'élançai jusqu'au milieu du jardin, me croyant frappé à
mort, mais voulant, avant de mourir, jeter un dernier
regard au soleil couchant. Au milieu des regrets qu'entraîne
un tel moment, je me sentais heureux de mourir ainsi, à
cette heure, et au milieu des arbres, des treilles et des fleurs
d'automne. Ce ne fut cependant qu'un évanouissement, après
lequel j'eus encore la force de regagner ma demeure pour me
mettre au lit. La fièvre s'empara de moi; en me rappelant de
quel point j'étais tombé, je me souvins que la vue que j'avais
admirée donnait sur un cimetière, celui même où se trouvait
le tombeau d'Aurélia. Je n'y pensai véritablement qu'alors;
sans quoi, je pourrais attribuer ma chute à l'impression que
cet aspect m'aurait fait éprouver. — Cela même me donna
l'idée d'une fatalité plus précise. Je regrettai d'autant plus
que la mort ne m'eût par réuni à elle. Puis, en y songeant,
je me dis que je n'en étais pas digne. Je me représentai
amèrement la vie que j'avais menée depuis sa mort, me reprochant, non de l'avoir oubliée, ce qui n'était point arrivé,
mais d'avoir, en de faciles amours, fait outrage à sa mémoire. L'idée me vint d'interroger le sommeil; mais *son*
image, qui m'était apparue souvent, ne revenait plus dans
mes songes. Je n'eus d'abord que des rêves confus, mêlés de
scènes sanglantes. Il semblait que toute une race fatale se fût
déchaînée au milieu du monde idéal que j'avais vu autrefois

et dont elle était la reine. Le même Esprit qui m'avait menacé, — lorsque j'entrai dans la demeure de ces familles
pures qui habitaient les hauteurs de la *Ville mystérieuse*, —
passa devant moi, non plus dans ce costume blanc qu'il
portait jadis, ainsi que ceux de sa race, mais vêtu en prince
d'Orient. Je m'élançai vers lui, le menaçant, mais il se
tourna tranquillement vers moi. O terreur ! ô colère ! c'était
mon visage, c'était toute ma forme idéalisée et grandie...
Alors, je me souvins de celui qui avait été arrêté la même
nuit que moi et que, selon ma pensée, on avait fait sortir
sous mon nom du corps de garde, lorsque deux amis étaient
venus pour me chercher. Il portait à la main une arme dont
je distinguais mal la forme, et l'un de ceux qui l'accompa-
gnaient dit :

— C'est avec cela qu'il l'a frappé.

Je ne sais comment expliquer que, dans mes idées, les événements terrestres pouvaient coïncider avec ceux du monde surnaturel, cela est plus facile à *sentir* qu'à énoncer clairement.
Mais quel était donc cet Esprit qui était moi et en dehors de
moi. Était-ce le *double* des légendes, ou ce frère mystique que
les Orientaux appellent *ferouër* ? — N'avais-je pas été frappé
de l'histoire de ce chevalier qui combattit toute une nuit dans
une forêt contre un inconnu qui était lui-même ? Quoi qu'il en
soit, je crois que l'imagination humaine n'a rien inventé qui ne
soit vrai, dans ce monde ou dans les autres, et je ne pouvais
douter de ce que j'avais *vu* si distinctement.

Une idée terrible me vint :

— L'homme est double, me dis-je.

« Je sens deux hommes en moi, » a écrit un Père de l'Église.
Le concours de deux âmes a déposé ce germe mixte dans un
corps qui lui-même offre à la vue deux portions similaires re-
produites dans tous les organes de sa structure. Il y a en tout
homme un spectateur et un acteur, celui qui parle et celui qui

---

1. Cela faisait allusion, pour moi, au coup que j'avais reçu dans ma chute.

épond. Les Orientaux ont vu là deux ennemis : le bon et le mauvais génie.

— Suis-je le bon? suis-je le mauvais? me disais-je. En tout cas, *l'autre* m'est hostile... Qui sait s'il n'y a pas telle circonstance ou tel âge où ces deux esprits se séparent? Attachés au même corps tous deux par une affinité matérielle, peut-être l'un est-il promis à la gloire et au bonheur, l'autre à l'anéantissement ou à la souffrance éternelle?

Un éclair fatal traversa tout à coup cette obscurité... Aurélia n'était plus à moi!... Je croyais entendre parler d'une cérémonie qui se passait ailleurs, et des apprêts d'un mariage mystique qui était le mien, et où *l'autre* allait profiter de l'erreur de mes amis et d'Aurélia elle-même. Les personnes les plus chères qui venaient me voir et me consoler me paraissaient en proie à l'incertitude, c'est-à-dire que les deux parties de leurs âmes se séparaient aussi à mon égard, l'une affectionnée et confiante, l'autre comme frappée de mort à mon égard. Dans ce que ces personnes me disaient, il y avait un sens double, bien que toutefois elles ne s'en rendissent pas compte, puisqu'elles n'étaient pas *en esprit* comme moi. Un instant même, cette pensée me sembla comique en songeant à Amphitryon et à Sosie. Mais, si ce symbole grotesque était autre chose, si, comme dans d'autres fables de l'antiquité, c'était la vérité fatale sous un masque de folie?

— Eh bien, me dis-je, luttons contre l'esprit fatal, luttons contre le dieu lui-même avec les armes de la tradition et de la science. Quoi qu'il fasse dans l'ombre et la nuit, j'existe, — et j'ai pour le vaincre tout le temps qu'il m'est donné encore de vivre sur la terre.

X

Comment peindre l'étrange désespoir où ces idées me réduisirent peu à peu? Un mauvais génie avait pris ma place dans le monde des âmes; pour Aurélia, c'était moi-même, et l'es-

prit désolé qui vivifiait mon corps, affaibli, dédaigné, m
connu d'elle, se voyait à jamais destiné au désespoir ou a
néant. J'employai toutes les forces de ma volonté pour pén
trer encore le mystère dont j'avais levé quelques voiles. I
rêve se jouait parfois de mes efforts et n'amenait que des figur
grimaçantes et fugitives. Je ne puis donner ici qu'une id
assez bizarre de ce qui résulta de cette contention d'esprit.
me sentais glisser comme sur un fil tendu dont la longue
était infinie. La terre, traversée de veines colorées de méta
en fusion, comme je l'avais vue déjà, s'éclaircissait peu à p
par l'épanouissement du feu central, dont la blancheur
fondait avec les teintes cerise qui coloraient les flancs de l'or
intérieur. Je m'étonnais de temps en temps de rencontrer
vastes flaques d'eau, suspendues comme le sont les nuag
dans l'air, et toutefois offrant une telle densité, qu'on pouva
en détacher des flocons ; mais il est clair qu'il s'agissait là d'
liquide différent de l'eau terrestre, et qui était sans doute l'
vaporation de celui qui figurait la mer et les fleuves pour
monde des esprits.

J'arrivai en vue d'une vaste plage montueuse et toute co
verte d'une espèce de roseaux de teinte verdâtre, jaunis a
extrémités comme si les feux du soleil les eussent en part
desséchés, — mais je n'ai pas vu de soleil plus que les autr
fois. — Un château dominait la côte que je me mis à gravi
Sur l'autre versant, je vis s'étendre une ville immense. Pen
dant que j'avais traversé la montagne, la nuit était venue,
j'apercevais les lumières des habitations et des rues. En de
cendant, je me trouvai dans un marché où l'on vendait d
fruits et des légumes pareils à ceux du Midi.

Je descendis par un escalier obscur et me trouvai dans l
rues. On affichait l'ouverture d'un casino, et les détails de
distribution se trouvaient énoncés par articles. L'encadremen
typographique était fait de guirlandes de fleurs si bien repr
sentées et coloriées, qu'elles semblaient naturelles. — Ur
partie du bâtiment était encore en construction. J'entrai da

un atelier où je vis des ouvriers qui modelaient en glaise un animal énorme de la forme d'un lama, mais qui paraissait devoir être muni de grandes ailes. Ce monstre était comme traversé d'un jet de feu qui l'animait peu à peu, de sorte qu'il se tordait, pénétré par mille filets pourprés, formant les veines et les artères et fécondant pour ainsi dire l'inerte matière, qui se revêtait d'une végétation instantanée d'appendices fibreux d'ailerons et de touffes laineuses. Je m'arrêtai à contempler ce chef-d'œuvre, où l'on semblait avoir surpris les secrets de la création divine.

— C'est que nous avons ici, me dit-on, le feu primitif qui anima les premiers êtres... Jadis, il s'élançait jusqu'à la surface de la terre, mais les sources se sont taries.

Je vis aussi des travaux d'orfévrerie où l'on employait deux métaux inconnus sur la terre : l'un rouge, qui semblait correspondre au cinabre, et l'autre bleu d'azur. Les ornements n'étaient ni martelés ni ciselés, mais se formaient, se coloraient et s'épanouissaient comme les plantes métalliques qu'on fait naître de certaines mixtions chimiques.

— Ne créerait-on pas aussi des hommes? dis-je à l'un des travailleurs.

Mais il me répliqua :

— Les hommes viennent d'en haut et non d'en bas : pouvons-nous nous créer nous-mêmes? Ici, l'on ne fait que formuler par les progrès successifs de nos industries une matière plus subtile que celle qui compose la croûte terrestre. Ces fleurs qui vous paraissent naturelles, cet animal qui semblera vivre, ne seront que des produits de l'art élevé au plus haut point de nos connaissances, et chacun les jugera ainsi.

Telles sont à peu près les paroles, ou qui me furent dites, ou dont je crus percevoir la signification. Je me mis à parcourir les salles du casino et j'y vis une grande foule, dans laquelle je distinguai quelques personnes qui m'étaient connues, les unes vivantes, d'autres mortes en divers temps. Les premières semblaient ne pas me voir, tandis que les autres me répondaient sans avoir l'air de me connaître. J'étais arrivé à la plus grande salle, qui était toute tendue de velours ponceau à bandes d'or tramé, formant de riches dessins. Au milieu se trouvait un sofa en forme de trône. Quelques passants s'y asseyaient pour en éprouver l'élasticité; mais, les préparatifs n'étant pas terminés, ils se dirigeaient vers d'autres salles. On parlait d'un mariage et de l'époux qui, disait-on, devait arriver pour annoncer le moment de la fête. Aussitôt un transport insensé s'empara de moi. J'imaginai que celui qu'on attendait était mon *double*, qui devait épouser Aurélia, et je fis un scandale qui sembla consterner l'assemblée. Je me mis à parler avec violence, expliquant mes griefs et invoquant le secours de ceux qui me connaissaient. Un vieillard me dit :

— Mais on ne se conduit pas ainsi, vous effrayez tout le monde.

Alors, je m'écriai :

— Je sais bien qu'il m'a frappé déjà de ses armes, mais je l'attends sans crainte et je connais le signe qui doit le vaincre.

En ce moment, un des ouvriers de l'atelier que j'avais visité en entrant parut tenant une longue barre, dont l'extrémité se composait d'une boule rougie au feu. Je voulus m'élancer sur lui, mais la boule qu'il tenait en arrêt menaçait toujours ma tête. On semblait autour de moi me railler de mon impuissance... Alors, je me reculai jusqu'au trône, l'âme pleine d'un indicible orgueil, et je levai le bras pour faire un signe qui me semblait avoir une puissance magique. Le cri d'une femme, distinct et vibrant, empreint d'une douleur déchirante, me réveilla en sursaut! Les syllabes d'un mot inconnu que j'allais prononcer expiraient sur mes lèvres... Je me précipitai à terre et je me mis à prier avec ferveur en pleurant à chaudes larmes.
— Mais quelle était donc cette voix qui venait de résonner si douloureusement dans la nuit?

Elle n'appartenait pas au rêve; c'était la voix d'une personne vivante, et pourtant c'était pour moi la voix et l'accent d'Aurélia...

J'ouvris ma fenêtre; tout était tranquille, et le cri ne se répéta plus. — Je m'informai au dehors, personne n'avait rien
entendu. — Et cependant, je suis encore certain que le cri
était réel et que l'air des vivants en avait retenti... Sans doute
on me dira que le hasard a pu faire qu'à ce moment-là même
une femme souffrante ait crié dans les environs de ma demeure. — Mais, selon ma pensée, les événements terrestres
étaient liés à ceux du monde invisible. C'est un de ces rapports
étranges dont je ne me rends pas compte moi-même et qu'il
est plus aisé d'indiquer que de définir...

Qu'avais-je fait? J'avais troublé l'harmonie de l'univers magique où mon âme puisait la certitude d'une existence immor-
elle. J'étais maudit peut-être pour avoir voulu percer un mystère redoutable en offensant la loi divine; je ne devais plus
attendre que la colère et le mépris! Les ombres irritées fuyaient
en jetant des cris et traçant dans l'air des cercles fatals, comme
les oiseaux à l'approche d'un orage.

DEUXIÈME PARTIE

Eurydice! Eurydice!

I

Une seconde fois perdue!

Tout est fini, tout est passé! C'est moi maintenant qui dois mourir et mourir sans espoir! — Qu'est-ce donc que la mort? Si c'était le néant?... Plût à Dieu! Mais Dieu lui-même ne peut faire que la mort soit le néant.

Pourquoi donc est-ce la première fois depuis si longtemps que je songe *à lui?* Le système fatal qui s'était créé dans mon esprit n'admettait pas cette royauté solitaire...; ou plutôt elle s'absorbait dans la somme des êtres : c'était le dieu de Lucrétius, impuissant et perdu dans son immensité.

Elle, pourtant, croyait à Dieu, et j'ai surpris un jour le nom de Jésus sur ses lèvres. Il en coulait si doucement, que j'en ai pleuré. O mon Dieu! cette larme, — cette larme. Elle est séchée depuis si longtemps! Cette larme, mon Dieu, rendez-la-moi!

Lorsque l'âme flotte incertaine entre la vie et le rêve, entre le désordre de l'esprit et le retour de la froide réflexion, c'est dans la pensée religieuse que l'on doit chercher des secours; je n'en ai jamais pu trouver dans cette philosophie, qui ne nous présente que des maximes d'égoïsme ou tout au plus de réciprocité, une expérience vaine, des doutes amers; — elle lutte contre les douleurs morales en anéantissant la sensibilité; pareille à la chirurgie, elle ne sait que retrancher l'organe qui ait souffrir. — Mais, pour nous, nés dans des jours de révolutions et d'orages, où toutes les croyances ont été brisées, — elevés tout au plus dans cette loi vague qui se contente de quelques pratiques extérieures, et dont l'adhésion indifférente est plus coupable peut-être que l'impiété et l'hérésie, — il est bien difficile, dès que nous en sentons le besoin, de reconstruire l'édifice mystique dont les innocents et les simples admettent dans leurs cœurs la figure toute tracée. « L'arbre de science n'est pas l'arbre de vie! » Cependant, pouvons-nous rejeter de notre esprit ce que tant de générations intelligentes ont versé de bon ou de funeste? L'ignorance ne s'apprend pas.

J'ai meilleur espoir de la bonté de Dieu : peut-être touchons-nous à l'époque prédite où la science, ayant accompli son cercle entier de synthèse et d'analyse, de croyance et de négation, pourra s'épurer elle-même et faire jaillir du désordre et des ruines la cité merveilleuse de l'avenir... Il ne faut pas faire si bon marché de la raison humaine, que de croire qu'elle gagne quelque chose à s'humilier tout entière, car ce serait accuser sa céleste origine.... Dieu appréciera la pureté des intentions sans doute ; et quel est le père qui se complaisait à voir son fils abdiquer devant lui tout raisonnement et toute fierté! L'apôtre qui voulait toucher pour croire n'a pas été maudit pour cela !

———

Qu'ai-je écrit là? Ce sont des blasphèmes. L'humilité chrétienne ne peut parler ainsi. De telles pensées sont loin d'attendrir l'âme. Elles ont sur le front les éclairs d'orgueil de la couronne de Satan... Un pacte avec Dieu lui-même?... O science! ô vanité!

———

J'avais réuni quelques livres de cabale. Je me plongeai dans cette étude, et j'arrivai à me persuader que tout était vrai

dans ce qu'avait accumulé là-dessus l'esprit humain pendan
des siècles. La conviction que je m'étais formée de l'existenc
du monde extérieur coïncidait trop bien avec mes lectures pou
que je doutasse désormais des révélations du passé. Les dogmes et les rites des diverses religions me paraissaient s'y rapporter de telle sorte, que chacune possédait une certaine portion de ces arcanes qui constituaient ses moyens d'expansio
et de défense. Ces forces pouvaient s'affaiblir, s'amoindrir e
disparaître, ce qui amenait l'envahissement de certaines rac
par d'autres, nulles ne pouvant être victorieuses ou vaincue
que par l'Esprit.

— Toutefois, me disais-je, il est sûr que ces sciences son
mélangées d'erreurs humaines. L'alphabet magique, l'hiéro-
glyphe mystérieux ne nous arrivent qu'incomplets et faussé
soit par le temps, soit par ceux-là mêmes qui ont intérêt à no
tre ignorance ; retrouvons la lettre perdue ou le signe effacé
recomposons la gamme dissonante, et nous prendrons forc
dans le monde des esprits.

C'est ainsi que je croyais percevoir les rapports du mond
réel avec le monde des esprits. La terre, ses habitants et leu
histoire étaient le théâtre où venaient s'accomplir les action
physiques qui préparaient l'existence et la situation des être
immortels attachés à sa destinée. Sans agiter le mystère impé-
nétrable de l'éternité des mondes, ma pensée remonta à l'époque où le soleil, pareil à la plante qui le représente, qui de s
tête inclinée suit la révolution de sa marche céleste, semait su
la terre les germes féconds des plantes et des animaux. Ce n'é
tait autre chose que le fait même, qui, étant un composé d'â
mes, formulait instinctivement la demeure commune. L'Espri
de l'Être-Dieu, reproduit et pour ainsi dire reflété sur la terre
devenait le type commun des âmes humaines, dont chacune
par suite, était à la fois homme et dieu. Tels furent le
Éloïms.

Quand on se sent malheureux, on songe au malheur des autres. J'avais mis quelque négligence à visiter un de mes amis
les plus chers, qu'on m'avait dit malade. En me rendant à la
maison où il était traité, je me reprochais vivement cette faute.
Je fus encore plus désolé lorsque mon ami me raconta qu'il
avait été la veille au plus mal. J'entrai dans une chambre d'hospice, blanchie à la chaux. Le soleil découpait des angles joyeux
sur les murs et se jouait sur un vase de fleurs qu'une religieuse
venait de poser sur la table du malade. C'était presque la cellule
d'un anachorète italien. — Sa figure amaigrie, son teint semblable à l'ivoire jauni, relevé par la couleur noire de sa barbe et
de ses cheveux, ses yeux illuminés d'un reste de fièvre, peut-
être aussi l'arrangement d'un manteau à capuchon, jeté sur
ses épaules, en faisaient pour moi un être à moitié différent de
celui que j'avais connu. Ce n'était plus le joyeux compagnon
de mes travaux et de mes plaisirs ; il y avait en lui un apôtre.
Il me raconta comment il s'était vu, au plus fort des souffrances de son mal, saisi d'un dernier transport qui lui parut être
le moment suprême. Aussitôt la douleur avait cessé comme par
prodige. — Ce qu'il me raconta ensuite est impossible à rendre : un rêve sublime dans les espaces les plus vagues de l'infini, une conversation avec un être à la fois différent et parti-
cipant de lui-même, et à qui, se croyant mort, il demandait
où était Dieu. « Mais Dieu est partout, lui répondait son esprit ; il est en toi-même et en tous. Il te juge, il t'écoute, il te
conseille ; c'est toi et *moi* qui pensons et rêvons ensemble, —
et nous ne nous sommes jamais quittés, et nous sommes éternels ! »

Je ne puis citer autre chose de cette conversation, que j'ai
peut-être mal entendue ou mal comprise. Je sais seulement
que l'impression en fut très-vive. Je n'ose attribuer à mon ami
les conclusions que j'ai peut-être faussement tirées de ses paroles. J'ignore même si le sentiment qui en résulte n'est pas
conforme à l'idée chrétienne.

— Dieu est avec lui ! m'écriai-je ; mais il n'est plus avec

moi ! O malheur ! je l'ai chassé de moi-même, je l'ai menacé,
je l'ai maudit ! C'était bien lui, ce frère mystique, qui s'éloignait de plus en plus de mon âme, et qui m'avertissait en
vain ! Cet époux préféré, ce roi de gloire, c'est lui qui me
juge et me condamne, et qui emporte à jamais dans son
ciel celle qu'il m'eût donnée et dont je suis indigne désormais !

II

Je ne puis dépeindre l'abattement où me jetèrent ces
idées.

— Je comprends, me dis-je, j'ai préféré la créature au
Créateur ; j'ai déifié mon amour et j'ai adoré, selon les rites
païens, celle dont le dernier soupir a été consacré au Christ !
Mais, si cette religion dit vrai, Dieu peut me pardonner encore. Il peut me la rendre si je m'humilie devant lui ; peut-
être son esprit reviendra-t-il en moi !

J'errais dans les rues, au hasard, plein de cette pensée. Un
convoi croisa ma marche ; il se dirigeait vers le cimetière où
elle avait été ensevelie. J'eus l'idée de m'y rendre en me joignant au cortége.

— J'ignore, me disais-je, quel est ce mort que l'on conduit
à la fosse ; mais je sais maintenant que les morts nous voient
et nous entendent ; peut-être celui-ci sera-t-il content de se
voir suivi d'un frère de douleurs, plus triste qu'aucun de ceux
qui l'accompagnent. Cette idée me fit verser des larmes, et
sans doute on crut que j'étais un des meilleurs amis du défunt.
O larmes bénies ! depuis longtemps votre douceur m'était refusée !...

Ma tête se dégageait, et un rayon d'espoir me guidait encore. Je me sentais la force de prier, et j'en jouissais avec
transport.

Je ne m'informai pas même du nom de celui dont j'avais
suivi le cercueil. Le cimetière où j'étais entré m'était sacré

plusieurs titres. Trois parents de ma famille maternelle y avaient été ensevelis; mais je ne pouvais aller prier sur leurs tombes, car elles avaient été transportées depuis plusieurs années dans une terre éloignée, lieu de leur origine. — Je cherchai longtemps la tombe d'Aurélia, et je ne pus la retrouver. Les dispositions du cimetière avaient été changées, — peut-être aussi ma mémoire était-elle égarée... Il me semblait que ce hasard, cet oubli, ajoutaient encore à ma condamnation. — Je n'osai pas dire aux gardiens le nom d'une morte sur laquelle je n'avais religieusement aucun droit... Mais je me souvins que j'avais chez moi l'indication précise de la tombe, et j'y courus, le cœur palpitant, la tête perdue. Je l'ai dit déjà : j'avais entouré mon amour de superstitions bizarres. — Dans un petit coffret qui *lui* avait appartenu, je conservais sa dernière lettre. Oserai-je avouer encore que j'avais fait de ce coffret une sorte de reliquaire qui me rappelait de longs voyages où sa pensée m'avait suivi : une rose cueillie dans les jardins de Schoubrah, un morceau de bandelette rapportée d'Égypte, des feuilles de laurier cueillies dans la rivière de Beyrouth, deux petits cristaux dorés, des mosaïques de Sainte-Sophie, un grain de chapelet, que sais-je encore?... enfin le papier qui m'avait été donné le jour où la tombe fut creusée, afin que je pusse la retrouver... Je rougis, je frémis en dispersant ce fol assemblage. Je pris sur moi les deux papiers, et, au moment de me diriger de nouveau vers le cimetière, je changeai de résolution. « Non, me dis-je, je ne suis pas digne de m'agenouiller sur la tombe d'une chrétienne; n'ajoutons pas une profanation à tant d'autres!... » Et, pour apaiser l'orage qui grondait dans ma tête, je me rendis à quelques lieues de Paris, dans une petite ville où j'avais passé quelques jours heureux au temps de ma jeunesse, chez de vieux parents, morts depuis. J'avais aimé souvent à y venir voir coucher le soleil près de leur maison. Il y avait là une terrasse ombragée de tilleuls qui me rappelait aussi le souvenir de jeunes filles, de parentes, parmi lesquelles j'avais grandi. Une d'elles...

3

Mais opposer ce vague amour d'enfance à celui qui a dévoré ma jeunesse, y avais-je songé seulement? Je vis le soleil décliner sur la vallée qui s'emplissait de vapeurs et d'ombre; il disparut, baignant de feux rougeâtres la cime des bois qui bordaient de hautes collines. La plus morne tristesse entra dans mon cœur. — J'allai coucher dans une auberge où j'étais connu. L'hôtelier me parla d'un de mes anciens amis, habitant de la ville, qui, à la suite de spéculations malheureuses, s'était tué d'un coup de pistolet... Le sommeil m'apporta des rêves terribles. Je n'en ai conservé qu'un souvenir confus. — Je me trouvais dans une salle inconnue et je causais avec quelqu'un du monde extérieur, — l'ami dont je viens de parler, peut-être. Une glace très-haute se trouvait derrière nous. En y jetant par hasard un coup d'œil, il me sembla reconnaître Aurélia. Elle semblait triste et pensive, et tout à coup, soit qu'elle sortît de la glace, soit que, passant dans la salle, elle se fût reflétée un instant auparavant, cette figure douce et chérie se trouva près de moi. Elle me tendit la main, laissa tomber sur moi un regard douloureux et me dit :

— Nous nous reverrons plus tard... à la maison de ton ami.

En un instant, je me représentai son mariage, la malédiction qui nous séparait... et je me dis :

— Est-ce possible? reviendrait-elle à moi? — M'avez-vous pardonné? demandais-je avec larmes.

Mais tout avait disparu. Je me trouvais dans un lieu désert, une âpre montée semée de roches, au milieu des forêts. Une maison, qu'il me semblait reconnaître, dominait ce pays désolé. J'allais et je revenais par des détours inextricables. Fatigué de marcher entre les pierres et les ronces, je cherchais parfois une route plus douce par les sentes du bois.

— On m'attend là-bas! pensais-je.

Une certaine heure sonna... Je me dis :

— Il est trop tard !

Des voix me répondirent :

— Elle est perdue !

Une nuit profonde m'entourait, la maison lointaine brillait comme éclairée pour une fête et pleine d'hôtes arrivés à temps.

— Elle est perdue ! m'écriai-je, et pourquoi ?... Je comprends : elle a fait un dernier effort pour me sauver ; j'ai manqué le moment suprême où le pardon était possible encore. Du haut du ciel, elle pouvait prier pour moi l'Époux divin... Et qu'importe mon salut même ? L'abîme a reçu sa proie ! Elle est perdue pour moi et pour tous ! »

Il me semblait la voir comme à la lueur d'un éclair, pâle et mourante, entraînée par de sombres cavaliers...

Le cri de douleur et de rage que je poussai en ce moment me réveilla tout haletant.

— Mon Dieu ! mon Dieu ! pour elle et pour elle seule ! mon Dieu ! pardonnez ! m'écriai-je en me jetant à genoux.

Il faisait jour. Par un mouvement dont il m'est difficile de rendre compte, je résolus aussitôt de détruire les deux papiers que j'avais tirés la veille du coffret : la lettre, hélas ! que je relus en la mouillant de larmes, et le papier funèbre qui portait le cachet du cimetière.

— Retrouver sa tombe maintenant ! me disais-je, mais c'est hier qu'il allait y retourner, — et mon rêve fatal n'est que le reflet de ma fatale journée !

III

La flamme a dévoré ces reliques d'amour et de mort, qui se renouaient aux fibres les plus douloureuses de mon cœur. Je suis allé promener mes peines et mes remords tardifs dans la campagne, cherchant dans la marche et dans la fatigue l'engourdissement de la pensée, la certitude peut-être pour la nuit suivante d'un sommeil moins funeste. Avec cette idée que je m'étais faite du rêve comme ouvrant à l'homme une commu-

nication avec le monde des esprits, j'espérais, j'espérais encore!
Peut-être Dieu se contenterait-il de ce sacrifice.—Ici, je m'arrête;
il y a trop d'orgueil à prétendre que l'état d'esprit où j'étais
fût causé seulement par un souvenir d'amour. Disons plutôt
qu'involontairement j'en parais les remords plus graves d'une
vie follement dissipée où le mal avait triomphé bien souvent,
et dont je ne reconnaissais les fautes qu'en sentant les coups
du malheur. Je ne me trouvais plus digne même de penser à
celle que je tourmentais dans sa mort après l'avoir affligée dans
sa vie, n'ayant dû un dernier regard de pardon qu'à sa douce
et sainte pitié.

La nuit suivante, je ne pus dormir que peu d'instants. Une
femme qui avait pris soin de ma jeunesse m'apparut dans le
rêve et me fit reproche d'une faute très-grave que j'avais com-
mise autrefois. Je la reconnaissais, quoiqu'elle parût beaucoup
plus vieille que dans les derniers temps où je l'avais vue. Cela
même me faisait songer amèrement que j'avais négligé d'aller
la visiter à ses derniers instants. Il me sembla qu'elle me
disait :

— Tu n'as pas pleuré tes vieux parents aussi vivement que
tu as pleuré cette femme. Comment peux-tu donc espérer le
pardon?

Le rêve devint confus. Des figures de personnes que j'avais
connues en divers temps passèrent rapidement devant mes
yeux. Elles défilaient, s'éclairant, pâlissant et retombant dans
la nuit comme les grains d'un chapelet dont le lien s'est brisé.
Je vis ensuite se former vaguement des images plastiques de
l'antiquité qui s'ébauchaient, se fixaient et semblaient représenter des symboles dont je ne saisissais que difficilement l'idée.
Seulement, je crus que cela voulait dire : « Tout cela était fait
pour t'enseigner le secret de la vie, et tu n'as pas compris.
Les religions et les fables, les saints et les poëtes s'accordaient
à expliquer l'énigme fatale, et tu as mal interprété... Maintenant, il est trop tard! »

Je me levai plein de terreur, me disant :

— C'est mon dernier jour !

A dix ans d'intervalle, la même idée que j'ai tracée dans la première partie de ce récit me revenait plus positive encore et plus menaçante. Dieu m'avait laissé ce temps pour me repentir, et je n'en avais point profité. — Après la visite du *convive de pierre*, je m'étais rassis au festin !

IV

Le sentiment qui résulta pour moi de ces visions et des réflexions qu'elles amenaient pendant mes heures de solitude était si triste, que je me sentais comme perdu. Toutes les actions de ma vie m'apparaissaient sous leur côté le plus défavorable, et dans l'espèce d'examen de conscience auquel je me livrais, la mémoire me représentait les faits les plus anciens avec une netteté singulière. Je ne sais quelle fausse honte m'empêcha de me présenter au confessionnal ; la crainte peut-être de m'engager dans les dogmes et dans les pratiques d'une religion redoutable, contre certains points de laquelle j'avais conservé des préjugés philosophiques. Mes premières années ont été trop imprégnées des idées issues de la Révolution, mon éducation a été trop libre, ma vie trop errante, pour que j'accepte facilement un joug qui, sur bien des points, offenserait encore ma raison. Je frémis en songeant quel chrétien je ferais si certains principes empruntés au libre examen des deux derniers siècles, si l'étude encore des diverses religions ne m'arrêtaient sur cette pente. — Je n'ai jamais connu ma mère, qui avait voulu suivre mon père aux armées, comme les femmes des anciens Germains ; elle mourut de fièvre et de fatigue dans une froide contrée de l'Allemagne, et mon père lui-même ne put diriger là-dessus mes premières idées. Le pays où je fus élevé était plein de légendes étranges et de superstitions bizarres. Un de mes oncles qui eut la plus grande influence sur ma première éducation s'occupait, pour se distraire, d'antiquités

3.

romaines et celtiques. Il trouvait parfois, dans son champ ou aux environs, des images de dieux et d'empereurs que son admiration de savant me faisait vénérer, et dont ses livres m'apprenaient l'histoire. Un certain Mars en bronze doré, une Pallas ou Vénus armée, un Neptune et une Amphitrite sculptés au-dessus de la fontaine du hameau, et surtout la bonne grosse figure barbue d'un dieu Pan souriant à l'entrée d'une grotte, parmi les festons de l'aristoloche et du lierre, étaient les dieux domestiques et protecteurs de cette retraite. J'avoue qu'ils m'inspiraient alors plus de vénération que les pauvres images chrétiennes de l'église et les deux saints informes du portail, que certains savants prétendaient être l'Ésus et le Cernunnos des Gaulois. Embarrassé au milieu de ces divers symboles, je demandai un jour à mon oncle ce que c'était que Dieu.

— Dieu, c'est le soleil, me dit-il.

C'était la pensée intime d'un honnête homme qui avait vécu en chrétien toute sa vie, mais qui avait traversé la Révolution, et qui était d'une contrée où plusieurs avaient la même idée de la Divinité. Cela n'empêchait pas que les femmes et les enfants n'allassent à l'église, et je dus à une de mes tantes quelques instructions qui me firent comprendre les beautés et les grandeurs du christianisme. Après 1815, un Anglais qui se trouvait dans notre pays me fit apprendre le Sermon sur la montagne et me donna un Nouveau Testament... Je ne cite ces détails que pour indiquer les causes d'une certaine irrésolution qui s'est souvent unie chez moi à l'esprit religieux le plus prononcé.

Je veux expliquer comment, éloigné longtemps de la vraie route, je m'y suis senti ramené par le souvenir chéri d'une personne morte, et comment le besoin de croire qu'elle existait toujours a fait rentrer dans mon esprit le sentiment précis des diverses vérités que je n'avais pas assez fermement recueillies en mon âme. Le désespoir et le suicide sont le résultat de certaines situations fatales pour qui n'a pas foi dans l'immortalité, dans ses peines et dans ses joies; — je croirai

ivoir fait quelque chose de bon et d'utile en énonçant naïve-
ment la succession des idées par lesquelles j'ai retrouvé le
repos et une force nouvelle à opposer aux malheurs futurs
le la vie.

Les visions qui s'étaient succédé pendant mon sommeil
m'avaient réduit à un tel désespoir, que je pouvais à peine
parler; la société de mes amis ne m'inspirait qu'une distraction vague; mon esprit, entièrement occupé de ces illusions,
se refusait à la moindre conception différente; je ne pouvais
lire et comprendre dix lignes de suite. Je me disais des plus
belles choses :

— Qu'importe! cela n'existe pas pour moi.

Un de mes amis, nommé Georges, entreprit de vaincre ce
découragement. Il m'emmenait dans diverses contrées des environs de Paris, et consentait à parler seul, tandis que je ne
répondais qu'avec quelques phrases décousues. Sa figure ex-
pressive, et presque cénobitique, donna un jour un grand
effet à des choses fort éloquentes qu'il trouva contre ces années de scepticisme et de découragement politique et social
qui succédèrent à la révolution de Juillet. J'avais été l'un des
jeunes de cette époque, et j'en avais goûté les ardeurs et les
amertumes. Un mouvement se fit en moi; je me dis que de
telles leçons ne pouvaient être données sans une intention de
la Providence, et qu'un esprit parlait sans doute en lui... Un
jour, nous dînions sous une treille, dans un petit village des
environs de Paris; une femme vint chanter près de notre
table, et je ne sais quoi, dans sa voix usée, mais sympathique, me rappela celle d'Aurélia. Je la regardai : ses traits
mêmes n'étaient pas sans ressemblance avec ceux que j'avais
aimés. On la renvoya, et je n'osai la retenir, mais je me
disais :

— Qui sait si *son esprit* n'est pas dans cette femme !

Et je me sentis heureux de l'aumône que j'avais faite.
Je me dis :

— J'ai bien mal usé de la vie; mais, si les morts pardon-

nent, c'est sans doute à condition que l'on s'abstiendra à ja
mais du mal, et qu'on réparera tout celui qu'on a fait. Ce
se peut-il?... Dès ce moment, essayons de ne plus mal fair
et rendons l'équivalent de tout ce que nous pouvons devoi

J'avais un tort récent envers une personne ; ce n'éta
qu'une négligence, mais je commençai par m'en aller excu
ser. La joie que je reçus de cette réparation me fit un bie
extrême ; j'avais un motif de vivre et d'agir désormais,
reprenais intérêt au monde.

Des difficultés surgirent : des événements inexplicabl
pour moi semblèrent se réunir pour contrarier ma bonne ré
solution. La situation de mon esprit me rendait impossib
l'exécution de travaux convenus. Me croyant bien porta
désormais, on devenait plus exigeant, et, comme j'avais r
noncé au mensonge, je me trouvais pris en défaut par de
gens qui ne craignaient pas d'en user. La masse des répara
tions à faire m'écrasait en raison de mon impuissance. De
événements politiques agissaient indirectement, tant pou
m'affliger que pour m'ôter le moyen de mettre ordre à me
affaires. La mort d'un de mes amis vint compléter ces moti
de découragement. Je revis avec douleur son logis, ses ta
bleaux, qu'il m'avait montrés avec joie un mois auparavan
je passai près de son cercueil au moment où on l'y clouai
Comme il était de mon âge et de mon temps, je me dis :

— Qu'arriverait-il, si je mourais ainsi tout à coup ?

Le dimanche suivant, je me levai en proie à une doule
morne. J'allai visiter mon père, dont la servante était malad
et qui paraissait avoir de l'humeur. Il voulut aller seul che
cher du bois à son grenier, et je ne pus lui rendre que
service de lui tendre une bûche dont il avait besoin. Je sor
tis consterné. Je rencontrai dans les rues un ami qui voula
m'emmener dîner chez lui pour me distraire un peu. Je re
fusai, et, sans avoir mangé, je me dirigeai vers Montmartr
Le cimetière était fermé, ce que je regardai comme un mau
vais présage. Un poëte allemand m'avait donné quelqu

ages à traduire et m'avait avancé une somme sur ce travail. Je pris le chemin de sa maison pour lui rendre l'argent.

En tournant la barrière de Clichy, je fus témoin d'une dispute. J'essayai de séparer les combattants, mais je n'y pus réussir. En ce moment, un ouvrier de grande taille passa sur la place même où le combat venait d'avoir lieu, portant sur l'épaule gauche un enfant vêtu d'une robe couleur d'hyacinthe. Je m'imaginai que c'était saint Christophe portant le Christ, et que j'étais condamné pour avoir manqué de force dans la scène qui venait de se passer. A dater de ce moment, j'errai en proie au désespoir dans les terrains vagues qui séparent le faubourg de la barrière. Il était trop tard pour faire la visite que j'avais projetée. Je revins donc à travers les rues vers le centre de Paris. Au coin de la rue de la Victoire, je rencontrai un prêtre, et, dans le désordre où j'étais, je voulus me confesser à lui. Il me dit qu'il n'était pas de la paroisse et qu'il allait en soirée chez quelqu'un ; que, si je voulais le consulter le lendemain à Notre-Dame, je n'avais qu'à demander l'abbé Dubois.

Désespéré, je me dirigeai en pleurant vers Notre-Dame de Lorette, où j'allai me jeter au pied de l'autel de la Vierge, demandant pardon pour mes fautes. Quelque chose en moi me disait : « La Vierge est morte et tes prières sont inutiles. » J'allai me mettre à genoux aux dernières places du chœur, et je fis glisser de mon doigt une bague d'argent dont le chaton portait gravés ces trois mots arabes : *Allah ! Mohamed ! Ali !* Aussitôt plusieurs bougies s'allumèrent dans le chœur, et l'on commença un office auquel je tentai de m'unir en esprit. Quand on en fut à l'*Ave Maria*, le prêtre l'interrompit au milieu de l'oraison et recommença sept fois sans que je pusse retrouver dans ma mémoire les paroles suivantes. On termina ensuite la prière, et le prêtre fit un discours qui me semblait faire allusion à moi seul. Quand tout fut éteint, je me levai et je sortis, me dirigeant vers les Champs-Élysées.

Arrivé sur la place de la Concorde, ma pensée était de m
détruire. A plusieurs reprises, je me dirigeai vers la Seine
mais quelque chose m'empêchait d'accomplir mon dessein
Les étoiles brillaient dans le firmament. Tout à coup il m
sembla qu'elles venaient de s'éteindre à la fois comme le
bougies que j'avais vues à l'église. Je crus que les temp
étaient accomplis, et que nous touchions à la fin du mond
annoncée dans l'Apocalypse de saint Jean. Je croyais voir u
soleil noir dans le ciel désert et un globe rouge de sang au
dessus des Tuileries. Je me dis :

— La nuit éternelle commence, et elle va être terrible
Que va-t-il arriver quand les hommes s'apercevront qu'il n'
a plus de soleil ?

Je revins par la rue Saint-Honoré, et je plaignais le
paysans attardés que je rencontrais. Arrivé vers le Louvre
je marchai jusqu'à la place, et, là, un spectacle étrange m'a
tendait. A travers des nuages rapidement chassés par
vent, je vis plusieurs lunes qui passaient avec une grand
rapidité. Je pensai que la terre était sortie de son orbite
qu'elle errait dans le firmament comme un vaisseau démâté
se rapprochant ou s'éloignant des étoiles qui grandissaient c
diminuaient tour à tour. Pendant deux ou trois heures,
contemplai ce désordre et je finis par me diriger du côté d
halles. Les paysans apportaient leurs denrées, et je me d
sais : « Quel sera leur étonnement en voyant que la nuit
prolonge... » Cependant, les chiens aboyaient çà et là et l
coqs chantaient.

Brisé de fatigue, je rentrai chez moi et je me jetai si
mon lit. En m'éveillant, je fus étonné de revoir la lumièr
Une sorte de chœur mystérieux arriva à mon oreille; d
voix enfantines répétaient en chœur :

— *Christe ! Christe ! Christe !...*

Je pensai que l'on avait réuni dans l'église voisine (Notre
Dame des Victoires) un grand nombre d'enfants pour invo
quer le Christ.

— Mais le Christ n'est plus ! me disais-je ; ils ne le savent
pas encore !

L'invocation dura environ une heure. Je me levai enfin et
allai sous les galeries du Palais-Royal. Je me dis que probablement le soleil avait encore conservé assez de lumière
pour éclairer la terre pendant trois jours, mais qu'il usait de
a propre substance, et, en effet, je le trouvais froid et déco-
ré. J'apaisai ma faim avec un petit gâteau pour me donner
a force d'aller jusqu'à la maison du poëte allemand. En en-
rant, je lui dis que tout était fini et qu'il fallait nous préparer à mourir. Il appela sa femme qui me dit :

— Qu'avez-vous ?

— Je ne sais, lui dis-je, je suis perdu.

Elle envoya chercher un fiacre, et une jeune fille me conduisit à la maison Dubois.

V

Là, mon mal reprit avec diverses alternatives. Au bout
d'un mois, j'étais rétabli. Pendant les deux mois qui suivirent, je repris mes pérégrinations autour de Paris. Le plus
long voyage que j'aie fait a été pour visiter la cathédrale de
Reims. Peu à peu, je me remis à écrire et je composai une
de mes meilleures nouvelles. Toutefois, je l'écrivis péniblement, presque toujours au crayon, sur des feuilles détachées,
suivant le hasard de ma rêverie ou de ma promenade. Les
corrections m'agitèrent beaucoup. Peu de jours après l'avoir
publiée, je me sentis pris d'une insomnie persistante. J'allais
me promener toute la nuit sur la colline de Montmartre et y
voir le lever du soleil. Je causais longuement avec les paysans
et les ouvriers. Dans d'autres moments, je me dirigeais vers
les halles. Une nuit, j'allai souper dans un café du boulevard
et je m'amusai à jeter en l'air des pièces d'or et d'argent.
J'allai ensuite à la halle et je me disputai avec un inconnu,
à qui je donnai un rude soufflet ; je ne sais comment cela

n'eut aucune suite. A une certaine heure, entendant sonner l'horloge de Saint-Eustache, je me pris à penser aux lutte des Bourguignons et des Armagnacs, et je croyais voir s'é lever autour de moi les fantômes des combattants de cett époque. Je me pris de querelle avec un facteur qui porta sur sa poitrine une plaque d'argent, et que je disais êtr le duc Jean de Bourgogne. Je voulais l'empêcher d'entre dans un cabaret. Par une singularité que je ne m'expliqu pas, voyant que je le menaçais de mort, son visage s couvrit de larmes. Je me sentis attendri, et je le laiss passer.

Je me dirigeai vers les Tuileries, qui étaient fermées, e suivis la ligne des quais; je montai ensuite au Luxembourg puis je revins déjeuner avec un de mes amis. Ensuite j'alla vers Saint-Eustache, où je m'agenouillai pieusement à l'aute de la Vierge en pensant à ma mère. Les pleurs que je versa détendirent mon âme, et, en sortant de l'église, j'achetai u anneau d'argent. De là, j'allai rendre visite à mon père, che lequel je laissai un bouquet de marguerites, car il éta absent. J'allai de là au Jardin des Plantes. Il y avait beau coup de monde, et je restai quelque temps à regarder l'hip popotame qui se baignait dans un bassin. — J'allai ensuit visiter les galeries d'ostéologie. La vue des monstres qu'elle renferment me fit penser au déluge, et, lorsque je sortis une averse épouvantable tombait dans le jardin.

Je me dis :

— Quel malheur! Toutes ces femmes, tous ces enfants vont se trouver mouillés!...

Puis, je me dis :

— Mais c'est plus encore! c'est le véritable déluge qu commence.

L'eau s'élevait dans les rues voisines; je descendis en cou rant la rue Saint-Victor, et, dans l'idée d'arrêter ce que j croyais l'inondation universelle, je jetai à l'endroit le plu profond l'anneau que j'avais acheté à Saint-Eustache. Vers l même moment, l'orage s'apaisa, et un rayon de soleil commença à briller.

L'espoir rentra dans mon âme. J'avais rendez-vous à quatre heures chez mon ami Georges ; je me dirigeai vers sa demeure. En passant devant un marchand de curiosités, j'achetai deux écrans de velours couverts de figures hiéroglyphiques. Il me sembla que c'était la consécration du pardon des cieux. J'arrivai chez Georges à l'heure précise et je lui confiai mon espoir. J'étais mouillé et fatigué. Je changeai de vêtements et me couchai sur son lit. Pendant mon sommeil, j'eus une vision merveilleuse. Il me semblait que la déesse m'apparaissait, me disant. « Je suis la même que Marie, la même que ta mère, la même aussi que sous toutes les formes tu as toujours aimée. A chacune de tes épreuves, j'ai quitté l'un des masques dont je voile mes traits, et bientôt tu me verras telle que je suis... » Un verger délicieux sortait des nuages derrière elle, une lumière douce et pénétrante éclairait ce paradis, et cependant je n'entendais que sa voix, mais je me sentais plongé dans une ivresse charmante. — Je m'éveillai peu de temps après et je dis à Georges :

— Sortons.

Pendant que nous traversions le pont des Arts, je lui expliquais les migrations des âmes, et je lui disais :

— Il me semble que, ce soir, j'ai en moi l'âme de Napoléon qui m'inspire et me commande de grandes choses.

Dans la rue du Coq, j'achetai un chapeau, et, pendant que Georges recevait la monnaie de la pièce d'or que j'avais jetée sur le comptoir, je continuai ma route et j'arrivai aux galeries du Palais-Royal.

Là, il me sembla que tout le monde me regardait. Une idée persistante s'était logée dans mon esprit, c'est qu'il n'y avait plus de morts ; je parcourais la galerie de Foy en disant : « J'ai fait une faute, » et je ne pouvais découvrir laquelle en consultant ma mémoire que je croyais être celle de Napoléon... « Il y a quelque chose que je n'ai point payé par ici ! »

4

J'entrai au café de Foy dans cette idée, et je crus reconnaître dans un des habitués le père Bertin des *Débats*. Ensuite, je traversai le jardin et je pris quelque intérêt à voir les rondes des petites filles. De là, je sortis des galeries et je me dirigeai vers la rue Saint-Honoré. J'entrai dans une boutique pour acheter un cigare, et, quand je sortis, la foule était si compacte, que je faillis être étouffé. Trois de mes amis me dégagèrent en répondant de moi et me firent entrer dans un café pendant que l'un d'eux allait chercher un fiacre. On me conduisit à l'hospice de la Charité.

Pendant la nuit, le délire augmenta, surtout le matin, lorsque je m'aperçus que j'étais attaché. Je parvins à me débarrasser de la camisole de force, et, vers le matin, je me promenai dans les salles. L'idée que j'étais devenu semblable à un dieu et que j'avais le pouvoir de guérir me fit imposer les mains à quelques malades, et, m'approchant d'une statue de la Vierge, j'enlevai la couronne de fleurs artificielles pour appuyer le pouvoir que je me croyais. Je marchai à grands pas, parlant avec animation de l'ignorance des hommes qui croyaient pouvoir guérir avec la science seule, et, voyant sur a table un flacon d'éther, je l'avalai d'une gorgée. Un interne d'une figure que je comparais à celle des anges, voulut m'arrêter, mais la force nerveuse me soutenait, et, prêt à le renverser, je m'arrêtai, lui disant qu'il ne comprenait pas quelle était ma mission. Des médecins vinrent alors, et je continuai mes discours sur l'impuissance de leur art. Puis je descendis l'escalier, bien que n'ayant point de chaussure. Arrivé devant un parterre, j'y entrai et je cueillis des fleurs en me promenant sur le gazon.

Un de mes amis était revenu pour me chercher. Je sortis alors du parterre, et, pendant que je lui parlais, on me jeta sur les épaules une camisole de force, puis on me fit monter dans un fiacre et je fus conduit à une maison de santé située hors de Paris. Je compris, en me voyant parmi les aliénés, que tout n'avait été pour moi qu'illusions jusque-là. Toutefois,

les promesses que j'attribuais à la déesse Isis me semblaient
se réaliser par une série d'épreuves que j'étais destiné à subir. Je les acceptai donc avec résignation.

La partie de la maison où je me trouvais donnait sur un
vaste promenoir ombragé de noyers. Dans un angle se trouvait une petite butte où l'un des prisonniers se promenait en
cercle tout le jour. D'autres se bornaient, comme moi, à parcourir le terre-plein ou la terrasse, bordée d'un talus de
gazon. Sur un mur, situé au couchant, étaient tracées des figures dont l'une représentait la forme de la lune avec des
yeux et une bouche tracés géométriquement ; sur cette figure
on avait peint une sorte de masque ; le mur de gauche présentait divers dessins de profil dont l'un figurait une sorte
d'idole japonaise. Plus loin, une tête de mort était creusée
dans le plâtre ; sur la face opposée, deux pierres de taille
avaient été sculptées par quelqu'un des hôtes du jardin et
représentaient de petits mascarons assez bien rendus. Deux
portes donnaient sur des caves, et je m'imaginai que c'étaient
des voies souterraines pareilles à celles que j'avais vues à
l'entrée des Pyramides.

VI

Je m'imaginai d'abord que les personnes réunies dans ce
jardin avaient toutes quelque influence sur les astres, et que
celui qui tournait sans cesse dans le même cercle y réglait la
marche du soleil. Un vieillard, que l'on amenait à certaines
heures du jour et qui faisait des nœuds en consultant sa
montre, m'apparaissait comme chargé de constater la marche
des heures. Je m'attribuai à moi-même une influence sur la
marche de la lune, et je crus que cet astre avait reçu un
coup de foudre du Tout-Puissant qui avait tracé sur sa face
l'empreinte du masque que j'avais remarquée.

J'attribuais un sens mystique aux conversations des gardiens et à celles de mes compagnons. Il me semblait qu'ils

étaient les représentants de toutes les races de la terre et
qu'il s'agissait entre nous de fixer à nouveau la marche des
astres et de donner un développement plus grand au système.
Une erreur s'était glissée, selon moi, dans la combinaison générale des nombres, et de là venaient tous les maux de l'humanité. Je croyais encore que les esprits célestes avaient pris
des formes humaines et assistaient à ce congrès général, tout
en paraissant occupés de soins vulgaires. Mon rôle me semblait être de rétablir l'harmonie universelle par art cabalistique et de chercher une solution en évoquant les forces oc-
cultes des diverses religions.

Outre le promenoir, nous avions encore une salle dont les
vitres rayées perpendiculairement donnaient sur un horizon
de verdure. En regardant derrière ces vitres la ligne des bâtiments extérieurs, je voyais se découper la façade et les fenêtres en mille pavillons ornés d'arabesques, et surmontés de
découpures et d'aiguilles, qui me rappelaient les kiosques
impériaux bordant le Bosphore. Cela conduisit naturellement
ma pensée aux préoccupations orientales. Vers deux heures,
on me mit au bain, et je me crus servi par les Walkyries,
filles d'Odin, qui voulaient m'élever à l'immortalité en dépouillant peu à peu mon corps de ce qu'il avait d'impur.

Je me promenai le soir plein de sérénité aux rayons de la
lune, et, en levant les yeux vers les arbres, il me semblait que
les feuilles se roulaient capricieusement de manière à former
des images de cavaliers et de dames portés par des chevaux
caparaçonnés. C'étaient pour moi les figures triomphantes des
aïeux. Cette pensée me conduisit à celle qu'il y avait une
vaste conspiration de tous les êtres animés pour rétablir le
monde dans son harmonie première, et que les communications avaient lieu par le magnétisme des astres, qu'une chaîne
non interrompue liait autour de la terre les intelligences dé-
voués à cette communication générale, et que les chants, les
danses, les regards, aimantés de proche en proche, tradui-
saient la même aspiration. La lune était pour moi le refuge

des âmes fraternelles qui, délivrées de leurs corps mortels, travaillaient plus librement à la régénération de l'univers.

Pour moi déjà, le temps de chaque journée semblait augmenté de deux heures ; de sorte qu'en me levant aux heures fixées par les horloges de la maison, je ne faisais que me promener dans l'empire des ombres. Les compagnons qui m'entouraient me semblaient endormis et pareils aux spectres du Tartare jusqu'à l'heure où pour moi se levait le soleil. Alors, je saluais cet astre par une prière, et ma vie réelle commençait.

Du moment que je me fus assuré de ce point que j'étais soumis aux épreuves de l'initiation sacrée, une force invincible entra dans mon esprit. Je me jugeais un héros vivant sous le regard des dieux ; tout dans la nature prenait des aspects nouveaux, et des voix secrètes sortaient de la plante, de l'arbre, des animaux, des plus humbles insectes, pour m'avertir et m'encourager. Le langage de mes compagnons avait des tours mystérieux dont je comprenais le sens, les objets sans forme et sans vie se prêtaient eux-mêmes aux calculs de mon esprit ; — des combinaisons de cailloux, des figures d'angles, de fentes ou d'ouvertures, des découpures de feuilles, des couleurs, des odeurs et des sons, je voyais ressortir des harmonies jnsqu'alors inconnues.

— Comment, me disais-je, ai-je pu exister si longtemps hors de la nature et sans m'identifier à elle? Tout vit, tout agit, tout se correspond ; les rayons magnétiques émanés de moi-même ou des autres traversent sans obstacle la chaîne infinie des choses créées ; c'est un réseau transparent qui couvre le monde, et dont les fils déliés se communiquent de proche en proche aux planètes et aux étoiles. Captif en ce moment sur la terre, je m'entretiens avec le chœur des astres, qui prend part à mes joies et à mes douleurs !

Aussitôt je frémis en songeant que ce mystère même pouvait être surpris.

— Si l'électricité, me dis-je, qui est le magnétisme des

corps physiques, peut subir une direction qui lui impose des
lois, à plus forte raison les esprits hostiles et tyranniques
peuvent asservir les intelligences et se servir de leurs forces
divisées dans un but de domination. C'est ainsi que les dieux
antiques ont été vaincus et asservis par des dieux nouveaux;
c'est ainsi, me dis-je encore, en consultant mes souvenirs
du monde ancien, que les nécromants dominaient des peuples
entiers, dont les générations se succédaient captives sous leur
sceptre éternel. O malheur! la mort elle-même ne peut les
affranchir! car nous revivons dans nos fils comme nous avons
vécu dans nos pères, — et la science impitoyable de nos
ennemis sait nous reconnaître partout. L'heure de notre naissance, le point de la terre où nous paraissons, le premier
geste, le nom, la chambre, — et toutes ces consécrations, et
tous ces rites qu'on nous impose, tout cela établit une série
heureuse ou fatale d'où l'avenir dépend tout entier. Mais, si
déjà cela est terrible selon les seuls calculs humains, comprenez ce que cela doit être en se rattachant aux formules
mystérieuses qui établissent l'ordre des mondes. On l'a dit
justement : rien n'est indifférent, rien n'est impuissant dans
l'univers; un atome peut tout dissoudre, un atome peut tout
sauver!

O terreur! voilà l'éternelle distinction du bon et du mauvais. Mon âme est-elle la molécule indestructible, le globule
qu'un peu d'air gonfle, mais qui retrouve sa place dans la nature, ou ce vide même, image du néant qui disparaît dans
l'immensité? Serait-elle encore la parcelle fatale destinée à
subir, sous toutes ses transformations, les vengeances des êtres
puissants? Je me vis amené ainsi à me demander compte de ma
vie, et même de mes existences antérieures. En me prouvant
que j'étais bon, je me prouvai que j'avais dû toujours l'être.
« Et si j'ai été mauvais, me dis-je, ma vie actuelle ne sera-t-elle
pas une suffisante expiation? » Cette pensée me rassura, mais
ne m'ôta pas la crainte d'être à jamais classé parmi les malheureux. Je me sentais plongé dans une eau froide, et une eau plus

froide encore ruisselait sur mon front. Je reportai ma pensée à l'éternelle Isis, la mère et l'épouse sacrée ; toutes mes aspirations, toutes mes prières se confondaient dans ce nom magique, je me sentais revivre en elle, et parfois elle m'apparaissait sous la figure de la Vénus antique, parfois aussi sous les traits de la Vierge des chrétiens. La nuit me ramena plus distinctement cette apparition chérie, et pourtant je me disais :

— Que peut-elle, vaincue, opprimée. peut-être, pour ses pauvres enfants ?

Pâle et déchiré, le croissant de la lune s'amincissait tous les soirs et allait bientôt disparaître ; peut-être ne devions-nous plus le revoir au ciel ! Cependant, il me semblait que cet astre était le refuge de toutes les âmes sœurs de la mienne, et je le voyais peuplé d'ombres plaintives destinées à renaître un jour sur la terre...

Ma chambre est à l'extrémité d'un corridor habité d'un côté par les fous, et de l'autre par les domestiques de la maison. Elle a seule le privilége d'une fenêtre, percée du côté de la cour, plantée d'arbres, qui sert de promenoir pendant la journée. Mes regards s'arrêtent avec plaisir sur un noyer touffu et sur deux mûriers de la Chine. Au-dessus, l'on aperçoit vaguement une rue assez fréquentée, à travers des treillages peints en vert. Au couchant, l'horizon s'élargit ; c'est comme un hameau aux fenêtres revêtues de verdure ou embarrassées de cages, de loques qui sèchent, et d'où l'on voit sortir par instant quelque profil de jeune ou vieille ménagère, quelque tête rose d'enfant. On crie, on chante, on rit aux éclats ; c'est gai ou triste à entendre, selon les heures et selon les impressions.

J'ai trouvé là tous les débris de mes diverses fortunes, les restes confus de plusieurs mobiliers dispersés ou revendus depuis vingt ans. C'est un capharnaüm comme celui du docteur Faust. Une table antique à trépied aux têtes d'aigle, une console soutenue par un sphinx ailé, une commode du XVIIe siècle, une bibliothèque du XVIIIe, un lit du même temps, dont le baldaquin, à ciel ovale, est revêtu de lampas rouge (mais

on n'a pu dresser ce dernier); une étagère rustique chargée
de faïences et de porcelaines de Sèvres, assez endomma-
gées la plupart; un narguilé rapporté de Constantinople,
une grande coupe d'albâtre, un vase de cristal; des panneaux
de boiseries provenant de la démolition d'une vieille maison
que j'avais habitée sur l'emplacement du Louvre, et couverts
de peintures mythologiques exécutées par des amis aujourd'hui
célèbres; deux grandes toiles dans le goût de Prudhon, représentant la Muse de l'histoire et celle de la comédie. Je me suis
plu pendant quelques jours à ranger tout cela, à créer dans
la mansarde étroite un ensemble bizarre qui tient du palais et
de la chaumière, et qui résume assez bien mon existence errante. J'ai suspendu au-dessus de mon lit mes vêtements arabes,
mes deux cachemires industrieusement reprisés, une gourde de
pèlerin, un carnier de chasse. Au-dessus de la bibliothèque
s'étale un vaste plan du Caire; une console de bambou, dres-
sée à mon chevet, supporte un plateau de l'Inde vernissé où
je puis disposer mes ustensiles de toilette. J'ai retrouvé avec
joie ces humbles restes de mes années alternatives de fortune
et de misère, où se rattachaient tous les souvenirs de ma vie.
On avait seulement mis à part un petit tableau sur cuivre, dans
le goût du Corrège, représentant *Vénus et l'Amour*, des trumeaux de chasseresses et de satyres, et une flèche que j'avais
conservée en mémoire des compagnies de l'arc du Valais, dont
j'avais fait partie dans ma jeunesse; les armes étaient vendues
depuis les lois nouvelles. En somme, je retrouvais là à peu
près tout ce que j'avais possédé en dernier lieu. Mes livres,
amas bizarre de la science de tous les temps, histoire, voyages,
religions, cabale, astrologie, à réjouir les ombres de Pic de la
Mirandole, du sage Meursius et de Nicolas de Cusa, — la tour
de Babel en deux cents volumes, — on m'avait laissé tout cela!
Il y avait de quoi rendre fou un sage; tâchons qu'il y ait aussi
de quoi rendre sage un fou.

Avec quelles délices j'ai pu classer dans mes tiroirs l'amas
de mes notes et de mes correspondances intimes ou publiques,

obscures ou illustres, comme les a faites le hasard des rencontres ou des pays lointains que j'ai parcourus. Dans des rouleaux
mieux enveloppés que les autres, je retrouve des lettres arabes,
des reliques du Caire et de Stamboul. O bonheur! ó tristesse
mortelle! ces caractères jaunis, ces brouillons effacés, ces lettres à demi froissées, c'est le trésor de mon seul amour... Re-
lisons... Bien des lettres manquent, bien d'autres sont déchi-
rées ou raturées.

(Les amis de Gérard de Nerval ont été assez heureux pour
retrouver dans ses papiers des fragments de ces lettres. Les
éditeurs les publient tels qu'ils leurs ont été remis, sans prétendre les coordonner, les lier entre eux, leur donner la suite
et l'enchaînement dont le pauvre rêveur a emporté le secret
avec lui.)

. . . .

LETTRE III

Me voilà encore à vous écrire, puisque je ne puis faire autre
chose que de penser à vous et de m'occuper de vous ; de vous,
si occupée, si distraite, si affairée; non pas tout à fait indifférente
peut-être, mais bien cruellement raisonnable, et raisonnant si
bien! O femme! femme! L'artiste sera toujours en vous plus
forte que l'amante. Mais je vous aime aussi comme artiste. Il
y a dans votre talent une partie de la magie qui m'a charmé.
Marchez donc d'un pas ferme vers cette gloire que j'oublie; et,
s'il faut une voix pour vous crier courage, s'il faut un bras pour
vous soutenir, s'il faut un corps où votre pied s'appuie pour
monter plus haut, vous savez . . . .

LETTRE IV

J'ai lu votre lettre, cruelle que vous êtes. Elle est si douce
et si bonne, que je ne puis que plaindre mon sort ; mais, si je

4.

vous croyais ainsi qu'autrefois coquette et perfide, oh! je dirais comme Figaro : « Votre esprit se joue du mien. » Cette pensée que l'on peut trouver du ridicule dans les sentiments les plus nobles, dans les émotions les plus sincères, me glace le sang et me rend injuste malgré moi. Oh! non, vous n'êtes pas comme tant d'autres femmes, vous avez du cœur, et vous savez bien qu'il ne faut pas se jouer d'une véritable passion.

Oh! méfiez-vous, non pas de votre cœur qui est bon, mais de votre humeur qui est légère et changeuse; songez que vous m'avez mis dans une position telle vis-à-vis de vous, que l'abandon me serait beaucoup plus affreux que ne le serait une infidélité quand je vous aurais obtenue. En effet, dans ce dernier cas, qu'aurais-je à dire? Le ressentiment serait ridicule à mes propres yeux. J'aurais cessé de plaire, voilà tout, et ce serait à moi de chercher des moyens plus efficaces de rentrer dans vos bonnes grâces. Je vous devrais toujours de la reconnaissance et ne pourrais, dans tous les cas, douter de votre loyauté. Mais songez au désespoir où me livrerait votre changement dans nos relations actuelles, ô mon Dieu!

Pour la jalousie, c'est un côté bien mort chez moi. Quand j'ai pris une résolution, elle est ferme; quand je me suis résigné, c'est pour tout de bon. Je pense à d'autres choses et j'arrange mes idées d'après les circonstances. Mon esprit sait toujours plier devant les faits irrévocables. Ainsi, ma belle amie, vous me connaissez bien maintenant. Je livre tout ceci à vos réflexions, je ne veux rien tenir que de leur effet. Ne craignez donc pas de me voir. Votre présence me calme, me fait du bien; votre entretien m'est nécessaire et m'empêche de me livrer à. . . . .

(La suite manque.)

LETTRE V

Vous vous trompez, madame, si vous pensez que je vous oublie ou que je me résigne à être oublié de vous. Je le voudrais, et ce serait un bonheur pour vous et pour moi sans doute ; mais ma volonté n'y peut rien. La mort d'un parent, des intérêts de ma famille ont exigé mon temps et mes soins, et j'ai essayé de me livrer à cette diversion inattendue, espérant retrouver quelque calme et pouvoir juger enfin plus froidement ma position à votre égard. Elle est inexplicable ; elle est triste et fatale de tout point ; elle est ridicule peut-être ; mais je me rassure en pensant que vous êtes la seule personne au monde qui n'ait pas le droit de la trouver telle. Vous auriez bien peu d'orgueil, si vous vous étonniez d'être aimée à ce point et si follement.

Oh ! si j'ai réussi à mêler quelque chose de mon existence dans la vôtre ; si toute une année je vous ai occupée de mes lettres et de ma présence ; s'il y a à moi, tout à moi, quelques journées de votre vie, et, malgré vous, quelques heures de vos pensées, n'était-ce pas une peine qui portait sa récompense avec elle ? Dans cette soirée où je compris toutes les chances de vous plaire et de vous obtenir, où ma seule fantaisie avait mis en jeu votre valeur et la livrait à des hasards, je tremblais plus que vous-même. Eh bien, alors même, tout le prix de mes efforts était dans votre sourire. Vos craintes m'arrachaient le cœur. Mais avec quel transport j'ai baisé vos mains glorieuses ! Ah ! ce n'était pas alors la femme, c'était l'artiste à qui je rendais hommage. Peut-être aurais-je dû toujours me contenter de ce rôle, et ne pas chercher à faire descendre de son piédestal cette belle idole que jusque-là j'avais adorée de si loin.

Vous dirai-je pourtant que j'ai perdu quelques illusions en vous voyant de plus près ? Mais, en se prenant à la réalité, mon amour a changé de caractère. Ma volonté, jusque-là si nette et si précise, a éprouvé un mouvement de vertige. Je ne sentais pas tout mon bonheur d'être ainsi près de vous, ni tout le danger que je courais à risquer de ne pas vous plaire. Mes projets se sont contrariés. J'ai voulu me montrer à la fois un homme timide, un homme utile et égayant, et je n'ai pas compris que les deux sentiments que je voulais exciter ensemble se froisseraient dans votre cœur. Plus jeune, je vous eusse touchée par une passion plus naïve et plus chaleureuse; plus vieux, j'aurais mieux calculé ma marche, étudié votre caractère et trouvé à la longue le chemin de votre cœur.

Si je vous fais un aveu si complet, c'est que je vous sais digne de comprendre un esprit...

(La suite manque.)

LETTRE VII

Ah! ma pauvre amie, je ne sais quels rêves vous avez faits; mais non, je sors d'une nuit terrible; je suis malheureux par ma faute peut-être et non par la vôtre, mais je le suis. Grand Dieu! excusez mon désordre, pardonnez les combats de mon âme. Oui, c'est vrai, j'ai voulu vous le cacher en vain, je vous désire autant que je vous aime, mais je mourrais plutôt que d'exciter encore une fois votre mécontentement. Oh! pardonnez, je ne suis pas volage, moi; depuis trois mois, je vous suis fidèle, je le jure devant Dieu. Si vous tenez un peu à moi, voulez-vous m'abandonner encore à ces vaines ardeurs qui me tuent? Je vous avoue tout cela pour que vous y songiez plus tard; car, je vous l'ai dit, quelque espoir que vous ayez bien voulu me donner, ce n'est pas à un jour fixe que je voudrais vous obtenir, mais arrangez les choses pour le mieux. Ah! je le sais, les femmes aiment qu'on les force un peu; elles ne veulent point paraître céder sans contrainte. Mais, songez-y, vous n'êtes pas pour moi comme les autres femmes; je suis plus peut-être pour vous que les autres hommes; sortons donc des usages de la galanterie ordinaire. Que m'importe que vous

...yez été à d'autres, que vous soyez à d'autres peut-être. Vous
êtes la première femme que j'aime, et je suis peut-être le premier homme qui vous aime à ce point. Si ce n'est pas là une
sorte d'hymen que le ciel bénisse, le mot amour n'est qu'un
vain mot. Que ce soit donc un hymen véritable où l'épouse
s'abandonne en disant : « C'est l'heure. » Il y a de certaines formes de forcer une femme qui me répugnent. Vous le savez,
mes idées sont singulières, ma passion s'entoure de beaucoup
de poésie et d'originalité, j'arrange volontiers ma vie comme
un roman ; les moindres désaccords me choquent, et les modernes manières que prennent les hommes avec les femmes
qu'ils ont possédées ne seront jamais les miennes. Laissez-
vous aimer ainsi ; cela aura peut-être quelques douceurs charmantes que vous ignorez. Ah ! ne redoutez rien d'ailleurs de la
vivacité de mes transports. Vos craintes seront toujours les
miennes, et, de même que je sacrifierais toute ma jeunesse et
ma force au bonheur de vous posséder, de même aussi mon
désir s'arrêterait devant votre réserve, comme il s'est arrêté si
longtemps devant votre rigueur. Ah ! ma chère et véritable
amie, j'ai peut-être tort de vous écrire ces choses qui ne se disent d'ordinaire qu'aux heures d'enivrement. Mais je vous sais
si bonne et si sensible, que vous ne vous offenserez pas d'aveux
qui ne tendent qu'à vous faire lire plus complétement dans
mon cœur. Je vous ai fait bien des concessions, faites-m'en
quelques-unes aussi. La seule chose qui m'effraye serait de
n'obtenir de vous qu'une complaisance froide qui ne partirait
pas de l'attachement, mais peut-être de la pitié. Vous avez reproché à mon amour d'être matériel, il ne l'est pas du moins
dans ce sens ; que je ne vous possède jamais, si je dois avoir
dans les bras une femme résignée plutôt que vaincue. Je renonce à la jalousie, je sacrifie mon amour-propre, mais je ne
puis faire abstraction des droits secrets de mon cœur sur un
autre. Vous m'aimez, oui, beaucoup moins que je ne vous
aime, sans doute, mais vous m'aimez, et sans cela je n'aurais
pas pénétré aussi avant dans votre intimité. Eh bien, vous

comprendrez tout ce que je cherche à vous exprimer. Autant cela serait choquant pour une tête froide, autant cela doit toucher un cœur indulgent et tendre.

Un mouvement de vous m'a fait plaisir, c'est que vous avez paru craindre un instant que, depuis quelques jours, ma constance ne se fût démentie. Ah! rassurez-vous. J'ai peu de mérite à la conserver; il n'existe pour moi qu'une seule femme au monde.

LETTRE VIII

Souvenez-vous, oublieuse personne, que vous m'avez accordé la permission de vous voir une heure aujourd'hui. J'vous envoie mon médaillon en bronze pour fixer encore mieux votre souvenir. Il date déjà, comme vous pouvez voir, de l'an 1831, où il eut les honneurs du Salon. Ah! j'ai été l'une des célébrités..., et je renoncerais encore aujourd'hui à cette partie que j'ai négligée pour vous, si vous me donnez lieu de chercher à vous rendre fière de moi. Vous vous plaignez de quelques heures que je vous ai fait perdre; moi, mon amour m'a fait perdre des années, et pourtant je les ressaisirais bien vite si vous vouliez. Que m'importe la renommée, tant qu'elle ne prendra pas vos traits pour me couronner? Jusque-là, il n'y aura une gloire dans laquelle la mienne s'absorbera toujours c'est la vôtre; et jamais mes assiduités les plus grandes ne tendront à vous la faire oublier. Étudiez donc fortement, mais accordez-moi quelques-uns de vos instants de repos. Je vous avouerai que je suis aujourd'hui d'une humeur fort peu tragique, et que je risque dès lors beaucoup moins de vous déranger.

LETTRE X

(Le commencement manque.)

Je me heurte à chaque pas. M'avez-vous cru injuste, intolérant, capable de troubler votre repos par des folies? Hélas! vous le voyez, je raisonne trop juste, je juge trop froidement

s choses, et vous avez eu bien des preuves de mon empire sur
moi-même. Suis-je un enfant, quoique je vous aime avec toute
imprudence d'un enfant ? Non ; je suis capable de vous faire
respecter aux yeux de tous ; je suis digne de votre confiance,
désormais toute mon intelligence à vous servir, et tout mon
sang pour vous défendre au besoin. Jamais une femme n'a
rencontré tant d'attachement joint à quelque importance réelle,
toutes en seraient flattées. Maintenant, je n'ai plus qu'un mot
vous dire. Admettez une preuve. Il faut un homme bien épris
pour qu'il ne recule pas devant une question de vie et de
mort. Si vous voulez savoir jusqu'à quel point vous êtes aimée
et estimée, le résultat d'une démarche que je puis faire vous
apprendra sur quel bras il faut compter. Si je me suis trompé
dans tous mes soupçons, rassurez-moi, je vous en prie ; épar-
gnez-moi quelques ridicules, et surtout celui de me commettre
avec la parodie de mes émotions les plus chères.

Je vous jure que vous ne risquez rien à m'entendre ; je vous
crains autant que je vous aime ; votre regard est pour moi ce
qu'il y a de plus doux et de plus terrible. Ce n'est que loin de
vous que je m'abandonne aux idées les plus *extrêmes*, les plus
fatales. Madame, vous m'avez dit qu'il fallait savoir trouver le
chemin de votre cœur : eh bien, je suis trop agité pour chercher, pour trouver ; ayez pitié de moi, guidez-moi ! Je ne sais,
il y a des obstacles que je touche sans les voir, des ennemis
que j'aurais besoin de connaître ! Il y a eu quelque chose ces
jours-ci qui vous a changée à mon égard, car vous êtes trop
indulgente et trop sensée pour vous *offenser* vraiment de quelques inégalités, de quelques folies, si excusables dans ma situation. Cela vient-il d'ailleurs ? dites-le moi ; ma pensée vous
préoccupe, et je ne puis la pénétrer ; à qui en voulez-vous ? qui
vous a offensée ? qui vous a trahie ? Donnez-moi quelque chose
où me prendre, quelqu'un à insulter, à combattre ! j'en ai besoin ! que je vous serve sans espoir et sans récompense, et
que je vous délivre de moi, s'il plaît à Dieu ! mais que je
sorte au mois de l'état de doute où je vis.

Une occasion se présenterait dans tous les cas d'anéant
bien des fausses suppositions. Il y a quelqu'un, madame, do
l'assiduité vous a fait du tort dans l'opinion, et qui s'est p
même à vous compromettre, si l'on dit vrai. Ce n'est pas
pour moi une rivalité. Je ne me préoccupe pas le moins c
monde de ce détail, et ne voudrais rien faire de trop importa
pour trop peu. Je vous le dis, vous ne savez même peut-êt
pas ce que c'est, un homme sans valeur et sans mérite, que
que chose d'insignifiant et de frivole, qu'il suffirait peut-êt
d'effrayer ou de punir, s'il vous a offensée en effet. Nous e
dirons deux mots, si vous voulez, et nous laisserons au beso
la chose pour ce qu'elle vaut. Mais, de grâce, un peu de cor
fiance, un peu de clarté dans ces détours où je me heurte
chaque pas.

LETTRE XI

Mon Dieu! mon Dieu! j'ai pu vous voir un instant. Quoi
vous n'êtes donc pas si irritée que je le croyais? quoi! vou
avez encore un sourire pour ma personne, un doux rayon c
soleil pour mes tristesses! J'emporte ce bonheur, de peur d'êt
détrompé par un mot que je fuis toujours, moi qui me croya
déjà puissant. Un regard m'abat, un mot me relève, je r
me sens fort que loin de vos yeux.

Oui, j'ai mérité d'être humilié par vous; oui, je dois pay
encore de beaucoup de souffrances l'instant d'orgueil auqu
j'ai cédé. Ah! c'était une risible ambition que celle-là. M
croire chéri d'une femme de votre talent, de votre beaut

Je dois borner mes prétentions à vous servir. J'accepte v
dédains comme une justice. Ne craignez rien, j'attends, r
craignez rien.

LETTRE XII

Deux jours sans vous voir, sans te voir, cruelle! Oh! si t
m'aimes, nous sommes encore bien malheureux. Toi, tes l
çons, ton théâtre, tes occupations; moi-même, un théâtre, u

urnal et une foule encore de tracas et d'ennuis. Hier, je ne
ís à quoi j'ai passé ma journée. Je suis allé et venu.

...Il connaît tout le monde, en dit du mal. Je n'ai pas osé le
ger si mal sans l'avoir vu. Ce n'est pas la faute de ce pau-
e Jean Leroy. Je l'aurais peut-être jugé avec plus d'indul-
nce,... et je viens de dire pourquoi.

Il ne faut pas rire de cela.

LETTRE XIII

Vous êtes bien la plus étrange personne du monde, et je
rais indigne de vous admirer, si je me lassais de vos inéga-
tés et de vos caprices.

Oui, je vous aime ainsi bien plus que je ne vous admire,
je serais fâché que vous fussiez autrement. A un amour tel
ue le mien, il fallait une lutte pénible et compliquée. A cette
assion infatigable, il fallait une résistance inouïe ; à ces ruses,
ces travaux, à cette sourde et constante activité qui ne né-
ige aucun moyen, qui ne repousse aucune concession, ar-
ente comme une passion espagnole, souple comme un amour
alien, il fallait toutes les ressources, toutes les finesses de la
mme, tout ce qu'une tête intelligente peut rassembler de
rce contre un cœur bien résolu. Il fallait tout cela, sans
oute, et je vous aurais peu estimée d'avoir cru la résistance
lus facile et l'épreuve moins dangereuse.

..Toutefois, ne craignez rien ; je suis encore mal remis du
oup qu'il m'a frappé, et il me faut du temps pour...

LETTRE XV

Nous avons maintenant à nous garder d'une chose, c'est de
et abattement qui succède à toute tension violente, à tout ef-
ort surhumain. Pour qui n'a qu'un désir modéré, la réussite
ast une suprême joie qui fait éclater toutes les facultés humaines. C'est un point lumineux dans l'existence, qui ne

tarde pas à pâlir et à s'éteindre. Mais, pour le cœur profondément épris, l'excès d'émotion contracte pour un instant tou
les ressorts de la vie ; le trouble est grand, la convulsion e
profonde, et la tête se courbe en frémissant comme sous
souffle d'un Dieu. Hélas ! que sommes-nous, pauvres cré
tures ! et comment répondre dignement à la puissance
sentir que le ciel a mise en notre âme ? Je ne suis qu'
homme et vous une femme, et l'amour qui est entre nous
quelque chose d'impérissable et de divin.

Une nuit, je parlais et chantais dans une sorte d'extase. U
dès servants de la maison vint me chercher dans ma cellu
et me fit descendre à une chambre du rez-de-chaussée, où
m'enferma. Je continuais mon rêve, et, quoique debout, je n
croyais enfermé dans une sorte de kiosque oriental. J'en so
dai tous les angles et je vis qu'il était octogone. Un div
régnait autour des murs, et il me semblait que ces derni
étaient formés d'une glace épaisse, au delà de laquelle
voyais briller des trésors, des châles et des tapisseries. U
paysage éclairé par la rue m'apparaissait au travers d
treillages de la porte, et il me semblait reconnaître la figu
des troncs d'arbres et des rochers. J'avais déjà séjourné
dans quelque autre existence, et je croyais reconnaître
profondes grottes d'Ellorah. Peu à peu un jour bleuâtre p
nétra dans le kiosque et y fit apparaître des images bizarre
Je crus alors me trouver au milieu d'un vaste charnier où l'h
toire universelle était écrite en traits de sang. Le corps d'u
femme gigantesque était peint en face de moi ; seulement, s
diverses parties étaient tranchées comme par le sabre ; d'a
tres femmes de races diverses et dont les corps dominaient
plus en plus, présentaient sur les autres murs un fouillis sa
glant de membres et de têtes, depuis les impératrices et l
reines jusqu'aux plus humbles paysannes. C'était l'histoire
tous les crimes, et il suffisait de fixer les yeux sur tel ou
point pour voir s'y dessiner une représentation tragique.

— Voilà, me disais-je, ce qu'a produit la puissance déférée
ux hommes. Ils ont peu à peu détruit et tranché en mille
orceaux le type éternel de la beauté, si bien que les races
rdent de plus en plus en force et perfection...

Et je voyais, en effet, sur une ligne d'ombre qui se faufilait
r un des jours de la porte, la génération descendante des
ces de l'avenir.

Je fus enfin arraché à cette sombre contemplation. La fi-
re bonne et compatissante de mon excellent médecin me
ndit au monde des vivants. Il me fit assister à un spectacle
i m'intéressa vivement. Parmi les malades se trouvait un
une homme, ancien soldat d'Afrique, qui depuis six semaines
refusait à prendre de la nourriture. Au moyen d'un long
yau de caoutchouc introduit dans une narine, on lui faisait
uler dans l'estomac une assez grande quantité de semoule
. de chocolat.

Ce spectacle m'impressionna vivement. Abandonné jusque-
au cercle monotone de mes sensations ou de mes souffrances
orales, je rencontrais un être indéfinissable, taciturne et pant, assis comme un sphinx aux portes suprêmes de l'exis-
nce. Je me pris à l'aimer à cause de son malheur et de
m abandon, et je me sentis relevé par cette sympathie et
r cette pitié. Il me semblait, placé ainsi entre la mort et la
e, comme un interprète sublime, comme un confesseur pré-
estiné à entendre ces secrets de l'âme que la parole n'oserait
ansmettre ou ne réussirait pas à rendre. C'était l'oreille de
ieu sans le mélange de la pensée d'un autre. Je passais des
ures entières à m'examiner mentalement, la tête penchée
r la sienne et lui tenant les mains. Il me semblait qu'un
rtain magnétisme réunissait nos deux esprits, et je me sentis
vi quand la première fois une parole sortit de sa bouche.
n n'en voulait rien croire, et j'attribuais à mon ardente vo-
nté ce commencement de guérison. Cette nuit-là, j'eus un
ve délicieux, le premier depuis bien longtemps. J'étais dans
ne tour, si profonde du côté de la terre et si haute du côté

du ciel, que toute mon existence semblait devoir se consum
à monter et à descendre. Déjà mes forces s'étaient épuisées,
j'allais manquer de courage, quand une porte latérale vint
s'ouvrir; un esprit se présente et me dit :

.— Viens, mon frère !...

Je ne sais pourquoi il me vint à l'idée qu'il s'appelait Satu
nin. Il avait les traits du pauvre malade, mais transfigurés
intelligents. Nous étions dans une campagne éclairée des fe
des étoiles, nous nous arrêtâmes à contempler ce spectacl
et l'esprit étendit sa main sur mon front comme je l'avais f
la veille en cherchant à magnétiser mon compagnon ; aussit
une des étoiles que je voyais an ciel se mit à grandir, et la
vinité de mes rêves m'apparut souriante, dans un costur
presque indien, telle que je l'avais vue autrefois. Elle marc
entre nous deux, et les prés verdissaient, les fleurs et les feu
lages s'élevaient de terre sur la trace de ses pas... Elle me di

— L'épreuve à laquelle tu étais soumis est venue à s
terme ; ces escaliers sans nombre que tu te fatiguais à de
cendre ou à gravir, étaient les liens mêmes des anciennes
lusions qui embarrassaient ta pensée, et maintenant rappell
toi le jour où tu as imploré la Vierge sainte et où, la croya
morte, le délire s'est emparé de ton esprit. Il fallait que t
vœu lui fût porté par une âme simple et dégagée des liens
la terre. Celle-là s'est rencontrée près de toi, et c'est pourqu
il m'est permis à moi-même de venir et de t'encourager.

La joie que ce rêve répandit dans mon esprit me procu
un réveil délicieux. Le jour commençait à poindre. Je voul
avoir un signe matériel de l'apparition qui m'avait consol
et j'écrivis sur le mur ces mots : « Tu m'as visité cette nuit..

J'inscris ici, sous le titre de *Mémorables*, les impressio
de plusieurs rêves qui suivirent celui que je viens de ra
porter.

Sur un pic élancé de l'Auvergne a retenti la chanson d

tres. *Pauvre Marie !* reine des cieux ! c'est à toi qu'ils s'a-
essent pieusement. Cette mélodie rustique a frappé l'oreille
s corybantes. Ils sortent, en chantant à leur tour, des grot-
secrètes où l'amour leur fit des abris. — Hosannah ! paix à
terre et gloire aux cieux !

Sur les montagnes de l'Himalaya une petite fleur est née. —
m'oubliez pas. — Le regard chatoyant d'une étoile s'est
é un instant sur elle, et une réponse s'est fait entendre dans
doux langage étranger. — *Myosotis !*

Une perle d'argent brillait dans le sable ; une perle d'or
ncelait au ciel... Le monde était créé. Chastes amours, divins
upirs ! enflammez la sainte montagne... car vous avez des
res dans les vallées et des sœurs timides qui se dérobent au
in des bois !

Bosquets embaumés de Paphos, vous ne valez pas ces re-
aites où l'on respire à pleins poumons l'air vivifiant de la
atrie. — Là-haut, sur les montagnes, le monde vit content ;
rossignol sauvage fait contentement !

Oh ! que ma grande amie est belle ! Elle est si grande,
n'elle pardonne au monde, et si bonne, qu'elle m'a pardonné.
autre nuit, elle était couchée je ne sais dans quel palais, et
ne pouvais la rejoindre. Mon cheval alezan brûlé se dérobait
us moi. Les rênes brisées flottaient sur sa croupe en sueur,
il me fallut de grands efforts pour l'empêcher de se coucher
terre.

Cette nuit, le bon Saturnin m'est venu en aide, et ma grande
mie a pris place à mes côtés sur sa cavale blanche capara-
onnée d'argent. Elle m'a dit :

— Courage, frère ! car c'est la dernière étape.

Et ses grands yeux dévoraient l'espace, et elle faisait
oler dans l'air sa longue chevelure imprégnée des parfums
e l'Yémen.

Je reconnus les traits divins de ***. Nous volions au triom-
he, et nos ennemis étaient à nos pieds. La huppe messagère
ous guidait au plus haut des cieux, et l'arc de lumière écla-

tait dans les mains divines d'Apollon. Le cor enchanté d'Ado[r]
résonnait à travers les bois.

O Mort! où est ta victoire, puisque le Messie vainqueur ch[e]
vauchait entre nous deux? Sa robe était d'hyacinthe soufrée,
ses poignets, ainsi que les chevilles de ses pieds, étincelaient [de]
diamants et de rubis. Quand sa houssine légère toucha la po[rte]
de nacre de la Jérusalem nouvelle, nous fûmes tous les tr[ois]
inondés de lumière. C'est alors que je suis descendu parmi l[es]
hommes pour leur annoncer l'heureuse nouvelle.

Je sors d'un rêve bien doux : j'ai revu celle que j'av[ais]
aimée transfigurée et radieuse. Le ciel s'est ouvert dans toute [sa]
gloire, et j'y ai lu le mot *pardon* signé du sang de Jésus-Chris[t].

Une étoile a brillé tout à coup et m'a révélé le secret d[u]
monde des mondes. Hosannah! paix à la terre et gloire a[ux]
cieux!

Du sein des ténèbres muettes, deux notes ont résonné, l'u[ne]
grave, l'autre aiguë, — et l'orbe éternel s'est mis à tourn[er]
aussitôt. Sois bénie, ô première octave qui commenças l'hym[ne]
divin! Du dimanche au dimanche, enlace tous les jours da[ns]
ton réseau magique. Les monts te chantent aux vallées, l[es]
sources aux rivières, les rivières aux fleuves, et les fleuves [à]
l'Océan; l'air vibre, et la lumière brise harmonieusement l[es]
fleurs naissantes. Un soupir, un frisson d'amour sort du se[in]
gonflé de la terre, et le chœur des astres se déroule dans l'in[?]
fini; il s'écarte et revient sur lui-même, se resserre et s'ép[a]
nouit, et sème au loin les germes des créations nouvelles.

Sur la cime d'un mont bleuâtre une petite fleur est née. —
Ne m'oubliez pas! — Le regard chatoyant d'une étoile s'e[st]
fixé un instant sur elle, et une réponse s'est fait entendre da[ns]
un doux langage étranger. — *Myosotis!*

Malheur à toi, dieu du Nord, — qui brisas d'un coup d[e]
marteau la sainte table composée de sept métaux les plus pré[-]
cieux! car tu n'as pu briser la *Perle rose* qui reposait au cen[-]
tre. Elle a rebondi sous le fer, — et voici que nous somme[s]
armés pour elle... Hosannah!

Le *macrocosme*, ou grand monde, a été construit par art balistique ; le *microcosme*, ou petit monde, est son image fléchie dans tous les cœurs. La Perle rose a été teinte du sang royal des Walkyries. Malheur à toi, dieu-forgeron, qui as voulu briser un monde !

Cependant, le pardon du Christ a été aussi prononcé sur toi !

Sois donc béni toi-même, ô Thor, le géant, — le plus puissant des fils d'Odin ! Sois béni dans Héla, ta mère, car souvent le trépas est doux, — et dans ton frère Loki, et dans ton chien Garnur.

Le serpent qui entoure le monde est béni lui-même, car il lâche ses anneaux, et sa gueule béante aspire la fleur d'ansuka, la fleur soufrée, — la fleur éclatante du soleil !

Que Dieu préserve le divin Balder, le fils d'Odin, et Freya la belle !

———

. . . .

Je me trouvais *en esprit* à Saardam, que j'ai visitée l'année dernière. La neige couvrait la terre. Une toute petite fille marchait en glissant sur la terre durcie et se dirigeait, je crois, vers la maison de Pierre le Grand. Son profil majestueux avait quelque chose de bourbonien. Son cou, d'une éclatante blancheur, sortait à demi d'une palatine de plumes de cygne. De sa petite main rose, elle préservait du vent une lampe allumée, et allait frapper à la porte verte de la maison, lorsqu'une chatte maigre qui en sortait s'embarrassa dans ses jambes et la fit tomber.

— Tiens ! ce n'est qu'un chat ! dit la petite fille en se relevant.

— Un chat, c'est quelque chose ! répondit une voix douce.

J'étais présent à cette scène, et je portais sur mon bras un petit chat gris qui se mit à miauler.

— C'est l'enfant de cette vieille fée ! dit la petite fille.

Et elle entra dans la maison.

Cette nuit, mon rêve s'est transporté d'abord à Vienne. On sait que sur chacune des places de cette ville sont élevé de grandes colonnes qu'on appelle *pardons*. Des nuages marbre s'accumulent en figurant l'ordre salomonique et su portent des globes où président assises des divinités. Tout coup, ô merveille ! je me mis à songer à cette auguste sœu de l'empereur de Russie, dont j'ai vu le palais impérial Weimar. — Une mélancolie pleine de douceur me fit voir l brumes colorées d'un paysage de Norvége éclairé d'un jour gl et doux. Les nuages devinrent transparents, et je vis se creus devant moi un abîme profond où s'engouffraient tumultueus ment les flots de la Baltique glacée. Il semblait que le fleu entier de la Néva, aux eaux bleues, dût s'engloutir dans cet fissure du globe. Les vaisseaux de Cronstadt et de Saint-P 'tersbourg s'agitaient sur leurs ancres, prêts à se détacher et disparaître dans le gouffre, quand une lumière divine éclai d'en haut cette scène de désolation.

Sous le vif rayon qui perçait la brume, je vis apparaît aussitôt le rocher qui supporte la statue de Pierre le Gran Au-dessus de ce solide piédestal vinrent se grouper des nuag qui s'élevaient jusqu'au zénith. Ils étaient chargés de figur radieuses et divines, parmi lesquelles on distinguait les deu Catherine et l'impératrice sainte Hélène, accompagnées d plus belles princesses de Moscovie et de Pologne. Leurs dou regards, dirigés vers la France, rapprochaient l'espace moyen de longs télescopes de cristal. Je vis par là que not patrie devenait l'arbitre de la querelle orientale, et qu'elles attendaient la solution. Mon rêve se termina par le doux espo que la paix nous serait enfin donnée.

C'est ainsi que je m'encourageais à une audacieuse tenta tive. Je résolus de fixer le rêve et d'en connaître le secre — Pourquoi, me dis-je, ne point enfin forcer ces port mystiques, armé de toute ma volonté, et dominer mes sensation au lieu de les subir ? N'est-il pas possible de dompter cette ch

mère attrayante et redoutable, d'imposer une règle à ces esprits
des nuits qui se jouent de notre raison? Le sommeil occupe le
tiers de notre vie. Il est la consolation des peines de nos journées ou la peine de leurs plaisirs; mais je n'ai jamais éprouvé
que le sommeil fût un repos. Après un engourdissement de
quelques minutes, une vie nouvelle commence, affranchie des
conditions du temps et de l'espace, et pareille sans doute à
celle qui nous attend après la mort. Qui sait s'il n'existe pas
un lien entre ces deux existences et s'il n'est pas possible à
l'âme de le nouer dès à présent?

De ce moment, je m'appliquai à chercher le sens de mes
rêves, et cette inquiétude influa sur mes réflexions de l'état de
veille. Je crus comprendre qu'il existait entre le monde ex-
terne et le monde interne un lien; que l'inattention ou le désordre d'esprit en faussaient seuls les rapports apparents, — et
qu'ainsi s'expliquait la bizarrerie de certains tableaux, semblables à ces reflets grimaçants d'objets réels qui s'agitent sur
l'eau troublée.

Telles étaient les inspirations de mes nuits; mes journées se
passaient doucement dans la compagnie des pauvres malades,
dont je m'étais fait des amis. La conscience que désormais
j'étais purifié des fautes de ma vie passée me donnait des jouis-
sances morales infinies; la certitude de l'immortalité et de la
coexistence de toutes les personnes que j'avais aimées m'était
arrivée matériellement, pour ainsi dire, et je bénissais l'âme
fraternelle qui, du sein du désespoir, m'avait fait rentrer dans
les voies lumineuses de la religion.

Le pauvre garçon de qui la vie intelligente s'était si singulièrement retirée recevait des soins qui triomphaient peu à peu
de sa torpeur. Ayant appris qu'il était né à la campagne, je
passais des heures entières à lui chanter d'anciennes chansons
de village, auxquelles je cherchais à donner l'expression la plus
touchante. J'eus le bonheur de voir qu'il les entendait et qu'il
répétait certaines parties de ces chants. Un jour, enfin, il ouvrit les yeux un seul instant, et je vis qu'ils étaient bleus comme

ceux de l'Esprit qui m'était apparu en rêve. Un matin, à quelques jours de là, il tint ses yeux grands ouverts et ne les ferma plus. Il se mit aussitôt à parler, mais seulement par intervalle, et me reconnut, me tutoyant et m'appelant frère. Cependant, il ne voulait pas davantage se résoudre à manger. Un jour, revenant du jardin, il me dit :

— J'ai soif.

J'allai lui chercher à boire ; le verre toucha ses lèvres sans qu'il pût avaler.

— Pourquoi, lui dis-je, ne veux-tu pas manger et boire comme les autres?

— C'est que je suis mort, dit-il ; j'ai été enterré dans tel cimetière, à telle place...

— Et maintenant, où crois-tu être?

— En purgatoire, j'accomplis mon expiation.

Telles sont les idées bizarres que donnent ces sortes de maladies ; je reconnus en moi-même que je n'avais pas été loin d'une si étrange persuasion. Les soins que j'avais reçus m'avaient déjà rendu à l'affection de ma famille et de mes amis, et je pouvais juger plus sainement le monde d'illusions où j'avais quelque temps vécu. Toutefois, je me sens heureux des convictions que j'ai acquises, et je compare cette série d'épreuves que j'ai traversées à ce qui, pour les anciens, représentait l'idée d'une descente aux enfers.

. . . .
. . . .

1855

LES FILLES DU FEU

A ALEXANDRE DUMAS

Je vous dédie ce livre, mon cher maître, comme j'ai dédié *Lorely* à Jules Janin. J'avais à le remercier au même titre que vous. Il y a quelques années, on m'avait cru mort et il avait écrit ma biographie. Il y a quelques jours, on m'a cru fou, et vous avez consacré quelques-unes de vos lignes des plus charmantes à l'épitaphe de mon esprit. Voilà bien de la gloire qui m'est échue en avancement d'hoirie. Comment oser, de mon vivant, porter au front ces brillantes couronnes? Je dois afficher un air modeste et prier le public de rabattre beaucoup de tant d'éloges accordés à mes cendres, ou au vague contenu de cette bouteille que je suis allé chercher dans la lune à l'imitation d'Astolfe, et que j'ai fait rentrer, j'espère, au siége habituel de la pensée.

Or, maintenant que je ne suis plus sur l'hippogriffe et qu'aux yeux des mortels, j'ai recouvré ce qu'on appelle vulgairement la raison, — raisonnons.

Voici un fragment de ce que vous écriviez sur moi le 10 décembre dernier :

« C'est un esprit charmant et distingué, comme vous avez pu en juger, — chez lequel, de temps en temps, un certain phénomène se produit, qui, par bonheur, nous l'espérons, n'est sérieusement inquiétant ni pour lui, ni pour ses amis — de temps en temps, lorsqu'un travail quelconque l'a for préoccupé, l'imagination, cette folle du logis, en chasse mo mentanément la raison, qui n'en est que la maîtresse ; alors la première reste seule, tout-puissante, dans ce cervea' nourri de rêves et d'hallucinations, ni plus ni moins qu'u' fumeur d'opium du Caire, ou qu'un mangeur de haschic! d'Alger, et alors, la vagabonde qu'elle est le jette dans le théories impossibles, dans les livres infaisables. Tantôt il es le roi d'Orient Salomon, il a retrouvé le sceau qui évoqu' les esprits, il attend la reine de Saba ; et alors, croyez-le bien il n'est conte de fée, ou des *Mille et une Nuits*, qui vaill ce qu'il raconte à ses amis, qui ne savent s'ils doivent l plaindre ou l'envier, de l'agilité et de la puissance de ce esprits, de la beauté et de la richesse de cette reine ; tanté il est sultan de Crimée, comte d'Abyssinie, duc d'Égypte, ba ron de Smyrne. Un autre jour, il se croit fou, et il racont comment il l'est devenu, et avec un si joyeux entrain, en pas sant par des péripéties si amusantes, que chacun désire l devenir pour suivre ce guide entraînant dans le pays de chimères et des hallucinations, plein d'oasis plus fraîches (plus ombreuses que celles qui s'élèvent sur la route brûlé d'Alexandrie à Ammon ; tantôt, enfin, c'est la mélancolie qu devient sa muse, et alors retenez vos larmes si vous pouve? car jamais Werther, jamais René, jamais Antony, n'ont e plaintes plus poignantes, sanglots plus douloureux, parol: plus tendres, cris plus poétiques !... »

Je vais essayer de vous expliquer, mon cher Dumas, l phénomène dont vous avez parlé plus haut. Il est, vous le s? vez, certains conteurs qui ne peuvent inventer sans s'identi fier aux personnages de leur imagination. Vous savez av(quelle conviction notre vieil ami Nodier racontait comment avait eu le malheur d'être guillotiné à l'époque de la Révo lution ; on en devenait tellement persuadé, que l'on se de mandait comment il était parvenu à se faire recoller la tête...

Eh bien, comprenez-vous que l'entraînement d'un récit puisse produire un effet semblable; que l'on arrive pour ainsi dire à s'incarner dans le héros de son imagination, si bien que sa vie devienne la vôtre et qu'on brûle des flammes factices de ses ambitions et de ses amours! C'est pourtant ce qui m'est arrivé en entreprenant l'histoire d'un personnage qui a figuré, je crois bien, vers l'époque de Louis XV, sous le pseudonyme de Brisacier. Où ai-je lu la biographie fatale de cet aventurier? J'ai retrouvé celle de l'abbé de Bucquoy; mais je me sens bien incapable de renouer la moindre preuve historique à l'existence de cet illustre inconnu! Ce qui n'eût été qu'un jeu pour vous, maître, — qui avez su si bien vous jouer avec nos chroniques et nos mémoires, que la postérité ne saura plus démêler le vrai du faux, et chargera de vos inventions tous les personnages historiques que vous avez appelés à figurer dans vos romans, — était devenu pour moi une obsession, un vertige. Inventer, au fond, c'est se ressouvenir, a dit un moraliste; ne pouvant trouver les preuves de l'existence matérielle de mon héros, j'ai cru tout à coup à la transmigration des âmes non moins fermement que Pythagore ou Pierre Leroux. Le xvIII^e siècle même, où je m'imaginais avoir vécu, était plein de ces illusions. Voisenon, Mancriff et Crébillon fils en ont écrit mille aventures. Rappelez-vous ce courtisan qui se souvenait d'avoir été sofa; sur quoi, Schahabaham s'écrie avec enthousiasme : « Quoi! vous avez été sofa! mais c'est fort galant... Et, dites-moi, étiez-vous brodé? »

Moi, je m'étais brodé sur toutes les coutures. Du moment que j'avais cru saisir la série de toutes mes existences antérieures, il ne m'en coûtait pas plus d'avoir été prince, roi, mage, génie et même dieu; la chaîne était brisée et marquait les heures pour des minutes. Ce serait le Songe de Scipion, la Vision du Tasse ou la *Divine Comédie* du Dante, si j'étais

5.

parvenu à concentrer mes souvenirs en un chef-d'œuvre. Re-
nonçant désormais à la renommée d'inspiré, d'illuminé ou de
prophète, je n'ai à vous offrir que ce que vous appelez si
justement des théories impossibles, un *livre infaisable*, dont
voici le premier chapitre, qui semble faire suite au *Roman
comique* de Scarron.... Jugez-en :

Le Roman tragique.

Me voici encore dans ma prison, madame; toujours imprudent, toujours coupable à ce qu'il semble, et toujours confiant, hélas! dans cette belle *étoile* de comédie, qui a bien
voulu m'appeler un instant son *destin*. L'Étoile et le Destin :
quel couple aimable dans le roman du poëte Scarron! mais
qu'il est difficile de jouer convenablement ces deux rôles aujourd'hui. La lourde charrette qui nous cahotait jadis sur
l'inégal pavé du Mans, a été remplacée par des carrosses, par
des chaises de poste et autres inventions nouvelles. Où sont
les aventures, désormais? où est la charmante misère qui nous
faisait vos égaux et vos camarades, mesdames les comédien-
nes, nous les pauvres poëtes toujours et les poëtes pauvres
bien souvent? Vous nous avez trahis, reniés! et vous vous
plaigniez de notre orgueil! Vous avez commencé par suivre
de riches seigneurs, chamarrés, galants et hardis, et vous
nous avez abandonnés dans quelque misérable auberge pour
payer la dépense de vos folles orgies. Ainsi, moi, le brillant
comédien naguère, le prince ignoré, l'amant mystérieux, le
déshérité, le banni de liesse, le beau ténébreux, adoré des
marquises comme des présidentes, moi, le favori bien indigne
de madame Bouvillon, je n'ai pas été mieux traité que ce
pauvre Ragotin, un poétereau de province, un robin!... Ma
bonne mine, défigurée d'un vaste emplâtre, n'a servi même
qu'à me perdre plus sûrement. L'hôte, séduit par les discours
de La Rancune, a bien voulu se contenter de tenir en gages
le propre fils du grand khan de Crimée envoyé ici pour faire

s études, et avantageusement connu dans toute l'Europe
hrétienne sous le pseudonyme de Brisacier. Encore, si ce mi-
rable, si cet intrigant suranné m'eût laissé quelques carolus,
u même une pauvre montre entourée de faux brillants,
eusse pu sans doute imposer le respect à mes accusateurs et
riter la triste péripétie d'une aussi sotte combinaison. Bien
fieux, vous ne m'aviez laissé pour tout costume qu'une mé-
lante souquenille puce, un justaucorps rayé de noir et de
beu, et des chausses d'une conservation équivoque. Si bien,
u'en soulevant ma valise après votre départ, l'aubergiste,
hquiet, a soupçonné une partie de la triste vérité, et m'est
enu dire tout net que j'étais *un prince de contrebande.* A ces
bots, j'ai voulu sauter sur mon épée; mais La Rancune
lavait enlevée, prétextant qu'il fallait m'empêcher de m'en
ercer le cœur sous les yeux de l'ingrate qui m'avait trahi !
ætte dernière supposition était inutile, ô La Rancune ! on ne
: perce pas le cœur avec une épée de comédie, on n'imite
las le cuisinier Vatel, on n'essaye pas de parodier les héros de
oman, quand on est un héros de tragédie : et je prends tous
ws camarades à témoin qu'un tel trépas est impossible à
hettre en scène un peu noblement. Je sais bien qu'on peut
biquer l'épée en terre et se jeter dessus les bras ouverts ;
hais nous sommes ici dans une chambre parquetée, où le ta-
his manque, nonobstant la froide saison. La fenêtre est,
s'ailleurs, assez ouverte et assez haute sur la rue pour qu'il
boit loisible à tout désespoir tragique de terminer par là son
ours. Mais... mais, je vous l'ai dit mille fois, je suis un co-
hédien qui a de la religion.

Vous souvenez-vous de la façon dont je jouais Achille,
hand par hasard, passant dans une ville de troisième ou de
matrième ordre, il nous prenait la fantaisie d'étendre le culte
hégligé des anciens tragiques français? J'étais noble et puis-
hant, n'est-ce pas, sous le casque doré aux crins de pourpre,
bus la cuirasse étincelante, et drapé d'un manteau d'azur? Et
huelle pitié c'était alors de voir un père aussi lâche qu'Aga-

memnon disputer au prêtre Calchas l'honneur de livrer plu
vite au couteau la pauvre Iphigénie en larmes ! J'entra
comme la foudre au milieu de cette action forcée et cruelle ; j
rendais l'espérance aux mères et le courage aux pauvres fille:
sacrifiées toujours à un devoir, à un dieu, à la vengeanc
d'un peuple. à l'honneur ou au profit d'une famille !... Car o
comprenait bien partout que c'était là l'histoire éternelle de
mariages humains. Toujours le père livrera sa fille par ambi
tion, et toujours la mère la vendra avec avidité ; mais l'aman
ne sera pas toujours cet honnête Achille, si beau, si bien arm
si galant et si terrible, quoiqu'un peu rhéteur pour un homm
d'épée ! Moi, je m'indignais parfois d'avoir à débiter de si lon
gues tirades dans une cause aussi limpide et devant un audi
toire aisément convaincu de mon droit. J'étais tenté de sa
brer, pour en finir, toute la cour imbécile du roi des roi:
avec son espalier de figurants endormis ! Le public en eût ét
charmé ; mais il aurait fini par trouver la pièce trop courte, e
par réfléchir qu'il lui faut le temps de voir souffrir une prin:
cesse. un amant et une reine ; de les voir pleurer, s'emport
et répandre un torrent d'injures harmonieuses contre la vieill
autorité du prêtre et du souverain. Tout cela vaut bien cin
actes et deux heures d'attente, et le public ne se contentera
pas à moins. Il lui faut sa revanche de cet éclat d'une famill
unique, pompeusement assise sur le trône de la Grèce, et de
vant laquelle Achille lui-même ne peut s'emporter qu'en pa
roles ; il faut qu'il sache tout ce qu'il y a de misères sous cett
pourpre, et pourtant d'irrésistible majesté ! Ces pleurs tombé
des plus beaux yeux du monde sur le sein rayonnant d'Iphigé
nie n'enivrent pas moins la foule que sa beauté, ses grâces o
l'éclat de son costume royal ! Cette voix si douce, qui demand
la vie en rappelant qu'elle n'a pas encore vécu ; le doux sou
rire de cet œil, qui fait trêve aux larmes pour caresser les fai
blesses d'un père, première agacerie, hélas ! qui ne sera pa
pour l'amant !... Oh ! comme chacun est attentif pour en re:
cueillir quelque chose ! La tuer, elle ! Qui donc y songe:

rands dieux! Personne peut-être?... Au contraire : chacun est dit déjà qu'il fallait qu'elle mourût pour tous plutôt que de vivre pour un seul. Chacun a trouvé Achille trop beau, trop grand, trop superbe! Iphigénie sera-t-elle emportée encore par ce vautour thessalien, comme l'autre, la fille de Léda, l'a été naguère par un prince berger de la volupteueuse côte d'Asie? Là est la question pour tous les Grecs, et là est aussi la question pour le public qui nous juge dans ces rôles de héros! Et moi, je me sentais haï des hommes autant qu'admiré des femmes quand je jouais un de ces rôles d'amant superbe et victorieux. C'est qu'à la place d'une froide princesse de coulisse élevée à psalmodier tristement ces vers immortels, j'avais à défendre, à éblouir, à conserver une véritable fille de la Grèce, une perle de grâce, d'amour et de pureté, digne en effet d'être disputée par les hommes aux dieux jaloux! Était-ce Iphigénie seulement? Non, c'était Monime, c'était Junie, c'était Bérénice, c'étaient toutes les héroïnes inspirées par les beaux yeux d'azur de mademoiselle de Champmeslé ou par les grâces adorables des vierges nobles de Saint-Cyr! Pauvre Aurélie! notre compagne, notre sœur, n'auras-tu point regret toi-même à ces temps d'ivresse et d'orgueil? Ne m'as-tu pas aimé un instant, froide Étoile! à force de me voir souffrir, combattre ou pleurer pour toi? L'éclat nouveau dont le monde t'environne aujourd'hui prévaudra-t-il sur l'image rayonnante de nos triomphes communs? On se disait chaque soir : « Quelle est donc cette comédienne si au-dessus de tout ce que nous avons applaudi? Ne nous trompons-nous pas? Est-elle bien aussi jeune, aussi fraîche, aussi honnête qu'elle le paraît? Sont-ce de vraies perles et de fines opales qui ruissellent parmi ses blonds cheveux cendrés, et ce voile de dentelle appartient-il bien légitimement à cette malheureuse enfant? N'a-t-elle pas honte de ces satins brochés, de ces velours à gros plis, de ces peluches et de ces hermines? Tout cela est d'un goût suranné qui accuse des fantaisies au-dessus de son âge. » Ainsi parlaient les mères, en admirant toutefois un choix constant d'atours et d'or-

nements.d'un autre siècle qui leur rappelaient de beaux so
venirs. Les jeunes femmes enviaient, critiquaient ou admiraie
tristement. Mais, moi, j'avais besoin de la voir à toute heu
pour ne pas me sentir ébloui près d'elle, et pour pouvoir fix
mes yeux sur les siens autant que le voulaient nos rôles. C'e
pourquoi celui d'Achille était mon triomphe. Mais que le cho
des autres m'avait embarrassé souvent! Quel malheur de n'os
changer les situations à mon gré et sacrifier même les pensé
du génie à mon respect et à mon amour! Les Britannicus
les Bajazet, ces amants captifs et timides, n'étaient pas po
me convenir. La pourpre du jeune César me séduisait bi
davantage! Mais quel malheur ensuite de ne rencontrer à di
que de froides perfidies! Eh quoi! ce fut là ce Néron tant cél
bré de Rome, ce beau lutteur, ce danseur, ce poëte arden
dont la seule envie était de plaire à tous? Voilà donc ce qu
l'histoire en a fait, et ce que les poëtes en ont rêvé d'apr
l'histoire! Oh! donnez-moi ses fureurs à rendre, mais so
pouvoir, je craindrais de l'accepter. Néron! je t'ai compri
hélas! non pas d'après Racine, mais d'après mon cœur d
chiré quand j'osais emprunter ton nom! Oui, tu fus un die
toi qui voulais brûler Rome, et qui en avais le droit peut-êtr
puisque Rome t'avait insulté!...

Un sifflet, un sifflet indigne, *sous ses yeux*, près d'elle,
cause d'elle! Un sifflet qu'elle s'attribue — par ma fau
(comprenez bien!) et vous demanderez ce qu'on fait quand o
tient la foudre!... Oh! tenez, mes amis! j'ai eu un mome
l'idée d'être vrai, d'être grand, de me faire immortel enfi
sur votre théâtre de planches et de toiles, et dans votre com
die d'oripeaux! Au lieu de répondre à l'insulte par une i
sulte, qui m'a valu le *châtiment* dont je souffre encore, au li
de provoquer tout un public vulgaire à se ruer sur les plai
ches et à m'assommer lâchement..., j'ai eu un moment l'idé
l'idée sublime et digne de César lui-même, l'idée que, cette fo
nul n'aurait osé mettre au-dessous de celle du grand Racin
l'idée auguste enfin de brûler le théâtre et le public, et vo

is ! et de l'emporter seule, à travers les flammes, échevelée,
demi-nue, selon son rôle, ou du moins selon le récit classi-
e de Burrhus. Et soyez sûrs alors que rien n'aurait pu me la
vir, depuis cet instant jusqu'à l'échafaud, et de là dans l'é-
nité !

O remords de mes nuits fiévreuses et de mes jours mouillés
larmes ! Quoi ! j'ai pu le faire et je ne l'ai pas voulu ? Quoi !
us m'insultez encore, vous qui devez la vie à ma pitié plus
à ma crainte ? Les brûler tous, je l'aurais fait ! Jugez-en :
théâtre de P*** n'a qu'une seule sortie ; la nôtre donnait
en sur une petite rue de derrière, mais le foyer où vous vous
iez tous est de l'autre côté de la scène. Moi, je n'avais qu'à
tacher un quinquet pour incendier les toiles, et cela sans
nger d'être surpris, car le surveillant ne pouvait me voir, et
tais seul à écouter le fade dialogue de Britannicus et de Junie
ur reparaître ensuite et faire tableau. Je luttai avec moi-
ème pendant tout cet intervalle ; en rentrant, je roulais dans
es doigts un gant que j'avais ramassé ; j'attendais à me ven-
r plus noblement que César lui-même d'une injure que j'a-
is sentie avec tout le cœur d'un César... Eh bien, ces lâches
osaient recommencer ! mon œil les foudroyait sans crainte,
j'allais pardonner au public, sinon à Junie, quand elle a
ë... Dieux immortels !... Tenez, laissez-moi parler comme
veux !... Oui, depuis cette soirée, ma folie est de me croire
Romain, un empereur ; mon rôle s'est identifié à moi-
ème, et la tunique de Néron s'est collée à mes membres
elle brûle, comme celle du centaure dévorait Hercule expi-
nt. Ne jouons plus avec les choses saintes, même d'un peu-
e et d'un âge éteints depuis si longtemps, car il y a peut-être
elque flamme encore sous les cendres des dieux de Rome !...
es amis, comprenez surtout qu'il ne s'agissait pas pour moi
une froide traduction de paroles compassées, mais d'une
ène où tout vivait, où trois cœurs luttaient à chances égales,
, comme aux jeux du cirque, c'était peut-être du vrai sang
ai allait couler ! Et le public le savait bien, lui, ce public d

petite ville si bien au courant de toutes nos affaires ; ces fem
mes dont plusieurs m'auraient aimé si j'avais voulu trahir mo
seul amour! ces hommes tous jaloux de moi à cause d'elle; e
l'autre, le Britannicus bien choisi, le pauvre soupirant confu:
qui tremblait devant moi et devant elle, mais qui devait m
vaincre à ce jeu terrible, où le dernier venu a tout l'avantag
et toute la gloire!... Ah! le débutant d'amour savait son mé
tier... Mais il n'avait rien à craindre, car je suis trop juste pou
faire un crime à quelqu'un d'aimer comme moi, et c'est e
quoi je m'éloigne du monstre idéal rêvé par le poëte Racine
je ferais brûler Rome sans hésiter; mais, en sauvant Junie, j
sauverais aussi mon frère Britannicus.

Oui, mon frère, oui, pauvre enfant comme moi de l'art e
de la fantaisie, tu l'as conquise, tu l'as méritée en me la di:
putant seulement. Le ciel me garde d'abuser de mon âge, d
ma force et de cette humeur altière que la santé m'a rendue
pour attaquer son choix ou son caprice à elle, la toute-puis
sante, l'équitable, la divinité de mes rêves comme de m
vie !... Seulement, j'avais craint longtemps que mon mal
heur ne te profitât en rien, et que les beaux galants de l
ville ne nous enlevassent à tous ce qui n'est perdu que pou
moi.

La lettre que je viens de recevoir de La Caverne me ras
sure pleinement sur ce point. Elle me conseille de renonce
à « un art qui n'est pas fait pour moi et dont je n'ai n
besoin... » Hélas! cette plaisanterie est amère; car jamais j
n'eus davantage besoin, sinon de l'art, du moins de ses pro
duits brillants. Voilà ce que vous n'avez pas compris. Vou
croyez avoir assez fait en me recommandant aux autorités d
Soissons comme un personnage illustre que sa famille n
pouvait abandonner, mais que la violence de son mal vou
obligeait à laisser en route. Votre La Rancune s'est présent
à la maison de ville et chez mon hôte, avec des airs d
grand d'Espagne de première classe forcé par un contre
temps de s'arrêter deux nuits dans un si triste endroit; vou

utres, forcés de partir précipitamment de P*** le lendemain
de ma déconvenue, vous n'aviez, je le conçois, nulle raison
de vous faire passer ici pour d'*infâmes histrions* : c'est bien
assez de se laisser clouer ce masque au visage dans les endroits où l'on ne peut faire autrement. Mais, moi, que vais-je
dire, et comment me dépêtrer de l'infernal réseau d'intrigues
où les récits de La Rancune viennent de m'engager? Le
grand couplet du *Menteur* de Corneille lui a servi assurément
à composer son histoire, car la conception d'un faquin tel
que lui ne pouvait s'élever si haut. Imaginez... Mais que
vais-je vous dire que vous ne sachiez de reste et que vous
n'ayez comploté ensemble pour me perdre? L'ingrate qui est
cause de mes malheurs n'y aura-t-elle pas mélangé tous les
fils de satin les plus inextricables que ses doigts d'Arachné
auront pu tendre autour d'une pauvre victime?... Le beau
chef-d'œuvre! Eh bien, je suis pris, je l'avoue; je cède, je
demande grâce. Vous pouvez me reprendre avec vous sans
crainte, et, si les rapides chaises de poste qui vous empor-
têrent sur la route de Flandre, il y a près de trois mois, ont
déjà fait place à l'humble charrette de nos premières équipées,
daignez me recevoir au moins en qualité de monstre, de phénomène, de *calot* propre à faire amasser la foule, et je ré-
ponds de m'acquitter de ces divers emplois de manière à
contenter les amateurs les plus sévères des provinces... Ré-
pondez-moi maintenant au bureau de poste, car je crains la
curiosité de mon hôte : j'enverrai prendre votre épître par
un homme de la maison, qui m'est dévoué...

L'illustre Brisacier.

Que faire maintenant de ce héros abandonné de sa maîtresse et de ses compagnons? N'est-ce en vérité qu'un comédien de hasard, justement puni de son irrévérence envers le
public, de sa sotte jalousie, de ses folles prétentions? Comment arrivera-t-il à prouver qu'il est le propre fils du khan

6

de Crimée, ainsi que l'a proclamé l'astucieux récit de La Rancune? Comment de cet abaissement inouï s'élancera-t-il aux plus hautes destinées?... Voilà des points qui ne vous embarrasseraient nullement sans doute, mais qui m'ont jeté dans le plus étrange désordre d'esprit. Une fois persuadé que j'écrivais ma propre histoire, je me suis mis à traduire tous mes rêves, toutes mes émotions, je me suis attendri à cet amour pour une *étoile* fugitive qui m'abandonnait seul dans la nuit de ma destinée, j'ai pleuré, j'ai frémi des vaines apparitions de mon sommeil. Puis un rayon divin a lui dans mon enfer; entouré de monstres contre lesquels je luttais obscurément, j'ai saisi le fil d'Ariane, et dès lors toutes mes visions sont devenues célestes. Quelque jour, j'écrirai l'histoire de cette « descente aux enfers, » et vous verrez qu'elle n'a pas été entièrement dépourvue de raisonnement si elle a toujours manqué de raison.

Et, puisque vous avez eu l'imprudence de citer un des sonnets composés dans cet état de rêverie *super-naturaliste*, comme diraient les Allemands, il faudra que vous les entendiez tous. — Vous les trouverez dans mes poésies. Ils ne sont guère plus obscurs que la métaphysique d'Hégel ou les *mémorables* de Swedenborg, et perdraient de leur charme à être expliqués, si la chose était possible, concédez-moi du moins le mérite de l'expression; — la dernière folie qui me restera probablement, ce sera de me croire poëte : c'est à la critique de m'en guérir.

1854

SYLVIE

SOUVENIRS DU VALOIS

———

I

NUIT PERDUE

Je sortais d'un théâtre où, tous les soirs, je paraissais aux
avant-scènes en grande tenue de soupirant. Quelquefois, tout
était plein ; quelquefois, tout était vide. Peu m'importait
d'arrêter mes regards sur un parterre peuplé seulement d'une
trentaine d'amateurs forcés, sur des loges garnies de bonnets
et de toilettes surannées, — ou bien de faire partie d'une
salle animée et frémissante, couronnée à tous ses étages de
toilettes fleuries, de bijoux étincelants et de visages radieux.
Indifférent au spectacle de la salle, celui du théâtre ne m'arrêtait guère, — excepté lorsqu'à la seconde ou à la troisième
scène d'un maussade chef-d'œuvre d'alors, une apparition
bien connue illuminait l'espace vide, rendant la vie d'un
souffle et d'un mot à ces vaines figures qui m'entouraient.
Je me sentais vivre en elle, et elle vivait pour moi seul.
Son sourire me remplissait d'une béatitude infinie ; la vibration de sa voix si douce et cependant fortement timbrée me
faisait tressaillir de joie et d'amour. Elle avait pour moi toutes les perfections, elle répondait à tous mes enthousiasmes,
à tous mes caprices, — belle comme le jour aux feux de la
rampe qui l'éclairait d'en bas, pâle comme la nuit, quand la

rampe baissée la laissait éclairée d'en haut sous les rayons
du lustre et la montrait plus naturelle, brillant dans l'ombre
de sa seule beauté, comme les Heures divines qui se décou-
pent, avec une étoile au front, sur les fonds bruns des fresques d'Herculanum !

Depuis un an, je n'avais pas encore songé à m'informer de
ce qu'elle pouvait être d'ailleurs ; je craignais de troubler le
miroir magique qui me renvoyait son image, — et tout au
plus avais-je prêté l'oreille à quelques propos concernant non
plus l'actrice, mais la femme. Je m'en informais aussi peu
que des bruits qui ont pu courir sur la princesse d'Élide ou
sur la reine de Trébizonde, — un de mes oncles, qui avait
vécu dans les avant-dernières années du xviii⁰ siècle comme
il fallait y vivre pour le bien connaître, m'ayant prévenu de
bonne heure que les actrices n'étaient pas des femmes, et
que la nature avait oublié de leur faire un cœur. Il parlait
de celles de ce temps-là sans doute ; mais il m'avait raconté
tant d'histoires de ses illusions, de ses déceptions, et montré
tant de portraits sur ivoire, médaillons charmants qu'il
utilisait depuis à parer des tabatières, tant de billets jaunis,
tant de faveurs fanées, en m'en faisant l'histoire et le compte
définitif, que je m'étais habitué à penser mal de toutes sans
tenir compte de l'ordre des temps.

Nous vivions alors dans une époque étrange, comme celle
qui d'ordinaire succèdent aux révolutions ou aux abaissement
des grands règnes. Ce n'était plus la galanterie héroïque comme
sous la Fronde, le vice élégant et paré comme sous la Régence,
le scepticisme et les folles orgies du Directoire ; c'était un mélange d'activité, d'hésitation et de paresse, d'utopies brillantes, d'aspirations philosophiques ou religieuses, d'enthousiasmes vagues, mêlés de certains instincts de renaissance ; d'ennuis
des discordes passées, d'espoirs incertains, — quelque chose
comme l'époque de Pérégrinus et d'Apulée. L'homme matériel
aspirait au bouquet de roses qui devait le régénérer par les
mains de la belle Isis ; la déesse éternellement jeune et pure

ous apparaissait dans les nuits, et nous faisait honte de nos
eures de jour perdues. L'ambition n'était cependant pas de
otre âge, et l'avide curée qui se faisait alors des positions et
es honneurs nous éloignait des sphères d'activité possibles. Il
e nous restait pour asile que cette tour d'ivoire des poëtes,
ù nous montions toujours plus haut pour nous isoler de la
oule. A ces points élevés où nous guidaient nos maîtres, nous
espirions enfin l'air pur des solitudes, nous buvions l'oubli
ans la coupe d'or des légendes, nous étions ivres de poésie
t d'amour. Amour, hélas ! des formes vagues, des teintes ro-
s et bleues, des fantômes métaphysiques ! Vue de près, la
mme réelle révoltait notre ingénuité ; il fallait qu'elle appa-
t reine ou déesse, et surtout n'en pas approcher.

Quelques-uns d'entre nous néanmoins prisaient peu ces pa-
doxes platoniques, et à travers nos rêves renouvelés d'A-
xandrie agitaient parfois la torche des dieux souterrains, qui
laire l'ombre un instant de ses traînées d'étincelles. — C'est
nsi que, sortant du théâtre avec l'amère tristesse que laisse
n songe évanoui, j'allais volontiers me joindre à la société
un cercle où l'on soupait en grand nombre, et où toute mé-
ncolie cédait devant la verve intarissable de quelques esprits
latants, vifs, orageux, sublimes parfois, — tels qu'il s'en est
ouvé toujours dans les époques de rénovation ou de déca-
ence, et dont les discussions se haussaient à ce point, que les
lus timides d'entre nous allaient voir parfois aux fenêtres si les
uns, les Turcomans ou les Cosaques n'arrivaient pas enfin
our couper court à ces arguments de rhéteurs et de sophistes.
Buvons, aimons, c'est la sagesse ! » Telle était la seule opi-
on des plus jeunes. Un de ceux-là me dit :

— Voici bien longtemps que je te rencontre dans le même
éâtre, et chaque fois que j'y vais. Pour *laquelle* y viens-tu ?
Pour laquelle ?... Il ne me semblait pas que l'on pût aller
pour une *autre*. Cependant, j'avouai un nom.

— Eh bien, dit mon ami avec indulgence, tu vois là-bas
omme heureux qui vient de la reconduire, et qui, fidèle aux

lois de notre cercle, n'ira la retrouver peut-être qu'après la nuit.

Sans trop d'émotion, je tournai les yeux vers le personnage indiqué. C'était un jeune homme correctement vêtu, d'une figure pâle et nerveuse, ayant des manières convenables et des yeux empreints de mélancolie et de douceur. Il jetait de l'or sur une table de whist et le perdait avec indifférence.

— Que m'importe, dis-je, lui ou tout autre? Il fallait qu'il y en eût un, et celui-là me paraît digne d'avoir été choisi.

— Et toi?

— Moi? C'est une image que je poursuis, rien de plus.

En sortant, je passai par la salle de lecture, et machinalement je regardai un journal. C'était, je crois, pour y voir le cours de la Bourse. Dans les débris de mon opulence se trouvait une somme assez forte en titres étrangers. Le bruit avait couru que, négligés longtemps, ils allaient être reconnus; — ce qui venait d'avoir lieu à la suite d'un changement de ministère. Les fonds se trouvaient déjà cotés très-haut; je redevenais riche.

Une seule pensée résulta de ce changement de situation, celle que la femme aimée si longtemps était à moi si je voulais. Je touchais du doigt mon idéal. N'était-ce pas une illusion encore, une faute d'impression railleuse? Mais les autres feuilles parlaient de même. — La somme gagnée se dressa devant moi comme la statue d'or de Moloch.

— Que dirait maintenant, pensais-je, le jeune homme de tout à l'heure, si j'allais prendre sa place près de la femme qu'il a laissée seule?...

Je frémis de cette pensée, et mon orgueil se révolta.

— Non! ce n'est pas ainsi, ce n'est pas à mon âge que l'on tue l'amour avec de l'or : je ne serai pas un corrupteur. D'ailleurs, ceci est une idée d'un autre temps. Qui me dit aussi que cette femme soit vénale?

Mon regard parcourait vaguement le journal que je tenais encore, et j'y lus ces deux lignes : « *Fête du Bouquet provin-*

al. Demain, les archers de Senlis doivent rendre le bouquet
…ceux de Loisy. » Ces mots, fort simples, réveillèrent en moi
…ute une nouvelle série d'impressions : c'était un souvenir de
…province depuis longtemps oubliée, un écho lointain des
…tes naïves de la jeunesse. — Le cor et le tambour résonnaient
…loin dans les hameaux et dans les bois ; les jeunes filles
…essaient des guirlandes et assortissaient, en chantant, des
…uquets ornés de rubans. Un lourd chariot, traîné par des
…eufs, recevait ces présents sur son passage, et nous, enfants
…ces contrées, nous formions le cortége avec nos arcs et nos
…ches, nous décorant du titre de chevaliers, — sans savoir
…ors que nous ne faisions que répéter d'âge en âge une fête
…uidique, survivant aux monarchies et aux religions nou-
…lles.

II

ADRIENNE

…Je regagnai mon lit et je ne pus y trouver le repos. Plongé
…ans une demi-somnolence, toute ma jeunesse repassait en
…es souvenirs. Cet état, où l'esprit résiste encore aux bizarres
…mbinaisons du songe, permet souvent de voir se presser en
…elques minutes les tableaux les plus saillants d'une longue
…riode de la vie.

…Je me représentais un château du temps de Henri IV avec
…s toits pointus couverts d'ardoises et à sa face rougeâtre aux
…coignures dentelées de pierres jaunies, une grande place
…rte encadrée d'ormes et de tilleuls, dont le soleil couchant
…rçait le feuillage de ses traits enflammés. Des jeunes filles
…nsaient en rond sur la pelouse en chantant de vieux airs
…nsmis par leurs mères, et d'un français si naturellement
…r, que l'on se sentait bien exister dans ce vieux pays du Va-
…s, où, pendant plus de mille ans, a battu le cœur de la
…ance.

J'étais le seul garçon dans cette ronde, où j'avais amené ma
compagne toute jeune encore, Sylvie, une petite fille du hameau voisin, si vive et si fraîche, avec ses yeux noirs, son profil régulier et sa peau légèrement hâlée!... Je n'aimais qu'elle,
je ne voyais qu'elle, — jusque-là! A peine avais-je remarqué,
dans la ronde où nous dansions, une blonde, grande et belle,
qu'on appelait Adrienne. Tout d'un coup, suivant les règles
de la danse, Adrienne se trouva placée seule avec moi au milieu du cercle. Nos tailles étaient pareilles. On nous dit de
nous embrasser, et la danse et le chœur tournaient plus vivement que jamais. En lui donnant ce baiser, je ne pus m'empêcher de lui presser la main. Les longs anneaux roulés de ses
cheveux d'or effleuraient mes joues. De ce moment, un trouble
inconnu s'empara de moi. — La belle devait chanter pour
avoir le droit de rentrer dans la danse. On s'assit autour d'elle,
et aussitôt, d'une voix fraîche et pénétrante, légèrement voilée, comme celle des filles de ce pays brumeux, elle chanta
une de ces anciennes romances pleines de mélancolie et d'a-
mour, qui racontent toujours les malheurs d'une princesse en-
fermée dans sa tour par la volonté d'un père qui la punit d'a-
voir aimé. La mélodie se terminait à chaque stance par ces
trilles chevrotants que font valoir si bien les voix jeunes,
quand elles imitent par un frisson modulé la voix tremblante
des aïeules.

A mesure qu'elle chantait, l'ombre descendait des grands
arbres, et le clair de lune naissant tombait sur elle seule, isolée
de notre cercle attentif. — Elle se tut, et personne n'osa rompre le silence. La pelouse était couverte de faibles vapeurs con-
densées, qui déroulaient leurs blancs flocons sur les pointes
des herbes. Nous pensions être en paradis. — Je me levai enfin, courant au parterre du château, où se trouvaient des lauriers, plantés dans de grands vases de faïence peints en ca-
maïeu. Je rapportai deux branches, qui furent tressées en
couronne et nouées d'un ruban. Je posai sur la tête d'Adrienne
cet ornement, dont les feuilles lustrées éclataient sur ses che-

veux blonds aux rayons pâles de la lune. Elle ressemblait à la Béatrice de Dante qui sourit au poëte errant sur la lisière des saintes demeures.

Adrienne se leva. Développant sa taille élancée, elle nous fit un salut gracieux, et rentra en courant dans le château. — C'était, nous dit-on, la petite-fille de l'un des descendants d'une famille alliée aux anciens rois de France; le sang des Valois coulait dans ses veines. Pour ce jour de fête, on lui avait permis de se mêler à nos jeux ; nous ne devions plus la revoir, car, le lendemain, elle repartit pour un couvent où elle était pensionnaire.

Quand je revins près de Sylvie, je m'aperçus qu'elle pleurait. La couronne donnée par mes mains à la belle chanteuse était le sujet de ses larmes. Je lui offris d'en aller cueillir une autre; mais elle dit qu'elle n'y tenait nullement, ne la méritant pas. Je voulus en vain me défendre, elle ne me dit plus un seul mot pendant que je la reconduisais chez ses parents.

Rappelé moi-même à Paris pour y reprendre mes études, j'emportai cette double image d'une amitié tendre tristement rompue, — puis d'un amour impossible et vague, source de pensées douloureuses que la philosophie de collège était impuissante à calmer.

La figure d'Adrienne resta seule triomphante, — mirage de la gloire et de la beauté, adoucissant ou partageant les heures des sévères études. Aux vacances de l'année suivante, j'appris que cette belle à peine entrevue était consacrée par sa famille à la vie religieuse.

III

RÉSOLUTION

Tout m'était expliqué par ce souvenir à demi rêvé. Cet amour vague et sans espoir, conçu pour une femme de théâtre, qui tous les soirs me prenait à l'heure du spectacle, pour ne

6.

me quitter qu'à l'heure du sommeil, avait son germe dans le souvenir d'Adrienne, fleur de la nuit éclose à la pâle clarté de la lune, fantôme rose et blond glissant sur l'herbe verte à demi baignée de blanches vapeurs. — La ressemblance d'une figure oubliée depuis des années se dessinait désormais avec une netteté singulière; c'était un crayon estompé par le temps qui se faisait peinture, comme ces vieux croquis de maîtres admirés dans un musée, dont on retrouve ailleurs l'original éblouissant.

Aimer une religieuse sous la forme d'une actrice!... et si c'était la même! Il y a de quoi devenir fou! c'est un entraînement fatal où l'inconnu vous attire comme le feu follet fuyant sur les joncs d'une eau morte... Reprenons pied sur le réel.

Et Sylvie que j'aimais tant, pourquoi l'ai-je oubliée depuis trois ans?... C'était une bien jolie fille, et la plus belle de Loisy.

Elle existe, elle, bonne et pure de cœur sans doute. Je revois sa fenêtre où le pampre s'enlace au rosier, la cage de fauvettes suspendue à gauche; j'entends le bruit de ses fuseaux sonores et sa chanson favorite :

> La belle était assise
> Près du ruisseau coulant...

Elle m'attend encore... Qui l'aurait épousée? Elle est si pauvre !

Dans son village et dans ceux qui l'entourent, de bons paysans en blouse, aux mains rudes, à la face amaigrie, au teint hâlé! Elle m'aimait seul, moi, le petit Parisien, quand j'allais voir près de Loisy mon pauvre oncle, mort aujourd'hui. Depuis trois ans, je dissipe en seigneur le bien modeste qu'il m'a laissé et qui pouvait suffire à ma vie. Avec Sylvie, je l'aurais conservé. Le hasard m'en rend une partie.. Il est temps encore.

A cette heure, que fait-elle? Elle dort... Non, elle ne dort bas; c'est aujourd'hui la fête de l'arc, la seule de l'année où on danse toute la nuit. — Elle est à la fête...

— Quelle heure est-il ?

Je n'avais pas de montre.

Au milieu de toutes les splendeurs de bric-à-brac qu'il était d'usage de réunir à cette époque pour restaurer dans sa couleur locale un appartement d'autrefois, brillait d'un éclat rafraîchi une de ces pendules d'écaille de la renaissance, dont le dôme doré, surmonté de la figure du Temps, est supporté par des cariatides du style de Médicis, reposant à leur tour sur des chevaux à demi cabrés. La Diane historique, accoudée sur son cerf, est en bas-relief sous le cadran, où s'étalent, sur un fond niellé, les chiffres émaillés des heures. Le mouvement, excellent sans doute, n'avait pas été remonté depuis deux siècles. — Ce n'était pas pour savoir l'heure que j'avais acheté cette pendule en Touraine.

Je descendis chez le concierge. Son coucou marquait une heure du matin.

— En quatre heures, me dis-je, je puis arriver au bal de Loisy.

Il y avait encore sur la place du Palais-Royal cinq ou six fiacres stationnant pour les habitués des cercles et des maisons de jeu.

— A Loisy ! dis-je au plus apparent.

— Où cela est-il ?

— Près de Senlis, à huit lieues.

— Je vais vous conduire à la poste, dit le cocher moins préoccupé que moi.

Quelle triste route, la nuit, que cette route de Flandre, qui ne devient belle qu'en atteignant la zone des forêts ! Toujours ces deux files d'arbres monotones qui grimacent des formes vagues; au delà, des carrés de verdure et de terres remuées, bornés à gauche par les collines bleuâtres de Montmorency, d'Écouen, de Luzarches. Voici Gonesse, le bourg vulgaire plein des souvenirs de la Ligue et de la Fronde...

Plus loin que Louvres est un chemin bordé de pommiers
dont j'ai vu bien des fois les fleurs éclater dans la nuit comme
des étoiles de la terre : c'était le plus court pour gagner les
hameaux. — Pendant que la voiture monte les côtes, recomposons les souvenirs du temps où j'y venais si souvent.

IV

UN VOYAGE A CYTHÈRE

Quelques années s'étaient écoulées : l'époque où j'avais
rencontré Adrienne devant le château n'était déjà plus qu'un
souvenir d'enfance. Je me retrouvai à Loisy au moment de la
fête patronale. J'allai de nouveau me joindre aux chevaliers
de l'arc, prenant place dans la compagnie dont j'avais fait
partie déjà. Des jeunes gens appartenant aux vieilles familles
qui possèdent encore là plusieurs de ces châteaux perdus dans
les forêts, qui ont plus souffert du temps que des révolutions,
avaient organisé la fête. De Chantilly, de Compiègne et de
Senlis accouraient de joyeuses cavalcades qui prenaient place
dans le cortége rustique des compagnies de l'arc. Après la
longue promenade à travers les villages et les bourgs, après
la messe à l'église, les luttes d'adresse et la distribution des
prix, les vainqueurs avaient été conviés à un repas qui se
donnait dans une île ombragée de peupliers et de tilleuls, au
milieu de l'un des étangs alimentés par la Nonette et la Thève.
Des barques pavoisées nous conduisirent à l'île, — dont le
choix avait été déterminé par l'existence d'un temple ovale
à colonnes qui devait servir de salle pour le festin. Là,
comme à Ermenonville, le pays est semé de ces édifices légers de la fin du xviiie siècle, où des millionnaires philosophes se sont inspirés dans leurs plans du goût dominant
d'alors. Je crois bien que ce temple avait dû être primitive-
ment dédié à Uranie. Trois colonnes avaient succombé, emportant dans leur chute une partie de l'architrave; mais on

ait déblayé l'intérieur de la salle, suspendu des guirlandes
re les colonnes, on avait rajeuni cette ruine moderne, —
appartenait au paganisme de Boufflers ou de Chaulieu
tôt qu'à celui d'Horace.

La traversée du lac avait été imaginée peut-être pour rap-
er le *Voyage à Cythère* de Watteau. Nos costumes mo-
rnes dérangeaient seuls l'illusion. L'immense bouquet de la
e, enlevé du char qui le portait, avait été placé sur une
nde barque; le cortége des jeunes filles vêtues de blanc qui
ccompagnaient selon l'usage avait pris place sur les bancs,
cette gracieuse *théorie* renouvelée des jours antiques se re-
ait dans les eaux calmes de l'étang qui la séparait du bord
l'île si vermeil aux rayons du soir avec ses halliers d'é-
e, sa colonnade et ses clairs feuillages. Toutes les barques
rdèrent en peu de temps. La corbeille portée en cérémonie
cupa le centre de la table, et chacun prit place, les plus fa-
isés auprès des jeunes filles : il suffisait pour cela d'être
nu des parents. Ce fut la cause qui fit que je me retrouvai
es de Sylvie. Son frère m'avait déjà rejoint dans la fête, il
fit la guerre de n'avoir pas depuis longtemps rendu visite
sa famille. Je m'excusai sur mes études, qui me retenaient
Paris, et l'assurai que j'étais venu dans cette intention.

—Non, c'est moi qu'il a oubliée, dit Sylvie. Nous sommes
gens de village, et Paris est si au-dessus!

e voulus l'embrasser pour lui fermer la bouche; mais elle
boudait encore, et il fallut que son frère intervînt pour
elle m'offrît sa joue d'un air indifférent. Je n'eus aucune
e de ce baiser dont bien d'autres obtenaient la faveur, car,
s ce pays patriarcal où l'on salue tout homme qui passe, un
ser n'est autre chose qu'une politesse entre bonnes gens.

Une surprise avait été arrangée par les ordonnateurs de la
. A la fin du repas, on vit s'envoler du fond de la vaste
beille un cygne sauvage jusque-là captif sous les fleurs,
de ses fortes ailes, soulevant des lacis de guirlandes et de
ronnes, finit par les disperser de tous côtés. Pendant qu'il

s'élançait joyeux vers les dernières lueurs du soleil, nous rat-
trapions au hasard les couronnes dont chacun parait aussitô
le front de sa voisine. J'eus le bonheur de saisir une des plu
belles, et Sylvie, souriante, se laissa embrasser cette fois plu
tendrement que l'autre. Je compris que j'effaçais ainsi l
souvenir d'un autre temps. Je l'admirai alors sans partage
elle était devenue si belle ! Ce n'était plus cette petite fill
de village que j'avais dédaignée pour une plus grande et plu
faite aux grâces du monde. Tout en elle avait gagné : l
charme de ses yeux noirs, si séduisants dès son enfance, étai
devenu irrésistible ; sous l'orbite arquée de ses sourcils, so
sourire, éclairant tout à coup des traits réguliers et placides
avait quelque chose d'athénien. J'admirais cette physionomi
digne de l'art antique au milieu des minois chiffonnés de se
compagnes. Ses mains délicatement allongées, ses bras qu
avaient blanchi en s'arrondissant, sa taille dégagée, la fai
saient tout autre que je ne l'avais vue. Je ne pus m'empêche
de lui dire combien je la trouvais différente d'elle-même, espérant couvrir ainsi mon ancienne et rapide infidélité.

Tout me favorisait d'ailleurs, l'amitié de son frère, l'im
pression charmante de cette fête, l'heure du soir et le lie
même où, par une fantaisie pleine de goût, on avait reprodui
une image des galantes solennités d'autrefois. Tant que nou
pouvions, nous échappions à la danse pour causer de nos sou
venirs d'enfance et pour admirer en rêvant à deux les reflet
du ciel sur les ombrages et sur les eaux. Il fallut que le frèr
de Sylvie nous arrachât à cette contemplation en disant qu'
était temps de retourner au village assez éloigné qu'habitaien
ses parents.

V

LE VILLAGE

.C'était à Loisy, dans l'ancienne maison du garde. Je le
conduisis jusque-là, puis je retournai à Montagny, où je de

rais chez mon oncle. En quittant le chemin pour traverser
petit bois qui sépare Loisy de Saint-S..., je ne tardai pas
engager dans une *sente* profonde qui longe la forêt d'Er-
onville; je m'attendais ensuite à rencontrer les murs d'un
vent qu'il fallait longer pendant un quart de lieue. La lune
achait de temps à autre sous les nuages, éclairant à peine
roches de grès sombre et les bruyères qui se multipliaient
més pas. A droite et à gauche, des lisières de forêt sans
tes tracées, et toujours, devant moi, ces roches druidiques
a contrée qui gardent le souvenir des fils d'Armen exter-
és par les Romains ! Du haut de ces entassements su-
es, je voyais les étangs lointains se découper comme des
oirs sur la plaine brumeuse, sans pouvoir distinguer celui
ne où s'était passée la fête.

air était tiède et embaumé; je résolus de ne pas aller
loin et d'attendre le matin, en me couchant sur des touffes
rayères. — En me réveillant, je reconnus peu à peu les
ts voisins du lieu où je m'étais égaré dans la nuit. A ma
che, je vis se dessiner la longue ligne des murs du coude Saint-S..., puis, de l'autre côté de la vallée, la butte
Gens-d'Armes, avec les ruines ébréchées de l'antique ré-
nce carlovingienne. Près de là, au-dessus des touffes de
les hautes masures de l'abbaye de Thiers découpaient
l'horizon leurs pans de muraille percés de trèfles et d'o-
. Au delà, le manoir de Pontarmé, entouré d'eau comme
fois, refléta bientôt les premiers feux du jour, tandis
n voyait se dresser au midi le haut donjon de la Tour-
et les quatre tours de Bertrand-Fosse sur les premiers
ux de Montméliant.

tte nuit m'avait été douce, je ne songeais qu'à Sylvie; ce-
ant, l'aspect du couvent me donna un instant l'idée que
it celui peut-être qu'habitait Adrienne. Le tintement de
che du matin était encore dans mon oreille et m'avait
doute réveillé. J'eus un instant l'idée de jeter un coup
par-dessus les murs en gravissant la plus haute pointe

des rochers; mais, en y réfléchissant, je m'en gardai comm
d'une profanation. Le jour en grandissant chassa de m
pensée ce vain souvenir et n'y laissa plus que les traits rosé
de Sylvie.

— Allons la réveiller, me dis-je.

Et je repris le chemin de Loisy.

Voici le village au bout de la sente qui côtoie la forêt
vingt chaumières dont la vigne et les roses grimpantes festor
nent les murs. Des fileuses matinales, coiffées de mouchoi
rouges, travaillent, réunies devant une ferme. Sylvie n'e
point avec elles. C'est presque une demoiselle depuis qu'el
exécute de fines dentelles, tandis que ses parents sont rest
de bons villageois. — Je suis monté à sa chambre, sar
étonner personne; déjà levée depuis longtemps, elle agitait l
fuseaux de sa dentelle, qui claquaient avec un doux bru
sur le carreau vert que soutenaient ses genoux.

— Vous voilà, paresseux! dit-elle avec son sourire divir
je suis sûre que vous sortez seulement de votre lit!

Je lui racontai ma nuit passée sans sommeil, mes cours:
égarées à travers les bois et les roches. Elle voulut bien r
plaindre un instant.

— Si vous n'êtes pas fatigué, je vais vous faire cour
encore. Nous irons voir ma grand'tante à Othys.

J'avais à peine répondu, qu'elle se leva joyeusement, a
rangea ses cheveux devant un miroir et se coiffa d'un chape.
de paille rustique. L'innocence et la joie éclataient dans s
yeux. Nous partîmes en suivant les bords de la Thève, à tr
vers les prés semés de marguerites et de boutons d'or, puis
long des bois de Saint-Laurent, franchissant parfois les ruir
seaux et les halliers pour abréger la route. Les merles sifflaie
dans les arbres, et les mésanges s'échappaient joyeuseme
des buissons frôlés par notre marche.

Parfois nous rencontrions sous nos pas les pervenches
chères à Rousseau, ouvrant leurs corolles bleues parmi c
longs rameaux de feuilles accouplées, lianes modestes qui au

ient les pieds furtifs de ma compagne. Indifférente aux
venirs du philosophe genevois, elle cherchait çà et là les
ses parfumées, et, moi, je lui parlai de *la Nouvelle Hé-*
e, dont je récitais par cœur quelques passages.

— Est-ce que c'est joli? dit-elle.

— C'est sublime.

— Est-ce mieux qu'Auguste Lafontaine?

— C'est plus tendre.

— Oh! bien, dit-elle, il faut que je lise cela. Je dirai à
n frère de me l'apporter, la première fois qu'il ira à
lis.

t je continuais à réciter des fragments de l'*Héloïse* pen-
t que Sylvie cueillait des fraises.

VI

OTHYS

u sortir du bois, nous rencontrâmes de grandes touffes de
tale pourprée; elle en fit un énorme bouquet en me
ant :

— C'est pour ma tante; elle est si heureuse d'avoir ces
es fleurs dans sa chambre !

Nous n'avions plus qu'un bout de plaine à traverser pour
ner Othys. Le clocher du village pointait sur les coteaux
âtres qui vont de Montméliant à Dammartin. La Thève
issait de nouveau parmi les grès et les cailloux, s'amin-
ant au voisinage de sa source, où elle se repose dans les
s, formant un petit lac au milieu des glaïeuls et des iris.
tôt nous gagnâmes les premières maisons. La tante de
ie habitait une petite chaumière bâtie en pierres de grès
gales que revêtaient des treillages de houblon et de vigne
ge: elle vivait seule de quelques carrés de terre que les
s du village cultivaient pour elle depuis la mort de son
i. Sa nièce arrivant, c'était le feu dans la maison.

— Bonjour, la tante ! Voici vos enfants ! dit Sylvie, nous
avons bien faim !

Elle l'embrassa tendrement, lui mit dans les bras la botte de
fleurs, puis songea enfin à me présenter, en disant :

— C'est mon amoureux !

J'embrassai à mon tour la tante qui dit :

— Il est gentil... C'est donc un blond?

— Il a de jolis cheveux fins, dit Slyvie.

— Cela ne dure pas, dit la tante ; mais vous avez du temps
devant vous, et, toi qui es brune, cela t'assortit bien.

— Il faut le faire déjeuner, la tante, dit Sylvie.

Et elle alla cherchant dans les armoires, dans la huche,
trouvant du lait, du pain bis, du sucre, étalant sans trop de
soin sur la table les assiettes et les plats de faïence émaillés de
larges fleurs et de coqs au vif plumage. Une jatte en porce-
laine de Creil, pleine de lait où nageaient des fraises, devint
le centre du service, et, après avoir dépouillé le jardin de
quelques poignées de cerises et de groseilles, elle disposa deux
vases de fleurs aux deux bouts de la nappe. Mais la tante avait
dit ces belles paroles :

— Tout cela, ce n'est que du dessert. Il faut me laisser faire
à présent.

Et elle avait décroché la poêle et jeté un fagot dans la haute
cheminée.

— Je ne veux pas que tu touches à cela ! dit-elle à Sylvie,
qui voulait l'aider ; abîmer tes jolis doigts qui font de la dentelle plus belle qu'à Chantilly ! tu m'en as donné, et je m'y
connais.

— Ah! oui, la tante !... Dites donc, si vous en avez des
morceaux de l'ancienne, cela me fera des modèles.

— Eh bien, va voir là-haut, dit la tante ; il y en a peut-
être dans ma commode.

— Donnez-moi les clefs, reprit Sylvie.

— Bah ! dit la tante, les tiroirs sont ouverts.

— Ce n'est pas vrai, il y en a un qui est toujours fermé.

Et, pendant que la bonne femme nettoyait la poêle après
l'avoir passée au feu, Sylvie dénouait des pendants de sa
ceinture une petite clef d'un acier ouvragé qu'elle me fit voir
avec triomphe.

Je la suivis, montant rapidement l'escalier de bois qui
conduisait à la chambre. — O jeunesse, ô vieillesse saintes!
— qui donc eût songé à ternir la pureté d'un premier amour
dans ce sanctuaire des souvenirs fidèles? Le portrait d'un
jeune homme du bon vieux temps souriait avec ses yeux
noirs et sa bouche rose, dans un ovale au cadre doré, suspendu à la tête du lit rustique. Il portait l'uniforme des gardes-chasse de la maison de Condé; son attitude à demi mar-
tiale, sa figure rose et bienveillante, son front pur sous ses
cheveux poudrés, relevaient ce pastel, médiocre peut-être,
des grâces de la jeunesse et de la simplicité. Quelque artiste
modeste invité aux chasses princières s'était appliqué à le
pourtraire de son mieux, ainsi que sa jeune épouse, qu'on
voyait dans un autre médaillon, attrayante, maligne, élancée
dans son corsage ouvert à échelle de rubans, agaçant de sa
mine retroussée un oiseau posé sur son doigt. C'était pourtant la même bonne vieille qui cuisinait en ce moment, cour-
bée sur le feu de l'âtre. Cela me fit penser aux fées des
funambules qui cachent, sous leur masque ridé, un visage
attrayant, qu'elles révèlent au dénoûment, lorsque apparaît le
temple de l'Amour et son soleil tournant qui rayonne de feux
magiques.

— O bonne tante, m'écriai-je, que vous étiez jolie!
— Et moi donc? dit Sylvie, qui était parvenue à ouvrir le
fameux tiroir.

Elle y avait trouvé une grande robe en taffetas flambé, qui
bruissait du froissement de ses plis.

— Je veux essayer si cela m'ira, dit-elle. Ah! je vais
avoir l'air d'une vieille fée!

— La fée des légendes éternellement jeune!... dis-je en
moi-même.

Et déjà Sylvie avait dégrafé sa robe d'indienne et la laissait
tomber à ses pieds. La robe étoffée de la vieille tante s'ajusta
parfaitement sur la taille mince de Sylvie, qui me dit de l'a-
grafer.

— Oh! les manches plates, que c'est ridicule! dit-elle.

Et, cependant, les sabots garnis de dentelles découvraient
admirablement ses bras nus, la gorge s'encadrait dans le pur
corsage aux tulles jaunis, aux rubans passés, qui n'avait serré
que bien peu les charmes évanouis de la tante.

— Mais finissez-en! Vous ne savez donc pas agrafer une
robe? me disait Sylvie.

Elle avait l'air de l'accordée de village de Greuze.

— Il faudrait de la poudre, dis-je.

— Nous allons en trouver.

Elle fureta de nouveau dans les tiroirs. Oh! que de richesses! que cela sentait bon, comme cela brillait, comme cela
chatoyait de vives couleurs et de modeste clinquant! deux
éventails de nacre un peu cassés, des boîtes de pâte à sujets
chinois, un collier d'ambre et mille fanfreluches, parmi lesquelles éclataient deux petits souliers de droguet blanc avec
des boucles incrustées de diamants d'Irlande!

— Oh! je veux les mettre, dit Sylvie, si je trouve les bas
brodés!

Un instant après, nous déroulions des bas de soie rose
tendre à coins verts; mais la voix de la tante, accompagnée
du frémissement de la poêle, nous rappela soudain à la
réalité.

— Descendez vite! dit Sylvie.

Et, quoi que je pusse dire, elle ne me permit pas de l'aider
à se chausser. Cependant, la tante venait de verser dans un
plat le contenu de la poêle, une tranche de lard frite avec
des œufs. La voix de Sylvie me rappela bientôt.

— Habillez-vous vite! dit-elle.

Et, entièrement vêtue elle-même, elle me montra les habits
de noces du garde-chasse réunis sur la commode. En un in-

stitant, je me transformai en marié de l'autre siècle. Sylvie m'attendait sur l'escalier, et nous descendîmes tous deux en nous tenant par la main. La tante poussa un cri en se retournant :

— O mes enfants ! dit-elle.

Et elle se mit à pleurer, puis sourit à travers ses larmes. C'était l'image de sa jeunesse, cruelle et charmante apparition ! Nous nous assîmes auprès d'elle, attendris et presque graves ; puis la gaieté nous revint bientôt, car, le premier moment passé, la bonne vieille ne songea plus qu'à se rappeler les fêtes pompeuses de sa noce. Elle retrouva même dans sa mémoire les chants alternés, d'usage alors, qui se répondaient d'un bout à l'autre de la table nuptiale, et le naïf épithalame qui accompagnait les mariés rentrant après la danse. Nous répétions ces strophes si simplement rhythmées, avec les hiatus et les assonances du temps ; amoureuses et fleuries comme le cantique de l'Ecclésiaste ; — nous étions l'époux et l'épouse pour tout un beau matin d'été.

VII

CHAALIS

Il est quatre heures du matin ; la route plonge dans un pli de terrain ; elle remonte. La voiture va passer à Orry, puis à la Chapelle. A gauche, il y a une route qui longe le bois d'Hallate. C'est par là qu'un soir le frère de Sylvie m'a conduit dans sa carriole à une solennité du pays. C'était, je crois, le soir de la Saint-Barthélemy. A travers les bois, par les routes peu frayées, son petit cheval volait comme au sabbat. Nous rattrapâmes le pavé à Mont-l'Évêque, et, quelques minutes plus tard, nous nous arrêtions à la maison du garde, à l'ancienne abbaye de Châalis. — Châalis, encore un souvenir !

Cette vieille retraite des empereurs n'offre plus à l'admiration que les ruines de son cloître aux arcades byzantines, dont la dernière rangée se découpe encore sur les étangs, — reste oublié des fondations pieuses comprises parmi ces domaines qu'on appelait autrefois les métairies de Charlemagne. La religion, dans ce pays isolé du mouvement des routes et des villes, a conservé des traces particulières du long séjour qu'y ont fait les cardinaux de la maison d'Este à l'époque des Médicis : ses attributs et ses usages ont encore quelque chose de galant et de poétique, et l'on respire un parfum de la renaissance sous les arcs des chapelles à fines nervures, décorées par les artistes de l'Italie. Les figures des saints et des anges se profilent en rose sur les voûtes peintes d'un bleu tendre, avec des airs d'allégorie païenne qui font songer aux sentimentalités de Pétrarque et au mysticisme fabuleux de Francesco Colonna.

Nous étions des intrus, le frère de Sylvie et moi, dans la fête particulière qui avait lieu cette nuit-là. Une personne de très-illustre naissance, qui possédait alors ce domaine, avait eu l'idée d'inviter quelques familles du pays à une sorte de représentation allégorique où devaient figurer quelques pensionnaires d'un couvent voisin. Ce n'était pas une réminiscence des tragédies de Saint-Cyr, cela remontait aux premiers essais lyriques importés en France du temps des Valois. Ce que je vis jouer était comme un mystère des anciens temps. Les costumes, composés de longues robes, n'étaient variés que par les couleurs de l'azur, de l'hyacinthe ou de l'aurore. La scène se passait entre les anges, sur les débris du monde détruit. Chaque voix chantait une des splendeurs de ce globe éteint, et l'ange de la mort définissait les causes de sa destruction. Un esprit montait de l'abime, tenant en main l'épée flamboyante, et convoquait les autres à venir admirer la gloire du Christ vainqueur des enfers. Cet esprit, c'était Adrienne transfigurée par son costume, comme elle l'était déjà par sa vocation. Le nimbe de carton doré qui ceignait sa tête angélique nous paraissait bien naturellement un cercle

9e lumière; sa voix avait gagné en force et en étendue, et les
ooritures infinies du chant italien brodaient de leurs gazouil-
1ements d'oiseau les phrases sévères d'un récitatif pompeux.

En me retraçant ces détails, j'en suis à me demander s'ils
1ont réels, ou bien si je les ai rêvés. Le frère de Sylvie était
un peu gris, ce soir-là. Nous nous étions arrêtés quelques
2nstants dans la maison du garde, — où, ce qui m'a frappé
2eaucoup, il y avait un cygne éployé sur la porte, puis, au
2edans, de hautes armoires en noyer sculpté, une grande hor-
2ege dans sa gaîne, et des trophées d'arcs et de flèches d'hon-
2eur au-dessus d'une carte de tir rouge et verte. Un nain
aizarre, coiffé d'un bonnet chinois, tenant d'une main une
10uteille et de l'autre une bague, semblait inviter les tireurs
1v viser juste. Ce nain, je le crois bien, était en tôle découpée.
8lais l'apparition d'Adrienne est-elle aussi vraie que ces détails
9 : que l'existence incontestable de l'abbaye de Châalis? Pour-
1nt c'est bien le fils du garde qui nous avait introduits dans
2 salle où avait lieu la représentation; nous étions près de la
101te, derrière une nombreuse compagnie assise et gravement
1mue. C'était le jour de la Saint-Barthélemy, — singulièrement
8 è au souvenir des Médicis, dont les armes accolées à celles de
11 maison d'Este décoraient ces vieilles murailles... Ce souve-
11r est une obsession peut-être! — Heureusement, voici la
1i1ture qui s'arrête sur la route du Plessis; j'échappe au
100nde des rêveries, et je n'ai plus qu'un quart d'heure
1 marche pour gagner Loisy par des routes bien peu
2ayées.

VIII

LE BAL DE LOISY

91Je suis entré au bal de Loisy à cette heure mélancolique et
2uuce encore où les lumières pâlissent et tremblent aux ap-
20ches du jour. Les tilleuls, assombris par en bas, prenaient
1geurs cimes une teinte bleuâtre. La flûte champêtre ne lut-

tait plus si vivement avec les trilles du rossignol. Tout le monde
était pâle, et dans les groupes dégarnis j'eus peine à rencontrer des figures connues. Enfin j'aperçus la grande Lise, une
amie de Sylvie. Elle m'embrassa.

— Il y a longtemps qu'on ne t'a vu, Parisien! dit-elle.

— Oh! oui, longtemps.

— Et tu arrives à cette heure-ci?

— Par la poste.

— Et pas trop vite!

— Je voulais voir Sylvie; est-elle encore au bal?

— Elle ne sort qu'au matin; elle aime tant à danser.

En un instant, j'étais à ses côtés. Sa figure était fatiguée;
cependant, son œil noir brillait toujours du sourire athénien
d'autrefois. Un jeune homme se tenait près d'elle. Elle lui fit
signe qu'elle renonçait à la contredanse suivante. Il se retira en
saluant.

Le jour commençait à se faire. Nous sortîmes du bal, nous
tenant par la main. Les fleurs de la chevelure de Sylvie se pen-
chaient dans ses cheveux dénoués; le bouquet de son corsage
s'effeuillait aussi sur les dentelles fripées, savant ouvrage de sa
main. Je lui offris de l'accompagner chez elle. Il faisait grand
jour, mais le temps était sombre. La Thève bruissait à notre
gauche, laissant à ses coudes des remous d'eau stagnante où
s'épanouissaient les nénufars jaunes et blancs, où éclatait
comme des pâquerettes la frêle broderie des étoiles d'eau.
Les plaines étaient couvertes de javelles et de meules de
foin, dont l'odeur me portait à la tête sans m'enivrer, comme
faisait autrefois la fraîche senteur des bois et des halliers d'é-
pines fleuries.

Nous n'eûmes pas l'idée de les traverser de nouveau.

— Sylvie, lui dis-je, vous ne m'aimez plus!

Elle soupira.

— Mon ami, me dit-elle, il faut se faire une raison; les
choses ne vont pas comme nous voulons dans la vie. Vous m'a-
vez parlé autrefois de *la Nouvelle Héloïse*, je l'ai lue, et j'ai

frémi en tombant d'abord sur cette phrase : « Toute jeune fille qui lira ce livre est perdue. » Cependant, j'ai passé outre, me fiant sur ma raison. Vous souvenez-vous du jour où nous avons revêtu les habits de noces de la tante?... Les gravures du livre présentaient aussi les amoureux sous de vieux costumes du temps passé, de sorte que pour moi vous étiez Saint-Preux, et je me retrouvais dans Julie. Ah! que n'êtes-vous revenu alors! Mais vous étiez, disait-on, en Italie. Vous en avez vu là de bien plus jolies que moi!

— Aucune, Sylvie, qui ait votre regard et les traits purs de votre visage. Vous êtes une nymphe antique qui s'ignore... D'ailleurs, les bois de cette contrée sont aussi beaux que ceux de la campagne romaine. Il y a là-bas des masses de granit non moins sublimes, et une cascade qui tombe du haut des rochers comme celle de Terni. Je n'ai rien vu là-bas que je puisse regretter ici.

— Et à Paris? dit-elle.

— A Paris?...

Je secouai la tête sans répondre.

Tout à coup je pensai à l'image vaine qui m'avait égaré si longtemps.

— Sylvie, dis-je, arrêtons-nous ici, le voulez-vous?

Je me jetai à ses pieds; je confessai en pleurant à chaudes larmes mes irrésolutions, mes caprices; j'évoquai le spectre funeste qui traversait ma vie.

— Sauvez-moi! ajoutai-je, je reviens à vous pour toujours.

Elle tourna vers moi ses regards attendris...

En ce moment, notre entretien fut interrompu par de violents éclats de rire. C'était le frère de Sylvie qui nous rejoignait avec cette bonne gaieté rustique, suite obligée d'une nuit de fête, que des rafraîchissement nombreux avaient développée outre mesure. Il appelait le galant du bal, perdu au loin dans les buissons d'épines et qui ne tarda pas à nous rejoindre. Ce garçon n'était guère plus solide sur ses pieds que son com-

7

pagnon, il paraissait plus embarrassé encore de la présence
d'un Parisien que de celle de Sylvie. Sa figure candide, sa déférence mêlée d'embarras, m'empêchaient de lui en vouloir
d'avoir été le danseur pour lequel on était resté si tard à la
fête. Je le jugeais peu dangereux.

— Il faut rentrer à la maison, dit Sylvie à son frère. — A
tantôt! me dit-elle en me tendant la joue.

L'amoureux ne s'offensa pas.

IX

ERMENONVILLE

Je n'avais nulle envie de dormir. J'allai à Montagny pour
revoir la maison de mon oncle. Une grande tristesse me
gagna dès que j'en entrevis la façade jaune et les contrevents verts. Tout semblait dans le même état qu'autrefois;
seulement, il fallut aller chez le fermier pour avoir la clef de la
porte. Une fois les volets ouverts, je revis avec attendrisse-
ment les vieux meubles conservés dans le même état et qu'on
frottait de temps en temps, la haute armoire de noyer, deux
tableaux flamands qu'on disait l'ouvrage d'un ancien peintre,
notre aïeul; de grandes estampes d'après Boucher, et toute
une série encadrée de gravures de l'*Émile* et de *la Nouvelle
Héloïse*, par Moreau; sur la table, un chien empaillé que
j'avais connu vivant, ancien compagnon de mes courses dans
les bois, le dernier carlin peut-être, car il appartenait à cette
race perdue.

— Quant au perroquet, me dit le fermier, il vit toujours;
je l'ai retiré chez moi.

Le jardin présentait un magnifique tableau de végétation
sauvage. J'y reconnus, dans un angle, un jardin d'enfant que
j'avais tracé jadis. J'entrai tout frémissant dans le cabinet, où
se voyait encore la petite bibliothèque pleine de livres choisis,
vieux amis de celui qui n'était plus, et sur le bureau quelques

débris antiques trouvés dans son jardin, des vases, des médailles romaines, collection locale qui le rendait heureux.

— Allons voir le perroquet, dis-je au fermier.

Le perroquet demandait à déjeuner comme en ses plus
beaux jours, et me regarda de cet œil rond, bordé d'une peau
chargée de rides, qui fait penser au regard expérimenté des
vieillards.

Plein des idées tristes qu'amenait ce retour tardif en des
lieux si aimés, je sentis le besoin de revoir Sylvie, seule figure
vivante et jeune encore qui me rattachât à ce pays. Je repris
la route de Loisy. C'était au milieu du jour ; tout le monde
dormait, fatigué de la fête. Il me vint l'idée de me distraire par
une promenade à Ermenonville, distant d'une lieue par le chemin de la forêt. C'était par un beau temps d'été. Je pris plaisir
d'abord à la fraîcheur de cette route qui semble l'allée d'un
parc. Les grands chênes d'un vert uniforme n'étaient variés
que par les troncs blancs des bouleaux au feuillage frissonnant.
Les oiseaux se taisaient, et j'entendais seulement le bruit que
fait le pivert en frappant les arbres pour y creuser son nid. Un
instant, je risquai de me perdre, car les poteaux dont les pa-
lettes annoncent diverses routes n'offrent plus, par endroits,
que des caractères effacés. Enfin, laissant le *Désert* à gauche,
j'arrivai au rond-point de la danse, où subsiste encore le banc
des vieillards. Tous les souvenirs de l'antiquité philosophique,
ressuscités par l'ancien possesseur du domaine, me revenaient
en foule devant cette réalisation pittoresque de l'*Anacharsis* et
de l'*Émile*.

Lorsque je vis briller les eaux du lac à travers les branches
des saules et des coudriers, je reconnus tout à fait un lieu où
mon oncle, dans ses promenades, m'avait conduit bien des fois :
c'est le *Temple de la philosophie*, que son fondateur n'a pas eu
le bonheur de terminer. Il a la forme du temple de la sibylle
Tiburtine, et, debout encore, sous l'abri d'un bouquet de pins,
il étale tous ces grands noms de la pensée qui commencent par
Montaigne et Descartes, et qui s'arrêtent à Rousseau. Cet édi-

fice inachevé n'est déjà plus qu'une ruine, le lierre le festonne
avec grâce, la ronce envahit les marches disjointes. Là, tout
enfant, j'ai vu des fêtes où les jeunes filles vêtues de blanc venaient recevoir des prix d'étude et de sagesse. Où sont les buissons de roses qui entouraient la colline? L'églantier et le fram-
boisier en cachent les derniers plants, qui retournent à l'état
sauvage. — Quant aux lauriers, les a-t-on coupés, comme le
dit la chanson des jeunes filles qui ne veulent plus aller au
bois? Non, ces arbustes de la douce Italie ont péri sous notre
ciel brumeux. Heureusement, le troène de Virgile fleurit encore, comme pour appuyer la parole du maître inscrite au-
dessus de la porte : *Rerum cognoscere causas!* — Oui, ce temple
tombe comme tant d'autres, les hommes oublieux ou fatigués
se détourneront de ses abords, la nature indifférente repren-
dra le terrain que l'art lui disputait; mais la soif de connaître
restera éternelle, mobile de toute force et de toute activité!

Voici les peupliers de l'île, et la tombe de Rousseau, vide
de ses cendres. O sage! tu nous avais donné le lait des forts,
et nous étions trop faibles pour qu'il pût nous profiter. Nous
avons oublié tes leçons que savaient nos pères, et nous avons
perdu le sens de ta parole, dernier écho des sagesses antiques.
Pourtant ne désespérons pas, et, comme tu fis à ton suprême
instant, tournons nos yeux vers le soleil!

J'ai revu le château, les eaux paisibles qui le bordent, la
cascade qui gémit dans les roches, et cette chaussée réunis-
sant les deux parties du village, dont quatre colombiers
marquent les angles, la pelouse qui s'étend au delà comme
une savane, dominée par des coteaux ombreux; la tour de
Gabrielle se reflète de loin sur les eaux d'un lac factice étoilé
de fleurs éphémères; l'écume bouillonne, l'insecte bruit... Il
faut échapper à l'air perfide qui s'exhale, en gagnant les grès
poudreux du désert et les landes où la bruyère rose relève le
vert des fougères. Que tout cela est solitaire et triste! Le
regard enchanté de Sylvie, ses courses folles, ses cris joyeux,
donnaient autrefois tant de charme aux lieux que je viens de

parcourir ! C'était encore une enfant sauvage, ses pieds étaient nus, sa peau hâlée, malgré son chapeau de paille, dont le large ruban flottait pêle-mêle avec ses tresses de cheveux noirs. Nous allions boire du lait à la ferme suisse, et l'on me disait :

— Qu'elle est jolie, ton amoureuse, petit Parisien !

Oh ! ce n'est pas alors qu'un paysan aurait dansé avec elle ! Elle ne dansait qu'avec moi, une fois par an, à la fête de l'arc.

X

LE GRAND FRISÉ

J'ai repris le chemin de Loisy ; tout le monde était réveillé. Sylvie avait une toilette de demoiselle, presque dans le goût de la ville. Elle me fit monter à sa chambre avec toute l'ingé-- nuité d'autrefois. Son œil étincelait toujours dans un sourire plein de charme, mais l'arc prononcé de ses sourcils lui don- nait par instants un air sérieux. La chambre était décorée avec simplicité, pourtant les meubles étaient modernes, une glace à bordure dorée avait remplacé l'antique trumeau, où se voyait un berger d'idylle offrant un nid à une bergère bleue et rose. Le lit à colonnes, chastement drapé de vieille perse à ramage, était remplacé par une couchette de noyer garnie du rideau à flèche ; à la fenêtre, dans la cage où jadis étaient les fauvettes, il y avait des canaris. J'étais pressé de sortir de cette chambre où je ne trouvais rien du passé.

— Vous ne travaillerez point à votre dentelle aujourd'hui ? dis-je à Sylvie.

— Oh ! je ne fais plus de dentelle, on n'en demande plus dans le pays ; même à Chantilly, la fabrique est fermée.

— Que faites-vous donc ?

Elle alla chercher dans un coin de la chambre un instrument en fer qui ressemblait à une longue pince.

— Qu'est-ce que c'est que cela ?

— C'est ce qu'on appelle la mécanique ; c'est pour maintenir la peau des gants afin de les coudre.

— Ah ! vous êtes gantière, Sylvie ?

— Oui, nous travaillons ici pour Dammartin, cela donne beaucoup dans ce moment ; mais je ne fais rien aujourd'hui ; allons où vous voudrez.

Je tournais les yeux vers la route d'Othys : elle secoua la tête ; je compris que la vieille tante n'existait plus. Sylvie appela un petit garçon et lui fit seller un âne.

— Je suis encore fatiguée d'hier, dit-elle, mais la promenade me fera du bien ; allons à Châalis.

Et nous voilà traversant la forêt, suivis du petit garçon armé d'une branche. Bientôt Sylvie voulut s'arrêter, et je l'embrassai en l'engageant à s'asseoir. La conversation entre nous ne pouvait plus être bien intime. Il fallut lui raconter ma vie à Paris, mes voyages...

— Comment peut-on aller si loin ! dit-elle.

— Je m'en étonne en vous revoyant.

— Oh ! cela se dit !

— Et convenez que vous étiez moins jolie autrefois.

— Je n'en sais rien.

— Vous souvenez-vous du temps où nous étions enfants et vous la plus grande ?

— Et vous le plus sage !

— Oh ! Sylvie !

— On nous mettait sur l'âne chacun dans un panier.

— Et nous ne nous disions pas *vous*... Te rappelles-tu que tu m'apprenais à pêcher des écrevisses sous les ponts de la Thève et de la Nonette ?

— Et toi, te souviens-tu de ton frère de lait qui t'a un jour retiré... *de l'iau*.

— Le *grand frisé* ! c'est lui qui m'avait dit qu'on pouvait la passer, *l'iau !*

Je me hâtai de changer la conversation. Ce souvenir m'avait vivement rappelé l'époque où je venais dans le pays, vêtu

l'un petit habit à l'anglaise qui faisait rire les paysans. Sylvie
seule me trouvait bien mis; mais je n'osais lui rappeler cette
opinion d'un temps si ancien. Je ne sais pourquoi ma pensée
se porta sur les habits de noces que nous avions revêtus
chez la vieille tante à Othys. Je demandai ce qu'ils étaient
devenus.

— Ah! la bonne tante, dit Sylvie, elle m'avait prêté sa
robe pour aller danser au carnaval à Dammartin, il y a de
cela deux ans. L'année d'après, elle est morte, la pauvre tante!

Elle soupirait et pleurait, si bien que je ne pus lui demander par quelle circonstance elle était allée à un bal masqué;
mais, grâce à ses talents d'ouvrière, je comprenais assez que
Sylvie n'était plus une paysanne. Ses parents seuls étaient
restés dans leur condition, et elle vivait au milieu d'eux
comme une fée industrieuse, répandant l'abondance autour
d'elle.

XI

RETOUR

La vue se découvrait au sortir du bois. Nous étions arri-
vées au bord des étangs de Châalis. Les galeries du cloître,
la chapelle aux ogives élancées, la tour féodale et le petit
château qui abrita les amours de Henri IV et de Gabrielle
se teignaient des rougeurs du soir sur le vert sombre de la
forêt.

— C'est un paysage de Walter Scott, n'est-ce pas? disait
Sylvie.

— Et qui vous a parlé de Walter Scott? lui dis-je. Vous
avez donc bien lu depuis trois ans!... Moi, je tâche d'oublier
les livres, et ce qui me charme, c'est de revoir avec vous cette
vieille abbaye, où, tout petits enfants, nous nous cachions dans
les ruines. Vous souvenez-vous. Sylvie, de la peur que vous
aviez quand le gardien nous racontait l'histoire des moines
rouges?

— Oh! ne m'en parlez pas.

— Alors, chantez-moi la chanson de la belle fille enlevée au jardin de son père, sous le rosier blanc.

— On ne chante plus cela.

— Seriez-vous devenue musicienne?

— Un peu.

— Sylvie, Sylvie, je suis sûr que vous chantez des airs d'opéra!

— Pourquoi vous plaindre?

— Parce que j'aimais les vieux airs, et que vous ne saurez plus les chanter.

Sylvie modula quelques sons d'un grand air d'opéra moderne... Elle *phrasait!*

Nous avions tourné les étangs voisins. Voici la verte pelouse entourée de tilleuls et d'ormeaux, où nous avons dansé souvent! J'eus l'amour-propre de définir les vieux murs carlovingiens et de déchiffrer les armoiries de la maison d'Este.

— Et vous! comme vous avez lu plus que moi! dit Sylvie. Vous êtes donc un savant?

J'étais piqué de son ton de reproche. J'avais jusque-là cherché l'endroit convenable pour renouveler le moment d'expansion du matin; mais que lui dire avec l'accompagnement d'un âne et d'un petit garçon très-éveillé, qui prenait plaisir à se rapprocher toujours pour entendre parler un Parisien? Alors, j'eus le malheur de raconter l'apparition de Châalis, restée dans mes souvenirs. Je menai Sylvie dans la salle même du château où j'avais entendu chanter Adrienne.

— Oh! que je vous entende! lui dis-je; que votre voix chérie résonne sous ces voûtes et en chasse l'esprit qui me tourmente, fût-il divin ou bien fatal!

Elle répéta les paroles et le chant après moi:

> Anges, descendez promptement
> Au fond du purgatoire!...

— C'est bien triste! me dit-elle.

— C'est sublime... Je crois que c'est du Porpora, avec des vers traduits au XVIᵉ siècle.

— Je ne sais pas, répondit Sylvie.

Nous sommes revenus par la vallée, en suivant le chemin de Charlepont, que les paysans peu étymologistes de leur nature, s'obstinent à appeler *Châllepont*. Sylvie, fatiguée de flâne, s'appuyait sur mon bras. La route était déserte; j'essayai de parler des choses que j'avais dans le cœur; mais, je ne sais pourquoi, je ne trouvais que des expressions vulgaires, ou bien tout à coup quelque phrase pompeuse de roman, — que Sylvie pouvait avoir lue. Je m'arrêtais alors avec un goût tout classique, et elle s'étonnait parfois de ces effusions interrompues. Arrivés aux murs de Saint-S..., il fallait prendre garde à notre marche. On traverse des prairies humides où serpentent les ruisseaux.

— Qu'est devenue la religieuse? dis-je tout à coup.

— Ah! vous êtes terrible avec votre religieuse... Eh bien!... eh bien! cela a mal tourné.

Sylvie ne voulut pas m'en dire un mot de plus.

Les femmes sentent-elles vraiment que telle ou telle parole passe sur les lèvres sans sortir du cœur? On ne le croirait pas, à les voir si facilement abusées, à se rendre compte des choix qu'elles font le plus souvent : il y a des hommes qui jouent si bien la comédie de l'amour! Je n'ai jamais pu m'y faire, quoique sachant que certaines acceptent sciemment d'être trompées. D'ailleurs, un amour qui remonte à l'enfance est quelque chose de sacré... Sylvie, que j'avais vue grandir, était pour moi comme une sœur. Je ne pouvais tenter une séduction... Une toute autre idée vint traverser mon esprit.

— A cette heure-ci, me dis-je, je serais au théâtre... Qu'est-ce qu'Aurélie (c'était le nom de l'actrice) doit donc jouer ce soir? Évidemment, le rôle de la princesse dans le drame nouveau. Oh! le troisième acte, qu'elle y est touchante!... Et dans la scène d'amour du second! avec ce jeune premier tout ridé...

— Vous êtes dans vos réflexions ? dit Sylvie.
Et elle se mit à chanter :

> A Dammartin, l'y a trois belles filles :
> L'y en a z'une plus belle que le jour...

— Ah ! méchante ! m'écriai-je, vous voyez bien que vous
en savez encore, des vieilles chansons.

— Si vous veniez plus souvent ici, j'en retrouverais, dit-
elle, mais il faut songer au solide. Vous avez vos affaires de
Paris, j'ai mon travail ; ne rentrons pas trop tard : il faut
que, demain, je sois levée avec le soleil.

XII

LE PÈRE DODU

J'allais répondre, j'allais tomber à ses pieds, j'allais offrir
la maison de mon oncle, qu'il m'était possible encore de racheter, car nous étions plusieurs héritiers, et cette petite propriété était restée indivise ; mais en ce moment nous arrivions
à Loisy. On nous attendait pour souper. La soupe à l'oignon
répandait au loin son parfum patriarcal. Il y avait des voisins invités pour ce lendemain de fête. Je reconnus tout de
suite un vieux bûcheron, le père Dodu, qui racontait jadis
aux veillées des histoires si comiques ou si terribles. Tour à
tour berger, messager, garde-chasse, pêcheur, braconnier
même, le père Dodu fabriquait à ses moments perdus des cou-
cous et des tournebroches. Pendant longtemps, il s'était consacré à promener les Anglais dans Ermenonville, en les conduisant aux lieux de méditation de Rousseau et en leur
racontant ses derniers moments. C'était lui qui avait été le
petit garçon que le philosophe employait à classer ses herbes,
et à qui il donna l'ordre de cueillir les ciguës dont il exprima
le suc dans sa tasse de café au lait. L'aubergiste de *la Croix
d'or* lui contestait ce détail ; de là des haines prolongées. On

avait longtemps reproché au père Dodu la possession de quelques secrets bien innocents, comme de guérir les vaches avec
un verset dit à rebours et le signe de croix figuré du pied
gauche ; mais il avait de bonne heure renoncé à ces superstitions, — grâce au souvenir, disait-il, des conversations de
Jean-Jacques.

— Te voilà, petit Parisien ! me dit le père Dodu. Tu viens
pour débaucher nos filles ?

— Moi, père Dodu ?

— Tu les emmènes dans les bois pendant que le loup n'y
est pas !

— Père Dodu, c'est vous qui êtes le loup.

— Je l'ai été tant que j'ai trouvé des brebis ; à présent, je
ne rencontre plus que des chèvres, et qu'elles savent bien se
défendre ! Mais, vous autres, vous êtes des malins à Paris.
Jean-Jacques avait bien raison de dire : « L'homme se cor-
rompt dans l'air empoisonné des villes. »

— Père Dodu, vous savez trop bien que l'homme se cor-
rompt partout.

Le père Dodu se mit à entonner un air à boire ; on voulut en vain l'arrêter à un certain couplet scabreux que tout
le monde savait par cœur. Sylvie ne voulut pas chanter, malgré nos prières, disant qu'on ne chantait plus à table. J'avais
remarqué déjà que l'amoureux de la veille était assis à sa
gauche. Il y avait je ne sais quoi dans sa figure ronde, dans
ses cheveux ébouriffés, qui ne m'était pas inconnu. Il se leva
et vint derrière ma chaise en disant :

— Tu ne me reconnais donc pas, Parisien ?

Une bonne femme, qui venait de rentrer au dessert après
nous avoir servis, me dit à l'oreille :

— Vous ne reconnaissez pas votre frère de lait ?

Sans cet avertissement, j'allais être ridicule.

— Ah ! c'est toi, *grand frisé !* dis-je, c'est toi, le même
qui m'a retiré de *l'iau !*

Sylvie riait aux éclats de cette reconnaissance.

— Sans compter, disait ce garçon en m'embrassant, que tu avais une belle montre en argent, et qu'en revenant tu étais bien plus inquiet de ta montre que de toi-même, parce qu'elle ne marchait plus; tu disais : « La *bête* est *noyée*, ça ne fait plus tic tac ; qu'est-ce que mon oncle va dire?... »

— Une bête dans une montre ! dit le père Dodu, voilà ce qu'on leur fait croire à Paris, aux enfants !

Sylvie avait sommeil, je jugeai que j'étais perdu dans son esprit. Elle remonta à sa chambre, et, pendant que je l'embrassais, elle dit :

— A demain, venez nous voir !

Le père Dodu était resté à table avec Sylvain et mon frère de lait; nous causâmes longtemps autour d'un flacon de *ratafiat* de Louvres.

— Les hommes sont égaux, dit le père Dodu entre deux couplets; je bois avec un pâtissier comme je ferais avec un prince.

— Où est le pâtissier? dis-je.

— Regarde à côté de toi! un jeune homme qui a l'ambition de s'établir.

Mon frère de lait parut embarrassé. J'avais tout compris. C'est une fatalité qui m'était réservée d'avoir un frère de lait dans un pays illustré par Rousseau, — qui voulait supprimer les nourrices! — Le père Dodu m'apprit qu'il était fort question du mariage de Sylvie avec le *grand frisé*, qui voulait aller former un établissement de pâtisserie à Dammartin. Je n'en demandai pas davantage. La voiture de Nanteuil-le-Haudoin me ramena le lendemain à Paris.

XIII

AURÉLIE

A Paris! — La voiture met cinq heures. Je n'étais pressé d'arriver que pour le soir. Vers huit heures, j'étais assis dans ma stalle accoutumée; Aurélie répandit son inspiration et son charme sur des vers faiblement inspirés de Schiller, que l'on devait à un talent de l'époque. Dans la scène du jardin, elle devint sublime. Pendant le quatrième acte, où elle ne paraissait pas, j'allai acheter un bouquet chez madame Prévost. J'y insérai une lettre fort tendre signée *un Inconnu*.

Je me dis :

— Voilà quelque chose de fixé pour l'avenir.

Et, le lendemain, j'étais sur la route d'Allemagne.

Qu'allais-je y faire? Essayer de remettre de l'ordre dans mes sentiments. — Si j'écrivais un roman, jamais je ne pourrais faire accepter l'histoire d'un cœur épris de deux amours simultanés. Sylvie m'échappait par ma faute : mais la revoir un jour avait suffi pour relever mon âme : je la plaçais désormais comme une statue souriante dans le temple de la Sagesse. Son regard m'avait arrêté au bord de l'abîme. Je repoussais avec plus de force encore l'idée d'aller me présenter à Aurélie, pour lutter avec tant d'amoureux vulgaires qui brillaient un instant près d'elle et retombaient brisés.

— Nous verrons quelque jour, me dis-je, si cette femme a un cœur.

Un matin, je lus dans un journal qu'Aurélie était malade. Je lui écrivis des montagnes de Salzbourg. La lettre était si empreinte de mysticisme germanique, que je n'en devais pas attendre un grand succès, mais aussi je ne demandais pas de réponse. Je comptais un peu sur le hasard et sur — *l'inconnu*.

Des mois se passèrent. A travers mes courses et mes loisirs, j'avais entrepris de fixer dans une action poétique les amours du peintre Colonna pour la belle Laura, que ses parents firent religieuse, et qu'il aima jusqu'à la mort. Quelque chose dans ce sujet se rapportait à mes préoccupations constantes. Le dernier vers du drame écrit, je ne songeai plus qu'à revenir en France.

Que dire maintenant qui ne soit l'histoire de tant d'autres ? J'ai passé par tous les cercles de ces lieux d'épreuves qu'on

8

appelle théâtres. « J'ai mangé du tambour et bu de la cymbale, » comme dit la phrase dénuée de sens apparent des initiés d'Éleusis. Elle signifie sans doute qu'il faut au besoin passer les bornes du non-sens et de l'absurdité : la raison pour moi, c'était de conquérir et de fixer mon idéal.

Aurélie avait accepté le rôle principal dans le drame que je rapportais d'Allemagne. Je n'oublierai jamais le jour où elle me permit de lui lire la pièce. Les scènes d'amour étaient préparées à son intention. Je crois bien que je les dis avec âme, mais surtout avec enthousiasme. Dans la conversation qui suivit, je me révélai comme l'*inconnu* des deux lettres. Elle me dit :

—Vous êtes bien fou; mais revenez me voir... Je n'ai jamais pu trouver quelqu'un qui sût m'aimer.

O femme! tu cherches l'amour... Et moi, donc?

Les jours suivants, j'écrivis les lettres les plus tendres, les plus belles que sans doute elle eût jamais reçues. J'en recevais d'elle qui étaient pleines de raison. Un instant, elle fut touchée, m'appela près d'elle, et m'avoua qu'il lui était difficile de rompre un attachement plus ancien.

— Si c'est bien *pour moi* que vous m'aimez, dit-elle, vous comprendrez que je ne puis être qu'à un seul.

Deux mois plus tard, je reçus une lettre pleine d'effusion. Je courus chez elle. — Quelqu'un me donna dans l'intervalle un détail précieux. Le beau jeune homme que j'avais rencontré une nuit au cercle venait de prendre un engagement dans les spahis.

L'été suivant, il y avait des courses à Chantilly. La troupe du théâtre où jouait Aurélie donnait là une représentation.. Une fois dans le pays, la troupe était pour trois jours aux ordres du régisseur. Je m'étais fait l'ami de ce brave homme, ancien Dorante des comédies de Marivaux, longtemps jeune premier de drame, et dont le dernier succès avait été le rôle d'amoureux dans la pièce imitée de Schiller, où mon binocle me l'avait montré si ridé. De près, il paraissait plus jeune, et resté maigre, il produisait encore de l'effet dans les provinces. Il avait du feu. J'accompagnais la troupe en qualité de *seigneur poëte;* je persuadai au régisseur d'aller donner des représentations à Senlis et à Dammartin. Il penchait d'abord pour Compiègne; mais Aurélie fut de mon avis. Le lendemain, pendant que l'on allait traiter avec les propriétaires des salles et les autorités, je louai des chevaux, et nous prîmes la route des étangs de Commelle pour aller déjeuner au château de la reine Blanche. Aurélie, en amazone, avec ses cheveux blonds flottants, traversait la forêt comme une reine d'autrefois, et les paysans s'arrêtaient éblouis. — Madame de F... était la seule qu'ils eussent vue si imposante et si gracieuse dans ses saluts. — Après le déjeuner, nous descendîmes dans des villages rappelant ceux de la Suisse, où l'eau de la Nonette fait mouvoir des scieries. Ces aspects chers à mes souvenirs l'intéressaient sans l'arrêter. J'avais projeté de conduire Aurélie au château, près d'Orry, sur la même place verte où pour la première fois j'avais vu Adrienne. — Nulle émotion ne parut en elle. Alors, je lui racontai tout; je lui dis la source de cet amour entrevu dans les nuits, rêvé plus tard, réalisé en elle. Elle m'écoutait sérieusement et me dit :

— Vous ne m'aimez pas! Vous attendez que je vous dise : « La comédienne est la même que la religieuse; » vous cherchez un drame, voilà tout, et le dénoûment vous échappe. Allez, je ne vous crois plus!

Cette parole fut un éclair. Ces enthousiasmes bizarres que j'avais ressentis si longtemps, ces rêves, ces pleurs, ces désespoirs et ces tendresses... ce n'était donc pas l'amour? Mais où donc est-il?

Aurélie joua le soir à Senlis. Je crus m'apercevoir qu'elle avait un faible pour le régisseur, le jeune premier ridé. Cet homme était d'un caractère excellent et lui avait rendu des services.

Aurélie m'a dit un jour :

— Celui qui m'aime, le voilà!

XIV

DERNIER FEUILLET

Telles sont les chimères qui charment et égarent au matin de la vie. J'ai essayé de les fixer sans beaucoup d'ordre, mais bien des cœurs me comprendront. Les illusions tombent les unes après les autres, comme les écorces d'un fruit, et le fruit, c'est l'expérience. Sa saveur est amère; elle a pourtant quelque chose d'âcre qui fortifie, — qu'on me pardonne ce style vieilli. Rousseau dit que le spectacle de la nature console de tout. Je cherche parfois à retrouver mes bosquets de Clarens perdus au nord de Paris, dans les brumes. Tout cela est bien changé!

Ermenonville! pays où fleurissait encore l'idylle antique, — traduite une seconde fois d'après Gessner! tu as perdu ta seule étoile, qui chatoyait pour moi d'un double éclat. Tour à tour bleue et rose comme l'astre trompeur d'Aldebaran, c'était Adrienne ou Sylvie, — c'étaient les deux moitiés d'un seul amour. L'une était l'idéal sublime, l'autre la douce réalité. Que me font maintenant tes ombrages et tes lacs, et même ton désert? Othys, Montagny, Loisy, pauvres hameaux voisins, Châalis, — que l'on restaure, — vous n'avez rien gardé de tout ce passé! Quelquefois, j'ai besoin de revoir ces lieux de solitude et de rêverie. J'y relève tristement en moi-même les traces fugitives d'une époque où le naturel était affecté; je souris parfois en lisant sur le flanc des granits certains vers de Roucher, qui m'avaient paru sublimes, — ou des maximes de bienfaisance au-dessus d'une fontaine ou d'une grotte consacrée à Pan. Les étangs, creusés à si grands frais, étalent en vain leur eau morte que le cygne dédaigne. Il n'est plus, le temps où les chasses de Condé passaient avec leurs amazones fières, où les cors se répondaient de loin, multipliés par les échos!... Pour se rendre à Ermenonville, on ne trouve plus aujourd'hui de route directe. Quelquefois, j'y vais par Creil et Senlis; d'autres fois, par Dammartin.

A Dammartin, l'on n'arrive jamais que le soir. Je vais coucher alors à l'*Image saint Jean*. On me donne d'ordinaire une chambre assez propre tendue en vieille tapisserie avec un trumeau au-dessus de la glace. Cette chambre est un dernier retour vers le bric-à-brac, auquel j'ai depuis longtemps renoncé. On y dort chaudement sous l'édredon, qui est d'usage dans ce pays. Le matin, quand j'ouvre la fenêtre, encadrée de vigne et de roses, je découvre avec ravissement un horizon vert de dix lieues, où les peupliers s'alignent comme des armées. Quelques villages s'abritent çà et là sous leurs clochers aigus, construits, comme on dit là, en pointes d'ossements. On distingue d'abord Othys, — puis Ève, puis Ver; on distinguerait Ermenonville à travers le bois, s'il avait un clocher; mais, dans ce lieu philosophique, on a bien négligé l'église. Après avoir rempli mes poumons de l'air si pur qu'on respire sur ces plateaux, je descends gaiement et je vais faire un tour chez le pâtissier. « Te voilà, grand frisé! — Te voilà, petit Parisien! » Nous nous donnons les coups de poing amicaux de l'enfance, puis je gravis un certain escalier où les joyeux cris de deux enfants accueillent ma venue. Le sourire athénien de Sylvie illumine ses traits charmés. Je me dis :

— Là était le bonheur peut-être; cependant...

Je l'appelle quelquefois Lolotte, et elle me trouve un peu de ressemblance avec Werther, moins les pistolets, qui ne sont plus de mode. Pendant que le *grand frisé* s'occupe du déjeuner, nous allons promener les enfants dans les allées de tilleuls qui ceignent les débris des vieilles tours de brique du château. Tandis que ces petits s'exercent, au tir des compagnons de l'arc, à ficher dans la paille les flèches paternelles, nous lisons quelques poésies ou quelques pages de ces livres si courts qu'on ne fait plus guère.

J'oubliais de dire que, le jour où la troupe dont faisait partie Aurélie a donné une représentation à Dammartin, j'ai conduit

Sylvie au spectacle, et je lui ai demandé si elle ne trouvait pas que l'actrice ressemblait à une personne qu'elle avait connue déjà.

— A qui donc?

— Vous souvenez-vous d'Adrienne?

Elle partit d'un grand éclat de rire en disant :

— Quelle idée!

Puis, comme se le reprochant, elle reprit en soupirant :

— Pauvre Adrienne! elle est morte au couvent de Saint-S..., vers 1832.

CHANSONS ET LÉGENDES DU VALOIS

VIEILLES BALLADES FRANÇAISES

Chaque fois que ma pensée se reporte aux souvenirs de cette province du Valois, je me rappelle avec ravissement les chants et les récits qui ont bercé mon enfance. La maison de mon oncle était toute pleine de voix mélodieuses, et celles des servantes qui nous avaient suivis à Paris chantaient tout le jour les ballades joyeuses de leur jeunesse, dont malheureusement je ne puis citer les airs. J'en ai donné ailleurs quelques fragments. Aujourd'hui, je ne puis arriver à les compléter, car tout cela est profondément oublié; le secret en est demeuré dans la tombe des aïeules. Avant d'écrire, chaque peuple a chanté; toute peine s'inspire à ces sources naïves, et l'Espagne, l'Allemagne, l'Angleterre, citent chacune avec orgueil leur romancero national. Pourquoi la France n'at-elle pas le sien? On publie aujourd'hui les chansons patoises de Bretagne et d'Aquitaine, mais aucun chant des vieilles provinces où s'est toujours parlée la vraie langue française ne nous sera conservé. Je crains encore que le travail qui se prépare ne soit fait purement au point de vue historique et scientifique. Nous aurons des ballades franques, nor-

mandes, des chants de guerre, des lais et des virelais, des
guerz bretons, des noëls bourguignons et picards... Mais son-
gera-t-on à recueillir ces chants de la vieille *France*, dont je
cite ici des fragments épars et qui n'ont jamais été complétés
ni réunis? C'est qu'on n'a jamais voulu admettre dans les livres
des vers composés sans souci de la rime, de la prosodie et de
la syntaxe; la langue du berger, du marinier, du charretier
qui passe, est bien la nôtre, à quelques élisions près, avec des
tournures douteuses, des mots hasardés, des terminaisons et
des liaisons de fantaisie; mais elle porte un cachet d'ignorance
qui révolte l'homme du monde, bien plus que ne fait le pa-
tois. Pourtant, ce langage a ses règles, ou du moins ses habitudes régulières, et il est fâcheux que des couplets tels que
ceux de la célèbre romance : *Si j'étais hirondelle*, soient abandonnés, pour deux ou trois consonnes singulièrement placées, au répertoire chantant des concierges et des cuisinières.

Quoi de plus gracieux et de plus poétique pourtant!

> Si j'étais hirondelle! — Que je puisse voler, — Sur votre
> sein, la belle, — J'irais me reposer!

Il faut continuer, il est vrai, par : *J'ai z'un coquin de
frère...*, ou risquer un hiatus terrible; mais pourquoi aussi
la langue a-t-elle repoussé ce z si commode, si liant, si séduisant qui faisait tout le charme du langage de l'ancien Arlequin, et que la jeunesse dorée du Directoire a tenté en vain
de faire passer dans le langage des salons?

Ce ne serait rien encore, et de légères corrections rendraient
à notre poésie légère, si pauvre, si peu inspirée, ces charmantes et naïves productions de poëtes modestes; mais la
rime, cette sévère rime française, comment s'arrangerait-
elle du couplet suivant :

> La fleur de l'olivier — Que vous avez aimé, — Char-
> mante beauté! — Et vos beaux yeux charmants, — Que
> mon cœur aime tant, — Les faudra-t-il quitter?

Observez que la musique se prête admirablement à ces hardiesses ingénues, et trouve dans les assonances, ménagées suffisamment d'ailleurs, toutes les ressources que la poésie doit lui offrir. Voilà deux charmantes chansons, qui ont comme un parfum de la Bible, dont la plupart des couplets sont perdus, parce que personne n'a jamais osé les écrire ou les imprimer. Nous en dirons autant de celle où se trouve la strophe suivante :

> Enfin vous voilà donc, — Ma belle mariée, — Enfin vous voilà donc — A votre époux liée, — Avec un long fil d'or — Qui ne rompt qu'à la mort !

Quoi de plus pur, d'ailleurs, comme langue et comme pensée ? Mais l'auteur de cet épithalame ne savait pas écrire, et l'imprimerie nous conserve les gravelures de Collé, de Piis et de Panard ! Les étrangers reprochent à notre peuple de n'avoir aucun sentiment de la poésie et de la couleur ; mais où trouver une composition et une imagination plus orientales que dans cette chanson de nos mariniers :

> Ce sont les filles de la Rochelle — Qui ont armé un bâtiment — Pour aller faire la course — Dedans les mers du Levant.
>
> La coque en est en bois rouge, — Travaillé fort proprement ; — La mâture est en ivoire, — Les poulies en diamant.
>
> La grand'voile est en dentelle, — La misaine en satin blanc ; — Les cordages du navire — Sont de fils d'or et d'argent.
>
> L'équipage du navire, — C'est tout filles de quinze ans ; — Les gabiers de la grande hune — N'ont pas plus de dix-huit ans ! etc.

Les richesses poétiques n'ont jamais manqué au marin, ni au soldat français, qui ne rêvent dans leurs chants que filles du roi, sultanes, et même présidentes, comme dans la ballade trop connue :

> C'est dans la ville de Bordeaux — Qu'il est arrivé trois vaisseaux, etc.

Mais le tambour des gardes françaises, où s'arrêtera-t-il, celui-là ?

> Un joli tambour s'en allait à la guerre, etc.

La fille du roi est à sa fenêtre, le tambour la demande en mariage : « Joli tambour, dit le roi, tu n'es pas assez riche ! — Moi? dit le tambour sans se déconcerter.

> J'ai trois vaisseaux sur la mer gentille, — L'un chargé d'or, l'autre de perles fines, — Et le troisième pour promener ma mie !

— Touche là, tambour, lui dit le roi, tu n'auras pas ma fille ! — Tant pis ! dit le tambour, j'en trouverai de plus gentilles !... » Étonnez-vous, après ce tambour-là, de nos soldats devenus rois ! Voyons maintenant ce que va faire un capitaine :

> A Tours en Touraine, — Cherchant ses amours ; — Il les a cherchées, — Il les a trouvées — En haut d'une tour.

Le père n'est pas un roi, c'est un simple chapelain qui répond à la demande en mariage :

> Mon beau capitaine, — Ne te mets en peine, — Tu ne l'auras pas.

La réplique du capitaine est superbe :

> Je l'aurai par terre, — Je l'aurai par mer — Ou par trahison.

Il fait si bien, en effet, qu'il enlève la jeune fille sur son cheval ; et l'on va voir comme elle est bien traitée une fois en sa possession :

> A la première ville, — Son amant l'habille — Tout en satin blanc ! — A la seconde ville, — Son amant l'habille — Tout d'or et d'argent.
> A la troisième ville, — Son amant l'habille — Tout en diamants ! — Elle était si belle, — Qu'elle passait pour reine — Dans le régiment !

8.

Après tant de richesses dévolues à la verve un peu gas-
conne du militaire et du marin, envierons-nous le sort du
simple berger ? Le voilà qui chante et qui rêve :

> Au jardin de mon père, — Vole, mon cœur, vole! — Il
> y a z'un pommier doux, — Tout doux !
> Trois belles princesses, — Vole, mon cœur, vole!—Trois
> belles princesses — Sont couchées dessous, etc.

Est-ce donc la vraie poésie, est-ce la soif mélancolique de
l'idéal qui manque à ce peuple pour comprendre et produire
des chants dignes d'être comparés à ceux de l'Allemagne et de
l'Angleterre ? Non, certes ; mais il est arrivé qu'en France la
littérature n'est jamais descendue au niveau de la grande
foule; les poëtes académiques du xviie et du xviiie siècle n'auraient pas plus compris de telles inspirations, que les paysans
n'eussent admiré leurs odes, leur épîtres et leurs poésies
fugitives, si incolores, si gourmées. Pourtant, comparons
encore la chanson que je vais citer à tous ces bouquets à
Chloris qui faisaient, vers ce temps, l'admiration des belles
compagnies :

> Quand Jean Renaud de la guerre revint, — Il en revint
> triste et chagrin. — « Bonjour, ma mère ! — Bonjour, mon
> fils ! — Ta femme est accouchée d'un petit. »
> « Allez, ma mère, allez devant, — Faites-moi dresser un
> beau lit blanc ; — Mais faites-le dresser si bas, — Que ma
> femme ne l'entende pas ! »
> Et, quand ce fut vers le minuit, — Jean Renaud a rendu
> l'esprit.

Ici, la scène de la ballade change et se transporte dans la
chambre de l'accouchée :

> « Ah ! dites, ma mère, ma mie, — Ce que j'entends
> pleurer ici ? — Ma fille, ce sont les enfants — Qui se plai-
> gnent du mal de dents. »
> « Ah ! dites, ma mère, ma mie, — Ce que j'entends
> clouer ici ? — Ma fille, c'est le charpentier, — Qui raccom-
> mode le plancher ! »

« Ah! dites, ma mère, ma mie, — Ce que j'entends chanter ici? — Ma fille, c'est la procession — Qui fait le tour de la maison! »

« Mais dites, ma mère, ma mie, — Pourquoi donc pleurez-vous ainsi? — Hélas! je ne puis le cacher : — C'est Jean Renaud qui est décédé. »

« Ma mère! dites au fossoyeux — Qu'il fasse la fosse pour deux, — Et que l'espace y soit si grand, — Qu'on y renferme aussi l'enfant! »

Ceci ne le cède en rien aux plus touchantes ballades allemandes; il n'y manque qu'une certaine exécution de détail qui manquait aussi à la légende primitive de Lénore et à celle du roi des Aulnes, avant Gœthe et Burger. Mais quel parti encore un poëte eût tiré de la complainte de Saint-Nicolas, que nous allons citer en partie.

Il était trois petits enfants — Qui s'en allaient glaner aux champs.

S'en vont au soir chez un boucher. — « Boucher, voudrais-tu nous loger? — Entrez, entrez, petits enfants, — Il y a de la place assurément. »

Ils n'étaient pas sitôt entrés, — Que le boucher les a tués, — Les a coupés en petits morceaux, — Mis au saloir comme pourceaux.

Saint Nicolas au bout d'sept ans, — Saint Nicolas vint dans ce champ. — Il s'en alla chez le boucher : — « Boucher, voudrais-tu me loger? »

« Entrez, entrez, saint Nicolas, — Il y a d'la place, il n'en manque pas. » — Il n'était pas sitôt entré, — Qu'il a demandé à souper.

« Voulez-vous un morceau d'jambon? — Je n'en veux pas, il n'est pas bon. — Voulez-vous un morceau de veau? — Je n'en veux pas, il n'est pas beau! »

« Du p'tit salé je veux avoir, — Qu'il y a sept ans qu'est dans l'saloir! » — Quand le boucher entendit cela, — Hors de sa porte il s'enfuya.

« Boucher, boucher, ne t'enfuis pas, — Repens-toi, Dieu te pardonn'ra. » — Saint Nicolas posa trois doigts — Dessus le bord de ce saloir.

Le premier dit : « J'ai bien dormi! » — Le second dit :

« Et moi aussi ! » — Et le troisième répondit : — « Je
croyais être en paradis ! »

N'est-ce pas là une ballade d'Uhland, moins les beaux vers ?
Mais il ne faut pas croire que l'exécution manque toujours à
ces naïves inspirations populaires.

A part les rimes incorrectes, la chanson que nous avons
citée dans *les Faux-Saulniers : Le roi Loys est sur son pont*,
composée sur un des plus beaux airs qui existent, est déjà de la
vraie poésie romantique et chevaleresque ; c'est comme un
chant d'église croisé par un chant de guerre ; on n'a pas conservé la seconde partie de la ballade, dont pourtant nous con-
naissons vaguement le sujet. Le beau Lautrec, l'amant de cette
noble fille, revient de la Palestine au moment où on la portait
en terre. Il rencontre l'escorte sur le chemin de Saint-Denis.
Sa colère met en fuite prêtres et archers, et le cercueil reste
en son pouvoir. « Donnez-moi, dit-il à sa suite, donnez-moi
mon couteau d'or fin, que je découse ce drap de lin ! » Aussitôt délivrée de son linceul, la belle revient à la vie. Son
amant l'enlève et l'emmène dans son château au fond des forêts. Vous croyez *qu'ils vécurent heureux* et que tout se termina là ; mais, une fois plongé dans les douceurs de la vie conjugale, le beau Lautrec n'est plus qu'un mari vulgaire, il passe
tout son temps à pêcher au bord de son lac, si bien qu'un jour
sa fière épouse vient doucement derrière lui et le pousse résolûment dans l'eau noire, en lui criant :

> Va-t'en, vilain pêche-poissons ! — Quand ils seront bons,
> — Nous en mangerons.

Propos mystérieux, digne d'Arcabonne ou de Mélusine. —
En expirant, le pauvre châtelain a la force de détacher ses
clefs de sa ceinture et de les jeter à la fille du roi, en lui disant
qu'elle est désormais maîtresse et souveraine, et qu'il se trouve
heureux de mourir par sa volonté !... Il y a dans cette conclusion bizarre quelque chose qui frappe involontairement l'esprit,
et qui laisse douter si le poëte a voulu finir par un trait de

satire, ou si cette belle morte que Lautrec a tirée du linceul n'était pas une sorte de femme vampire, comme les légendes nous en présentent souvent.

Du reste, les variantes et les interpolations sont fréquentes dans ces chansons ; chaque province possédait une version différente. On a recueilli comme une légende du Bourbonnais, *la Jeune Fille de la Garde*, qui commence ainsi :

> Au château de la Garde, — Il y a trois belles filles ; —
> Il y en a une plus belle que le jour. —· Hâte-toi, capi-
> taine, — Le duc va l'épouser.

C'est celle que nous avons également citée dans *les Faux-Saulniers*, qui commence ainsi dans le Beauvoisis, où nous l'avons entendu chanter, dépouillée de toute couleur chevaleresque et locale :

> Dessous le rosier blanc — La belle se promène.

Voilà le début, simple et charmant ; où cela se passe-t-il ? Peu importe ! Ce serait si l'on voulait la fille d'un sultan rêvant sous les bosquets de Schiraz. Trois cavaliers passent au clair de la lune : « Montez, dit le plus jeune, sur mon beau cheval gris. » N'est-ce pas là la course de Lénore, et n'y a-t-il pas une attraction fatale dans ces cavaliers inconnus !

Ils arrivent à la ville, s'arrêtent à une hôtellerie éclairée et bruyante. La pauvre fille tremble de tout son corps :

> Aussitôt arrivée, — L'hôtesse la regarde. — « Êtes-vous
> ici par force — Ou pour votre plaisir ? — Au jardin de
> mon père — Trois cavaliers m'ont pris. »

Sur ce propos, le souper se prépare : « Soupez, la belle, et soyez heureuse ;

> Avec trois capitaines, — Vous passerez la nuit. »
> Mais le souper fini, — La belle tomba morte. — Elle
> tomba morte — Pour ne plus revenir !

« Hélas ! ma mie est morte ! s'écrie le plus jeune cavalier ;

qu'en allons-nous faire?... » Et ils conviennent de la reporter au château de son père, sous le rosier blanc.

> Et, au bout de trois jours, — La belle ressuscite. —
> « Ouvrez, ouvrez, mon père, — Ouvrez sans plus tarder !
> — Trois jours j'ai fait la morte, — Pour mon honneur garder. »

La vertu des filles du peuple attaquée par des seigneurs félons a fourni encore de nombreux sujets de romances. Il y a, par exemple, la fille d'un pâtissier, que son père envoie porter des gâteaux chez un galant châtelain. Celui-ci la retient jusqu'à la nuit close, et ne veut plus la laisser partir. Pressée de son déshonneur, elle feint de céder, et demande au comte son poignard pour couper une agrafe de son corset. Elle se perce le cœur, et les pâtissiers instituent une fête pour cette martyre boutiquière.

Il y a des chansons de *causes célèbres* qui offrent un intérêt moins romanesque, mais souvent plein de terreur et d'énergie. Imaginez un homme qui revient de la chasse et qui répond à un autre qui l'interroge :

> « J'ai tant tué de petits lapins blancs, — Que mes souliers sont pleins de sang. — T'en as menti, faux traître !
> — Je te ferai connaître. — Je vois, je vois à tes pâles couleurs — Que tu viens de tuer ma sœur ! »

Quelle poésie sombre en ces lignes qui sont à peine des vers! Dans une autre, un déserteur rencontre la maréchaussée, cette terrible Némésis au chapeau bordé d'argent.

> On lui a demandé : — « Où est votre congé? — Le congé que j'ai pris, il est sous mes souliers. »

Il y a toujours une amante éplorée mêlée à ces tristes récits.

> La belle s'en va trouver son capitaine, — Son colonel et aussi son sergent...

Le refrain est une mauvaise phrase latine, sur un ton de

ain-chant, qui prédit suffisamment le sort du malheureux
oldat.

Quoi de plus charmant que la chanson de Biron, si regretté
ans ces contrées :

> Quand Biron voulut danser, — Quand Biron voulut
> danser, — Ses souliers fit apporter, — Ses souliers fit ap-
> porter; — Sa chemise — De Venise, — Son pourpoint —
> Fait au point, — Son chapeau tout rond. — Vous danse-
> rez, Biron !

Nous avons cité deux vers de la suivante :

> La belle était assise — Près du ruisseau coulant, — Et
> dans l'eau qui frétille, — Baignait ses beaux pieds blancs.
> — Allons, ma mie, légèrement! — Légèrement!

C'est une jeune fille des champs qu'un seigneur surprend au
bain comme Percival surprit Griselidis. Un enfant sera le résultat de leur rencontre. Le seigneur dit :

> « En ferons-nous un prêtre, — Ou bien un président ?

— Non, répond la belle, ce ne sera qu'un paysan :

> — On lui mettra la hotte — Et trois oignons dedans...
> — Il s'en ira criant : — « Qui veut mes oignons blancs?... »
> — Allons, ma mie, légèrement, etc.

Nous nous arrêtons dans ces citations si incomplètes, si diffi-
ciles à faire comprendre sans la musique et sans la poésie des
lieux et des hasards, qui font que tel ou tel de ces chants
populaires se grave ineffaçablement dans l'esprit. Ici, ce sont
des compagnons qui passent avec leurs longs bâtons ornés de
rubans; là, des mariniers qui descendent un fleuve; des bu-
veurs d'autrefois (ceux d'aujourd'hui ne chantent plus guère),
des lavandières, des faneuses, qui jettent au vent quelques
lambeaux des chants de leurs aïeules. Malheureusement, on les
entend répéter plus souvent aujourd'hui les romances à la
mode, platement spirituelles, ou même franchement incolores,
variées sur trois à quatre thèmes éternels. Il serait à désirer

que de bons poëtes modernes missent à profit l'inspiration
naïve de nos pères, et nous rendissent, comme l'ont fait les
poëtes d'autres pays, une foule de petits chefs-d'œuvre qui se
perdent de jour en jour avec la mémoire et la vie des bonnes
gens du temps passé.

———

JEMMY

I

COMMENT JACQUES TOFFEL ET JEMMY O'DOUGHERTY
TIRÈRENT A LA FOIS DEUX ÉPIS ROUGES DE MAÏS

A moins de cent milles de distance du confluent de l'Alléghany et du Monogehala, est situé un vallon délicieux, ou ce
qu'on appelle dans la langue du pays un *bottom*, véritable paradis borné de tous côtés par des montagnes et par le cours de
l'Ohio, que les Français ont surnommé *Belle Rivière*. Le versant et la cime des hauteurs qui s'étagent doucement vers
l'horizon sont revêtus d'une riche végétation de sycomores
centenaires, d'aunes et d'acacias, tous unis par le tissu de
la vigne sauvage, et sous lesquels on respire une douce fraîcheur. Sur le premier plan, les deux rivières réunies dans
l'Ohio roulent paisiblement leurs eaux jumelles, offrant çà et
là une barque qui glisse sur les eaux tranquilles, ou parfois
quelque bateau à vapeur, volant comme une flèche, qui fait
surgir des bandes effarouchées de canards et d'oies sauvages
établis sous l'ombre des sycomores et des saules pleureurs.
Un seul sentier conduit à la partie supérieure du canton, à ce
qu'on appelle le haut pays, où, depuis soixante ans, des Anglais, des Irlandais, des Allemands, et autres races européen-
nes, se sont établis, alliés et fondus ensemble complétement.
Ce n'est pas à dire pourtant que cette grande famille républi-

caine ne manifeste plus par aucun signe sa diversité d'origine. Le descendant allemand, par exemple, tient encore fortement à sa *sauerkraüt*[1] ; il préfère encore son *blockhaus*, simple et rustique comme lui, à l'élégante *franchouse* de ses voisins ; la couleur favorite de son habit à larges pans est toujours bleue ; ses bas sont de cette couleur ; ses gros souliers ronds portent le dimanche d'épaisses boucles d'argent, et, comme ses aïeux encore, il affectionne les *inexpressibles* en peau nouées au-dessous du genou avec des courroies.

La mode tyrannique, ou, comme on l'appelle là-bas, la *fashion*, n'a encore trouvé que peu d'occasions d'étendre son empire, et un chapeau très-simple en paille et en soie, une robe encore plus simple d'une étoffe fabriquée dans le pays, forment toute la parure dont les familles permettent aux jeunes demoiselles d'augmenter le pouvoir de leurs charmes.

Malgré cette résistance obstinée des têtes allemandes, les diffé-rents partis vivent dans la plus parfaite union ; peut-être même ces nuances contribuent-elles à l'agrément de leurs réunions et fêtes assez fréquentes, connues en général sous le nom de *froehlichs*. On appelle ainsi, en effet, les assemblées qui ont lieu chez l'un ou chez l'autre pour écosser en commun les épis de maïs. Il faut voir les couples joyeux accourant par une belle soirée d'automne des quatre points cardinaux, franchissant les haies, se frayant une route à travers les broussailles, sortant enfin des bois avec des joues rouges comme l'écarlate, et se secouant les mains en arrivant à faire craquer leurs os. Puis ils s'asseyent en demi-cercle devant la maison du rendez-vous, ayant en face une montagne de tiges de maïs, et derrière eux le vieux Bambo, destiné à couronner la fête par son talent musical, mais qui, couché en attendant sur le banc du poêle, s'abandonne provisoirement à un sommeil tant soit peu bruyant.

---

1. Choucroute. *Blockhaus*, maison construite en troncs d'arbres équarris. *Franchouse*, maison de charpente revêtue de pierres et de plâtre.

Il y a environ quarante ans qu'il y eut une de ces réunions dans la colonie, chez Jacques Blocksberger. Parmi les jeunes gens qui y accoururent de plus de cinq milles à la ronde, il s'en trouva surtout deux qu'on salua avec un empressement particulier. C'était d'abord une fraîche miss irlandaise, portant le nom sonore de Jemmy O'Dougherty, ronde et fraîche jeune fille, ayant une gracieuse figure de lutin, des joues bien roses, un cou de cygne, des yeux d'un bleu grisâtre, dont certains regards faisaient mal, enfin un petit nez tant soit peu aquilin, qui faisait supposer à celle à qui il appartenait une certaine dose de sagacité et aussi d'assurance et d'inflexibilité irlandaises, dont son futur époux devait attendre quelque signification en bien ou en mal. Mais, si elle ne semblait pas aussi patiente que Job, elle était du moins aussi pauvre, ce qui ne l'empêchait pas de savoir arranger les choses de manière à paraître partout avec avantage, et dans une toilette irréprochable pour le pays.

Le second personnage dont nous avons à parler était mister Christophorus, ou, comme on l'appelait ordinairement, le riche Toffel (abréviation allemande de Christophe), garçon de six pieds six pouces américains, en apparence un peu lâche, mais nerveux et solidement constitué. Indépendamment de ces avantages, et ils n'étaient pas à dédaigner, Christophorus possédait encore une métairie de trois cents acres, tout le vallon de l'Ohio dont nous avons fait une description, une grange bâtie en pierre, une maison ornée de jalousies peintes en vert, et pourvue d'un toit en bardeaux également peints en rouge, et, ce qu'on disait encore, deux bas de laine bleue que lui avait tissés son père, et qui étaient entièrement remplis de bons dollars espagnols. Aussi, lorsque Toffel passait devant quelque ferme sur son cheval gris, en sifflant un air allemand, le cœur de plus d'une blondine se mettait à battre plus vite.

Il arriva donc que Jemmy se trouva placée à côté de Toffel. Comment cela se fit, c'est ce que la chronique ne dit pas bien clairement; mais ce qui paraît certain, c'est que la volonté de ce dernier ne fut pour rien dans ce hasard. Toffel, comme nous l'avons dit, était un grand garçon à larges épaules, et comme les bancs du local n'étaient rien moins que commodes, il s'assit sur le tronc d'un hickory ; Jemmy choisit sa place tout à côté de lui, comme pour se séparer d'un certain groupe de jeunes gens plus bruyants et plus entreprenants que notre héros. En effet, celui-ci siégeait sans mauvaise pensée, paisible comme un citoyen sensé des États-Unis, écossant des épis de maïs, et pensant à son énorme cheval, à son bétail et à ses bas bleus, ainsi qu'à mille autres choses, excepté à sa gentille voisine. Nous ne voulons pas dire que sa voisine pensât à lui ; seulement, avec toute la complaisance d'une âme chrétienne, elle entassait d'une main leste un grand nombre de tiges devant son voisin, qui, long et maladroit qu'il était, n'avait plus qu'à étendre le bras pour les écosser commodément. Mais Toffel ne faisait nulle attention à cette main amicale, et continuait d'écosser jusqu'à ce que, le tas diminuant, il lui fallait se courber et s'étendre à sa grande gêne ; mais alors ce fut encore elle qui se courba gracieusement, et rassembla quelques douzaines d'épis dans son tablier pour les poser en petit tas devant lui, le tout avec une grâce si enchanteresse, qu'il était presque impossible de lui résister. Mais soyez assuré que toute cette attention eût encore échappé aux regards de notre tête carrée d'Allemand, si, précisément dans l'instant où elle tournait d'une manière si attrayante devant lui, son œil n'eût rencontré par hasard celui de Toffel, et cet œil, dirent quelques mauvaises langues, avait alors une expression si irrésistible, que Toffel, pour la première fois, ouvrit grandement les siens.

Sur quoi, il se remit à écosser son maïs, et à prendre de temps en temps une gorgée de whiskey, sans un mot de remerciment à sa gentille et complaisante voisine. Faut-il s'étonner si elle se lassa d'aider à la paresse d'une bûche si insensible ? Donc, quand le troisième tas fut écossé, Jemmy ne s'occupa pas davantage de Toffel. Quoi qu'il en soit, celui-ci commença

ait à se trouver assez bien, et à prendre plus souvent sa
orgée de whiskey, quand le sort jaloux le menaça de le
river de cette consolation.

Plusieurs heures s'étaient déjà envolées depuis que la so-
iété s'était livrée au travail, quand le hasard voulut que les
eux voisins tirassent à la fois chacun deux épis de grain
ouge. Mais il faut savoir que, suivant un usage respectable
tabli aux États-Unis, deux épis rouges qui sont tirés et écossés
n même temps par deux individus qualifiés, comme Jemmy
'Dougherty et Jacques Toffel, confèrent au plus fort des deux
e droit de donner et même au besoin de prendre un baiser
l'autre.

Toffel était donc en possession d'un titre aussi valable
u'aucun autre au monde; mais peu s'en fallut qu'il ne le
erdît, en négligeant d'en user. En effet, déjà il avait laissé
omber sa tige, quand Jemmy, brave fille! s'avisa d'avoir
es yeux pour lui.

— Deux épis rouges! s'écria-t-elle dans une naïve igno-
ance de ce qu'elle faisait.

— Deux épis rouges! s'écrièrent aussitôt cinquante gosiers.

Et toute la société se mit debout comme si la foudre était
ombée au milieu d'elle. Ici, il fut impossible à notre Toffel de
e pas comprendre la cause de cette émotion générale. Aussi
arut-il enfin jaloux du droit que le hasard lui avait conféré;
mais il fallait encore vaincre la résistance de tout le corps fé-
minin, qui forma autour de Jemmy un carré qui aurait défié
out un bataillon de freluquets de la ville. Cependant, Toffel
n'était pas homme à se laisser arrêter par de vaines démons-
rations; il s'avança vers les conjurées, saisit commodément
hacune de ses adversaires après l'autre, en jeta une demi-
ouzaine sur un tas d'épis à sa droite, une demi-douzaine sur un
autre tas à sa gauche, et se fraya ainsi la route jusqu'à Jemmy,
ui, il faut le dire, lui résista bravement; mais la citadelle la plus
orte finit par se rendre, et ainsi céda enfin notre Irlandaise,
ui laissa Toffel imprimer paisiblement ses lèvres larges d'un

pouce sur les siennes, bien qu'elle eût pu, à ce que prétendirent quelques compagnes jalouses, éviter en partie ce terrible contact.

Ici s'arrêtent nos renseignements sur cette agréable soirée et nous pouvons croire seulement que la tranquillité d'esprit de Toffel y reçut une forte secousse, et qu'après le *froehlich*, qui comprenait aussi la danse, il fut longtemps à s'endormir, et fit un rêve pour la première fois de sa vie.

Il arriva que, peu de temps après, par un beau soir de décembre, Toffel sella son étalon gris pommelé, et monta au petit trot les sinuosités qui conduisent encore aujourd'hui de Toffelsville au pays haut, à travers les montagnes de l'Ohio.

C'était une chose réjouissante que de voir les belles fermes au milieu desquelles il eut à passer dans sa course. Plus d'une fille fraîche et gentille, et, ce qui veut dire plus, mainte jeune fille ayant une bonne dot, vivait dans ces habitations d'un extérieur grossier ; plus d'une jolie bouche cria à Toffel :

— Eh ! Toffel ! encore en route si tard ? Ne voulez-vous pas entrer ?

Mais Toffel n'avait ni yeux ni oreilles, et continuait son chemin ; et les fermes prirent un aspect toujours plus chétif jusqu'à ce qu'enfin il arrivât à une pièce de terre, couverte de châtaigniers, où sa patience semblait sur le point de l'abandonner. C'est qu'il ne pouvait jamais voir sans humeur cette espèce d'arbres, qu'il regardait avec raison comme le signe le plus certain de l'infécondité du sol. — Et pourtant, Toffel, tu continues encore à trotter ; es-tu donc tellement indifférent à ton repos que tu te laisses ensorceler par les yeux de ce gentil lutin aux cheveux dorés, que le malin esprit lui-même ne parviendrait pas à maîtriser, qui, semblable au chat, sait à la fois égratigner et caresser, rire et pleurer, le tout dans un seul et même instant ? Réfléchis, cher Toffel, suspends ton pèlerinage. L'eau et le feu, le whiskey et le thé, des gâteaux de maïs, tout cela irait-il ensemble ?... Mais le voici à l'extrémité du plant de châtaigniers, et même devant un... comment le nomme

herons-nous? devant une espèce d'édifice qui semble dater
les guerres des Indiens. Toffel secoua la tête d'un air pensif;
c'est la maison du vieux Davy O'Dougherty, et c'est une maison d'un misérable aspect. Et sa grange? il n'en a pas; ses
haies? on a honte de les regarder. Oui, sa ferme offre un
triste tableau de l'industrie irlandaise; point de cheval, point
de charrue; toute la fortune agricole de Davy se réduit à
quelques étroites pièces de terre, semées de maïs et de pommes de terre.

Toffel fit une longue pause, indécis, pensif; mais justement
le vieux Davy était assis près de la porte, avec sa vénérable
moitié aux cheveux roux, et une demi-douzaine de petits
monstres de la même couleur. Jemmy seule... il serait peu
galant de ne pas la dire franchement blonde, était la grâce
et l'ornement de la triste cabane. Elle préparait le thé, et
mettait sur la table des gâteaux de maïs. Toffel alla s'asseoir
devant la cheminée sans avoir à peine desserré les lèvres, et
n'eût point bougé de cette place, si, en sa qualité d'Allemand,
l'odeur de la fumée du charbon de terre ne l'eût désagréablement affecté; il se leva brusquement pour chercher une atmosphère plus pure, pendant que Jemmy, le voyant à moitié aveu-
glé, s'enfuyait dans la cuisine avec un rire moqueur. Toffel
hésita un instant entre les deux portes, mais involontairement
il se trouva transporté devant le feu de la cuisine, qui, étant
de bois, lui plut bien mieux que l'autre, et auquel Jemmy dai-
gna bientôt prendre place à ses côtés.

Un quart d'heure s'était écoulé, et pas une pensée immo-
deste ou quelconque n'avait traversé le cerveau de notre cavalier. La seule licence qu'il se permit de prendre consistait
de transporter son chapeau d'un genou sur l'autre.

Enfin, cependant, il prit courage, et, regardant fixement sa
voisine, il lui demanda en anglais si elle ne voulait pas le
prendre pour mari.

— Que voulez-vous que je fasse d'un Allemand?
Telle fut la réponse un peu dure de la malicieuse Irlan-

daise, qui, en rabaissant la marchandise qu'elle convoitait, n'avait d'autre but que de se l'assurer à meilleur marché.

Mais songez bien à ce qu'était une telle réponse adressée par une petite créature comme Jemmy à un homme comme Toffel, garçon de six pieds, possesseur de trois cents acres de terre et de deux bas bleus garnis.

Toffel n'était rien moins que fier, cependant il se leva fort déconcerté, tira son chapeau, et s'apprêtait à sortir en soupirant de la cuisine, lorsque la rusée jeune fille, se glissant entre lui et la porte, lui dit en lui prenant la main :

— Et, si je vous prends, me promettez-vous d'être bon enfant?

Le dialogue dès lors prit des formes plus précises, et Toffel ne tarda pas à aller rejoindre son gris pommelé, après avoir rudement serré la main de sa future.

Quelques jours après, le ministre protestant Gaspard Ledermaul, ancien tailleur, bénissait le mariage de Jacques Toffel et de Jemmy O'Dougherty; ce qui semblerait devoir mettre fin à notre histoire, si nous en voulions abandonner légèrement les héros, et si l'on ne savait, d'ailleurs, que les mariages n'offrent pas moins de péripéties que les amours les plus traversées.

II

COMMENT JEMMY O'DOUGHERTY EUT TORT D'ALLER A UN MEETING SUR UN TROP GRAND CHEVAL

Jacques Toffel n'avait pas encore accompli sa vingt et unième année, quand il entra dans la lune de miel, et ici nous devons dire à sa louange qu'il sut jouir du bonheur avec sa modération accoutumée. Nous n'avons pas laissé voir qu'il fût dissipé; et, assurément, nulle tentation ne lui vint d'introduire sa femme dans la haute société du Saragota, et de vider ainsi les deux bas bleus. Quant à mistress Toffel, ce n'était pas, certes, une méchante fille; il y avait en elle toujours cette sorte de diablerie irlandaise qui ne lui permettait pas d'être en repos, tant que son mari n'avait pas fait sa volonté. Pour tout dire, en un mot, c'était elle qui portait les culottes ou les *inexpressibles*, selon la chaste locution anglaise. D'ailleurs, notre couple vivait heureux ; un jeune Toffel ne tarda pas à faire son apparition dans le monde, et surtout alors l'heureux fermier ne regretta pas d'avoir tiré son épi rouge.

.Or, il advint qu'un missionnaire se présenta vers ce temps dans la colonie, avec la prétention d'enseigner à nos bonnes gens un chemin plus court que par le passé pour gagner la porte du Ciel. Afin de donner à son projet l'impulsion nécessaire, il avait annoncé un meeting, après s'être assuré préalablement de l'assentiment des dames. Mistress Toffel, dont le respectable pasteur avait recherché surtout le patronage, avait décidé, pour répondre à cet égard flatteur, que son jeune fils serait baptisé en cette occasion, et que le père le transporterait dans ses bras au meeting.

Jusqu'ici, tout était bien, et Toffel n'y trouvait guère à redire ; toutefois, en sellant ses deux chevaux, il éprouva une sorte de malaise, et comme un pressentiment fâcheux lorsqu'il s'occupa de son grand cheval gris. Mistress Toffel avait conçu pour cet animal une telle prédilection, qu'elle avait déclaré n'en pas vouloir monter d'autre. A la vérité, comparés au grand cheval entier de Toffel, les autres n'étaient que des chats ; mais Jemmy n'était pas une géante, et les petits chevaux lui eussent toujours mieux convenu qu'à son mari. Celui-ci était, depuis peu, devenu ambitieux, et aspirait aux emplois publics ; et il fallait qu'il arrivât disgracieusement sur une de ces rosses, en s'exposant aux railleries et aux suppositions de la foule ! En tirant les chevaux de l'écurie, il vit précisément sa femme sur le seuil de la maison ; mais sur son front était écrite cette inflexible résolution à laquelle le pauvre homme n'avait guère l'usage de résister. Il la laissa donc monter sur un tronc d'arbre, d'où elle s'élança sur le

gris pommelé, dont elle saisit la bride avec grâce et autorité.

La voilà sur cet animal immense, semblable à un malicieux
baboin qui s'apprête à mettre à l'épreuve la mansuétude d'un
patient dromadaire. Toffel la regardait la bouche ouverte et les
yeux fixes.

— Ma chère ! dit-il après un long combat intérieur, je vous
en prie, prenez le petit cheval, et me laissez le plus grand.

— Toffel, s'écria sa moitié, sûrement vous n'êtes pas assez
fou pour songer à cela précisément en ce moment.

— Si, je suis assez fou pour cela ; et, si je prends ce veau
irlandais, je serai à la fois à pied et à cheval.

Ses paroles, ses regards étonnèrent la dame ; ils indiquaient
une sorte de révolte contre son pouvoir, et elle sentit que
tout son règne dépendait de la résolution qu'elle prendrait
en ce moment décisif, et c'est dans cette idée qu'elle donna
un grand coup de fouet à son cheval, qui, en deux élans,
l'emporta hors de la cour.

Toffel n'eut donc rien de mieux à faire que de monter sur
la rosse, en soupirant et en murmurant quelques phrases de
sa langue incomprise, comme *sapperment! verflucht!* et autres
aménités germaniques dont il pouvait, au besoin, dissimuler
le sens. Tout à coup il fut interrompu dans son monologue
par un cri parti du haut de la montagne. Toffel jeta les yeux
autour de lui, puis il regarda la hauteur, mais il n'aperçut
rien ; rien ne se faisait plus entendre, et pourtant la voix qui
avait percé ses oreilles était la voix aiguë et sonore de sa
femme, il en était certain. Elle l'avait devancé au galop de
quelques centaines de pas, et bientôt les sinuosités de la route,
à travers les montagnes, l'avaient dérobée à ses regards.

— Le cheval gris l'a certainement jetée à bas, se dit le loyal
garçon.

Et à peine cette idée s'était-elle présentée à son esprit,
qu'il vit, en effet, son coursier favori descendre à grands
bonds la montagne. Toffel fut saisi de frayeur ; il se jeta,

des deux jambes à la fois, à bas de sa rosse, et courut au-
devant du cheval fougueux, qui, reconnaissant son maître,
s'arrêta tranquillement jusqu'à ce qu'il l'eût débarrassé de
la selle de Jemmy, et qu'il eût monté dessus avec son re-
jeton. Alors, Toffel se dirigea au grandissime trot vers le
haut de la montagne, et courut au secours de sa moitié, de
laquelle bien d'autres ne se seraient guère plus inquiétés après
la manière dont elle s'était comportée ; mais Toffel était d'une
bonne pâte d'Allemand, et il se hâta de tout son pouvoir d'arriver à l'endroit fatal où elle devait avoir établi sa couche.
Une seconde fois il entendit crier, mais ce n'était pas sa voix
ordinaire, c'était plutôt un cri de détresse. Ce cri se renouvela,
et, trempé d'une sueur froide, Toffel alors lança son cheval
ventre à terre du côté d'où semblait venir la voix de sa femme ;
mais point de traces. Il regarda à droite, à gauche, puis à terre,
et enfin il remarqua avec un horrible serrement de cœur des
traces de pas d'hommes, et à côté les empreintes des pieds
de sa femme. Des hommes étaient venus là, c'était évident ;
mais dire ce qu'était devenue sa femme, c'était une chose bien
difficile, les traces se perdaient dans la forêt. Il examina de
nouveau ces traces, et il reconnut avec consternation la large
empreinte des mocassins des Indiens. Un regard vers la forêt
lui fit apercevoir quelque chose d'un gris noir, c'était une
plume d'aigle : plus de doute, sa malheureuse Jemmy venait
d'être surprise et enlevée par les Indiens.

Toffel aimait sincèrement sa femme ; cependant, il n'eut
point d'évanouissement, et toute la force de son amour ne put
lui arracher une larme ; et, au lieu de perdre du temps en
vaines lamentations, il courut au grand galop rejoindre le meeting, apprit à ses voisins que les Indiens avaient surpris et enlevé sa femme tandis qu'elle se rendait à l'assemblée, ajoutant
qu'il fallait qu'il la recouvrât à tout prix, et que, s'ils étaient
bons voisins, et s'ils voulaient être des hommes libres, il fallait qu'ils vinssent courir en toute hâte avec lui sur les traces
de ces Peaux-Rouges pour leur reprendre sa Jemmy. Comme

ceux à qui il s'adressait étaient, en effet, des hommes de cœur,
Toffel, en peu d'heures, se vit à la tête de cinquante jeunes gens,
qui, tenant d'une main leurs carabines et de l'autre la bride de
leurs chevaux, juraient de venger dignement l'enlèvement de
la nouvelle Hélène.

Il n'était pas rare, en ce temps, que les colons des États-
Unis eussent à poursuivre des Indiens pour un semblable motif; mais, pendant que Toffel et ses vaillants compagnons sont
occupés à retrouver les traces des Peaux-Rouges qui avaient enlevé Jemmy O'Dougherty, nous allons, nous conformant encore
plus directement aux usages chevaleresques, rejoindre notre
dame, pour lui prêter au besoin aide et secours.

Donc, Jemmy, l'entêtée Jemmy, avait été seule en avant de
quelques centaines de pas, ainsi que nous l'avons déjà dit. C'é-
tait d'abord une chose qu'une femme raisonnable n'aurait jamais faite : elle se serait tenue à côté de son mari, d'un aussi
bon mari surtout que l'était incontestablement Toffel, notamment dans des temps si critiques, où les sauvages parcouraient
encore en partisans tout l'État d'Ohio, et s'avançaient même
jusqu'au fort Pitt, attendu que, précisément à cette époque, les
États-Unis étaient engagés avec eux dans une guerre sanglante.
Sans doute, elle cria vaillamment, mais il était trop tard; probablement les Indiens en avaient déjà trop vu pour renoncer,
en faveur de ses cris, à une si belle proie. L'un monta sur le
cheval gris et la prit en croupe, pendant qu'un second obligeait la belle à enlacer ses bras autour de son cavalier; un
troisième, lui voyant des dispositions à résister, établit entre
son cou de cygne et un coutelas qu'il tira de sa ceinture un
voisinage dangereux, si bien que la pauvre créature se résigna
à son sort, et ne songea plus qu'à ne pas se laisser tomber de
cheval pendant la longue course qui s'ensuivit.

Toutefois, elle ne pouvait s'empêcher de s'écrier par instants :

— Le grand cheval ! le grand cheval !

Mais sa tenue modeste et résolue à la fois inspirait quelque respect à ses ravisseurs, et surtout à Tomahawk leur chef, qui, en arrivant à Miamy, quartier général des Peaux-Rouges, la plaça sous la protection de sa mère, avec le titre de dame d'honneur. Sans doute, ce poste n'eût pas été à dédaigner, si le fils de la princesse mère avait eu à gouverner quelque chose qui en valût la peine; mais le roi des Shawneeses, frère aîné de Tomahawk, n'étendait guère son empire que sur un territoire de quelques centaines de milles carrés. Ses sujets étaient des sauvages non encore civilisés, qui, dans leur intelligence bornée, n'avaient aucune idée du droit divin de leur souverain, c'est-à-dire qu'ils ne voulaient pas travailler pour lui, disant qu'il avait, comme eux, reçu du grand Esprit deux bras propres au travail.

Nous bienveillants lecteurs comprendront qu'au milieu d'une réunion d'hommes si déraisonnables, mistress Toffel ne pouvait compter sur de grands avantages, malgré la place honorable qu'elle occupait. Du reste, elle vit bien que des pleurs et des jérémiades ne pouvaient qu'empirer sa position, et qu'il valait mieux l'accepter bravement et chercher à se rendre utile. Aussi, avec une mine où l'on ne pouvait méconnaître un trait d'ironie, elle saisit, le lendemain matin, la marmite remplie de gibier, et se mit à préparer elle-même le repas des Indiens. Ceux-ci s'assirent bientôt à l'entour en croisant les jambes :

— Whoo! s'écria le souverain, qu'avons-nous là?

De sa vie, il n'avait fait un aussi délicieux déjeuner *à la fourchette*, dirions-nous, si les sauvages avaient des fourchettes. La princesse mère indiqua de sa main, et en souriant gracieusement, sa dame d'honneur, qui, pour sa récompense, reçut une côtelette. Jemmy avait une contenance fière, comme si elle se fût trouvée assise sur le grand cheval. Peu de temps après, les sauvages entreprirent une nouvelle excursion, de laquelle ils rentrèrent au bout de quinze jours chargés de butin de toute espèce : des robes de femme, des spencers, des chapeaux, des corsets, etc. Une garde-robe complète était échue

9.

en partage à Tomahawk. Le lendemain, il parut vêtu d'une robe de *linsey-woosey* couleur rouge, et la tête ornée d'un chapeau en soie verte, par-dessus lequel il lui avait paru de bon goût de mettre le bonnet d'une femme en couches : le chef lui-même se montra dans une petite robe *à l'enfant*, avec un spencer coquelicot par-dessus, et un capuchon du temps de Louis XV. A peine Jemmy avait-elle jeté les yeux sur ses maîtres métamorphosés, qu'elle fit signe aux squaws de la suivre dans la forêt, où se trouvaient beaucoup de plantes de lin sauvage. Elle en fit cueillir une certaine quantité, qu'elle fit rapporter au camp par ses compagnes. Elle obligea ensuite celles-ci à préparer le lin pour le filage, qu'elle leur enseigna, et, en peu de semaines, des habits de chasse, ornés de rubans de soie et de calicot, remplacèrent les robes de femmes sur les corps de ses ravisseurs. Une quinzaine de jours après, les hommes firent une nouvelle expédition, dans laquelle le souverain fut tué et son frère Tomahawk blessé. Jemmy, à l'instar d'autres sujets loyaux, prit le deuil, pansa les plaies du survivant, et, quand le jeune chef fut rétabli, elle lui présenta un costume neuf qu'elle avait confectionné pour lui pendant sa maladie. Elle y mit tant de grâce, selon l'avis de l'Indien, que, dès ce moment, il devint son admirateur et son fidèle paladin. Quand, le lendemain, il se fut vêtu de son costume neuf, il se trouva si agréablement surpris et tourné, qu'il mit pour la première fois de côté ces habitudes de respect qu'il avait contractées vis-à-vis de mistress Toffel, et qui l'avaient empêché jusque-là de déclarer un peu plus ouvertement l'affection qu'il ressentait pour elle. Il alla lui rendre une visite. Toute la résidence fut en révolution; les dames rouges étaient au désespoir. Elles comprirent que ce n'était pas en leur honneur que le nouveau souverain s'était revêtu d'une si brillante toilette, et que ses attentions s'adressaient à la fière Américaine, qui, dans leur opinion, ne pouvait naturellement résister à ce somptueux accoutrement. Et vraiment ni Londres, ni Paris, ni New-York n'auraient pu se vanter d'avoir vu, sur une seule et même personne, une prodigalité d'objets de luxe comme il plut ce jour-là à Tomahawk d'en étaler aux yeux de sa fidèle sujette. Mais aussi il était lui-même resté trois heures, jambes croisées et miroir en main, à admirer avec des yeux brillants de joie ses charmes irrésistibles. Trois larges paillettes d'argent entouraient artistement son nez, auquel était encore suspendu un dollar espagnol; deux autres dollars pendaient à ses oreilles, et, par une spirituelle inspiration, l'Indien avait orné sa lèvre inférieure d'une sixième pièce de monnaie. Ses cheveux étaient richement entremêlés d'aiguilles de porc-épic, et du sommet de sa tête descendaient majestueusement trois queues de buffles. Un collier de pas moins de cinquante dents d'alligators ornait son cou, autour duquel serpentait encore un petit collier de grandes perles de cristal, trophée qu'il avait conquis dans un combat avec les Chikasaws. Il n'avait pas moins soigné l'habillement des parties inférieures de son corps : ses jambes étaient jusqu'à la cheville entourées de petits cercles de cuivre et de fer-blanc qui résonnaient prodigieusement à chacun de ses pas; le reste de sa toilette consistait en un chapeau anglais à trois cornes. Lorsque, avec la conscience de ses perfections, il approcha de la résidence de madame mère, il leva haut les jambes et en fit deux fois le tour en dansant, pour se régaler de la musique dont il était le créateur; arrivé à la porte, il jeta un dernier coup d'œil sur son miroir de poche en se regardant de la tête aux pieds ; puis il entra.

Nous sommes malheureusement sans information aucune sur le succès de tant d'efforts et de combinaisons de bon goût; tout ce qui est devenu notoire, c'est que le haut prétendant fut bien moins satisfait de lui-même, quand il quitta la résidence de sa mère, qu'il ne l'avait été en y entrant. La chronique ajoute que, dès ce moment, Jemmy eut sur le souverain indien un empire pour le moins aussi illimité que celui qu'elle avait déjà exercé sur Toffel; et il paraît qu'elle ne tarda pas à en faire usage, sans doute par de bonnes raisons, attendu qu'elle eut à repousser des tentations assez vives. Mais, dit encore notre document, elle résista héroïquement. Comment, en effet, pouvait-elle agir autrement, elle dont la pensée tendait à un autre but? Oui, son regard était sans cesse fixé sur le soleil couchant, sur cette partie du monde où vivait son cher Toffel. Depuis cinq années entières, elle avait supporté sa captivité avec un courage, avec une fermeté héroïques et vraiment irlandais; mais présentement elle sentait chaque jour davantage l'amertume de sa position. Pendant la première année, elle avait été tenue en mouvement par la nouveauté de sa destinée; elle avait, en outre, été stimulée par le sentiment de la conservation. Durant les années suivantes, elle s'était peut-être sentie flattée des attentions de son adorateur indien; — mais faire la coquette avec un sauvage, ce n'était, après tout, qu'un pauvre passe-temps, et cela ne pouvait durer à la longue. Ainsi, le vif désir de revoir les lieux sur lesquels se concentraient ses souvenirs prenait chaque jour en elle plus de force. Songer à fuir, c'eût été de sa part une folie pendant la première année; on l'avait surveillée, durant l'été, avec des yeux d'Argus, car son adresse en toute chose la rendait indispensable aux sauvages, et une fuite dans le cours de l'hiver n'était pas plus exécutable. Où aurait-elle trouvé des vivres, un lieu de repos? Son voyage jusqu'au camp des sauvages avait duré vingt jours; elle devait donc être à une énorme distance de chez elle, et si, par malheur, on avait connu son projet, son sort eût été horrible.

III

COMMENT JEMMY REVIENT CHEZ JACQUES TOFFEL.

Enfin, l'occasion favorable que Jemmy désirait si vivement vint se présenter à l'expiration du cinquième été après son enlèvement. Les hommes étaient partis pour la chasse d'automne; leurs femmes les avaient accompagnés; il n'était resté au camp que les plus faibles et les plus âgés. Par le conten-

ement apparent qu'elle avait montré pendant cinq ans,
Jemmy était parvenue à calmer les méfiances des Indiens,
dont la vigilance s'était affaiblie. Elle avait appris que, par
suite de l'accroissement de la population, la colonie avait
étendu ses limites, et qu'elle se trouvait dès lors à une moindre distance de celle des sauvages; elle espérait donc rencontrer de ses compatriotes, sinon au bout de la première semaine, du moins au bout de la seconde. Elle résolut sa fuite,
et réalisa sur-le-champ son projet. Un petit sac rempli de
vivres fut tout ce qu'elle emporta avec elle; elle avait quatre
cents longs milles à faire depuis le grand Miami jusqu'à l'Ohio
supérieur; mais son courage était à la hauteur de sa grande
entreprise. Elle aimait son Toffel; elle l'aimait maintenant
plus que jamais, ce garçon si bon, si patient, et pourtant si
sensé. Son courage fut rudement mis à l'épreuve dans les marais de Franklin, elle courut un grand danger de se noyer
dans le Sciota, et, en errant pendant plusieurs jours dans les
solitudes qui séparent Colombus, capitale de l'État de l'Ohio,
de New-Lancaster, d'être dévorée par les ours et les pan-
thères; mais elle se tira heureusement des marais, des rivières et des lieux déserts. Pendant les cinq premiers jours, elle
vécut de sa provision de gibier fumé; puis elle se régala de
papaws, de châtaignes et de raisins sauvages, et, au bout de
dix jours de peines et de fatigues inexprimables, elle trouva,
pour la première fois, un abri sûr dans un blockhaus. Même
ici, son esprit irlandais indomptable ne l'abandonna pas, et
elle aborda les *Hinterwældler*[1] d'un air aussi assuré et aussi
ouvert que si elle se fût présentée à la tête des Shawneeses,
et leur demanda des vivres. Ceux-ci ouvrirent d'assez grands
yeux, comme on peut le présumer, mais ils donnèrent ce
qu'ils avaient. Dès lors, notre bonne Jemmy n'eut plus qu'à
suivre les bords de l'Ohio, et ne tarda pas à voir les charmantes hauteurs qui cachaient son heureux *chez elle* sortir du

1. Mot allemand composé, qui veut dire habitants des bords des forêts.

bleu vaporeux qui les enveloppait. Elle double le pas; la
voilà sur les premiers coteaux. Pour la première fois, son
cœur battit plus fort; un instant arrêtée au souvenir du grand
cheval, elle reprit sa course et s'élança dans les sinuosités
boisées du coteau. Voilà bien devant elle le magnifique Ohio,
poursuivant son cours en deux larges bras; puis les eaux de
l'Alléghany, limpides comme la source qui jaillit d'un roc;
puis enfin, tout à côté, celles du Monogehala, troubles et
bourbeuses, et offrant assez bien l'image d'un mari grognon
auquel est enchaînée une vive et douce compagne. La voilà
arrivée à la dernière éminence, d'où l'on peut contempler
toutes ses possessions : voici le magnifique vallon, le plus
fertile des *bottoms*, enclavé parmi les promontoires de montagnes; voilà la grange bâtie en pierre, le toit et les persiennes
reluisant de l'éclat d'une fraîche peinture. Là, à main gauche, le vieux verger; puis, à droite, le nouveau, à la planta-
tion duquel elle avait aidé, et dont les arbres pliaient déjà
sous le poids des fruits. Elle regardait, elle n'osait s'en fier à
ses yeux, et elle voyait plus encore... Non, ce n'était pas une
illusion, c'était son cher Toffel qui sortait justement de la
maison, et, derrière lui, un petit bambin aux cheveux blonds
qui le tenait ferme aux basques de son habit. Oui, c'était bien
Toffel dans sa culotte de peau, avec ses bas bleus à coins
rouges et ses souliers ornés de boucles énormes. Elle n'y tint
pas plus longtemps, descendit d'un pas ferme du coteau, et
ayant traversé rapidement le potager, elle se trouva tout à
coup devant Toffel.

— Tous les bons esprits louent le Seigneur! s'écria celui-
ci, usant, dans son anxiété, de la formule légale par laquelle
de temps immémorial, les honnêtes Allemands ont l'habitud
de conjurer les spectres, les sorcières et les esprits malins.

Et, dans le fait, nous n'aurions pas trop le droit de blâmer
Toffel, si le Blocksberg[1] se présentait en ce moment à sa

---

1. Montagne du sabbat.

)ensée. Cinq années d'absence et de séjour parmi les sauvages
1abitants des bords du grand Miami, jointes au voyage abominable que Jemmy venait de faire, n'avaient pas précisément
beaucoup contribué à relever ses charmes, ni à rendre sa toi-
ette assez élégante pour lui prêter quelque attrait de plus.
Même **Toffel**, de tous les hommes le moins *fashionable*, put à
peine comprendre que ce pouvait être là sa Jemmy, l'oracle
du bon goût en toute chose. L'imprévu de son apparition répandait sur sa personne, un peu décharnée, quelque chose de
surnaturel; de sorte que, nous le répétons, nous ne sommes
nullement surpris de ce que le cerveau de Toffel se troubla
subitement et de ce qu'il se souvint du Blocksberg, dont feu
son père lui avait raconté tant de choses. Jemmy, à ce qu'il
paraissait, ne fut pas très-flattée de sa surprise, de ses excla-
mations et de son effroi, et elle lui dit, du ton le plus doux
qu'il lui fut possible de prendre :

— Eh bien, quoi, Toffel, as-tu perdu la raison? ne me
connais-tu plus, moi, ta Jemmy?

Toffel ouvrit les yeux le plus qu'il pouvait, et, peu à peu,
reconnaissant le nez contourné, l'œil brillant qui lançait,
comme de coutume, des regards hardis et étincelants, ne put,
à ces signes, douter de la réalité :

— *Mein Gott! mein schatz!* s'écria-t-il dans son plus doux
allemand.

Puis deux larmes coulèrent le long de ses joues, et il embrassa Jemmy avec effusion.

Jemmy était réellement bien charmée de voir son Toffel de
si bonne humeur. Cependant, dit le proverbe, trop ne vaut
rien, et, suivant toutes les apparences, il semblait à Jemmy
que Toffel était inépuisable dans ses manifestations de tendresse; et, en effet, elle commençait déjà à perdre patience et
à souhaiter de voir son fils, comme aussi de savoir où en étaient
les affaires du ménage; de sorte que, tout en exprimant ce
double désir, elle se dégagea des bras de son mari pour se
diriger vers la porte.

Toffel la saisit par sa robe, et, se plaçant devant elle, l'em
pêcha de sortir.

— Ma bien-aimée, lui dit-il, arrête-toi encore quelques mo
ments, jusqu'à ce que je t'aie appris...

— Appris quoi? reprit-elle avec impatience; que peux-tu
avoir à me dire? Je désire voir mon garçon et comment tu a
conduit les affaires de la maison; j'espère que tout est en
ordre...

Son œil jeta un regard scrutateur sur le pauvre Toffel, qui
ne semblait nullement être à son aise.

— Mon cœur, ma femme! continua-t-il, aie seulement un
peu de patience!

— Je ne veux pas avoir de patience, répliqua-t-elle; pourquoi ne veux-tu pas entrer dans la maison?

Et, en disant ces mots, elle s'approcha de la porte. Toffel,
au dernier point embarrassé, lui barra de nouveau le chemin
en lui prenant les deux mains.

— Eh! *by Jasus* [1], et de par toutes les autorités! s'écria-t-elle
étonnée d'une conduite si singulière, je serais tentée de croire
que tout n'est point ici en règle et que tu n'es pas bien aise de
me voir!

— Moi, ne pas être bien aise de te voir! mon cœur, ma
bien-aimée! Oui, oui, tu seras de nouveau ma femme! répondit le brave garçon.

— Je serai de nouveau, de nouveau ta femme! répéta-t-elle.

Et ses yeux étaient étincelants, et son petit nez se tordait.

— Être de nouveau sa femme, se dit-elle encore à voix
basse, en s'arrachant avec force de ses mains.

Puis, montant l'escalier avec la rapidité de l'éclair, elle se
précipita sur la porte, pressa le loquet, ouvrit et vit, se ber-
çant doucement dans un fauteuil, Marie Lindthal, la plus jolie
blondine de toute la colonie, jadis sa rivale, et maintenant
l'heureuse usurpatrice de ses droits matrimoniaux.

1. Exclamation irlandaise.

IV

CE QU'IL ARRIVA DE JACQUES TOFFEL
ET DE SES DEUX FEMMES

Il faudrait une plume très-familiarisée avec les peintures psychologiques pour décrire les symptômes des diverses passions qui se dessinaient d'une manière énergique sur le visage de notre héroïne. Le mépris, la fureur, la vengeance en étaient encore les plus faibles; il sortait de ses yeux des étincelles si vives, que, pour nous servir d'une phrase à l'usage des *Yankees*, la chambre commençait à en être embrasée; ses poings se fermèrent convulsivement, ses dents grincèrent, et, semblable au chat qui voit son territoire occupé par l'ennemi mortel de sa race, elle s'apprêta à fondre sur le sien, ce qui aurait pu devenir d'autant plus fatal pour les jolis traits de Marie Lindhal, que, depuis un mois entier, mistress Toffel n'avait pas rogné ses ongles.

Toffel, qui avait suivi Jemmy, vit avec un juste effroi ces terribles préparatifs, et se jeta de toute sa longueur entre les deux puissances belligérantes. Mais il n'était pas sûr encore que sa médiation fût très-efficace, lorsque tout à coup la porte s'ouvrit pour donner entrée au jeune Toffel, suivi de toute une bande d'héritiers d'un autre lit. Cinq années s'étaient écoulées depuis que Jemmy n'avait tenu son jeune fils dans ses bras; oubliant son ennemie, elle sauta sur lui pour l'embrasser. Le jeune garçon s'effraya, cria très-haut, et courut à sa belle-mère. La pauvre Jemmy resta immobile à sa place, la fureur et le désir de la vengeance l'avaient abandonnée; une douleur indicible pénétra son cœur; elle se dirigea en tremblant vers la porte, saisit le loquet et fut sur le point de tomber à terre. La pauvre femme souffrait horriblement en cet instant; elle était devenue une étrangère pour son fils, une étrangère dans le

10

monde entier! Elle se remit cependant. Des âmes comme la sienne ne sont pas facilement abattues.

— Comment va mon père? demanda-t-elle brièvement.

— Mort, répondit Toffel.

— Et ma mère?

— Morte, fut encore la réponse.

— Et mes frères, mes sœurs?

— Dispersés dans le monde.

— Ainsi, je les ai tous perdus! dit-elle de manière à pouvoir à peine être comprise.

— J'ai, reprit Toffel d'un son de voix plus doux, j'ai attendu toute une année ton retour, en demandant de tes nouvelles dans tous les journaux allemands et anglais, et, comme tu ne vins pas, ajouta-t-il en hésitant, te croyant morte, je pris Marie.

— Alors, garde-la, répliqua Jemmy d'un ton ferme, en accompagnant ces paroles d'un regard où se peignait le mépris le plus profond.

Puis elle s'élança encore une fois sur son enfant, le saisit et l'embrassa avec exaltation, puis elle ouvrit la porte...

— Arrête! arrête! pour l'amour de Dieu! s'écria Toffel d'une voix qui faisait deviner ce qu'il avait souffert.

Il est vrai de dire qu'il l'aimait sincèrement, et n'avait rien négligé pour la retrouver. On avait battu le pays à vingt lieues à la ronde, les annonces des journaux lui avaient aussi coûté maints dollars; malheureusement, ils circulaient plus particulièrement dans la partie orientale du pays, tandis que Jemmy figurait comme dame d'honneur dans la partie occidentale. Et, malheureusement encore, au bout d'une année, le révérend pasteur Gaspard fit un sermon sur ce beau texte: *Melius est nubere quam uri*, qu'il rendit très-disertement en langue allemande à Toffel. Celui-ci crut agir en bon protestant, prit une femme bonne et jolie, mais à laquelle manquait cet esprit de contradiction, d'agacerie, ces boutades, ces propos piquants qui réveillaient jadis si à propos son caractère nonchalant.

Telle était la position de notre Toffel, le mari à deux femmes, entre lesquelles il semblait fortement balancer. Les garder toutes deux, comme le patriarche Lamech, quelle apparence ? Enfin, il s'écria :

— Allons chez les *squire* et chez le docteur Gaspard ; allons entendre ce que disent la loi humaine et la loi de Dieu.

En disant cela, Toffel agit en bon et loyal Allemand qui pensait qu'il valait mieux ne pas prendre un parti de son propre chef, et mettre toute la responsabilité de sa position sur l'autorité divine et humaine.

Jemmy tressaillit ; le mot de loi, ou, ce qui en est la conséquence, un procès, résonnait désagréablement à ses oreilles, et elle hésitait, quand sa rivale, qui s'était retirée dans la chambre voisine, reparut tenant dans ses bras les deux lourds bas remplis de dollars de la communauté.

— Prends-les, dit-elle d'une voix douce à Jemmy, prends-les, et Jeremias Hawthorn est encore garçon ; sois heureuse, bonne Jemmy !

Il y avait quelque chose de touchant dans sa voix et dans sa proposition sincère. Tout autre cœur que celui de la femme irlandaise se serait ému ; mais la vue de la femme heureuse sembla ranimer les transports de Jemmy. Jetant sur Marie un regard du plus profond mépris, elle s'approcha de Toffel, lui serra la main en lui disant adieu, et sortit précipitamment de la chambre.

— Cours, cours, cher Toffel, de toutes tes forces, s'écria Marie ; cours, pour l'amour de Dieu ! elle pourrait attenter à elle-même.

Toffel était resté immobile, privé, pour ainsi dire, de sentiment ; on aurait pu croire que tout lui paraissait un songe : la voix de sa femme le rappela à la réalité. Il se mit à courir de toutes ses forces après la pauvre fugitive ; mais celle-ci avait déjà gagné beaucoup d'espace sur lui. Redoublant ses longs pas, il était sur le point de l'atteindre, lorsqu'elle se retourna et lui ordonna de regagner sa maison. Elle proféra cet ordre

d'un ton si ferme, que Toffel, encore habitué à obéir à ses vo-
lontés, s'y conforma en reprenant lentement le chemin de chez
lui. Après avoir fait quelques pas, il s'arrêta néanmoins, suivit
d'un œil fixe la marche rapide de Jemmy jusqu'à ce qu'elle eût
disparu dans les profondeurs du coteau; alors, il secoua la tête,
et pensa... quoi? C'est ce que nous ne saurions dire.

Jemmy poursuivait maintenant, comme un chevreuil qu'on
a effrayé, sa course vers le haut de la montagne; la voilà arrivée encore à cette fatale saillie où son bonheur d'ici-bas avait,
il faut bien le dire, par sa propre faute, reçu une si terrible
atteinte. Là était la maison qui renfermait les deux Toffel; là
paissaient ses vaches et ses génisses et une demi-douzaine des
plus grands chevaux qu'elle eût jamais vus. Maintenant, elle en
eût eu à choisir! Et il fallait renoncer à tout cela! Cette pensée
lui fit verser des larmes amères. Et, à cette heure, plus de famille, plus d'amis peut-être; que dirait-on de cette Jemmy si
longtemps perdue, Jemmy la Squaw indienne?... Insensible-
ment, ses sens se calmèrent; une nouvelle pensée sembla germer
en elle, et, à chaque seconde, cette résolution semblait se raffermir. Enfin, comme pour échapper à la possibilité d'un changement d'idées, elle se redressa tout à coup avec force, courut
à toutes jambes vers la forêt, et pénétra toujours plus avant
dans ses profondeurs.

V

OÙ L'ON DÉMONTRE COMMENT LES DEUX ÉPIS ROUGES
ÉTAIENT POURTANT UN PRÉSAGE

Ce fut vers l'année 1826 que Jemmy recommença son long
voyage pour retourner vers ceux qu'elle avait fuis naguère.
Elle retrouva le même courage inflexible pour aborder les colons avancés, établis dans la partie nord-ouest des États-Unis
(État actuel d'Ohio). Elle leur demanda l'hospitalité sans solliciter une compassion superflue; lorsqu'elle eut dépassé les
dernières habitations, elle eut de nouveau recours aux papaws,

au raisin et aux châtaignes sauvages, et acheva ainsi sa course de quatre cents milles jusqu'aux sources du grand Miami, où, deux mois après sa fuite, elle se présenta avec aussi peu de trouble et de crainte que si elle rentrait d'une visite du matin.

Jamais le quartier général des Squaws n'avait retenti de si grands cris d'allégresse que lorsque Jemmy entra dans la cabane de la mère de Tomahawk. Toute la population des Wigwams était en mouvement; Tomahawk ne se possédait plus de joie. Il avait été son admirateur fidèle pendant cinq années entières, et, ce qui n'est pas peu de chose de la part d'un sauvage, durant tout ce temps, il n'avait pas osé prendre la moindre liberté avec elle. Elle ne s'était pas acquis une légère influence sur ce petit peuple; elle était l'institutrice des femmes, le tailleur et la cuisinière des hommes, le factotum de tous, et, si les derniers (les hommes) ne ressemblaient plus à des orangs-outangs, c'était son ouvrage à elle. Tomahawk sautait et dansait de bonheur.

— Hommes blancs, pas bons! disait-il; hommes rouges, bons! s'écriait-il.

Et sa mère et tous les hommes s'unissaient à ces transports de joie.

Cependant, malgré la résolution ferme que Jemmy avait prise, sa prudence ne lui permettait pas de donner trop beau jeu au sauvage amoureux : non, elle réfléchit longtemps avant de lui permettre seulement l'espoir le plus éloigné. Depuis vingt jours déjà, elle le tenait renfermé auprès de la mère de Tomahawk, et, pendant ce temps, il n'avait pu la voir que deux fois. Enfin, le matin du vingt et unième jour, il fut mandé auprès de la souveraine de son cœur. Il s'y rendit peut-être plus bizarrement accoutré encore que lors de sa première demande, et, en balbutiant, il lui exprima de nouveau ses vœux. Jemmy l'écouta avec le sérieux d'un juge d'appel; quand il eut terminé, elle lui montra silencieusement la table sur laquelle était étalé un habillement américain complet. Tomahawk retourna à sa cabane en poussant des cris de joie, et, une demi-heure après, il parut un autre homme devant sa maîtresse. Il n'avait vraiment pas si mauvaise mine; c'était un garçon bien fait, d'une taille élancée; — Toffel n'était rien en comparaison; — de plus, c'était le chef de plusieurs centaines de familles, et l'on ne pouvait voir en lui un mari si fort à dédaigner. Elle voulut bien alors tendre la main; il s'agissait encore d'une autre épreuve. Deux chevaux amenés par ordre de madame mère se trouvaient à la porte : Jemmy ordonna à Tomahawk de les seller. Il obéit tout de suite en silence. Elle monta sur l'un, en lui faisant signe d'en faire autant et de la suivre. Le chef sauvage était surpris; il la regarda fixement, mais suivit néanmoins sa maîtresse, qui, quittant le canton des Wigwam, dirigea leur course vers le sud; plusieurs fois, il se hasarda à lui demander où ils allaient, mais elle lui répondit par un geste, montrant d'un air significatif le lointain, et il se taisait et suivait. La paix s'était rétablie entre les Indiens et les colons pendant la captivité de Jemmy, et le dernier voyage de celle-ci lui avait été utile à quelque chose. Elle avait appris qu'une colonie américaine s'était formée, dans la direction du sud, à environ quarante milles de distance des sources du Miami, et c'est sur cette nouvelle colonie qu'elle se dirigeait en ce moment.

Dès qu'elle y fut arrivée, elle s'informa du juge de paix. Le squire ne fut pas peu surpris quand il vit tout à coup entrer chez lui une jeune et jolie femme (Jemmy avait repris sa bonne mine pendant sa retraite de vingt jours) et un jeune et beau sauvage, habillé comme un gentleman. Du reste, Jemmy ne lui laissa guère le temps de se livrer à son étonnement; mais, se tournant sans longs détours vers son compagnon, elle lui dit :

— Tomahawk! pendant les cinq années de notre connaissance, je t'ai vu donner tant de preuves de bon sens, que j'ai tout lieu d'espérer de faire de toi un mari, et j'ai donc résolu de te prendre pour tel.

Tomahawk ne savait s'il veillait ou non, et il en était de

même du squire; mais la demande formelle que lui adressa Jemmy, de la marier, elle, Jemmy O'Dougherty, avec Tomahawk, le chef de la peuplade des Squaws, et dix dollars reluisants qu'elle joignit à cette demande, firent cesser tous les doutes du juge de paix, et, prononçant sur eux la formule matrimoniale, il unit leurs mains. La chose était finie, le pauvre sauvage ne comprenait point encore ce que signifiait cette cérémonie; mais, quand Jemmy lui prit la main, et lui fit connaître qu'elle était maintenant sa femme et lui son mari, il était comme tombé des nues.

Le lendemain, Tomahawk et sa femme s'en retournèrent chez eux, et, à partir de leur retour, commencèrent aussi les mois de miel du nouvel époux. Or, mistress Tomahawk fut à peine installée dans sa nouvelle habitation, qu'elle vint à reconnaître que cette misérable cabane était beaucoup trop étroite pour eux deux, et, de plus, trop malpropre; et, dans le fait, cette cabane était plutôt à comparer à l'antre d'un ours qu'à une habitation humaine. Tomahawk et ceux dont il disposait avaient donc maintenant des arbres à abattre, travail auquel les gens de Tomahawk ne se soumirent que contre de certains honoraires en bouteilles de wiskey, dont Jemmy avait fait provision au chef-lieu de la colonie. Elle avait, en outre, attiré quelques-uns de ses compatriotes, qui aidèrent à la construction de la maison neuve. Tomahawk, à la vérité, sauta encore quand il lui fallut pendant quinze jours manier la hache : seulement, ce n'était plus de joie; il fit même la grimace; mais ni sauts ni grimaces n'y purent : il fallut s'exécuter. Au bout de quatre semaines, il se vit couché dans une habitation commode, aussi commode que celle de Toffel. Tomahawk eut alors du repos pendant quatre semaines entières; mais le printemps s'annonçait : le champ consacré à la culture du blé était évidemment trop petit; il était même dépourvu de haie, et les chevaux, ainsi que les porcs, y venaient dévorer les jeunes tiges longtemps avant qu'elles eussent seulement formé leurs épis. Les choses ne pouvaient pas rester en cet

état, et il fallait donc que la sauvage moitié de mistress Tomahawk abattît encore quelques milliers d'arbres et qu'il fît des
haies autour d'une demi-douzaine de champs. — Cette besogne
faite, Tomahawk eut encore quelques semaines de repos. Cependant, de temps immémorial, on avait bien mal mené les
choses quant aux peaux de renard, de cerf, de castor et
d'ours. Tomahawk avait une grande réputation comme chasseur ; mais le fruit de plusieurs semaines de chasse, il n'était
pas rare qu'il le donnât pour quelques gallons de wiskey. A
l'instar de beaucoup de ses frères rouges, son côté faible était
le plaisir qu'il trouvait à prendre une et même un grand nombre de gorgées de wiskey, quand l'occasion s'en présentait.
Toutefois, il éprouvait à cet égard une telle crainte de sa compagne, qu'adroitement il cachait les bouteilles d'eau-de-vie
dans des creux d'arbre. Mais mistress Tomahawk eut bientôt
découvert la fraude, et, afin de mettre dorénavant Tomahawk
à l'abri de toute tentation, elle décida qu'à l'avenir toutes les
peaux seraient apportées au camp et mises à sa disposition.
Elle se chargea alors du commerce de pelleterie. Bien peu de
temps après, plusieurs vaches paissaient sur les bords du
Miami, et Tomahawk goûta pour la première fois du café et
des gâteaux de farine de maïs; mais les choses allèrent de pis
en pis. Un jeune Tomahawk vit la lumière du monde, et les
vieux Squaws ne tardèrent pas à se présenter chez sa mère,
les mains remplies de fumier et de graisse d'ours, pour admettre solennellememt le nouveau chef de la peuplade dans la
communauté religieuse et politique. Mais Jemmy leur montra
un visage refrogné, et, quand elle vit que cela ne suffisait pas,
elle se saisit si résolûment de son sceptre, c'est-à-dire d'un
grand balai, que jeunes et vieux se sauvèrent à toutes jambes,
se croyant poursuivis du malin esprit. Lorsqu'elle fut rétablie
de ses couches, elle ordonna de nouveau à Tomahawk d'ap-
prêter deux chevaux.

Cette fois-ci encore, leur course se dirigea vers la colonie ;
seulement, ils abordèrent non à la maison du juge de paix, mais

à celle du curé. Tomahawk accédait à tout tranquillement ; mais, lorsqu'il vit le curé répandre de l'eau sur son fils, la patience lui échappa, il entra dans une sorte de fureur, et appela mistress Tomahawk sorcière, mauvais génie, *médecin* (terme très-fort chez les Peaux-Rouges). Jemmy, sans perdre une parole, fronça les sourcils, releva son nez, et le jeune Tomahawk fut baptisé comme d'autres enfants chrétiens.

Le voyageur que son chemin conduira dans la direction du nord, à travers la bruyère située entre Columbus et Dayton, remarquera, au-dessous et tout près des sources du Miami, une grande habitation, construite en madriers, flanquée de granges et d'écuries, environnée de superbes champs de maïs et de prairies, sur lesquelles paissent de magnifiques vaches, des chevaux et des poulains, sans compter les vergers remplis d'arbres fruitiers. Autour de la maison, on voit folâtrer une demi-douzaine de jeunes garçons et de jeunes filles d'un teint rouge clair, et vêtus comme s'ils sortaient du magasin de Stubls, à Philadelphie. Le dimanche, ils lisent la Bible ou sellent leurs chevaux pour aller accompagner mistress Tomahawk à l'église ; ils lisent et expliquent les gazettes au chef de la tribu, qui s'accommode parfaitement de sa nouvelle existence, et se demande avec orgueil s'il fera de ses fils aînés des docteurs ou des avocats. Deux fois l'année, mistress Tomahawk se rend à Cincinnati sur une voiture à six chevaux, qui, chargée de beurre, de sucre d'érable, de farine et de fruits, forme un cortége aussi pompeux que celui d'un gouverneur. Deux de ses fils à cheval lui servent toujours d'avant-coureurs, et elle est autant devenue l'effroi de tous les inspecteurs des marchés, qu'elle s'est rendue l'oracle et la favorite de toutes les femmes... et de tous les hommes.

OCTAVIE

ou

L'ILLUSION

———

Ce fut au printemps de l'année 1835 qu'un vif désir me prit
de voir l'Italie. Tous les jours, en m'éveillant, j'aspirais d'a-
vance l'âpre senteur des marronniers alpins; le soir, la cascade de Terni, la source écumante du Téverone jaillissaient
pour moi seul entre les portants éraillés des coulisses d'un
petit théâtre... Une voix délicieuse, comme celle des sirènes,
bruissait à mes oreilles, comme si les roseaux de Trasimène
eussent tout à coup pris une voix... Il fallut partir, laissant à
Paris un amour contrarié, auquel je voulais échapper par la
distraction.

C'est à Marseille que je m'arrêtai d'abord. Tous les matins,
j'allais prendre les bains de mer au château Vert, et j'apercevais de loin en nageant les îles riantes du golfe. Tous les jours
aussi, je me rencontrais dans la baie azurée avec une jeune fille
anglaise, dont le corps délié fendait l'eau verte auprès de moi.
Cette fille des eaux, qui se nommait Octavie, vint un jour à
moi, toute glorieuse d'une pêche étrange qu'elle avait faite. Elle
tenait dans ses blanches mains un poisson qu'elle me donna.

Je ne pus m'empêcher de sourire d'un tel présent. Cepen-
pant, le choléra régnait alors dans la ville, et, pour éviter les
quarantaines, je me résolus à prendre la route de terre. Je vis
Nice, Gènes et Florence; j'admirai le Dôme et le Baptistère,

les chefs-d'œuvre de Michel-Ange, la tour penchée et le Campo-Santo de Pise. Puis, prenant la route de Spolette, je m'arrêtai dix jours à Rome. Le dôme de Saint-Pierre, le Vatican, le Colisée m'apparurent ainsi qu'un rêve. Je me hâtai de prendre la poste pour Civita-Vecchia, où je devais m'embarquer. — Pendant trois jours, la mer furieuse retarda l'arrivée du bateau à vapeur. Sur cette plage désolée où je me promenais pensif, je faillis un jour être dévoré par les chiens. — La veille du jour où je partis, on donnait au théâtre un vaudeville français. Une tête blonde et sémillante attira mes regards. C'était la jeune Anglaise, qui avait pris place dans une loge d'avant-scène. Elle accompagnait son père, qui paraissait infirme, et à qui les médecins avaient recommandé le climat de Naples.

Le lendemain matin, je prenais tout joyeux mon billet de passage. La jeune Anglaise était sur le pont, qu'elle parcourait à grands pas, et, impatiente de la lenteur du navire, elle imprimait ses dents d'ivoire dans l'écorce d'un citron.

— Pauvre fille, lui dis-je, vous souffrez de la poitrine, j'en suis sûr, et ce n'est pas ce qu'il faudrait.

Elle me regarda fixement et me dit :

— Qui l'a appris à vous ?

— La sibylle de Tibur, lui dis-je sans me déconcerter.

— Allez ! me dit-elle, je ne crois pas un mot de vous.

Ce disant, elle me regardait tendrement et je ne pus m'empêcher de lui baiser la main.

— Si j'étais plus forte, dit-elle, je vous apprendrais à mentir !...

Et elle me menaçait, en riant, d'une badine à tête d'or qu'elle tenait à la main.

Notre vaisseau touchait au port de Naples et nous traversions le golfe, entre Ischia et Nisida, inondées des feux de l'Orient.

— Si vous m'aimez, reprit-elle, vous irez m'attendre demain à Portici. Je ne donne pas à tout le monde de tels rendez-vous.

Elle descendit sur la place du Môle et accompagna son père à l'hôtel de *Rome*, nouvellement construit sur la jetée. Pour moi, j'allai prendre mon logement derrière le théâtre des Florentins. Ma journée se passa à parcourir la rue de Tolède, la place du Môle, à visiter le Musée des études ; puis j'allai le soir voir le ballet à San-Carlo. J'y fis rencontre du marquis Gargallo, que j'avais connu à Paris et qui me mena, après le spectacle, prendre le thé chez ses sœurs.

Jamais je n'oublierai la délicieuse soirée qui suivit. La marquise faisait les honneurs d'un vaste salon rempli d'étrangers. La conversation était un peu celle des Précieuses ; je me croyais dans la chambre bleue de l'hôtel de Rambouillet. Les sœurs de la marquise, belles comme les Grâces, renouvelaient pour moi les prestiges de l'ancienne Grèce. On discuta longtemps sur la forme de la pierre d'Éleusis, se demandant si sa forme était triangulaire ou carrée. La marquise aurait pu prononcer en toute assurance, car elle était belle et fière comme Vesta. Je sortis du palais la tête étourdie de cette discussion philosophique, et je ne pus parvenir à retrouver mon domicile. A force d'errer dans la ville, je devais y être enfin le héros de quelque aventure. La rencontre que je fis cette nuit-là est le sujet de la lettre suivante, que j'adressai plus tard à celle dont j'avais cru fuir l'amour fatal en m'éloignant de Paris :

« Je suis dans une inquiétude extrême. Depuis quatre jours, je ne vous vois pas ou je ne vous vois qu'avec tout le monde ; j'ai comme un fatal pressentiment. Que vous ayez été sincère avec moi, je le crois ; que vous soyez changée depuis quelques jours, je l'ignore, mais je le crains. Mon Dieu ! prenez pitié de mes incertitudes, ou vous attirerez sur nous quelque malheur. Voyez, ce serait moi-même que j'accuserais pourtant. J'ai été timide et dévoué plus qu'un homme ne le devrait montrer. J'ai entouré mon amour de tant de réserve, j'ai craint si fort de vous offenser, vous qui m'en aviez tant puni une fois déjà, que j'ai peut-être été trop loin dans ma délicatesse, et que vous avez pu me croire refroidi. Eh bien, j'ai respecté un jour important pour vous, j'ai contenu des émotions à briser l'âme, et je me suis couvert d'un masque souriant, moi dont le cœur haletait et brûlait. D'autres n'auront pas eu tant de ménagement, mais aussi nul ne vous a peut-être prouvé tant d'affection vraie, et n'a si bien senti tout ce que vous valez.

» Parlons franchement : je sais qu'il est des liens qu'une femme ne peut briser qu'avec peine, des relations incommodes qu'on ne peut rompre que lentement. Vous ai-je demandé de trop pénibles sacrifices ? Dites-moi vos chagrins, je les comprendrai. Vos craintes, votre fantaisie, les nécessités de votre position, rien de tout cela ne peut ébranler l'immense affection que je vous porte, ni troubler même la pureté de mon amour. Mais nous verrons ensemble ce qu'on peut admettre ou combattre, et, s'il était des nœuds qu'il fallût trancher et non dénouer, reposez-vous sur moi de ce soin. Manquer de franchise en ce moment serait de l'inhumanité peut-être ; car, je vous l'ai dit, ma vie ne tient à rien qu'à votre volonté, et vous savez bien que ma plus grande envie ne peut être que de mourir pour vous !

» Mourir, grand Dieu ! pourquoi cette idée me revient-elle à tout propos, comme s'il n'y avait que ma mort qui fût l'équivalent du bonheur que vous promettez ? La mort ! ce mot ne répand cependant rien de sombre dans ma pensée. Elle m'apparaît couronnée de roses pâles, comme à la fin d'un festin ; j'ai rêvé quelquefois qu'elle m'attendait en souriant au chevet d'une femme adorée, après le bonheur, après l'ivresse, et qu'elle me disait :

» —Allons, jeune homme ! tu as eu toute ta part de joie en ce monde. A présent, viens dormir, viens te reposer dans mes bras. Je ne suis pas belle, moi, mais je suis bonne et secourable, et je ne donne pas le plaisir, mais le calme éternel.

» Mais où donc cette image s'est-elle déjà offerte à moi? Ah !

je vous l'ai dit, c'était à Naples, il y a trois ans. J'avais fait rencontre dans la nuit, près de la Villa-Reale, d'une jeune femme qui vous ressemblait, une très-bonne créature dont l'état était de faire des broderies d'or pour les ornements d'église; elle semblait égarée d'esprit; je la reconduisis chez elle, bien qu'elle me parlât d'un amant qu'elle avait dans les gardes suisses, et qu'elle tremblait de voir arriver. Pourtant, elle ne fit pas de difficulté de m'avouer que je lui plaisais davantage... Que vous dirai-je? Il me prit fantaisie de m'étourdir pour tout un soir, et de m'imaginer que cette femme, dont je comprenais à peine le langage, était vous-même, descendue à moi par enchantement. Pourquoi vous tairais-je toute cette aventure et la bizarre illusion que mon âme accepta sans peine, surtout après quelques verres de lacrima-cristi mousseux qui me furent versés au souper? La chambre où j'étais entré avait quelque chose de mystique par le hasard ou par le choix singulier des objets qu'elle renfermait. Une madone noire couverte d'oripeaux, et dont mon hôtesse était chargée de rajeunir l'antique parure, figurait sur une commode près d'un lit aux rideaux de serge verte; une figure de sainte Rosalie, couronnée de roses violettes, semblait plus loin protéger le berceau d'un enfant endormi; les murs, blanchis à la chaux, étaient décorés de vieux tableaux des quatre éléments représentant des divinités mythologiques. Ajoutez à cela un beau désordre d'étoffes brillantes, de fleurs artificielles, de vases étrusques; des miroirs entourés de clinquant qui reflétaient vivement la lueur de l'unique lampe de cuivre, et, sur une table, un Traité de la divination et des songes qui me fit penser que ma compagne était un peu sorcière ou bohémienne pour le moins.

» Une bonne vieille aux grands traits solennels allait, venait, nous servant; je crois que ce devait être sa mère! Et moi, tout pensif, je ne cessais de regarder sans dire un mot celle qui me rappelait si exactement votre souvenir.

» Cette femme me répétait à tout moment :

» — Vous êtes triste?

» Et je lui dis :

» — Ne parlez pas, je puis à peine vous comprendre ; l'italien me fatigue à écouter et à prononcer.

» — Oh ! dit-elle, je sais encore parler autrement.

» Et elle parla tout à coup dans une langue que je n'avais pas encore entendue. C'étaient des syllabes sonores, gutturales, des gazouillements pleins de charme, une langue primitive sans doute ; de l'hébreu, du syriaque, je ne sais. Elle sourit de mon étonnement, et s'en alla à sa commode, d'où elle tira des ornements de fausses pierres, colliers, bracelets, couronne ; s'étant parée ainsi, elle revint à table, puis resta sérieuse fort longtemps. La vieille, en rentrant, poussa de grands éclats de rire et me dit, je crois, que c'était ainsi qu'on la voyait aux fêtes. En ce moment, l'enfant se réveilla et se prit à crier. Les deux femmes coururent à son berceau, et bientôt la jeune revint près de moi tenant fièrement dans ses bras le *bambino* soudainement apaisé.

» Elle lui parlait dans cette langue que j'avais admirée, elle l'occupait avec des agaceries pleines de grâce ; et moi, peu accoutumé à l'effet des vins brûlés du Vésuve, je sentais tourner les objets devant mes yeux ; cette femme, aux manières étranges, royalement parée, fière et capricieuse, m'apparaissait comme une de ces magiciennes de Thessalie à qui l'on donnait son âme pour un rêve. Oh ! pourquoi n'ai-je pas craint de vous faire ce récit ? C'est que vous savez bien que ce n'était aussi qu'un rêve, où seule vous avez régné !

» Je m'arrachai à ce fantôme qui me séduisait et m'effrayait à la fois ; j'errai dans la ville déserte jusqu'au son des premières cloches ; puis, sentant le matin, je pris par les petites rues derrière Chiaïa, et je me mis à gravir le Pausilippe au-dessus de la grotte. Arrivé tout en haut, je me promenais en regardant la mer déjà bleue, la ville où l'on n'entendait encore que les bruits du matin, et les îles de la baie, où le soleil commençait à dorer le haut des villas. Je n'étais pas attristé le moins du monde ; je marchais à grands pas, je me roulais dans l'herbe humide ; mais dans mon cœur il y avait l'idée de la mort.

» O dieux ! je ne sais quelle profonde tristesse habitait mon âme, mais ce n'était autre chose que la pensée cruelle que je n'étais pas aimé. J'avais vu comme le fantôme du bonheur, j'avais usé de tous les dons de Dieu, j'étais sous le plus beau ciel du monde, en présence de la nature la plus parfaite, du spectacle le plus immense qu'il soit donné aux hommes de voir, mais à quatre cents lieues de la seule femme qui existât pour moi, et qui ignorait jusqu'à mon existence. N'être pas aimé et n'avoir pas l'espoir de l'être jamais ! C'est alors que je fus tenté d'aller demander compte à Dieu de ma singulière existence. Il n'y avait qu'un pas à faire : à l'endroit où j'étais, la montagne était coupée comme une falaise, la mer grondait au bas, bleue et pure ; ce n'était plus qu'un moment à souffrir. Oh ! l'étourdissement de cette pensée fut terrible. Deux fois je me suis élancé, et je ne sais quel pouvoir me rejeta vivant sur la terre, que j'embrassai. Non, mon Dieu ! vous ne m'avez pas créé pour mon éternelle souffrance. Je ne veux pas vous outrager par ma mort ; mais donnez-moi surtout la résolution, qui fait que les uns arrivent au trône, les autres à la gloire, les autres à l'amour ! »

Pendant cette nuit étrange, un phénomène assez rare s'était accompli. Vers la fin de la nuit, toutes les ouvertures de la maison où je me trouvais s'étaient éclairées, une poussière chaude et soufrée m'empêchait de respirer ; et, laissant ma facile conquête endormie sur la terrasse, je m'engageai dans les ruelles qui conduisent au château Saint-Elme ; à mesure que je gravissais la montagne, l'air pur du matin venait gonfler mes poumons ; je me reposais délicieusement sous les treilles des villas, et je contemplais sans terreur le Vésuve couvert encore d'une coupole de fumée.

C'est en ce moment que je fus saisi de l'étourdissement dont j'ai parlé ; la pensée du rendez-vous qui m'avait été donné par

la jeune Anglaise m'arracha aux fatales idées que j'avais con-
çues. Après avoir rafraîchi ma bouche avec une de ces énormes
grappes de raisin que vendent les femmes du marché, je me
dirigeai vers Portici et j'allai visiter les ruines d'Herculanum.
Les rues étaient toutes saupoudrées d'une cendre métallique.
Arrivé près des ruines, je descendis dans la ville souterraine et
je me promenai longtemps d'édifice en édifice, demandant à
ces monuments le secret de leur passé. Le temple de Vénus,
celui de Mercure, parlaient en vain à mon imagination. Il fallait que cela fût peuplé de figures vivantes. — Je remontai à
Portici et m'arrêtai pensif sous une treille en attendant mon
inconnue.

Elle ne tarda pas à paraître, guidant la marche pénible de
son père, et me serra la main avec force en me disant :

— C'est bien.

Nous choisîmes un voiturin et nous allâmes visiter Pompéi.
Avec quel bonheur je la guidai dans les rues silencieuses de
l'antique colonie romaine. J'en avais d'avance étudié les plus
secrets passages. Quand nous arrivâmes au petit temple d'Isis,
j'eus le bonheur de lui expliquer fidèlement les détails du culte
et des cérémonies que j'avais lues dans Apulée. Elle voulut
jouer elle-même le personnage de la Déesse, et je me vis chargé
du rôle d'Osiris dont j'expliquai les divins mystères.

En revenant, frappé de la grandeur des idées que nous ve-
nions de soulever, je n'osai lui parler d'amour... Elle me vit
si froid, qu'elle m'en fit reproche. Alors, je lui avouai que je ne
me sentais plus digne d'elle. Je lui contai le mystère de cette
apparition qui avait réveillé un ancien amour dans mon cœur,
et toute la tristesse qui avait succédé à cette nuit fatale où le
fantôme du bonheur n'avait été que le reproche d'un parjure.

Hélas ! que tout cela est loin de nous ! Il y a dix ans, je re-
passais à Naples, venant d'Orient. J'allai descendre à l'hôtel
de *Rome*, et j'y retrouvai la jeune Anglaise. Elle avait épousé
un peintre célèbre qui, peu de temps après son mariage, avait
été pris d'une paralysie complète; couché sur un lit de repos,

il n'avait rien de mobile dans le visage que deux grands yeux noirs, et, jeune encore, il ne pouvait même espérer la guérison sous d'autres climats. La pauvre fille avait dévoué son existence à vivre tristement entre son époux et son père, et sa douceur, sa candeur de vierge ne pouvaient réussir à calmer l'atroce jalousie qui couvait dans l'âme du premier. Rien ne put jamais l'engager à laisser sa femme libre dans ses promenades, et il me rappelait ce géant noir qui veille éternellement dans la caverne des génies, et que sa femme est forcée de battre pour l'empêcher de se livrer au sommeil. O mystère de l'âme humaine! Faut-il voir dans un tel tableau les marques cruelles de la vengeance des dieux!

Je ne pus donner qu'un jour au spectacle de cette douleur. Le bateau qui me ramenait à Marseille emporta comme un rêve le souvenir de cette apparition chérie, et je me dis que peut-être j'avais laissé là le bonheur. Octavie en a gardé près d'elle le secret.

ISIS

SOUVENIRS DE POMPÉI

I

Avant l'établissement du chemin de fer de Naples à Résina, ne course à Pompéi était tout un voyage. Il fallait une journée pour visiter successivement Herculanum, le Vésuve, — et Pompéi, situé à deux milles plus loin; souvent même, on restait ur les lieux jusqu'au lendemain, afin de parcourir Pompéi endant la nuit, à la clarté de la lune, et de se faire ainsi une illusion complète. Chacun pouvait supposer, en effet, que, emontant le cours des siècles, il se voyait tout à coup admis à parcourir les rues et les places de la ville endormie; la lune aisible convenait mieux peut-être que l'éclat du soleil à ces uines, qui n'excitent tout d'abord ni l'admiration ni la surprise, et où l'antiquité se montre pour ainsi dire dans un léshabillé modeste.

Un des ambassadeurs résidant à Naples donna, il y a quelques années, une fête assez ingénieuse. Muni de toutes les autorisations nécessaires, il fit costumer à l'antique un grand nombre de personnes; les invités se conformèrent à cette disposition, t, pendant un jour et une nuit, l'on essaya diverses représentations des usages de l'antique colonie romaine. On comprend que la science avait dirigé la plupart des détails de la fête; les chars parcouraient les rues, des marchands peuplaient les

boutiques ; des collations réunissaient, à certaines heures, dans
les principales maisons, les diverses compagnies des invités.
Là, c'était l'édile Pansa ; là, Salluste ; là, Julia-Félix, l'opulente
fille de Scaurus, qui recevaient les convives et les admettaient
à leurs foyers. — La maison des Vestales avait ses habitantes
voilées ; celle des Danseuses ne mentait pas aux promesses de
ses gracieux attributs. Les deux théâtres offrirent des représentations comiques et tragiques, et, sous les colonnades du Forum,
des citoyens oisifs échangeaient les nouvelles du jour, tandis
que, dans la basilique ouverte sur la place, on entendait retentir l'aigre voix des avocats ou les imprécations des plaideurs.
— Des toiles et des tentures complétaient, dans tous les lieux
où de tels spectacles étaient offerts, l'effet de décoration, que le
manque général des toitures aurait pu contrarier ; mais on sait
qu'à part ce détail, la conservation de la plupart des édifices
est assez complète pour que l'on ait pu prendre grand plaisir à
cette tentative palingénésique. — Un des spectacles les plus
curieux fut la cérémonie qui s'exécuta au coucher du soleil
dans cet admirable petit temple d'Isis, qui, par sa parfaite
conservation, est peut-être la plus intéressante de toutes ces
ruines.

Il ne fut pas difficile de retrouver les costumes nécessaires
au culte de la bonne et mystérieuse déesse, grâce aux deux
tableaux antiques du musée de Naples, qui représentent le
service sacré du matin et le service du soir ; mais la recherche et l'explication des scènes principales qu'il fallut rendre
donna lieu à un travail fort curieux, dont un savant allemand
fut chargé. — Le marquis G..., directeur de la bibliothèque,
a bien voulu me permettre d'extraire les détails suivants du
volume manuscrit qui racontait l'établissement et les cérémonies du culte d'Isis à Pompéi. On y trouve aussi de curieuses
recherches touchant les formes qu'affecta le culte égyptien
lorsqu'il en vint à lutter directement avec la religion naissante
du Christ.

II

Après la mort d'Alexandre le Grand, les deux principales religions d'où sont sorties les autres, le culte des astres et celui du feu, dont la plus haute expression fut la doctrine de Zoroastre, et la plus grossière l'idolâtrie, formèrent ensemble une étrange fusion. — Les systèmes religieux de l'Orient et de l'Occident se rencontrèrent à Éphèse, à Antioche, à Alexandrie et à Rome. La nouvelle superstition égyptienne se répandit partout avec une rapidité extraordinaire. Depuis longtemps, les idées et les mythes de la vieille théogonie n'étaient plus à la taille du monde grec et romain. — Jupiter et Junon, Apollon et Diane, et tous les autres habitants de l'Olympe pouvaient encore être invoqués, et n'avaient pas perdu leur crédit dans l'opinion publique. Leurs autels fumaient à certains jours solennels de l'année ; leurs images étaient portées en grande pompe par les chemins, et le temple et le théâtre se remplissaient, les jours de fête, de spectateurs nombreux. Mais ces spectateurs étaient devenus étrangers à toute espèce d'adoration. — L'art même, qui se jouait en d'idéales représentations des dieux, n'était plus qu'un appât raffiné pour les sens. Aussi le petit nombre de fidèles qui existaient encore, avaient-ils la conviction que la divinité habitait seulement dans les vieilles images de forme roide et sèche, — appartenant à la théogonie primitive. Cette superstition populaire s'opposa vainement à l'effort des philosophes et des sceptiques moqueurs. — Les lois divines et humaines, et ce que les simples aïeux avaient considéré comme le type de la sainteté, furent conspués et foulés aux pieds. Mais, dans cet état de décomposition générale, l'âme humaine ne sentit que mieux le vide immense qu'elle s'était fait et un désir secret de rétablir quelque chose de divin, l'inexprimable. — Un besoin semblable fut ressenti à la fois par des milliers d'esprits blasés, et ce vieil adage reçut une nouvelle confirmation, que là, où l'incrédulité règne, la super-

stition s'est déjà ouvert une porte. — Le judaïsme parut à
beaucoup de personnes de nature à combler ce vide douloureux. On sait avec quelle rapidité le culte mosaïque conquit
alors des sectateurs non-seulement dans tout l'empire romain,
mais au delà même de ses frontières.

Pourtant, le dogme de Jéhova n'admettait pas d'images et il
fallait à l'adoration matérialiste de cette époque des formes
palpables et parlantes. Alors, l'Égypte, la mère et la conserva-
trice de toutes les imaginations et aussi de toutes les extrava-
gances religieuses, offrit une satisfaction aux besoins de l'âme
et des sens. — Sérapis et Isis vinrent en aide, l'un aux corps
souffrants, l'autre aux âmes languissantes. — Jupiter Sérapis,
avec la corbeille de fruits sur sa tête majestueuse et rayonnante, déposséda bientôt, à Rome et dans la Grèce, le Jupiter
Olympien et Capitolin armé de sa foudre. Le vieux Jupiter n'é-
tait bon qu'à tonner, et ses éclats atteignaient souvent ses temples et l'arbre qui lui était consacré. — Le dieu égyptien hé-
ritier des mystères et des traditions primitives de l'ancien culte
d'Apis et d'Osiris, et de toute la magnificence de l'Olympe
grec, ne tenait pas vainement dans sa main la clef du Nil et du
royaume des ombres. Il pouvait guérir les mortels de tous les
maux dont ils sont affligés. Dans une plus large mesure, ce
nouveau sauveur alexandrin opérait ces cures merveilleuses,
qu'autrefois Esculape, le dompteur de la douleur, avait faites
à Épidaure. Presque tous les grands ports de mer d'Italie eurent des sérapéons, — ainsi nommait-on les temples et les hô-
pitaux du Dieu guérisseur, — avec des vestibules et des colonnades, où un grand nombre de chambres et de salles de
bains étaient préparées pour les malades. — Ces sérapéons
étaient les lazarets et les maisons de santé de l'ancien monde.
— Sans doute, il y avait là des remèdes naturels; et, avant tout;
ceux des bains et du massage, combinés avec le magnétisme,
le somnambulisme, et autres pratiques dont les prêtres possédaient et se transmettaient le secret; mais cela était fondé sur
une profonde connaissance des hommes d'alors; et de cet em-

irisme sortit bientôt une remarquable et puissante médecine
physique. — La merveilleuse puissance du dieu nous est at-
estée par les ruines de son temple à Pouzzoles. C'est à trois
ieues de Naples, sur la côte de Campanie ; — maintenant, en-
ore trois gigantesques colonnes, toutes ravagées qu'elles sont
par les plantes grimpantes, du sein d'un monceau de ruines,
proclament l'antique renommée du dieu, qui, dans ce popu-
eux port de mer, sous le nom de Sérapis Dusar, donnait re-
uge et guérison. Une magnifique colonnade qui, dans les
emps modernes, a été appropriée au palais de Caserte, entou-
ait les salles et les galeries. — On y trouvait un grand nom-
re de chambres de malades et d'étuves entre les logements
es prêtres et des gardiens. Le long du rivage depuis le volup-
ueux golfe de Neptuno jusqu'aux souterrains de Trivergola,
 y avait une série de lieux d'asile et de guérison sous la pro-
ection du père universel Sérapis.

III

 Mais, si puissant et si séduisant que fût le culte régénéré
'Isis pour les hommes énervés de cette époque, il agissait
rincipalement sur les femmes. — Tout ce que les étranges
érémonies et mystères des Cabires et des dieux d'Éleusis,
e la Grèce, tout ce que les bacchanales du *Liber Pater* et
e l'*Hébon* de la Campanie et de la grande Grèce, tout ce que
ème la fête de la Bonne Déesse de Rome avait offert séparé-
ent à la passion du merveilleux et à la superstition même, se
ouvait, par un religieux artifice, rassemblé dans le culte se-
ret de la déesse égyptienne, comme en un canal souterrain
ui reçoit les eaux d'une foule d'affluents.
 Outre les fêtes particulières mensuelles et les grandes so-
mnités, il y avait deux fois par jour assemblée et office pu-
ics pour les croyants des deux sexes. Dès la première heure
u jour, la déesse était sur pied, et celui qui voulait mériter

ses grâces particulières devait se présenter à son lever pour l
prière du matin. — Le temple était ouvert avec grande pompe
Le grand prêtre sortait du sanctuaire accompagné de ses mi
nistres. L'encens odorant fumait sur l'autel ; de doux sons d
flûte se faisaient entendre. — Cependant, la communauté s'étai
partagée en deux rangs, dans le vestibule, jusqu'au premie
degré du temple. — La voix du prêtre invite à la prière, un
sorte de litanie est psalmodiée ; puis on entend retentir dan
les mains de quelques adorateurs les sons éclatants du sistr
d'Isis. Souvent, une partie de l'histoire de la déesse est re
présentée au moyen de pantomimes et de danses symboliques
Les éléments de son culte sont présentés avec des invocation
au peuple agenouillé, qui chante ou qui murmure toute sort
d'oraisons.

Mais, si l'on avait, au lever du soleil, célébré les matine
de la déesse, on ne devait pas négliger de lui offrir ses sa
lutations du soir et de lui souhaiter une nuit heureuse, for
mule particulière qui constituait une des parties importante
de la liturgie. On commençait par annoncer à la déesse elle
même l'*heure du soir*.

Les anciens ne possédaient pas, il est vrai, la commodité d
l'horloge sonnante, ni même de l'horloge muette; mais il
suppléaient, autant qu'ils le pouvaient, à nos machines d'acie
et de cuivre par des machines vivantes, par des esclave
chargés de crier l'heure d'après la clepsydre et le cadra
solaire ; — il y avait même des hommes qui, rien qu'à l
longueur de leur ombre, qu'ils savaient estimer à vue d'œil
pouvaient dire l'heure exacte du jour ou du soir. — Ce
usage de crier les déterminations du temps était égalemen
admis dans les temples. Il y avait à Rome des gens pieu
qui remplissaient auprès de Jupiter Capitolin ce singulie
office de lui dire les heures. — Mais cette coutume étai
principalement observée aux matines et aux vêpres de l
grande Isis, et c'est de cela que dépendait l'ordonnance de l
liturgie quotidienne.

IV

Cela se faisait dans l'après-midi, au moment de la fermeture solennelle du temple, vers quatre heures, selon la division moderne du temps, ou, selon la division antique, après la huitième heure du jour. — C'était ce que l'on pourrait proprement appeler le petit coucher de la déesse. De tout temps, les dieux durent se conformer aux us et coutumes des hommes. — Sur son Olympe, le *Zeus* d'Homère mène l'existence patriarcale, avec ses femmes, ses fils et ses filles, et vit absolument comme Priam et Arsinoüs aux pays troyen et phéacien. Il fallut également que les deux grandes divinités du Nil, Isis et Sérapis, du moment qu'elles s'établirent à Rome et sur les rivages d'Italie, s'accommodassent à la manière de vivre des Romains. — Même du temps des derniers empereurs, on se levait de bon matin à Rome, et, vers la première ou la deuxième heure du jour, tout était en mouvement sur les places, dans les cours de justice et sur les marchés. — Mais ensuite, vers la huitième heure de la journée ou la quatrième de l'après-midi, toute activité avait cessé. De la vie publique et à ciel ouvert, on passait au repos domestique, aux bains et aux repas. Car la huitième heure était alors, on le sait, le moment du dîner, non-seulement à Rome, mais dans tout l'ancien monde. — De là vient qu'à ce moment tous les temples étaient fermés ; plus tard, la mère Isis, dans un office solennel du soir, était une dernière fois glorifiée, adorée, et honorée des sons redoublés du sistre d'or.

Les autres parties de la liturgie étaient la plupart de celles qui s'exécutaient aux matines, avec cette différence toutefois que les litanies et les hymnes étaient entonnées et chantées, au bruit des sistres, des flûtes et des trompettes, par un psalmiste ou préchantre qui, dans l'ordre des prêtres, remplissait les fonctions d'hymnode. — Au moment le plus solennel, le grand prêtre, debout sur le dernier degré, devant le taber-

11

nacle, accosté à droite et à gauche de deux diacres ou pastophores, élevait le principal élement du culte, le symbole du Nil fertilisateur, *l'eau bénite*, et la présentait à la fervente adoration des fidèles. La cérémonie se terminait par la formule de congé ordinaire.

Les idées superstitieuses attachées à de certains jours, les ablutions, les jeûnes, les expiations, les macérations et les mortifications de la chair étaient le prélude de la consécration à la plus sainte des déesses de mille qualités et vertus, auxquelles hommes et femmes, après maintes épreuves et mille sacrifices, s'élevaient par trois degrés. Toutefois, l'introduction de ces mystères ouvrit la porte à quelques déportements. — A la faveur des préparations et des épreuves, qui, souvent, duraient un grand nombre de jours et qu'aucun époux n'osait refuser à sa femme, aucun amant à sa maîtresse, dans la crainte du fouet d'Osiris ou des vipères d'Isis, se donnaient dans les sanctuaires des rendez-vous équivoques, recouverts par les voiles impénétrables de l'initiation. — Mais ce sont là des excès communs à tous les cultes dans leurs époques de décadence. Les mêmes accusations furent adressées aux pratiques mystérieuses et aux agapes des premiers chrétiens. — L'idée d'une *terre sainte* où devait se rattacher pour tous les peuples le souvenir des traditions premières et une sorte d'adoration filiale, — d'une eau sainte propre aux consécrations et purifications des fidèles, — présente des rapports plus nobles à étudier entre ces deux cultes, dont l'un a, pour ainsi dire, servi de transition vers l'autre.

Toute eau était douce pour l'Égyptien, mais surtout celle qui avait été puisée au fleuve, émanation d'Osiris. A la fête annuelle d'Osiris retrouvé, où, après de longues lamentations, on criait : *Nous l'avons trouvé et nous nous réjouissons tous !* tout le monde se jetait à terre devant la cruche remplie d'eau du Nil nouvellement puisée que portait le grand prêtre ; on levait les mains vers le ciel, exaltant le miracle de la miséricorde divine.

La sainte eau du Nil, conservée dans la cruche sacrée, était aussi à la fête d'Isis le plus vivant symbole du père des vivants et des morts. Isis ne pouvait être honorée sans Osiris. — Le fidèle croyait même à la présence réelle d'Osiris dans l'eau du Nil, et, à chaque bénédiction du soir et du matin, le grand-prêtre montrait au peuple l'*hydria*, la sainte cruche, et l'offrait à son adoration. — On ne négligeait rien pour péné-trer profondément l'esprit des spectateurs du caractère de cette divine transsubstantiation. — Le prophète lui-même, quelque grande que fût la sainteté de ce personnage, ne pouvait saisir avec ses mains nues le vase dans lequel s'opérait le divin mystère. — Il portait sur son étole, de la plus fine toile, une sorte de pèlerine (*piviale*) également de lin ou de mousseline, qui lui couvrait les épaules et les bras, et dans laquelle il enve-loppait son bras et sa main. — Ainsi ajusté, il prenait le saint vase, qu'il portait ensuite, au rapport de saint Clément d'Alexandrie, serré contre son sein. — D'ailleurs, quelle était la vertu que le Nil ne possédât pas aux yeux du pieux Égyp-tien ? On en parlait partout comme d'une source de guérisons et de miracles. Il y avait des vases où son eau se conservait plusieurs années. « J'ai dans ma cave de l'eau du Nil de quatre ans, » disait avec orgueil le marchand égyptien à l'habitant de Byzance ou de Naples qui lui vantait son vieux vin de Fa-lerne ou de Chios. Même après la mort, sous ses bandelettes et dans sa condition de momie, l'Égyptien espérait qu'Osiris lui permettrait encore d'étancher sa soif avec son onde vénérée. « Osiris te donne de l'eau fraîche ! » disaient les épitaphes des morts. — C'est pour cela que les momies portaient une coupe peinte sur la poitrine.

V

À la droite du prophète qui portait l'hydria (*hydriophoros*), se tenait une femme représentant, par les attributs et par le costume, la déesse Isis elle-même. — Isis devait toujours, en effet, partager les hommages rendus à Osiris. — Elle ne portait pas les cheveux ras comme le reste du clergé, mais les avait, au contraire, longs et bouclés.

Une chose également très-caractéristique pour la représentation d'Isis, c'est ce que la prêtresse tenait dans les mains. — De la droite, elle soulevait ce fameux instrument que les Grecs nommaient *sistron* et les Égyptiens *kemkem*. — La tristesse, à l'occasion de la mort d'Osiris, et la joie lorsqu'il était retrouvé, tels étaient les principaux points de la religion égyptienne dans la période qui suivit la conquête des Perses. Pour toutes les litanies de tristesse et de joie qui étaient chantées lors de ces grandes fêtes, c'était le sistre d'Isis qui marquait la mesure. — Un sistre bien fait devait, en mémoire des quatre éléments, avoir quatre petits bâtons. — On peut croire que jamais le sistre ne s'agitait sans rappeler le souvenir de la mort et de la résurrection d'Osiris. De la main gauche, la prêtresse tenait un arrosoir, par lequel on voulait signifier la fécondité que le Nil procurait à la terre. — Isis y puisait de l'eau pour les besoins du culte et aussi pour la fécondation du sol. — Car, si Osiris est la force des eaux, Isis est la force de la terre et passe pour le principe de la fertilité.

Le prêtre qui chantait les hymnes et les prières, ou préchantre, jouissait d'une estime particulière. Il se tenait sur le degré inférieur du temple, au milieu de la double rangée du peuple, et dirigeait l'ensemble au moyen d'un bâton en forme de sceptre. Les Grecs nommaient ce liturge au maître de la chapelle du culte d'Isis, le chanteur ou le chanteur d'hymnes, (*odos, hymnodos*). Il rappelle les rhabdodes et rhapsodes, qui chantaient, un bâton de laurier à la main.

Apulée parle, en plusieurs endroits, des flûtes et cornets qui, dans les cérémonies d'Isis et d'Osiris, par des modulations lamentables ou joyeuses, mettaient les assistants dans des dispositions d'esprit convenables; cette musique provenait d'une sorte de flûte dont on attribuait l'invention à Osiris. — Un autre personnage qui terminait la rangée des fidèles de l'autre côté, et dont le costume s'accordait parfaitement avec celui des prêtres d'Isis d'un ordre inférieur, avait la tête tondue, et portait le tablier autour des reins. — Mais il tenait dans la main un des plus énigmatiques symboles égyptiens, la croix ansée (*crux ansata*), dont le savant Daunou a trouvé tout un soubassement couvert dans un temple de Philé.

Il va sans dire qu'ici aucune victime sanglante n'était immolée, et que jamais la flamme de l'autel ne consumait des chairs palpitantes. — Isis, le principe de la vie et la mère de tous les êtres vivants, dédaignait les sacrifices sanglants. — De l'eau du fleuve sacré ou du lait étaient seulement répandus pour elle ; pour elle brûlaient aussi de l'encens et d'autres parfums.

Dans le temple, tout était significatif et caractéristique : le nombre impair des degrés sur lesquels la chapelle est élevée, avait aussi un sens mystique. — En général, le prêtre égyptien cherchait à s'entourer des souvenirs de la terre sacrée du Nil, et, au moyen des végétaux et des animaux de l'Égypte, à transporter les sectateurs de cette nouvelle religion dans le pays où elle avait pris naissance. — Ce n'était point par hasard qu'on avait planté deux palmiers à droite et à gauche du bosquet odoriférant qui entourait la chapelle ; car le palmier, qui, tous les mois pousse de nouveaux rameaux, était un symbole de la puissance des grands dieux. De là les porteurs de palmiers qui figuraient aux processions, et dont il est fait mention dans la célèbre inscription de Rosette.

A la fin de la cérémonie, selon un passage d'Apulée, un des prêtres prononçait la formule ordinaire : « Congé au peuple ! » qui est devenue la formule chrétienne : *Ite, missa est ;* et à laquelle le peuple répondait par son adieu accoutumé à la déesse : « Portez-vous bien, » ou : « Maintenez-vous en santé ! »

11.

VI

Peut-être faut-il craindre, en voyage, de gâter par des lectures faites d'avance l'impression première des lieux célèbres. J'avais visité l'Orient avec les seuls souvenirs, déjà vagues, de mon éducation classique. — Au retour de l'Égypte, Naples était pour moi un lieu de repos et d'étude, et les précieux dépôts de ses bibliothèques et de ses musées me servaient à justifier ou à combattre les hypothèses que mon esprit s'était formées à l'aspect de tant de ruines inexpliquées ou muettes. — Peut-être ai-je dû au souvenir éclatant d'Alexandrie, de Thèbes et des Pyramides, l'impression presque religieuse que me causa une seconde fois la vue du temple d'Isis de Pompéi. J'avais laissé mes compagnons de voyage admirer dans tous ses details la maison de Diomède, et, me dérobant à l'attention des gardiens, je m'étais jeté au hasard dans les rues de la ville antique, évitant çà et là quelque invalide qui me demandait de loin où j'allais, et m'inquiétant peu de savoir le nom que la science avait retrouvé pour tel ou tel édifice, pour un temple, pour une maison, pour une boutique. N'était-ce pas assez que les drogmans et les Arabes m'eussent gâté les Pyramides, sans subir encore la tyrannie des *ciceroni* napolitains? J'étais entré par la rue des Tombeaux; il était clair qu'en suivant cette voie pavée de lave, où se dessine encore l'ornière profonde des roues antiques, je retrouverais le temple de la déesse égyptienne, situé à l'extrémité de la ville, auprès du théâtre tragique. Cependant, dès temples consacrés aux dieux grecs et romains frappaient mes yeux par leur masse imposante et leurs nombreuses colonnes, et l'*Iseum* semblait perdu dans les maisons particulières. Enfin, pénétrant çà et là dans les bâtiments, j'entrai dans une enceinte par une porte basse, et, là, il n'y avait plus à douter, le souvenir des deux tableaux antiques que j'avais vus au Musée des études, et qui représentent les cérémonies décrites plus haut du culte d'Isis, s'accordait avec l'architecture du monument que 'j'avais devant les yeux. — C'était bien là l'étroite cour jadis fermée d'une grille, les colonnes encore debout, les deux autels à droite et à gauche, dont le dernier est d'une conservation parfaite, et, au fond, l'antique *cella* s'élevant sur sept marches autrefois revêtues de marbre de Paros.

Huit colonnes d'ordre dorique, sans base, soutiennent les côtés, et dix autres le fronton; l'enceinte est découverte, selon le genre d'architecture dit *hypœtron*, mais un portique couvert régnait alentour. Le sanctuaire a la forme d'un petit temple carré, voûté, couvert en tuiles, et présente trois niches destinées aux images de la Trinité égyptienne; — deux autels placés au fond du sanctuaire portaient les tables isiaques, dont l'une a été conservée, et sur la base de la principale statue de la déesse, placée au centre de la nef intérieure, on a pu lire que *L. C. Phœbus* l'avait érigée dans ce lieu par décret des décurions.

Près de l'autel de gauche, dans la cour, était une petite loge destinée aux purifications; quelques bas-reliefs en décoraient les murailles. Deux vases contenant l'eau lustrale se trouvaient, en outre, placés à l'entrée de la porte intérieure, comme le sont nos bénitiers. Des peintures sur stuc décoraient l'intérieur du temple et représentaient des tableaux de la campagne, des plantes et des animaux de l'Égypte, — la terre sacrée.

J'avais admiré au Musée les richesses qu'on a retirées de ce temple, les lampes, les coupes, les encensoirs, les burettes, les goupillons, les mitres et les crosses brillantes des prêtres, les sistres, les clairons et les cymbales, une Vénus dorée, un Bacchus, des Hermès, des siéges d'argent et d'ivoire, des idoles de basalte et des pavés de mosaïque ornés d'inscriptions et d'emblèmes. La plupart de ces objets, dont la matière et le travail précieux indiquent la richesse du temple, ont été découverts dans le lieu saint le plus retiré, situé derrière le sanctuaire, et où l'on arrive en passant sous cinq arcades. Là, une petite cour oblongue conduit à une chambre qui contenait des ornements sacrés. L'habitation des ministres isiaques, située à gauche du temple, se composait de trois pièces, et l'on trouva dans l'enceinte plusieurs cadavres de ces prêtres à qui l'on suppose que leur religion fit un devoir de ne pas abandonner le sanctuaire.

Ce temple est la ruine la mieux conservée de Pompéi, parce qu'à l'époque où la ville fut ensevelie, il en était le monument le plus nouveau. L'ancien temple avait été renversé quelques années auparavant par un tremblement de terre, et nous voyons là celui qu'on avait rebâti à sa place. — J'ignore si quelqu'une des trois statues d'Isis du Musée de Naples aura été retrouvée dans ce lieu même, mais je les avais admirées la veille, et rien ne m'empêchait, en y joignant le souvenir des deux tableaux, de reconstruire dans ma pensée toute la scène de la cérémonie du soir.

Justement le soleil commençait à s'abaisser vers Caprée et la lune montait lentement du côté du Vésuve, couvert de son léger dais de fumée. Je m'assis sur une pierre, en contemplant ces deux astres qu'on avait longtemps adorés dans ce temple sous les noms d'Osiris et d'Isis, et sous des attributs mystiques faisant allusion à leurs diverses phases, et je me sentis pris d'une vive émotion. Enfant d'un siècle sceptique plutôt qu'incrédule, flottant entre deux éducations contraires, celle de la Révolution, qui niait tout, et celle de la réaction sociale, qui prétend ramener l'ensemble des croyances chrétiennes, me verrais-je entraîné à tout croire, comme nos pères les philosophes l'avaient été à tout nier? — Je songeais à ce magnifique préambule des *Ruines* de Volney, qui fait apparaître le Génie du passé sur les ruines de Palmyre et qui n'emprunte à des inspirations si hautes que la puissance de détruire pièce à pièce tout l'ensemble des traditions religieuses du genre humain! Ainsi périssait, sous l'effort de la raison moderne, le Christ lui-même, ce dernier des révélateurs, qui,

u nom d'une raison plus haute, avait autrefois dépeuplé les
ieux. O nature! ô mère éternelle! était-ce là vraiment le
ort réservé au dernier de tes fils célestes? Les mortels en
ont-ils venus à repousser toute espérance et tout prestige ,
t, levant ton voile sacré, déesse de Saïs! le plus hardi de tes
deptes s'est-il donc trouvé face à face avec l'image de la
Iort?

Si la chute successive des croyances conduisait à ce ré-
ultat, ne serait-il pas plus consolant de tomber dans l'excès
ontraire et d'essayer de se reprendre aux illusions du
passé ?

VII

Il est évident que, dans les derniers temps, le paganisme
²était retrempé dans son origine égyptienne, et tendait de
Ilus en plus à ramener au principe de l'unité les diverses
onceptions mythologiques. Cette éternelle Nature, que Lu-
rèce, le matérialiste, invoquait lui-même sous le nom de
Vénus Céleste, a été préférablement nommée Cybèle par Ju-
ien, Uranie ou Cérès par Plotin, Proclus et Porphyre ; —
Apulée, lui donnant tous ces noms, l'appelle plus volontiers
sis ; c'est le nom qui, pour lui, résume tous les autres ; c'est
l'identité primitive de cette reine du ciel, aux attributs divers,
u masque changeant ! Aussi lui apparaît-elle vêtue à l'égyp-
ienne, mais dégagée des allures roides, des bandelettes et des
ormes naïves du premier temps.

Ses cheveux épais et longs, terminés en boucles, inondent
m flottant ses divines épaules; une couronne multiforme et
multiflore pare sa tête, et la lune argentée brille sur son front;
es deux côtés se tordent des serpents parmi de blonds épis,
t sa robe aux reflets indécis passe, selon le mouvement de ses
Ilis, de la blancheur la plus pure au jaune de safran, ou
emble emprunter sa rougeur à la flamme ; son manteau,
'un noir foncé, est semé d'étoiles et bordé d'une frange lumi-

neuse ; sa main droite tient le sistre, qui rend un son clair, sa main gauche un vase d'or en forme de gondole.

Telle, exhalant les plus délicieux parfums de l'Arabie Heureuse, elle apparaît à Lucius, et lui dit :

« Tes prières m'ont touchée ; moi, la mère de la nature, la maîtresse des éléments, la source première des siècles, la plus grande des divinités, la reine des mânes ; moi qui confonds en moi-même et les dieux et les déesses ; moi dont l'univers a adoré sous mille formes l'unique et toute-puissante divinité. Ainsi, l'on me nomme en Phrygie, Cybèle ; à Athènes, Minerve ; en Chypre, Vénus Paphienne ; en Crète, Diane Dyctinne ; en Sicile, Proserpine Stygienne ; à Éleusis, l'antique Cérès ; ailleurs, Junon, Bellone, Hécate ou Némésis, tandis que l'Égyptien, qui dans les sciences précéda tous les autres peuples, me rend hommage sous mon vrai nom de la déesse Isis.

» Qu'il te souvienne, dit-elle à Lucius après lui avoir indiqué les moyens d'échapper à l'enchantement dont il est victime, que tu dois me consacrer le reste de ta vie, et, dès que tu auras franchi le sombre bord, tu ne cesseras encore de m'adorer, soit dans les ténèbres de l'Achéron ou dans les Champs-Élysées ; et si, par l'observation de mon culte et par une inviolable chasteté, tu mérites bien de moi, tu sauras que je puis seule prolonger ta vie spirituelle au delà des bornes marquées. »

Ayant prononcé ces adorables paroles, l'invincible déesse disparaît et se recueille *dans sa propre immensité.*

Certes, si le paganisme avait toujours manifesté une conception aussi pure de la Divinité, les principes religieux issus de la vieille terre d'Égypte régneraient encore selon cette forme sur la civilisation moderne. — Mais n'est-il pas à remarquer que c'est aussi de l'Égypte que nous viennent les premiers fondements de la foi chrétienne ? Orphée et Moïse, initiés tous deux aux mystères isiaques, ont simplement annoncé à des races diverses des vérités sublimes, — que la

ifférence des mœurs, des langages et l'espace des temps a
nsuite peu à peu altérées ou transformées entièrement. —
ujourd'hui, il semble que le catholicisme lui-même ait subi,
elon les pays, une réaction analogue à celle qui avait lieu
ans les dernières années du polythéisme. En Italie, en Po-
ogne, en Grèce, en Espagne, chez tous les peuples les plus
incèrement attachés à l'Église romaine, la dévotion à la
ierge n'est-elle pas devenue une sorte de culte exclusif ?
'est-ce pas toujours la Mère sainte, tenant dans ses bras
'enfant sauveur et médiateur qui domine les esprits, — et
ont l'apparition produit encore des conversions comparables
 celle du héros d'Apulée ? Isis n'a pas seulement ou l'enfant
ans les bras, ou la croix à la main comme la Vierge : le
ême signe zodiacal leur est consacré, la lune est sous leurs
ieds ; le même nimbe brille autour de leur tête ; nous avons
apporté plus haut mille détails analogues dans les cérémo-
ies ; — même sentiment de chasteté dans le culte isiaque,
ant que la doctrine est restée pure ; institutions pareilles
'associations et de confréries. Je me garderai certes de tirer
e tous ces rapprochements les mêmes conclusions que Volney
t Dupuis. Au contraire, aux yeux du philosophe, sinon du
héologien, — ne peut-il pas sembler qu'il y ait eu, dans tous
es cultes intelligents, une certaine part de révélation divine ?
e christianisme primitif a invoqué la parole des sibylles et
'a point repoussé le témoignage des derniers oracles de
Delphes. Une évolution nouvelle des dogmes pourrait faire
oncorder sur certains points les témoignages religieux des
ivers temps. Il serait si beau d'absoudre et d'arracher
ux malédictions éternelles les héros et les sages de l'anti-
uité !

Loin de moi, certes, la pensée d'avoir réuni les détails qui
récèdent en vue seulement de prouver que la religion chré-
ienne a fait de nombreux emprunts aux dernières formules
u paganisme : ce point n'est nié de personne. Toute religion
ui succède à une autre respecte longtemps certaines prati-

ques et formes de culte, qu'elle se borne à harmoniser avec
ses propres dogmes. Ainsi la vieille théogonie des Égyptiens
et des Pélasges s'était seulement modifiée et traduite chez les
Grecs, parée de noms et d'attributs nouveaux ; — plus tard
encore, dans la phase religieuse que nous venons de dépeindre, Sérapis, qui était déjà une transformation d'Osiris, en
devenait une de Jupiter ; Isis, qui n'avait, pour entrer dans le
mythe grec, qu'à reprendre son nom d'Io, fille d'Inachus, —
le fondateur des mystères d'Éleusis, repoussait désormais le
masque bestial, symbole d'une époque de lutte et de servi-
tude. Mais voyez combien d'assimilations aisées le christianisme allait trouver dans ces rapides transformations de
dogmes les plus divers ! — Laissons de côté la *croix* de Sérapis et le séjour aux enfers de ce dieu *qui juge les âmes ;* — le
Rédempteur promis à la terre, et que pressentaient depuis
longtemps les poëtes et les oracles, est-ce l'enfant Horus al-
laité par la mère divine, et qui sera le *Verbe* (logos) des âges
futurs ? — Est-ce l'Iacchus-Iésus des mystères d'Éleusis, plus
grand déjà, et s'élançant des bras de Déméter, la déesse *pan-
thée ?* ou plutôt n'est-il pas vrai qu'il faut réunir tous ces
modes divers d'une même idée, et que ce fut toujours une
admirable pensée théogonique de présenter à l'adoration
des hommes une Mère céleste dont l'enfant est l'espoir du
monde ?

Et, maintenant, pourquoi ces cris d'ivresse et de joie, ces
chants du ciel, ces palmes qu'on agite, ces gâteaux sacrés
qu'on se partage à de certains jours de l'année ? C'est que l'enfant sauveur est né jadis en ce même temps. — Pourquoi ces
autres jours de pleurs et de chants lugubres où l'on cherche
le corps d'un Dieu meurtri et sanglant, — où les gémisse-
ments retentissent des bords du Nil aux rives de la Phénicie,
des hauteurs du Liban aux plaines où fut Troie? Pourquoi
celui qu'on cherche et qu'on pleure s'appelle-t-il ici Osiris, plus
loin Adonis, plus loin Atys? et pourquoi une autre clameur
qui vient du fond de l'Asie cherche-t-elle aussi dans les grottes

mystérieuses les restes d'un dieu immolé ? — Une femme divinisée, mère, épouse ou amante, baigne de ses larmes ce corps saignant et défiguré, victime d'un principe hostile qui triomphe par sa mort, mais qui sera vaincu un jour ! La victime céleste est représentée par le marbre ou la cire, avec ses chairs ensanglantées, avec ses plaies vives, que les fidèles viennent toucher et baiser pieusement. Mais, le troisième jour, tout change : le corps a disparu, l'immortel s'est révélé ; la joie succède aux pleurs, l'espérance renaît sur la terre ; c'est la fête renouvelée de la jeunesse et du printemps.

Voilà le culte oriental, primitif et postérieur à la fois aux fables de la Grèce, qui avait fini par envahir et absorber peu à peu le domaine des dieux d'Homère. Le ciel mythologique rayonnait d'un trop pur éclat, il était d'une beauté trop précise et trop nette, il respirait trop le bonheur, l'abondance et la sérénité, il était, en un mot, trop bien conçu au point de vue des gens heureux, des peuples riches et vainqueurs, pour s'imposer longtemps au monde agité et souffrant. — Les Grecs l'avaient fait triompher par la victoire dans cette lutte presque cosmogonique qu'Homère a chantée, et, depuis encore, la force et la gloire des dieux s'étaient incarnées dans les destinées de Rome ; — mais la douleur et l'esprit de vengeance agissaient sur le reste du monde, qui ne voulait plus s'abandonner qu'aux religions du désespoir. — La philosophie accomplissait d'autre part un travail d'assimilation et d'unité morale ; la chose attendue dans les esprits se réalisa dans l'ordre des faits. Cette Mère divine, ce Sauveur, qu'une sorte de mirage prophétique avait annoncés çà et là d'un bout à l'autre du monde, apparurent enfin comme le grand jour qui succède aux vagues clartés de l'aurore.

ÉMILIE

SOUVENIRS DE LA RÉVOLUTION FRANÇAISE

— ... Personne n'a bien su l'histoire du lieutenant Desroches, qui se fit tuer l'an passé au combat de Hambergen,
deux mois après ses noces. Si ce fut là un véritable suicide,
que Dieu veuille lui pardonner! Mais, certes, celui qui meurt
en défendant sa patrie ne mérite pas que son action soit nommée ainsi, quelle qu'ait été sa pensée d'ailleurs.

— Nous voilà retombés, dit le docteur, dans le chapitre
des capitulations de conscience. Desroches était un philosophe
décidé à quitter la vie : il n'a pas voulu que sa mort fût inutile; il s'est élancé bravement dans la mêlée; il a tué le plus
d'Allemands qu'il a pu, en disant : « Je ne puis mieux faire
à présent; je meurs content. » Et il a crié : *Vive l'empereur!*
en recevant le coup de sabre qui l'a abattu. Dix soldats de sa
compagnie vous le diront.

— Et ce n'en fut pas moins un suicide, répliqua Arthur.
Toutefois, je pense qu'on aurait eu tort de lui fermer l'é-
glise...

— A ce compte, vous flétririez le dévouement de Curtius.
Ce jeune chevalier romain était peut-être ruiné par le jeu,
malheureux dans ses amours, las de la vie, qui sait? Mais,
assurément, il est beau, en songeant à quitter le monde, de

rendre sa mort utile aux autres; et voilà pourquoi cela ne peut s'appeler un suicide, car le suicide n'est autre chose que l'acte suprême de l'égoïsme, et c'est pour cela seulement qu'il est flétri parmi les hommes... A quoi pensez-vous, Arthur?

— Je pense à ce que vous disiez tout à l'heure, que Desroches, avant de mourir, avait tué le plus d'Allemands possible...

— Eh bien?

— Eh bien, ces braves gens sont allés rendre devant Dieu un triste témoignage de la belle mort du lieutenant, vous me permettrez de dire que c'est là un *suicide* bien *homicide*.

— Eh! qui va songer à cela? Des Allemands, ce sont des ennemis.

— Mais y en a-t-il pour l'homme résolu à *mourir?* A ce moment-là, tout instinct de nationalité s'efface, et je doute que l'on songe à un autre pays que l'autre monde, et à un autre empereur que Dieu. Mais l'abbé nous écoute sans rien dire, et cependant j'espère que je parle ici selon ses idées. —Allons, l'abbé, dites-nous votre opinion, et tâchez de nous mettre d'accord; c'est là une mine de controverse assez abondante, et l'histoire de Desroches, ou plutôt ce que nous en croyons savoir, le docteur et moi, ne paraît pas moins ténébreuse que les profonds raisonnements qu'elle a soulevés parmi nous.

— Oui, dit le docteur, Desroches, à ce qu'on prétend, était très-affligé de sa dernière blessure, celle qui l'avait si fort défiguré; et peut-être a-t-il surpris quelque grimace ou quelque raillerie de sa nouvelle épouse; les philosophes sont susceptibles. En tout cas, il est mort, et volontairement.

— Volontairement, puisque vous y persistez; mais n'appelez pas suicide la mort qu'on trouve dans une bataille; vous ajouteriez un contre-sens de mots à celui que peut-être vous faites en pensée; on meurt dans une mêlée parce qu'on y rencontre quelque chose qui tue; ne meurt pas qui veut.

— Eh bien, voulez-vous que ce soit la fatalité?

— A mon tour, interrompit l'abbé, qui s'était recueilli pendant cette discussion : il vous semblera singulier peut-être que je combatte vos paradoxes ou vos suppositions...

— Eh bien, parlez, parlez; vous en savez plus que nous, assurément. Vous habitez Bitche depuis longtemps; on dit que Desroches vous connaissait, et peut-être même s'est-il confessé à vous...

— En ce cas, je devrais me taire; mais il n'en fut rien malheureusement, et, toutefois, la mort de Desroches fut chrétienne, croyez-moi; et je vais vous en raconter les causes et les circonstances, afin que vous emportiez cette idée que ce fut là encore un honnête homme, ainsi qu'un bon soldat, mort à temps pour l'humanité, pour lui-même, et selon les desseins de Dieu.

» Desroches était entré dans un régiment à quatorze ans, à l'époque où, la plupart des hommes s'étant fait tuer sur la frontière, notre armée républicaine se recrutait parmi les enfants. Faible de corps, mince comme une jeune fille, et pâle, ses camarades souffraient de lui voir porter un fusil sous lequel ployait son épaule. Vous devez avoir entendu dire qu'on obtint du capitaine l'autorisation de le lui rogner de six pouces. Ainsi accommodée à ses forces, l'arme de l'enfant fit merveilles dans les guerres de Flandre; plus tard, Desroches fut dirigé sur Haguenau, dans ce pays où nous faisions, c'est-à-dire où vous faisiez la guerre depuis si longtemps.

» A l'époque dont je vais vous parler, Desroches était dans la force de l'âge et servait d'enseigne au régiment bien plus que le numéro d'ordre et le drapeau, car il avait à peu près seul survécu à deux renouvellements, et il venait enfin d'être nommé lieutenant quand, à Bergheim, il y a vingt-sept mois, en commandant une charge à la baïonnette, il reçut un coup de sabre prussien tout au travers de la figure. La blessure était affreuse; les chirurgiens de l'ambulance, qui l'avaient souvent plaisanté, lui vierge encore d'une égratignure, après trente combats, froncèrent le sourcil quand on l'apporta devant eux. S'il guérit, dirent-ils, le malheureux deviendra imbécile ou fou.

» C'est à Metz que le lieutenant fut envoyé pour se guérir. La civière avait fait plusieurs lieues sans qu'il s'en aperçût ; installé dans un bon lit et entouré de soins, il lui fallut cinq ou six mois pour arriver à se mettre sur son séant, et cent jours encore pour ouvrir un œil et distinguer les objets. On lui ordonna bientôt les fortifiants, le soleil, puis le mouvement, enfin la promenade, et, un matin, soutenu par deux camarades, il s'achemina tout vacillant, tout étourdi, vers le quai Saint-Vincent, qui touche presque à l'hôpital militaire, et, là, on le fit asseoir sur l'esplanade, au soleil de midi, sous les tilleuls du jardin public : le pauvre blessé croyait voir le jour pour la première fois.

» A force d'aller ainsi, il put bientôt marcher seul, et, chaque matin, il s'asseyait sur un banc, au même endroit de l'esplanade, la tête ensevelie dans un amas de taffetas noir, sous lequel à peine on découvrait un coin de visage humain, et sur son passage, lorsqu'il se croisait avec des promeneurs, il était assuré d'un grand salut des hommes, et d'un geste de profonde commisération des femmes, ce qui le consolait peu.

» Mais, une fois assis à sa place, il oubliait son infortune pour ne plus songer qu'au bonheur de vivre après un tel ébranlement, et au plaisir de voir en quel séjour il vivait. Devant lui, la vieille citadelle, ruinée sous Louis XVI, étalait ses remparts dégradés ; sur sa tête, les tilleuls en fleur projetaient leur ombre épaisse ; à ses pieds, dans la vallée qui se déploie au-dessous de l'esplanade, les prés Saint-Symphorien que vivifie, en les noyant, la Moselle débordée, et qui verdissent entre ses deux bras ; puis le petit îlot, l'oasis de la poudrière, cette île du Saulcy, semée d'ombrages, de chaumières ; enfin, la chute de la Moselle et ses blanches écumes, ses détours étincelant au soleil, puis tout au bout, bornant le regard, la chaîne

des Vosges, bleuâtre et comme vaporeuse au grand jour, voilà
le spectacle qu'il admirait toujours davantage, en pensant que
là était son pays, non pas la terre conquise, mais la province
vraiment française, tandis que ces riches départements nouveaux, où il avait fait la guerre, n'étaient que des beautés fugitives, incertaines, comme celles de la femme gagnée hier,
qui ne nous appartiendra plus demain.

» Vers le mois de juin, aux premiers jours, la chaleur était
grande, et le banc favori de Desroches se trouvant bien à
l'ombre, deux femmes vinrent s'asseoir près du blessé. Il salua
tranquillement et continua de contempler l'horizon ; mais sa
position inspirait tant d'intérêt, que les deux femmes ne purent s'empêcher de le questionner et de le plaindre.

» L'une des deux, fort âgée, était la tante de l'autre qui se
nommait Émilie, et qui avait pour occupation de broder des
ornements d'or sur de la soie ou du velours. Desroches questionna comme on lui en avait donné l'exemple, et la tante lui
apprit que la jeune fille avait quitté Haguenau pour lui faire
compagnie, qu'elle brodait pour les églises, et qu'elle était depuis longtemps privée de tous ses autres parents.

» Le lendemain, le banc fut occupé comme la veille ; au
bout d'une semaine, il y avait traité d'alliance entre les trois
propriétaires de ce banc favori, et Desroches, tout faible qu'il
était, tout humilié par les attentions que la jeune fille lui prodi-
guait comme au plus inoffensif vieillard, Desroches se sentit
léger, en fonds de plaisanteries, et plus près de se réjouir que
de s'affliger de cette bonne fortune inattendue.

» Alors, de retour à l'hôpital, il se rappela sa hideuse blessure, cet épouvantail dont il avait souvent gémi en lui-même,
et que l'habitude et la convalescence lui avaient rendu depuis
longtemps moins déplorable.

» Il est certain que Desroches n'avait pu encore ni soulever
l'appareil inutile de sa blessure, ni se regarder dans un miroir.
De ce jour-là, cette idée le fit frémir plus que jamais. Cependant, il se hasarda à écarter un coin du taffetas protecteur, et

il trouva dessous une cicatrice un peu rose encore, mais qui n'avait rien de trop repoussant. En poursuivant cette observation, il reconnut que les différentes parties de son visage s'étaient recousues convenablement entre elles, et que l'œil demeurait fort limpide et fort sain. Il manquait bien quelques brins de sourcils, mais c'était si peu de chose! cette raie oblique qui descendait du front à l'oreille en traversant la joue, c'était... eh bien, c'était un coup de sabre reçu à l'attaque des lignes de Bergheim, et rien n'est plus beau, les chansons l'on assez dit.

» Donc, Desroches fut étonné de se retrouver si présentable après la longue absence qu'il avait faite de lui-même. Il ramena fort adroitement ses cheveux, qui grisonnaient du côté blessé, sous les cheveux noirs abondants du côté gauche, étendit sa moustache sur la ligne de la cicatrice, le plus loin possible, et, ayant endossé son uniforme neuf, il se rendit le lendemain à l'esplanade d'un air assez triomphant.

» Dans le fait, il s'était si bien redressé, si bien tourné, son épée avait si bonne grâce à battre sa cuisse, et il portait le schako si martialement incliné en avant, que personne ne le reconnut dans le trajet de l'hôpital au jardin; il arriva le premier au banc des tilleuls, et s'assit comme à l'ordinaire, en apparence, mais au fond bien plus troublé et bien plus pâle, malgré l'approbation du miroir.

» Les deux dames ne tardèrent pas à arriver; mais elles s'éloignèrent tout à coup en voyant un bel officier occuper leur place habituelle. Desroches fut tout ému.

» — Eh quoi! leur cria-t-il, vous ne me reconnaissez pas?...

» Ne pensez pas que ces préliminaires nous conduisent à une de ces histoires où la pitié devient de l'amour, comme dans les opéras du temps. Le lieutenant avait désormais des idées plus sérieuses. Content d'être encore jugé comme un cavalier passable, il se hâta de rassurer les deux dames, qui paraissaient disposées, d'après sa transformation, à revenir sur l'intimité commencée entre eux trois. Leur réserve ne put

tenir devant ces franches déclarations. L'union était sortable
de tous points, d'ailleurs : Desroches avait un petit bien de famille près d'Épinal ; Émilie possédait, comme héritage de ses
parents, une petite maison à Haguenau, louée au café de la
ville, et qui rapportait encore cinq à six cents francs de rente.
Il est vrai qu'il en revenait la moitié à son frère Wilhelm,
principal clerc du notaire Schennberg.

» Quand les dispositions furent bien arrêtées, on résolut
de se rendre pour la noce à cette petite ville, car là était le
domicile réel de la jeune fille, qui n'habitait Metz depuis
quelque temps que pour ne point quitter sa tante. Toutefois,
on convint de revenir à Metz après le mariage. Émilie se
faisait un grand plaisir de revoir son frère. Desroches s'étonna
à plusieurs reprises que ce jeune homme ne fût pas aux armées comme tous ceux de notre temps ; on lui répondit qu'il
avait été réformé pour cause de santé. Desroches le plaignit
vivement.

» Voici donc les deux fiancés et la tante en route pour
Haguenau ; ils ont pris des places dans la voiture publique qui
relaye à Bitche, laquelle était alors une simple patache composée de cuir et d'osier. La route est belle, comme vous savez.
Desroches, qui ne l'avait jamais faite qu'en uniforme, un sabre
à la main, en compagnie de trois à quatre mille hommes, admirait les solitudes, les roches bizarres, les horizons bornés par
cette dentelure, des monts revêtus d'une sombre verdure, que de
longues vallées interrompent seulement de loin en loin. Les
riches plateaux de Saint-Avold, les manufactures de Sarregue-
mines, les petits taillis compactes de Limblingue, où les frênes,
les peupliers et les sapins étalent leur triple couche de verdure
nuancée du gris au vert sombre ; vous savez combien tout cela
est d'un aspect magnifique et charmant.

» A peine arrivés à Bitche, les voyageurs descendirent à la
petite auberge du *Dragon*, et Desroches me fit demander au
fort. J'arrivai avec empressement ; je vis sa nouvelle famille,
et je complimentai la jeune demoiselle, qui était d'une rare

beauté, d'un maintient doux, et qui paraissait fort éprise de
son futur époux. Ils déjeunèrent tous trois avec moi, à la
place où nous sommes assis dans ce moment. Plusieurs officiers, camarades de Desroches, attirés par le bruit de son
arrivée, le vinrent chercher à l'auberge et le retinrent à dîner
chez l'hôtelier de la redoute, où l'état-major payait pension.
Il fut convenu que les deux dames se retireraient de bonne
heure, et que le lieutenant donnerait à ses camarades sa dernière soirée de garçon.

» Le repas fut gai; tout le monde savourait sa part du
bonheur et de la gaieté que Desroches ramenait avec lui. On
lui parla de l'Égypte, de l'Italie, avec transport, en faisant
des plaintes amères sur cette mauvaise fortune qui confinait
tant de bons soldats dans des forteresses de frontière.

» — Oui, murmuraient quelques officiers, nous étouffons
ici, la vie est fatigante et monotone; autant vaudrait être sur
un vaisseau, que de vivre ainsi sans combats, sans distrac-
tions, sans avancement possible. « Le fort est imprenable, »
a dit Bonaparte quand il a passé ici en rejoignant l'armée
d'Allemagne; nous n'avons donc rien que la chance de mourir d'ennui.

» — Hélas! mes amis, répondit Desroches, ce n'était guère
plus amusant de mon temps; car j'ai été ici comme vous, et je
me suis plaint comme vous aussi. Moi, soldat parvenu jusqu'à
l'épaulette à force d'user les souliers du gouvernement dans
tous les chemins du monde, je ne savais guère alors que trois
choses : l'exercice, la direction du vent et la grammaire,
comme on l'apprend chez le magister. Aussi, lorsque je fus
nommé sous-lieutenant et envoyé à Bitche avec le 2e bataillon
du Cher, je regardais ce séjour comme une excellente occasion
d'études sérieuses et suivies. Dans cette pensée, je m'étais
procuré une collection de livres, de cartes et de plans. J'ai
étudié la théorie et appris l'allemand sans étude, car, dans ce
pays français et bon français, on ne parle que cette langue.
De sorte que ce temps, si long pour vous qui n'avez plus tant

12.

à apprendre, je le trouvais court et insuffisant, et, quand la
nuit venait, je me réfugiais dans un petit cabinet de pierre sous
la vis du grand escalier ; j'allumais ma lampe en calfeutrant
hermétiquement les meurtrières, et je travaillais. Une de ces
nuits-là...

» Ici, Desroches s'arrêta un instant, passa la main sur ses
yeux, vida son verre, et reprit son récit sans terminer sa
phrase.

» — Vous connaissez tous, dit-il, ce petit sentier qui monte
de la plaine ici, et que l'on a rendu tout à fait impraticable,
en faisant sauter un gros rocher, à la place duquel à présent
s'ouvre un abîme. Eh bien, ce passage a toujours été meurtrier
pour les ennemis toutes les fois qu'ils ont tenté d'assaillir le
fort ; à peine engagés dans ce sentier, les malheureux essuyaient
le feu de quatre pièces de vingt-quatre, qu'on n'a pas déran-
gées sans doute, et qui rasaient le sol dans toute la longueur
de cette pente...

» — Vous avez dû vous distinguer, dit un colonel à Desroches ; est-ce là que vous avez gagné la lieutenance ?

» — Oui, colonel, et c'est là que j'ai tué le premier, le seul
homme que j'aie frappé en face et de ma propre main. C'est
pourquoi la vue de ce fort me sera toujours pénible.

» — Que nous dites-vous là ? s'écria-t-on : quoi ! vous avez
fait vingt ans la guerre, vous avez assisté à quinze batailles
rangées, à cinquante combats peut-être, et vous prétendez
n'avoir jamais tué qu'un seul ennemi ?

» — Je n'ai pas dit cela, messieurs : des dix mille cartouches
que j'ai bourrées dans mon fusil, qui sait si la moitié n'a pas
lancé une balle au but que le soldat cherche ? Mais j'affirme
qu'à Bitche, pour la première fois, ma main s'est rougie du
sang d'un ennemi, et que j'ai fait le cruel essai d'une pointe
de sabre que le bras pousse jusqu'à ce qu'elle crève une poitrine humaine et s'y cache en frémissant.

» — C'est vrai, interrompit l'un des officiers, le soldat tue
beaucoup et ne le sent presque jamais. Une fusillade n'est pas,

à vrai dire, une exécution, mais une intention mortelle. Quant
à la baïonnette, elle fonctionne peu dans les charges les plus
désastreuses; c'est un conflit dans lequel l'un des deux ennemis tient ou cède sans porter de coups, les fusils s'entre-cho-
quent, puis se relèvent quand la résistance cesse; le cavalier,
par exemple, frappe réellement...

» — Aussi, reprit Desroches, de même que l'on n'oublie
pas le dernier regard d'un adversaire tué en duel, son dernier
râle, le bruit de sa lourde chute, de même, je porte en moi
presque comme un remords, riez-en si vous pouvez, l'image
pâle et funèbre du sergent prussien que j'ai tué dans la petite
poudrière du fort.

» Tout le monde fit silence, et Desroches commença son
récit.

» — C'était la nuit, je travaillais, comme je l'ai expliqué
tout à l'heure. A deux heures, tout doit dormir, excepté les
sentinelles. Les patrouilles sont fort silencieuses, et tout bruit
fait esclandre. Pourtant, je crus entendre comme un mouvement prolongé dans la galerie qui s'étendait sous ma chambre;
on heurtait à une porte, et cette porte craquait. Je courus, je
prêtai l'oreille au fond du corridor, et j'appelai à demi-voix la
sentinelle; pas de réponse. J'eus bientôt réveillé les canonniers, endossé l'uniforme, et, prenant mon sabre sans fourreau,
je courus du côté du bruit. Nous arrivâmes trente, à peu près,
dans le rond-point que forme la galerie vers son centre, et, à
la lueur de quelques lanternes, nous reconnûmes les Prussiens,
qu'un traître avait introduits par la poterne fermée. Ils se
pressaient avec désordre, et, en nous apercevant, ils tirèrent
quelques coups de fusil, dont l'éclat fut effroyable dans cette
pénombre et sous ces voûtes écrasées. Alors, on se trouva face
à face; les assaillants continuaient d'arriver; les défenseurs
descendirent précipitamment dans la galerie; on en vint à pouvoir à peine se remuer; mais il y avait entre les deux partis
un espace de six à huit pieds, un champ clos que personne ne
songeait à occuper, tant il y avait de stupeur chez les Fran-

çais surpris, et de défiance chez les Prussiens désappointés.
Pourtant, l'hésitation dura peu. La scène se trouvait éclairée
par des flambeaux et des lanternes; quelques canonniers
avaient suspendu les leurs aux parois; une sorte de combat
antique s'engagea; j'étais au premier rang, je me trouvais en
face d'un sergent prussien de haute taille, tout couvert de
chevrons et de décorations. Il était armé d'un fusil, mais il
pouvait à peine le remuer, tant la presse était compacte; tous
ces détails me sont encore présents, hélas! Je ne sais s'il songeait même à me résister; je m'élançai vers lui, j'enfonçai
mon sabre dans ce noble cœur; la victime ouvrit horriblement
les yeux, crispa ses mains avec effort, et tomba dans les bras
des autres soldats... Je ne me rappelle pas ce qui suivit; je me
retrouvai dans la première cour, tout mouillé de sang; les
Prussiens, refoulés par la poterne, avaient été reconduits à
coups de canon jusqu'à leurs campements.

» Après cette histoire, il se fit un long silence, et puis l'on
parla d'autre chose. C'était un triste et curieux spectacle pour
le penseur, que toutes ces physionomies de soldats assombries
par le récit d'une infortune si vulgaire en apparence... et l'on
pouvait savoir au juste ce que vaut la vie d'un homme, même
d'un Allemand, docteur, en interrogeant les regards intimidés
de ces tueurs de profession.

— Il est certain, répondit le docteur un peu étourdi, que
le sang de l'homme crie bien haut, de quelque façon qu'il soit
versé; cependant, Desroches n'a point fait de mal; il se dé-
fendait.

— Qui le sait? murmura Arthur.

— Vous qui parliez de capitulation de conscience, docteur,
dites-nous si cette mort du sergent ne ressemble pas un peu à
un assassinat. Est-il sûr que le Prussien eût tué Desroches?

— Mais c'est la guerre, que voulez-vous!

— A la bonne heure, oui, c'est la guerre. On tue à trois
cents pas dans les ténèbres un homme qui ne vous connaît pas
et ne vous voit pas; on égorge en face, et avec la fureur dans

e regard, des gens contre lesquels on n'a pas de haine, et
c'est avec cette réflexion qu'on s'en console et qu'on s'en glo-
rifie! Et cela se fait honorablement entre des peuples chrétiens!...

» L'aventure de Desroches sema donc différentes impressions dans l'esprit des assistants. Et puis l'on alla se mettre au
lit. Notre officier oublia le premier sa lugubre histoire, parce
que, de la petite chambre qui lui était donnée, on apercevait
parmi les massifs d'arbres une certaine fenêtre de l'hôtel du
Dragon éclairée de l'intérieur par une veilleuse. Là dormait
tout son avenir. Lorsqu'au milieu de la nuit, les rondes et le
qui-vive venaient le réveiller, il se disait qu'en cas d'alarme
son courage ne pourrait plus comme autrefois galvaniser tout
l'homme, et qu'il s'y mêlerait un peu de regret et de crainte.
Avant l'heure de la diane, le lendemain, le capitaine de garde
lui ouvrit là une porte, et il trouva ses deux amies qui se promenaient en l'attendant le long des fossés extérieurs. Je les ac-
compagnai jusqu'à Neunhoffen, car ils devaient se marier à
l'état civil d'Haguenau, et revenir à Metz pour la bénédiction
nuptiale.

» Wilhelm, le frère d'Émilie, fit à Desroches un accueil
assez cordial. Les deux beaux-frères se regardaient parfois
avec une attention opiniâtre. Wilhelm était d'une taille
moyenne, mais bien prise. Ses cheveux blonds étaient rares
déjà, comme s'il eût été miné par l'étude ou par les chagrins;
il portait des lunettes bleues à cause de sa vue, si faible, disait-il, que la moindre lumière le faisait souffrir. Desroches
apportait une liasse de papiers que le jeune praticien examina
curieusement, puis il produisit lui-même tous les titres de sa
famille, en forçant Desroches à s'en rendre compte; mais il
avait affaire à un homme confiant, amoureux et désintéressé,
les enquêtes ne furent donc pas longues. Cette manière de pro-
céder parut flatter quelque peu Wilhelm; aussi commença-
t-il à prendre le bras de Desroches, à lui offrir une de ses meilleures pipes, et à le conduire chez tous ses amis d'Haguenau.

» Partout on fumait et l'on buvait force bière. Après dix
présentations, Desroches demanda grâce, et on lui permit de
ne plus passer ses soirées qu'auprès de sa fiancée.

» Peu de jours après, les deux amoureux du banc de l'esplanade étaient deux époux unis par M. le maire d'Haguenau,
vénérable fonctionnaire qui avait dû être bourgmestre avant la
révolution française, et qui avait tenu dans ses bras bien souvent la petite Émilie, que peut-être il avait enregistrée lui-
même à sa naissance ; aussi lui dit-il bien bas, la veille de son
mariage :

» — Pourquoi n'épousez-vous donc pas un bon Allemand ?

» Émilie paraissait peu tenir à ces distinctions. Wilhelm
lui-même s'était réconcilié avec la moustache du lieutenant,
car, il faut le dire, au premier abord, il y avait eu réserve de
la part de ces deux hommes ; mais, Desroches y mettant beaucoup du sien, Wilhelm faisant un peu pour sa sœur, et la
bonne tante pacifiant et adoucissant toutes les entrevues, on
réussit à fonder un parfait accord. Wilhelm embrassa de fort
bonne grâce son beau-frère après la signature du contrat. Le
jour même, car tout s'était conclu vers neuf heures, les quatre
voyageurs partirent pour Metz. Il était six heures du soir
quand la voiture s'arrêta à Bitche, au grand hôtel du *Dragon*.

» On voyage difficilement dans ce pays entrecoupé de ruisseaux et de bouquets de bois ; il y a dix côtes par lieue, et la
voiture du messager secoue rudement ses voyageurs. Ce fut là
peut-être la meilleure raison de malaise qu'éprouva la jeune
épouse en arrivant à l'auberge. Sa tante et Desroches s'instal-
lèrent auprès d'elle, et Wilhelm, qui souffrait d'une faim dé-
vorante, descendit dans la petite salle où l'on servait à huit
heures le souper des officiers.

» Cette fois, personne ne savait le retour de Desroches. La
journée avait été employée par la garnison à des excursions
dans les taillis de Huspoletden. Desroches, pour n'être pas enlevé au poste qu'il occupait près de sa femme, défendit à l'hôtesse de prononcer son nom. Réunis tous trois près de la petite

nêtre de la chambre, ils virent rentrer les troupes au fort, et,
nuit s'approchant, les glacis se bordèrent de soldats en né-
igé qui savouraient le pain de munition et le fromage de
nèvre fourni par la cantine.

» Cependant, Wilhelm, en homme qui veut tromper l'heure
la faim, avait allumé sa pipe, et sur le seuil de la porte il se
posait entre la fumée du tabac et celle du repas, double vo-
pté pour l'oisif et pour l'affamé. Les officiers, à l'aspect de
voyageur bourgeois dont la casquette était enfoncée jus-
n'aux oreilles et les lunettes bleues braquées vers la cuisine,
mprirent qu'ils ne seraient pas seuls à table et voulurent lier
nnaissance avec l'étranger; car il pouvait venir de loin, avoir
l'esprit, raconter des nouvelles, et, dans ce cas, c'était une
nne fortune; ou arriver des environs, garder un silence stu-
ide, et alors c'était un niais dont on pouvait rire.

» Un sous-lieutenant des écoles s'approcha de Wilhelm avec
ne politesse qui frisait l'exagération.

» — Bonsoir, monsieur; savez-vous des nouvelles de
aris?

» — Non, monsieur; et vous? dit tranquillement Wil-
elm.

» — Ma foi, monsieur, nous ne sortons pas de Bitche, com-
ent saurions-nous quelque chose?

» — Et moi, monsieur, je ne sors jamais de mon cabinet.

» — Seriez-vous dans le génie?

» Cette raillerie dirigée contre les lunettes de Wilhelm égaya
eaucoup l'assemblée.

» — Je suis clerc de notaire, monsieur.

» — En vérité? A votre âge, c'est surprenant.

» — Monsieur, dit Wilhelm, est-ce que vous voudriez voir
on passe-port?

» — Non, certainement.

» — Eh bien, dites-moi que vous ne vous moquez pas de
ia personne, et je vais vous satisfaire sur tous les points.

» L'assemblée reprit son sérieux.

» — Je vous ai demandé, sans intention maligne, si vou
faisiez partie du génie, parce que vous portez des lunettes. N
savez-vous pas que les officiers de cette arme ont seuls le droi
de se mettre des verres sur les yeux ?

» — Et cela prouve-t-il que je sois soldat ou officier, comm
vous voudrez ?

» — Mais tout le monde est soldat aujourd'hui. Vous n'a
vez pas vingt-cinq ans, vous devez appartenir à l'armée ; o
bien vous êtes riche, vous avez quinze ou vingt mille francs d
rente, vos parents ont fait des sacrifices... et, dans ce cas-là, o
ne dîne pas à une table d'hôte d'auberge.

» — Monsieur, dit Wilhelm en secouant sa pipe, peut-êtr
avez-vous le droit de me soumettre à cette inquisition ; alors, j
dois vous répondre catégoriquement. Je n'ai pas de rentes
puisque je suis un simple clerc de notaire, comme je vous l'a
dit. J'ai été réformé pour cause de mauvaise vue. Je sui
myope, en un mot.

» Un éclat de rire général et intempéré accueillit cette dé
claration.

» — Ah ! jeune homme ! jeune homme ! s'écria le capitain
Vallier en lui frappant sur l'épaule, vous avez bien raison, vou
profitez du proverbe : « Il vaut mieux être poltron et vivr
plus longtemps ! »

» Wilhelm rougit jusqu'aux yeux.

» — Je ne suis pas un poltron, monsieur le capitaine ! et j
vous le prouverai quand il vous plaira. D'ailleurs, mes papier
sont en règle, et, si vous êtes officier de recrutement, je pu
vous les montrer.

» — Assez, assez, crièrent quelques officiers ; laisse c
bourgeois tranquille, Vallier. Monsieur est un particulier pai
sible, il a le droit de souper ici.

» — Oui, dit le capitaine ; ainsi mettons-nous à table, o
sans rancune, jeune homme. Rassurez-vous, je ne suis pas chi
rurgien examinateur, et cette salle à manger n'est pas une sall
de révision. Pour vous prouver ma bonne volonté, je m'offre

ous découper une aile de ce vieux dur à cuire qu'on nous
onne pour un poulet.

» — Je vous remercie, dit Wilhelm, à qui la faim avait
assé, je mangerai seulement de ces truites qui sont au bout de
a table.

Et il fit signe à la servante de lui apporter le plat.

» — Sont-ce des truites, vraiment? dit le capitaine à Wil-
elm, qui avait ôté ses lunettes en se mettant à table. Ma foi,
10nsieur, vous avez meilleure vue que moi-même; tenez,
anchement, vous ajusteriez votre fusil tout aussi bien qu'un
utre... Mais vous avez eu des protections, vous en profitez,
ès-bien. Vous aimez la paix, c'est un goût tout comme un
utre. Moi, à votre place, je ne pourrais pas lire un bulletin
e la grande armée, et songer que les jeunes gens de mon âge
e font tuer en Allemagne, sans me sentir bouillir le sang dans
es veines. Vous n'êtes donc pas Français?

» — Non, dit Wilhelm, avec effort et satisfaction à la fois,
e suis né à Haguenau; je ne suis pas Français, je suis Alle-
1and.

» — Allemand? Haguenau est situé en deçà de la frontière
hénane, c'est un bon et beau village de l'Empire français,
épartement du Bas-Rhin. Voyez la carte.

» — Je suis de Haguenau, vous dis-je, village d'Allemagne
y a dix ans, aujourd'hui village de France; et, moi, je suis
llemand toujours, comme vous seriez Français jusqu'à la
nort, si votre pays appartenait jamais aux Allemands.

» — Vous dites là des choses dangereuses, jeune homme,
ongez-y.

» — J'ai tort peut-être, dit impétueusement Wilhelm; mon
entiment à moi est de ceux qu'il importe, sans doute, de gar-
er dans son cœur, si l'on ne peut les changer. Mais c'est
ous-même qui avez poussé si loin les choses, qu'il faut, à tout
rix, que je me justifie ou que je passe pour un lâche. Oui,
el est le motif qui, dans ma conscience, légitime le soin que
ai mis à profiter d'une infirmité réelle, sans doute, mais qui

peut-être n'eût pas dû arrêter un homme de cœur. Oui, je l'a-
vouerai, je ne me sens point de haine contre les peuples que
vous combattez aujourd'hui. Je songe que, si le malheur eût
voulu que je fusse obligé de marcher contre eux, j'aurais dû,
moi aussi, ravager des campagnes allemandes, brûler des villes,
égorger des compatriotes ou d'anciens compatriotes, si vous
aimez mieux, et frapper, au milieu d'un groupe de prétendus
ennemis, oui, frapper, qui sait? des parents, d'anciens amis
de mon père... Allons, allons, vous voyez bien qu'il vaut mieux
pour moi écrire des rôles chez le notaire d'Haguenau... D'ailleurs, il y a assez de sang versé dans ma famille ; mon père a
répandu le sien jusqu'à la dernière goutte, voyez-vous, e
moi...

» — Votre père était soldat? interrompit le capitaine Vallier.

» — Mon père était sergent dans l'armée prussienne, et i
a défendu longtemps ce territoire que vous occupez aujour-
d'hui. Enfin, il fut tué à la dernière attaque du fort de
Bitche.

» Tout le monde était fort attentif à ces dernières paroles de
Wilhelm, qui arrêtèrent l'envie qu'on avait, quelques minute
auparavant, de rétorquer ses paradoxes touchant le cas particulier de sa nationalité.

» — C'était donc en 93 ?

» — En 93, le 17 novembre, mon père était parti la veill
de Sirmasen pour rejoindre sa compagnie. Je sais qu'il dit a
ma mère qu'au moyen d'un plan hardi, cette citadelle serai
emportée sans coup férir. On nous le rapporta mourant vingt-
quatre heures après ; il expira sur le seuil de la porte, aprè
m'avoir fait jurer de rester auprès de ma mère, qui lui survé-
cut quinze jours. J'ai su que, dans l'attaque qui eut lieu cett
nuit-là, il reçut dans la poitrine le coup de sabre d'un jeun
soldat, qui abattit ainsi l'un des plus beaux grenadiers de l'armée du prince de Hohenlohe.

» — Mais on nous a raconté cette histoire, dit le major.

» — Eh bien, dit le capitaine Vallier, c'est toute l'aventure
1 sergent prussien tué par Desroches.

» — Desroches! s'écria Wilhelm ; est-ce du lieutenant Des-
)ches que vous parlez?

» — Oh! non, non, se hâta de dire un officier, qui s'aper-
it qu'il allait y avoir là quelque révélation terrible; ce Desro-
es dont nous parlons était un chasseur de la garnison, mort
y a quatre ans, car son premier exploit ne lui a pas porté
nheur.

» — Ah ! il est mort, dit Wilhelm en essuyant son front d'où
mbaient de larges gouttes de sueur.

» Quelques minutes après, les officiers le saluèrent et le
issèrent seul. Desroches, ayant vu par la fenêtre qu'ils s'é-
ient tous éloignés, descendit dans la salle à manger, où il
buva son beau-frère accoudé sur la longue table et la tête dans
s mains.

» — Eh bien, eh bien, nous dormons déjà?... Mais je veux
uper, moi ; ma femme s'est endormie enfin, et j'ai une faim
rrible... Allons, un verre de vin, cela nous réveillera et vous
e tiendrez compagnie.

» — Non, j'ai mal à la tête, dit Wilhelm, je monte à ma
ambre. A propos, ces messieurs m'ont beaucoup parlé
s curiosités du fort. Ne pourriez-vous pas m'y conduire
main?

» — Mais sans doute, mon ami.

» — Alors, demain matin, je vous éveillerai.

» Desroches soupira, puis il alla prendre possession du se-
nd lit qu'on avait préparé dans la chambre où son beau-frère
nait de monter (car Desroches couchait seul, n'étant mari
'au civil). Wilhelm ne put dormir de la nuit, et tantôt il pleu-
it en silence, tantôt il dévorait de regards furieux le dormeur,
i souriait dans ses songes.

» Ce qu'on appelle le pressentiment ressemble fort au pois-
n précurseur qui avertit les cétacés immenses et presque
eugles que là pointille une roche tranchante, ou qu'ici est un

fond de sable. Nous marchons dans la vie si machinalemen[t]
que certains caractères, dont l'habitude est insouciante, iraie[nt]
se heurter ou se briser sans avoir pu se souvenir de Dieu, s'[il]
ne paraissait un peu de limon à la surface de leur bonheu[r.]
Les uns s'assombrissent au vol du corbeau, les autres sa[ns]
motifs ; d'autres, en s'éveillant, restent soucieux sur le[ur]
séant, parce qu'ils ont fait un rêve sinistre. Tout cela est pre[s-]
sentiment. « Vous allez courir un danger, dit le. rêve. [—]
Prenez garde, crie le corbeau. — Soyez triste, » murmure [le]
cerveau qui s'alourdit.

» Desroches, vers la fin de la nuit, eut un songe étrang[e.]
Il se trouvait au fond d'un souterrain, derrière lui marcha[it]
une ombre blanche dont les vêtements frôlaient ses talon[s ;]
quand il se retournait, l'ombre reculait ; elle finit par s'éloign[er]
à une telle distance, que Desroches ne distinguait plus qu'[un]
point blanc ; ce point grandit, devint lumineux, emplit toute [la]
grotte et s'éteignit. Un léger bruit se faisait entendre, c'éta[it]
Wilhelm qui rentrait dans la chambre, le chapeau sur la tê[te]
et enveloppé d'un long manteau bleu.

» Desroches se réveilla en sursaut.

» — Diable ! s'écria-t-il, vous étiez déjà sorti ce matin ?

» — Il faut vous lever, répondit Wilhelm.

» — Mais nous ouvrira-t-on au fort ?

» — Sans doute, tout le monde est à l'exercice ; il n'y a pl[us]
que le poste de garde.

» — Déjà ? Eh bien, je suis à vous... Le temps seulement [de]
dire bonjour à ma femme.

» — Elle va bien, je l'ai vue ; ne vous occupez pas d'elle.

» Desroches fut surpris à cette réponse ; mais il la mit s[ur]
le compte de l'impatience, et plia encore une fois devant cet[te]
autorité fraternelle qu'il allait bientôt pouvoir secouer.

» Comme ils passaient sur la place pour aller au fort, Desr[o-]
ches jeta les yeux sur les fenêtres de l'auberge.

» — Émilie dort sans doute, pensa-t-il.

» Cependant, le rideau trembla, se ferma ; et le lieutena[nt]

rut remarquer qu'on s'était éloigné du carreau pour n'être pas
perçu de lui.

» Les guichets s'ouvrirent sans difficulté. Un capitaine in-
alide, qui n'avait pas assisté au souper de la veille, comman-
ait l'avant-poste. Desroches prit une lanterne et se mit à gui-
er de salle en salle son compagnon silencieux.

» Après une visite de quelques minutes sur différents points
à l'attention de Wilhelm ne trouva guère à se fixer :

» — Montrez-moi donc les souterrains, dit-il à son beau-
ère.

» — Avec plaisir, mais ce sera, je vous jure, une prome-
ide peu agréable; il règne là-dessous une grande humidité.
ous avons les poudres sous l'aile gauche, et, là, on ne saurait
énétrer sans ordre supérieur. A droite sont les conduits d'eau
servés et les salpêtres bruts; au milieu, les contre-mines et
s galeries... Vous savez ce que c'est qu'une voûte?

» — N'importe, je suis curieux de visiter des lieux où se
nt passés tant d'événements sinistres... où même vous avez
uru des dangers, à ce qu'on m'a dit.

» — Il ne me fera pas grâce d'un caveau, pensa Desroches.
Suivez-moi, frère, dans cette galerie qui mène à la poterne
rrée.

» La lanterne jetait une triste lueur aux murailles moisies,
tremblait en se reflétant sur quelques lames de sabre et
elques canons de fusil rongés par la rouille.

» — Qu'est-ce que ces armes? demanda Wilhelm.

» — Les dépouilles des Prussiens tués à la dernière attaque
fort, et dont mes camarades ont réuni les armes en trophée.

» — Il est donc mort plusieurs Prussiens ici?

» — Il en est mort beaucoup dans ce rond-point.

» — N'y tuâtes-vous pas un sergent, vieillard de haute taille,
moustaches rousses?

» — Sans doute; ne vous en ai-je pas conté l'histoire?

» — Non, pas vous; mais, hier, à table, on m'a parlé de cet
ploit... que votre modestie nous avait caché.

» — Qu'avez-vous donc, frère? Vous palissez!

» Wilhelm répondit d'une voix forte :

» — Ne m'appelez pas frère, mais ennemi!... Regardez, je
suis un Prussien! Je suis le fils de ce sergent que vous avez
assassiné.

» — Assassiné!

» — Ou tué, qu'importe! Voyez; c'est là que votre sabre a
frappé.

» Wilhelm avait rejeté son manteau et indiquait une déchi-
rure dans l'uniforme vert qu'il avait revêtu, et qui était l'habit
même de son père, pieusement conservé.

» — Vous êtes le fils de ce sergent! Oh! mon Dieu, me rail-
lez-vous?

» — Vous railler? Joue-t-on avec de pareilles horreurs?..
Ici a été tué mon père, son noble sang a rougi ces dalles; ce
sabre est peut-être le sien... Allons, prenez-en un autre et
donnez-moi la revanche de cette partie!... Allons, ce n'est
pas un duel, c'est le combat d'un Allemand contre un Français
en garde!

» — Mais vous êtes fou, cher Wilhelm! laissez donc ce sabre rouillé. Vous voulez me tuer, suis-je coupable?

» — Aussi, vous avez la chance de me frapper à mon tour
et elle est double pour le moins de votre côté. Allons, défen-
dez-vous.

» — Wilhelm! tuez-moi sans défense; je perds la raison
moi-même, la tête me tourne... Wilhelm! j'ai fait comme
tout soldat doit faire; mais songez-y donc... D'ailleurs, je suis
le mari de votre sœur; elle m'aime! Oh! ce combat est impossible.

» — Ma sœur!... et voilà justement ce qui rend impossible
que nous vivions tous deux sous le même ciel! Ma sœur! elle
sait tout; elle ne reverra jamais celui qui l'a faite orpheline.
Hier, vous lui avez dit le dernier adieu.

» Desroches poussa un cri terrible et se jeta sur Wilhelm
pour le désarmer; ce fut une lutte assez longue, car le jeune

omme opposait aux secousses de son adversaire la résistance
e la rage et du désespoir.

» — Rends-moi ce sabre, malheureux, criait Desroches,
ends-le-moi! Non, tu ne me frapperas pas, misérable fou!...
êveur cruel!...

» — C'est cela, criait Wilhelm d'une voix étouffée, tuez
ussi le fils dans la galerie!... Le fils est un Allemand... un
llemand!

» En ce moment, des pas retentirent et Desroches lâcha prise.
Wilhelm abattu ne se relevait pas...

» Ces pas étaient les miens, messieurs, ajouta l'abbé. Émilie
tait venue au presbytère me raconter tout, pour se mettre sous
 sauvegarde de la religion, la pauvre enfant. J'étouffai la pitié
ui parlait au fond de mon cœur, et, lorsqu'elle me demanda
 elle pouvait aimer encore le meurtrier de son père, je ne ré-
ondis pas. Elle comprit, me serra la main et partit en pleu-
ant. Un pressentiment me vint; je la suivis, et, quand j'en-
endis qu'on lui répondait à l'hôtel que son frère et son mari
taient allés visiter le fort, je me doutai de l'affreuse vérité.
leureusement, j'arrivai à temps pour empêcher une nouvelle
éripétie entre ces deux hommes égarés par la colère et par la
ouleur.

» Wilhelm, bien que désarmé, résistait toujours aux prières
e Desroches; il était accablé, mais son œil gardait encore
oute sa fureur.

» — Homme inflexible! lui dis-je, c'est vous qui réveillez
es morts et qui soulevez des fatalités effrayantes! N'êtes-vous
as chrétien, et voulez-vous empiéter sur la justice de Dieu?
oulez-vous devenir ici le seul criminel et le seul meur-
rier? L'expiation sera faite, n'en doutez point; mais ce
 est pas à nous qu'il appartient de la prévoir ni de la forcer.

» Desroches me serra la main et me dit:

» — Émilie sait tout. Je ne la reverrai pas; mais je sais ce
ue j'ai à faire pour lui rendre sa liberté.

» — Que dites-vous! m'écriai-je, un suicide?

» A ce mot, Wilhelm s'était levé et avait saisi la main d
Desroches.

» — Non! disait-il, j'avais tort. C'est moi seul qui suis cou
pable, et qui devais garder mon secret et mon désespoir !

» Je ne vous peindrai pas les angoisses que nous souffrîme
dans cette heure fatale; j'employai tous les raisonnements d
ma religion et de ma philosophie, sans faire naître d'issue sa
tisfaisante à cette cruelle situation; une séparation était indis
pensable dans tous les cas; mais le moyen d'en déduire le
motifs devant la justice? Il y avait là non-seulement un déba
pénible à subir, mais encore un danger politique à révéler ce
fatales circonstances.

» Je m'appliquai surtout à combattre les projets sinistre
de Desroches et à faire pénétrer dans son cœur les sentimen
religieux qui font un crime du suicide. Vous savez que c
malheureux avait été nourri à l'école des matérialistes d
xviiie siècle. Toutefois, depuis sa blessure, ses idées avaie
changé beaucoup. Il était devenu l'un de ces chrétien
à demi sceptiques comme nous en avons tant, qui trouve
qu'après tout un peu de religion ne peut nuire, et qui se ré
signent même à consulter un prêtre en cas qu'il y ait un Dieu
C'est en vertu de cette religion vague qu'il acceptait mes con
solations. Quelques jours s'étaient passés. Wilhelm et sa sœu
n'avaient pas quitté l'auberge; car Émilie était fort malad
après tant de secousses. Desroches logeait au presbytère e
lisait toute la journée des livres de piété que je lui prêtais
Un jour, il alla seul au fort, y resta quelques heures, et, en re
venant, il me montra une feuille de papier où son nom étai
inscrit; c'était une commission de capitaine dans un régimen
qui partait pour rejoindre la division Partouneaux.

» Nous reçûmes, au bout d'un mois, la nouvelle de sa mor
glorieuse autant que singulière. Quoi qu'on puisse dire de l'es
pèce de frénésie qui le jeta dans la mêlée, on sent que so
exemple fut un grand encouragement pour tout le bataillon
qui avait perdu beaucoup de monde à la première charge..

Tout le mode se tut après ce récit; chacun gardait la pensée étrange qu'excitait une telle vie et une telle mort. L'abbé reprit en se levant :

— Si vous voulez, messieurs, que nous changions ce soir la direction habituelle de nos promenades, nous suivrons cette vallée de peupliers jaunis par le soleil couchant, et je vous conduirai jusqu'à la Butte-aux-Lierres, d'où nous pourrons apercevoir la croix du couvent où s'est retirée madame Desroches.

LA BOHÈME GALANTE

LA MAIN ENCHANTÉE

I

LA PLACE DAUPHINE

Rien n'est beau comme ces maisons du xviie siècle dont la place Royale offre une si majestueuse réunion. Quand leurs façades de briques, entremêlées et encadrées de cordons et de coins de pierre, et quand leurs fenêtres hautes sont enflammées des rayons splendides du couchant, vous vous sentez, à les voir, la même vénération que devant une cour des parlements assemblée en robes rouges à revers d'hermine; et, si ce n'était un puéril rapprochement, on pourrait dire que la longue table verte où ces redoutables magistrats sont rangés en carré figure un peu ce bandeau de tilleuls qui borde les quatre faces de la place Royale et en complète la grave harmonie.

Il est une autre place dans la ville de Paris qui ne cause pas moins de satisfaction par sa régularité et son ordonnance, et qui est en triangle à peu près ce que l'autre est en carré. Elle a été bâtie sous le règne de Henri le Grand, qui la nomma *place Dauphine*, et l'on admira alors le peu de temps qu'il fallut à ses bâtiments pour couvrir tout le terrain vague

de l'île de la Gourdaine. Ce fut un cruel déplaisir que l'envahissement de ce terrain pour les clercs qui venaient s'y ébattre
à grand bruit, et pour les avocats qui venaient y méditer leurs
plaidoyers : promenade si verte et si fleurie, au sortir de l'in-
fecte cour du Palais.

A peine ces trois rangées de maisons furent-elles dressées
sur leurs portiques lourds, chargés et sillonnés de bossages et
de refends ; à peine furent-elles revêtues de leurs briques, percées de leurs croisées à balustres, et chaperonnées de leurs
combles massifs, que la nation des gens de justice envahit la
place entière, chacun suivant son grade et ses moyens, c'est-à-
dire en raison inverse de l'élévation des étages. Cela devint
une sorte de cour des miracles au grand pied, une truanderie
de larrons privilégiés, repaire de la gent *chiquanouse*, comme
les autres de la gent argotique ; celui-ci en brique et en pierre,
les autres en boue et en bois.

Dans une de ces maisons composant la place Dauphine habitait, vers les dernières années du règne de Henri le Grand, un
personnage assez remarquable, ayant pour nom Godinot-Chevassut, et pour titre lieutenant civil du prévôt de Paris ; charge
bien lucrative et pénible à la fois en ce siècle où les larrons
étaient beaucoup plus nombreux qu'ils ne sont aujourd'hui,
tant la probité a diminué depuis dans notre pays de France !
et où le nombre des filles folles de leur corps était beaucoup
plus considérable, tant nos mœurs se sont dépravées ! — L'humanité ne changeant guère, on peut dire, comme un vieil auteur, que moins il y a de fripons aux galères, plus il y en a
dehors.

Il faut bien dire aussi que les larrons de ce temps-là étaient
moins ignobles que ceux du nôtre, et que ce misérable métier
était alors une sorte d'art que des jeunes gens de famille ne dé-
daignaient pas d'exercer. Bien des capacités refoulées au dehors et au pied d'une société de barrières et de priviléges
se développaient fortement dans ce sens ; ennemis plus dangereux aux particuliers qu'à l'État, dont la machine eût peut-

être éclaté sans cet éehappement. Aussi, sans nul doute, la justice d'alors usait-elle de ménagements envers les larrons distingués ; et personne n'exerçait plus volontiers cette tolérance que notre lieutenant civil de la place Dauphine, pour des raisons que vous connaîtrez. En revanche, nul n'était plus sévère pour les maladroits : ceux-là payaient pour les autres, et garnissaient les gibets dont Paris alors était ombragé, suivant l'expression de d'Aubigné, à la grande satisfaction des bourgeois, qui n'en étaient que mieux volés, et au grand perfectionnement de l'art de la *truche*.

Godinot-Chevassut était un petit homme replet qui commençait à grisonner et y prenait grand plaisir, contre l'ordinaire des vieillards, parce qu'en blanchissant, ses cheveux devaient perdre nécessairement le ton un peu chaud qu'ils avaient de naissance, ce qui lui avait valu le nom désagréable de *Rousseau*, que ses connaissances substituaient au sien propre, comme plus aisé à prononcer et à retenir. Il avait ensuite des yeux bigles très-éveillés, quoique toujours à demi fermés sons leurs épais sourcils, avec une bouche assez fendue, comme les gens qui aiment à rire. Et cependant, bien que ses traits eussent un air de malice presque continuel, on ne l'entendait jamais rire à grands éclats, et, comme disent nos pères, rire d'un pied en carré ; seulement, toutes les fois qu'il lui échappait quelque chose de plaisant, il le ponctuait à la fin d'un *ah !* ou d'un *oh !* poussé du fond des poumons, mais unique et d'un effet singulier ; et cela arrivait assez fréquemment, car notre magistrat aimait à hérisser sa conversation de pointes, d'équivoques et de propos gaillards, qu'il ne retenait pas même au tribunal. Du reste, c'était un usage général des gens de robe de ce temps, qui a passé aujourd'hui presque entièrement à ceux de la province.

Pour l'achever de peindre, il faudrait lui planter à l'endroit ordinaive un nez long et carré du bout, et puis des oreilles assez petites, non bordées, et d'une finesse d'organe à entendre sonner un quart d'écu d'un quart de lieue, et une pistole de

13.

bien plus loin. C'est à ce propos que, certain plaideur ayant
demandé si M. le lieutenant civil n'avait pas quelques amis
qu'on pût solliciter et employer auprès de lui, on lui répondit
qu'en effet il y avait des amis dont le *Rousseau* faisait grand
état; que c'était, entre autres, monseigneur le Doublon, messire le Ducat, et même monsieur l'Écu; qu'il fallait en faire
agir plusieurs ensemble, et que l'on pouvait s'assurer d'être
chaudement servi.

II

D'UNE IDÉE FIXE

Il est des gens qui ont plus de sympathie pour telle ou telle
grande qualité, telle ou telle vertu singulière. L'un fait plus
d'estime de la magnanimité et du courage guerrier, et ne se
plaît qu'au récit des beaux faits d'armes; un autre place au-
dessus de tout le génie et les inventions des arts, des lettres
ou de la science; d'autres sont plus touchés de la générosité
et des actions vertueuses par où l'on secourt ses semblables et
l'on se dévoue pour leur salut, chacun suivant sa pente naturelle. Mais le sentiment particulier de Godinot-Chevassut était
le même que celui du savant Charles neuvième, à savoir, que
l'on ne peut établir aucune qualité au-dessus de l'esprit et de
l'adresse, et que les gens qui en sont pourvus sont les seuls dignes en ce monde d'être admirés et honorés; et nulle part il
ne trouvait ces qualités plus brillantes et mieux développées
que chez la grande nation des tire-laine, matois, coupeurs de
bourse et bohèmes, dont la *vie généreuse* et les tours singuliers
se déroulaient tous les jours devant lui avec une variété inépuisable.

Son héros favori était maître François Villon, Parisien, célèbre dans l'art poétique autant que dans l'art de la pince et
du croc; aussi l'*Iliade* avec l'*Énéide*, et le roman non moins
admirable de *Huon de Bordeaux*, il les eût donnés pour le
poëme des *Repues franches*, et même encore pour la *Légende*

de maître *Faifeu*, qui sont les épopées versifiées de la nation
ruande ! Les *Illustrations de Dubellay*, l'*Aristoteles peripoliti-
con* et le *Cymbalum mundi* lui paraissaient bien faibles à côté du
Jargon, suivi des États généraux du royaume de l'Argot, et
des Dialogues du polisson et du malingreux, par un courtaud
de boutanche, qui maquille en mollanche en la vergne de *Tours*,
et imprimé avec autorisation du *roi de Thunes*, Fiacre l'embal-
leur; Tours, 1603. Et, comme naturellement ceux qui font cas
d'une certaine vertu ont le plus grand mépris pour le défaut
contraire, il n'était pas de gens qui lui fussent si odieux que
les personnes simples, d'entendement épais et d'esprit peu
compliqué. Cela allait au point qu'il eût voulu changer entièrement la distribution de la justice, et que, lorsqu'il se découvrait
quelque larronnerie grave, on pendît non point le voleur, mais
le volé. C'était une idée; c'était la sienne. Il pensait y voir le
seul moyen de hâter l'émancipation intellectuelle du peuple,
et de faire arriver les hommes du siècle à un progrès suprême
d'esprit, d'adresse et d'invention, qu'il disait être la vraie couronne de l'humanité et la perfection la plus agréable à Dieu.

Voilà pour la morale. Et, quant à la politique, il lui était
démontré que le vol organisé sur une grande échelle favorisait
plus que toute chose la division des grandes fortunes et la circulation des moindres, d'où seulement peuvent résulter pour
les classes inférieures le bien-être et l'affranchissement.

Vous entendez bien que c'était seulement la bonne et double
piperie qui le ravissait, les subtilités et patelinages des vrais
clercs de Saint-Nicolas, les vieux tours de maître Gonin, conservés depuis deux cents ans dans le sel et dans l'esprit; et
que Villon, le villonneur, était son compère, et non point des
routiers tels que les Guilleris ou le capitaine Carrefour. Certes,
le scélérat qui, planté sur une grande route, dépouille bruta-
lement un voyageur désarmé, lui était aussi en horreur qu'à
tous les bons esprits, de même que ceux qui, sans autre effort
d'imagination, pénètrent avec effraction dans quelque maison
isolée, la pillent, et souvent en égorgent les maîtres. Mais, s'il

eût connu ce trait d'un larron distingué qui, perçant une muraille pour s'introduire dans un logis, prit soin de figurer son
ouverture en un trèfle gothique, pour que, le lendemain, s'a-
percevant du vol, on vît bien qu'un homme de goût et d'art
l'avait exécuté, certes, maître Godinot-Chevassut eût estimé
celui-là beaucoup plus haut que Bertrand de Clasquin ou l'empereur César ; et c'est peu dire.

III

LES GRÈGUES DU MAGISTRAT

Tout ceci étant déduit, je crois qu'il est l'heure de tirer la
toile et, suivant l'usage de nos anciennes comédies, de donner
un coup de pied par derrière à mons le Prologue, qui devient
outrageusement prolixe, au point que les chandelles ont été
déjà trois fois mouchées depuis son exorde. Qu'il se hâte donc
de terminer, comme Bruscambille, en conjurant les spectateurs
« de nettoyer les imperfections de son dire avec les épous-
settes de leur humanité, et de recevoir un clystère d'excuses
aux intestins de leur impatience ; » et voilà qui est dit, et l'action va commencer.

C'est dans une assez grande salle, sombre et boisée. Le
vieux magistrat, assis dans un large fauteuil sculpté, à pieds
tortus, dont le dossier est vêtu de sa chemisette de damas à
franges, essaye une paire de grègues bouffantes toutes neuves
que lui vient d'apporter Eustache Bouteroue, apprenti de
maître Goubard, drapier-chaussetier. Maître Chevassut, en
nouant ses aiguillettes, se lève et se rassied successivement,
adressant par intervalles la parole au jeune homme, qui, roide
comme un saint de pierre, a pris place, d'après son invitation,
sur le coin d'un escabeau, et qui le regarde avec hésitation et
timidité.

— Hum ! celles-là ont fait leur temps ! dit-il en poussant du
pied les vieilles grègues qu'il venait de quitter ; elles mon-

raient la corde comme une ordonnance prohibitive de la prévôté; et puis tous les morceaux se disaient adieu... un adieu
déchirant !

Le facétieux magistrat releva cependant encore l'ancien
vêtement nécessaire pour y prendre sa bourse, dont il répandit
quelques pièces dans sa main.

— Il est sûr, poursuivit-il, que nous autres gens de loi faisons de nos vêtements un très-durable usage, à cause de la
robe sous laquelle nous les portons aussi longtemps que le
tissu résiste et que les coutures gardent leur sérieux; c'est
pourquoi, et comme il faut que chacun vive, même les voleurs, et partant les drapiers-chaussetiers, je ne réduirai rien
des six écus que maître Goubard me demande; à quoi même
j'ajoute généreusement un écu rogné pour le courtaud de
boutique, sous la condition qu'il ne le changera pas au ra-
bais, mais le fera passer pour bon à quelque bélître de bourgeois, déployant, à cet effet, toutes les ressources de son
esprit; sans cela, je garde ledit écu pour la quête de demain
dimanche à Notre-Dame.

Eustache Bouteroue prit les six écus et l'écu rogné, en saluant bien bas.

— Çà, mon gars, commence-t-on à *mordre* à la draperie?
Sait-on bien gagner sur l'aunage, sur la coupe, et *couler* au
chaland du vieux pour du neuf, du puce pour du noir?... soutenir enfin la vieille réputation des marchands aux piliers des
Halles?

Eustache leva les yeux vers le magistrat avec quelque terreur; puis, supposant qu'il plaisantait, se mit à rire; mais le
magistrat ne plaisantait pas.

— Je n'aime point, ajouta-t-il, la larronnerie des marchands; le voleur vole et ne trompe pas; le marchand vole et
trompe. Un bon compagnon, affilé du bec et sachant son latin,
achète une paire de grègues; il débat longtemps son prix et
finit par la payer six écus. Vient ensuite quelque honnête chrétien, de ceux que les uns appellent *gonze*, les autres un *bon*

chaland; s'il arrive qu'il prenne une paire de grègues exactement pareille à l'autre, et que, confiant au chaussetier, qui
jure de sa probité par la Vierge et les saints, il la paye huit
écus, je ne le plaindrai pas, car c'est un sot. Mais, pendant
que le marchand, comptant les deux sommes qu'il a reçues,
prend dans sa main et fait sonner avec satisfaction les deux
écus qui sont la différence de la seconde à la première, passe
devant sa boutique un pauvre homme qu'on mène aux galères
pour avoir tiré d'une poche quelque sale mouchoir troué :
« Voici un grand scélérat, s'écrie le marchand ; si la justice
était juste, le gredin serait roué vif, et j'irais le voir, poursuit-
il tenant toujours dans sa main les deux écus... » Eustache,
que penses-tu qu'il arriverait si, selon le vœu du marchand,
la justice était juste ?

Eustache Bouteroue ne riait plus ; le paradoxe était trop
inouï pour qu'il songeât à y répondre, et la bouche d'où il
sortait le rendait presque inquiétant. Maître Chevassut, voyant
le jeune homme ébahi comme un loup pris au piége, se mit à
rire avec son rire particulier, lui donna une tape légère sur la
joue, et le congédia. Eustache descendit tout pensif l'escalier à
balustre de pierre, quoiqu'il entendît de loin, dans la cour du
Palais, la trompette de Galinette la Galine, bouffon du célèbre
opérateur Geronimo, qui appelait les badauds à ses facéties et
à l'achat des drogues de son maître ; il y fut sourd cette fois
et se mit en devoir de traverser le pont Neuf pour gagner le
quartier des Halles.

IV

LE PONT NEUF

Le pont Neuf, achevé sous Henri IV, est le principal monument de ce règne. Rien ne ressemble à l'enthousiasme que sa
vue excita, lorsque, après de grands travaux, il eut entièrement traversé la Seine de ses douze enjambées, et rejoint plus
étroitement les trois cités de la maîtresse ville.

Aussi devint-il bientôt le rendez-vous de tous les oisifs parisiens, dont le nombre est grand, et, partant, de tous les jongleurs, vendeurs d'onguents et filous, dont les métiers sont mis en branle par la foule, comme un moulin par un courant d'eau.

Quand Eustache sortit du triangle de la place Dauphine, le soleil dardait à plomb ses rayons poudreux sur le pont, et l'affluence y était grande, les promenades les plus fréquentées de toutes à Paris étant d'ordinaire celles qui ne sont fleuries que d'étalages, terrassées que de pavés, ombragées que de murailles et de maisons.

Eustache fendait à grand'peine ce fleuve de peuple qui croisait l'autre fleuve et s'écoulait avec lenteur d'un bout à l'autre du pont, arrêté du moindre obstacle, comme des glaçons que l'eau charrie, formant de place en place mille tournants et mille remous autour de quelques escamoteurs, chanteurs ou marchands prônant leurs denrées. Beaucoup s'arrêtaient le long des parapets à voir passer les trains de bois sous les arches, circuler les bateaux, ou bien à contempler le magnifique point de vue qu'offrait la Seine en aval du pont, la Seine côtoyant à droite la longue file des bâtiments du Louvre, à gauche le grand Pré-aux-Clercs, rayé de ses belles allées de tilleuls, encadré de ses saules gris ébouriffés et de ses saules verts pleurant dans l'eau ; puis, sur chaque bord, la tour de Nesle et la tour de Bois, qui semblaient faire sentinelle aux portes de Paris comme les géants des romans anciens.

Tout à coup, un grand bruit de pétards fit tourner vers un point unique les yeux des promeneurs et des observateurs, et annonça un spectacle digne de fixer l'attention. C'était au centre d'une de ces petites plates-formes en demi-lune, surmontées naguère encore de boutiques en pierre, et qui formaient alors des espaces vides au-dessus de chaque pile du pont, et en dehors de la chaussée. Un escamoteur s'y était établi ; il avait dressé une table, et sur cette table se promenait un fort beau singe, en costume complet de diable, noir et

rouge, avec la queue naturelle, et qui, sans la moindre timidité, tirait force pétards et soleils d'artifice, au grand dom-
mage de toutes les barbes et les fraises qui n'avaient pas élargi
le cercle assez vite.

Pour son maître, c'était une de ces figures du type bohémien, commun cent ans auparavant, déjà rare alors, et aujourd'hui noyé et perdu dans la laideur et l'insignifiance de
nos têtes bourgeoises : un profil en fer de hache, front élevé
mais étroit, nez très-long et très-bossu, et cependant ne sur-
plombant pas comme les nez romains, mais fort retroussé au
contraire, et dépassant à peine de sa pointe la bouche aux
lèvres minces très-avancées, et le menton rentré ; puis des
yeux longs et fendus obliquement sous leurs sourcils, dessinés
comme un V, et de longs cheveux noirs complétant l'ensemble ; enfin, quelque chose de souple et de dégagé dans les
gestes et dans toute l'attitude du corps témoignait un drôle
adroit de ses membres et brisé de bonne heure à plusieurs
métiers et à beaucoup d'autres.

Son habillement était un vieux costume de bouffon, qu'il
portait avec dignité ; sa coiffure, un grand chapeau de feutre à
larges bords, extrêmement froissé et recroquevillé ; maître Gonin était le nom que tout le monde lui donnait, soit à cause de
son habileté et de ses tours d'adresse, soit qu'il descendît
effectivement de ce fameux jongleur qui fonda, sous Charles VII, le théâtre des Enfants-sans-Souci et porta le premier
le titre de Prince des Sots, lequel, à l'époque de cette histoire,
avait passé au seigneur d'Engoulevent, qui en soutint les pré-
rogatives souveraines jusque devant les parlements.

V

LA BONNE AVENTURE

L'escamoteur, voyant amassé un assez bon nombre de gens,
commença quelques tours de gobelets qui excitèrent une

bruyante admiration. Il est vrai que le compère avait choisi sa place dans la demi-lune avec quelque dessein, et non pas seulement en vue de ne point gêner la circulation, comme il paraissait; car de cette façon il n'avait les spectateurs que devant lui et non derrière.

C'est que véritablement l'art n'était pas alors ce qu'il est devenu aujourd'hui, où l'escamoteur travaille entouré de son public. Les tours de gobelets terminés, le singe fit une tournée dans la foule, recueillant force monnaie, dont il remerciait très-galamment, en accompagnant son salut d'un petit cri assez semblable à celui du grillon. Mais les tours de gobelets n'étaient que le prélude d'autre chose, et, par un prologue fort bien tourné, le nouveau maître Gonin annonça qu'il avait en outre le talent de prédire l'avenir par la cartomancie, la chiromancie, et les nombres pythagoriques ; ce qui ne pouvait se payer, mais qu'il ferait pour un sol, dans la seule vue d'obliger. En disant cela, il battait un grand jeu de cartes, et son singe, qu'il nommait Pacolet, les distribua ensuite avec beaucoup d'intelligence à tous ceux qui tendirent la main.

Quand il eut satisfait à toutes les demandes, son maître appela successivement les curieux dans la demi-lune par le nom de leurs cartes, et leur prédit à chacun leur bonne ou mauvaise fortune, tandis que Pacolet, à qui il avait donné un oignon pour loyer de son service, amusait la compagnie par les contorsions que ce régal lui occasionnait, enchanté à la fois et malheureux, riant de la bouche et pleurant de l'œil, faisant à chaque coup de dent un grognement de joie et une grimace pitoyable.

Eustache Bouteroue, qui avait pris une carte aussi, se trouva le dernier appelé. Maître Gonin regarda avec attention sa longue et naïve figure, et lui adressa la parole d'un ton emphatique.

— Voici le passé : vous avez perdu père et mère ; vous êtes depuis six ans apprenti drapier sous les piliers des Halles. Voici le présent : votre patron vous a promis sa fille unique ;

14

il compte se retirer et vous laisser son commerce. Pour l'avenir, tendez-moi votre main.

Eustache, très-étonné, tendit sa main ; l'escamoteur en examina curieusement les lignes, fronça le sourcil avec un air
d'hésitation, et appela son singe comme pour le consulter. Celui-ci prit la main, la regarda ; puis, s'allant poster sur l'épaule
de son maître, sembla lui parler à l'oreille ; mais il agitait seulement ses lèvres très-vite, comme font ces animaux lorsqu'ils
sont mécontents.

— Chose bizarre ! s'écria enfin maître Gonin, qu'une existence si simple dès l'abord, si bourgeoise, tende vers une transformation si peu commune, vers un but si élevé !... Ah !
mon jeune coquardeau, vous romprez votre coque ; vous irez
haut, très-haut... Vous mourrez plus grand que vous n'êtes.

— Bon ! dit Eustache en soi-même, c'est ce que ces gens-là
vous promettent toujours. Mais comment donc sait-il les choses
qu'i m'a dites en premier ? Cela est merveilleux !... à moins,
toutefois, qu'il ne me connaisse de quelque part.

Cependant, il tira de sa bourse l'écu rogné du magistrat, en
priant l'escamoteur de lui rendre sa monnaie. Peut-être avait-
il parlé trop bas ; mais celui-ci n'entendit point, car il reprit
ainsi, en roulant l'écu dans ses doigts :

— Je vois assez que vous savez vivre ; aussi j'ajouterai quelques détails à la prédiction très-véritable, mais un peu am-
biguë, que je vous ai faite. Oui, mon compagnon, bien vous a
pris de ne me point solder d'un sol comme les autres, encore
que votre écu perde un bon quart ; mais n'importe, cette blanche pièce vous sera un miroir éclatant où la vérité pure va se
refléter.

— Mais, observa Eustache, ce que vous m'avez dit de mon
élévation, n'était-ce donc pas la vérité ?

— Vous m'avez demandé votre bonne aventure, et je vous
l'ai dite, mais la glose y manquait... Çà, comment comprenez-
vous le but élevé que j'ai donné à votre existence dans ma prédiction ?

— Je comprends que je puis devenir syndic des drapiers-chaussetiers, marguillier, échevin…

— C'est bien rentrer de piques noires, bien trouvé sans chandelle !… Et pourquoi pas le grand sultan des Turcs, l'Amorabaquin ?… Eh ! non, non, monsieur mon ami, c'est autrement qu'il faut l'entendre ; et, puisque vous désirez une explication de cet oracle sibyllin, je vous dirai que, dans notre style, *aller haut* est pour ceux qu'on envoie garder les moutons à la lune, de même que *aller loin*, pour ceux qu'on envoie écrire leur histoire dans l'Océan, avec des plumes de quinze pieds…

— Ah ! bon ! mais, si vous m'expliquiez encore votre explication, je comprendrais sûrement.

— Ce sont deux phrases honnêtes pour remplacer deux mots : *gibet* et *galères*. Vous irez haut, et moi loin. Cela est parfaitement indiqué chez moi par cette ligne médiane, traversée à angles droits d'autres lignes moins prononcées ; chez vous, par une ligne qui coupe celle du milieu sans se prolonger au delà, et une autre les traversant obliquement toutes deux…

— Le gibet ! s'écria Eustache.

— Est-ce que vous tenez absolument à une mort horizontale ? observa maître Gonin. Ce serait puéril ; d'autant que vous voici assuré d'échapper à toute sorte d'autres fins, où chaque homme mortel est exposé. De plus, il est possible que, lorsque messire le Gibet vous lèvera par le cou à bras tendu, vous ne soyez plus qu'un vieil homme dégoûté du monde et de tout… Mais voici que midi sonne, et c'est l'heure où l'ordre du prévôt de Paris nous chasse du pont Neuf jusqu'au soir. Or, s'il vous faut jamais quelque conseil, quelque sortilège, charme ou philtre à votre usage, dans le cas d'un danger, d'un amour ou d'une vengeance, je demeure là-bas, au bout du pont, dans le Château-Gaillard. Voyez-vous bien d'ici cette tourelle à pignon ?…

— Un mot encore, s'il vous plaît, dit Eustache en tremblant : serai-je heureux en mariage ?

— Amenez-moi votre femme, et je vous le dirai... Pacolet, une révérence à monsieur, et un baisemain.

L'escamoteur plia sa table, la mit sous son bras, prit le singe sur son épaule, et se dirigea vers le Château-Gaillard, en ramageant entre ses dents un air très-vieux.

VI

CROIX ET MISÈRES

Il est bien vrai qu'Eustache Bouteroue s'allait marier dans peu avec la fille du drapier-chaussetier. C'était un garçon sage, bien entendu dans le commerce, et qui n'employait point ses loisirs à jouer à la boule ou à la paume, comme bien d'autres, mais à faire des comptes, à lire le *Bocage des six corporations*, et à apprendre un peu d'espagnol, qu'il était bon qu'un marchand sût parler, comme aujourd'hui l'anglais, à cause de la quantité de personnes de cette nation qui habitaient dans Paris. Maître Goubard s'étant donc, en six années, convaincu de la parfaite honnêteté et du caractère excellent de son commis, ayant de plus surpris entre sa fille et lui quelque penchant bien vertueux et bien sévèrement comprimé des deux parts, avait résolu de les unir à la Saint-Jean d'été, et de se retirer ensuite à Laon, en Picardie, où il avait du bien de famille.

Eustache ne possédait cependant aucune fortune; mais l'usage n'était point alors général de marier un sac d'écus avec un sac d'écus; les parents consultaient quelquefois le goût et la sympathie des futurs époux, et se donnaient la peine d'étudier longtemps le caractère, la conduite et la capacité des personnes qu'ils destinaient à leur alliance; bien différents des pères de famille d'aujourd'hui, qui exigent plus de garanties morales d'un domestique qu'ils prennent que d'un gendre futur.

Or, la prédiction du jongleur avait tellement condensé les idées assez peu fluides de l'apprenti drapier, qu'il était demeuré tout étourdi au centre de la demi-lune, et n'entendait point les voix argentines qui babillaient dans les campaniles de la Samaritaine, et répétaient : *Midi, midi !...* Mais, à Paris, midi sonne pendant une heure, et l'horloge du Louvre prit bientôt la parole avec plus de solennité, puis celle des Grands-Augustins, puis celle du Châtelet ; si bien qu'Eustache, effrayé de se voir si fort en retard, se prit à courir de toutes ses forces, et, en quelques minutes, eut mis derrière lui les rues de la Monnaie, du Borel et Tirechappe ; alors, il ralentit son pas, et, quand il eut tourné la rue de la Boucherie-de-Beauvais, son front s'éclaircit en découvrant les parapluies rouges du carreau des Halles, les tréteaux des Enfants-sans-Souci, l'échelle et la croix, et la jolie lanterne du pilori coiffée de son toit en plomb. C'était sur cette place, sous un de ces parapluies, que sa future, Javotte Goubard, attendait son retour. La plupart des marchands aux piliers avaient ainsi un étalage sur le carreau des Halles, gardé par une personne de leur maison, et servant de succursale à leur boutique obscure. Javotte prenait place tous les matins à celui de son père, et, tantôt assise au milieu des marchandises, elle travaillait à des nœuds d'aiguillettes, tantôt elle se levait pour appeler les passants, les saisissait étroitement par le bras, et ne les lâchait guère qu'ils n'eussent fait quelque achat ; ce qui ne l'empêchait pas d'être, au demeurant, la plus timide jeune fille qui jamais eût atteint *l'âge d'un vieil bœuf* sans être encore mariée ; toute pleine de grâce, mignonne, blonde, grande, et légèrement ployée en avant, comme la plupart des filles du commerce dont la taille est élancée et frêle ; enfin, rougissant comme une fraise aux moindres paroles qu'elle disait hors du service de l'étalage, tandis que sur ce point elle ne le cédait à aucune marchande du carreau pour le *bagout* et la *platine* (style commercial d'alors).

A midi, Eustache venait d'ordinaire la remplacer sous le parapluie rouge, pendant qu'elle allait dîner à la boutique avec son père. C'était à ce devoir qu'il se rendait en ce moment, craignant fort que son retour n'eût impatienté Javotte ; mais, d'aussi loin qu'il l'aperçut, elle lui parut très-calme, le coude appuyé sur un rouleau de marchaudises, et fort attentive à la conversation animée et bruyante d'un beau militaire, penché sur le même rouleau, et qui n'avait pas plus l'air d'un chaland que de toute chose que l'on pût s'imaginer.

— C'est mon futur ! dit Javotte en souriant à l'inconnu, qui fit un léger mouvement de tête sans changer de situation.

Seulement, il toisait le commis de bas en haut, avec ce dédain que les militaires témoignent pour les personnes de l'état bourgeois dont l'extérieur est peu imposant.

— Il a un faux air d'un trompette de chez nous, observa-t-il gravement; seulement, l'autre a plus de *corporance* dans les jambes ; mais tu sais, Javotte, le trompette, dans un escadron, c'est un peu moins qu'un cheval, et un peu plus qu'un chien...

— Voici mon neveu, dit Javotte à Eustache, en ouvrant sur lui ses grands yeux bleus avec un sourire de parfaite satisfaction ; il a obtenu un congé pour venir à notre noce. Comme cela se trouve bien, n'est-ce pas ? Il est arquebusier à cheval... Oh! le beau corps! Si vous étiez vêtu comme cela, Eustache !... mais vous n'êtes pas assez grand, vous, ni assez fort...

— Et combien de temps, dit timidement le jeune homme, monsieur nous fera-t-il cet avantage de demeurer à Paris?

— Cela dépend, dit le militaire en se redressant, après avoir fait attendre un peu sa réponse. On nous a envoyés dans le Berry pour exterminer les *croquants ;* et, s'ils veulent rester tranquilles quelque temps encore, je vous donnerai un bon mois; mais, de toute façon, à la Saint-Martin, nous viendrons à Paris remplacer le régiment de M. d'Humières, et alors je pourrai vous voir tous les jours et indéfiniment.

Eustache examinait l'arquebusier à cheval, tant qu'il pouvait le faire sans rencontrer ses regards, et, décidément, il le trouvait hors de toutes les proportions physiques qui conviennent à un neveu.

— Quand je dis tous les jours, reprit ce dernier, je me trompe; car il y a, le jeudi, la grande parade... Mais nous avons la soirée, et, de fait, je pourrai toujours souper avec vous ces jours-là.

— Est-ce qu'il compte y dîner les autres? pensa Eustache. Mais vous ne m'aviez point dit, demoiselle Goubard, que monsieur votre neveu était si...

— Si bel homme? Oh! oui, comme il a renforcé! Dame, c'est que voilà sept ans que nous ne l'avions vu, ce pauvre Joseph ; et, depuis ce temps-là, il a passé bien de l'eau sous le pont...

— Et, à lui, bien du vin sous le nez, pensa le commis, ébloui de la face resplendissante de son neveu futur; on ne se met pas la figure en couleur avec de l'eau rougie, et les bouteilles de maître Goubard vont danser le branle des morts avant la noce, et peut-être après...

— Allons dîner, papa doit s'impatienter, dit Javotte en sortant de sa place. Ah! je vais donc te donner le bras, Joseph!... Dire qu'autrefois j'étais la plus grande, quand j'avais douze ans et toi dix ; on m'appelait la maman... Mais comme je vais être fière au bras d'un arquebusier! Tu me conduiras promener, n'est-ce pas? Je sors si peu ; je ne puis pas y aller seule ; et, le dimanche soir, il faut que j'assiste au salut, parce que je suis de la confrérie de la Vierge, aux Saints-Innocents ; je tiens un ruban du guidon...

Ce caquetage de jeune fille, coupé à temps égaux par le pas sonnant du cavalier, cette forme gracieuse et légère qui sautillait enlacée à cette autre massive et roide, se perdirent bientôt dans l'ombre sourde des piliers qui bordent la rue de la Tonnellerie, et ne laissèrent aux yeux d'Eustache qu'un brouillard, et à ses oreilles qu'un bourdonnement.

VII

MISÈRES ET CROIX

Nous avons jusqu'ici emboîté le pas à cette action bourgeoise, sans guère mettre à la conter plus de temps qu'elle n'en a mis à se poursuivre; et maintenant, malgré notre respect, ou plutôt notre profonde estime pour l'observation des unités dans le roman même, nous nous voyons contraints de faire faire à l'une des trois un saut de quelques journées. Les tribulations d'Eustache, relativement à son neveu futur, seraient peut-être assez curieuses à rapporter; mais elles furent cependant moins amères qu'on ne le pourrait juger d'après l'exposition. Eustache se fut bientôt rassuré *à l'endroit* de sa fiancée : Javotte n'avait fait véritablement que garder une impression un peu trop fraîche de ses souvenirs d'enfance qui, dans une vie si peu accidentée que la sienne, prenaient une importance démesurée. Elle n'avait vu tout d'abord, dans l'arquebusier à cheval, que l'enfant joyeux et bruyant, autrefois le compagnon de ses jeux ; mais elle ne tarda pas à s'apercevoir que cet enfant avait grandi, qu'il avait pris d'autres allures, et elle devint plus réservée à son égard.

Quant au militaire, à part quelques familiarités d'habitude, il ne faisait point paraître envers sa jeune tante de blâmables intentions; il était même de ces gens assez nombreux à qui les honnêtes femmes inspirent peu de désirs ; et, pour le présent, il disait comme Tabarin, *que la bouteille était sa mie*. Les trois premiers jours de son arrivée, il n'avait pas quitté Javotte, et même il la conduisait le soir au Cours la Reine, accompagnée seulement de la grosse servante de la maison, au grand déplaisir d'Eustache. Mais cela ne dura point; il ne tarda pas à s'ennuyer de sa compagnie, et prit l'habitude de sortir seul tout le jour, ayant, il est vrai, l'attention de rentrer aux heures des repas.

La seule chose donc qui inquiétât le futur époux, c'était de voir ce parent si bien établi dans la maison qui allait devenir sienne après la noce, qu'il ne paraissait pas facile de l'en évincer avec douceur, tant il semblait tous les jours s'y emboîter plus solidement. Pourtant il n'était neveu de Javotte que par alliance, étant né seulement d'une fille que feue l'épouse de maître Goubard avait eue d'un premier mariage.

Mais comment lui faire comprendre qu'il tendait à s'exagérer l'importance des liens de famille, et qu'il avait, à l'égard des droits et des priviléges de la parenté, des idées trop larges, trop arrêtées et, en quelque sorte, trop patriarcales ?

Cependant, il était probable que bientôt il sentirait de lui-même son indiscrétion, et Eustache se vit obligé de prendre patience, *ainsi que les dames de Fontainebleau quand la cour est à Paris,* comme dit le proverbe.

Mais la noce faite et parfaite ne changea rien aux habitudes de l'arquebusier à cheval, qui même fit espérer qu'il pourrait obtenir, grâce à la tranquillité des *croquants,* de rester à Paris jusqu'à l'arrivée de son corps. Eustache tenta quelques allusions épigrammatiques, que certaines gens prenaient des boutiques pour des hôtelleries, et bien d'autres qui ne furent point saisies, ou qui parurent faibles ; du reste, il n'osait encore en parler ouvertement à sa femme et à son beau-père, ne voulant pas se donner, dès les premiers jours de son mariage, une couleur d'homme intéressé, lui qui leur devait tout.

Avec cela, la compagnie du soldat n'avait rien de bien divertissant : sa bouche n'était que la cloche perpétuelle de sa gloire, laquelle était fondée moitié sur ses triomphes dans les combats singuliers qui le rendaient la terreur de l'armée, moitié sur ses prouesses contre les *croquants,* malheureux paysans français à qui les soldats du roi Henri faisaient la guerre pour n'avoir pu payer la taille, et qui ne paraissaient pas près de jouir de la célèbre *poule au pot...*

Ce caractère de vanterie excessive était alors assez commun, ainsi qu'on le voit par les types des Taillebras et des capitans

14.

Matamores, reproduits sans cesse dans les pièces comiques de l'époque, et doit, je pense, être attribué à l'irruption victorieuse de la Gascogne dans Paris, à la suite du Navarrois. Ce travers s'affaiblit bientôt en s'élargissant, et, quelques années après, le baron de Fœneste en fut le portrait déjà bien adouci, mais d'un comique plus parfait, et enfin la comédie du *Menteur* le montra, en 1662, réduit à des proportions presque communes.

Mais ce qui, dans les façons du militaire, choquait le plus le bon Eustache, c'était une tendance perpétuelle à le traiter en petit garçon, à mettre en lumière les côtés peu favorables de sa physionomie, et enfin à lui donner en toute occasion vis-à-vis de Javotte une couleur ridicule, fort désavantageuse dans ces premiers jours où un nouveau marié a besoin de s'établir sur un pied respectable, et de prendre position pour l'avenir; ajoutez aussi qu'il fallait peu de chose pour froisser l'amour-propre tout neuf et tout roide encore d'un homme établi en boutique, patenté et assermenté.

Une dernière tribulation ne tarda pas à combler la mesure. Comme Eustache allait faire partie du guet des métiers, et qu'il ne voulait pas, comme l'honnête maître Goubard, faire son service en habit bourgeois et avec une hallebarde prêtée par le quartier, il avait acheté une épée à coquille qui n'avait plus de coquille, une salade et un haubergeon en cuivre rouge que menaçait déjà le marteau d'un chaudronnier, et, ayant passé trois jours à les nettoyer et à les fourbir, il parvint à leur donner un certain lustre qu'ils n'avaient pas auparavant; mais, quand il s'en revêtit et qu'il se promena fièrement dans sa boutique en demandant s'il avait bonne grâce à porter le harnois, l'arquebusier se prit à rire *comme un tas de mouches au soleil*, et l'assura qu'il avait l'air d'avoir sur lui sa batterie de cuisine.

VIII

LA CHIQUENAUDE

Tout étant disposé de la sorte, il arriva qu'un soir, c'était le 12 ou le 13, un jeudi toujours, Eustache ferma sa boutique de bonne heure; chose qu'il ne se fût pas permise sans l'absence de maître Goubard, qui était parti l'avant-veille pour voir son bien en Picardie, parce qu'il comptait y aller demeurer trois mois plus tard, quand son successeur serait solidement établi en son lieu, et posséderait pleinement la confiance des pratiques et des autres marchands.

Or, l'arquebusier, revenant ce soir-là, comme de coutume, trouva la porte close et les lumières éteintes. Cela l'étonna beaucoup, la guette n'étant pas sonnée au Châtelet; et, comme il ne rentrait point d'ordinaire sans être un peu animé par le vin, sa contrariété se produisit par un gros juron qui fit tressaillir Eustache dans son entre-sol, où il n'était pas couché encore, s'effrayant déjà de l'audace de sa résolution.

— Holà ! hé ! cria l'autre en donnant un coup de pied dans la porte, c'est donc ce soir fête? c'est donc la Saint-Michel, la fête des drapiers, des tire-laine et des vide-goussets ?...

Et il tambourinait du poing sur la devanture; mais cela ne produisit pas plus d'effet que s'il eût pilé de l'eau dans un mortier.

— Ohé ! mon oncle et ma tante !... voulez-vous donc me faire coucher en plein vent, sur le grès, au risque d'être gâté par les chiens et les autres bêtes?... Holà ! hé ! Diantre soit des parents ! Ils en sont corbleu capables ! Et la nature donc, manants ! Ho ! ho ! descends vitement, bourgeois, c'est de l'argent qu'on t'apporte !... Le cancre te vienne, vilain maroufle !

Toute cette harangue du pauvre neveu n'émouvait aucunement le visage de bois de la porte; il usait à rien ses paroles comme le vénérable Bède prêchant à un tas de pierres.

Mais, quand les portes sont sourdes, les fenêtres ne sont pas

aveugles, et il y a un moyen fort simple de leur éclaircir le regard; le soldat se fit tout d'un coup ce raisonnement; il sortit
de la galerie sombre des piliers, se recula jusqu'au milieu de
la rue de la Tonnellerie, et, ramassant à ses pieds un tesson,
l'adressa si bien, qu'il éborgna l'une des petites fenêtres de
l'entre-sol. C'est un incident à quoi Eustache n'avait nullement songé, un point d'interrogation formidable à cette question où se résumait tout le monologue du militaire : « Pourquoi donc n'ouvre-t-on pas la porte?... »

Eustache prit subitement une résolution; car un couard qui
s'est monté la tête ressemble à un vilain qui se met en dépense,
et pousse toujours les choses à l'extrême; mais, de plus, il
avait à cœur de se bien montrer une fois devant sa nouvelle
épouse, qui pouvait avoir pris pour lui peu de respect en le
voyant depuis plusieurs jours servir de quintaine au militaire,
avec cette différence que la quintaine rend quelquefois de bons
coups pour ceux qu'on lui porte continuellement. Il tira donc
son feutre de travers, et eut dégringolé l'escalier étroit de son
entre-sol avant que Javotte songeât à l'arrêter. Il décrocha sa
rapière en passant dans l'arrière-boutique, et seulement quand
il sentit dans sa main brûlante le froid de la poignée en cuivre, il s'arrêta un instant et ne chemina plus qu'avec des pieds
de plomb vers sa porte, dont il tenait la clef de l'autre main.
Mais une seconde vitre qui se cassa avec grand bruit, et les pas
de sa femme qu'il entendit derrière les siens, lui rendirent
toute son énergie; il ouvrit précipitamment la porte massive,
et se planta sur le seuil avec son épée une, comme l'archange
à l'*huis du paradis terrien.*

— Que veut donc ce coureur de nuit? ce méchant ivrogne
à un sou le pot? ce casseur de plats fêlés?... cria-t-il d'un ton
qui eût été tremblant pour peu qu'il l'eût pris deux notes plus
bas. Est-ce de la façon qu'on se comporte avec les gens honnêtes?... Çà, tournez-nous les talons sans retard, et vous en
allez dormir sous les charniers avec vos pareils, ou j'appelle
mes voisins et les gens du guet pour vous prendre !

— Oh ! oh ! voilà comme tu chantes à présent, coquecigrue ? on t'a donc sifflé ce soir avec une trompette ?... Oh bien, c'est différent !... j'aime à te voir parler tragiquement comme Tranchemontagne, et les gens de cœur sont mes mignons... Viens çà que je t'accole, picrochole !...

— Va-t'en, ribleur ! Entends-tu les voisins s'éveiller au bruit et qui vont te conduire au premier corps de garde, comme un affronteur et un larron ? va-t'en donc sans plus d'esclandre, et ne reviens point !

Mais, au contraire, le soldat s'avançait entre les piliers, ce qui émoussa un peu la fin de la réplique d'Eustache.

— C'est bien parlé ! dit-il à ce dernier : l'avis est honnête et mérite qu'on le paye ..

Le temps de compter deux, il était tout près et avait lâché sur le nez du jeune marchand drapier une chiquenaude à le lui rendre cramoisi.

— Garde tout, si tu n'as pas de monnaie ! s'écria-t-il ; et sans adieu, mon oncle !

Eustache ne put endurer patiemment cet affront, plus humiliant encore qu'un soufflet, devant sa nouvelle épouse, et, nonobstant les efforts qu'elle faisait pour le retenir, il s'élança vers son adversaire, qui s'en allait, et lui porta un coup de taillant qui eût fait honneur au bras du preux Roger, si l'épée eût été une *balisarde;* mais elle ne coupait plus depuis les guerres de religion, et n'entama point le buffle du soldat ; celui-ci lui saisit aussitôt les deux mains dans les siennes, de telle sorte que l'épée tomba d'abord, et qu'ensuite le patient se mit à crier si haut, qu'il ne le pouvait davantage, allongeant de furieux coups de pied sur les bottes molles de son *tourmenteur.*

Heureusement que Javotte s'interposa, car les voisins regardaient bien la lutte par leurs fenêtres, mais ne songeaient guère à descendre pour y mettre fin ; et Eustache, tirant ses doigts bleuâtres de l'étau naturel qui les avait serrés, eut à les frotter longtemps pour leur faire perdre la figure carrée qu'ils y avaient prise.

— Je ne te crains pas, s'écria-t-il, et nous nous reverrons
Trouve-toi, si tu as seulement le cœur d'un chien, trouve-t(
demain matin au Pré-aux-Clercs !... A six heures, bélître, (
nous nous battrons à mort, coupe-jarret !

— L'endroit est bien choisi, mon championnet, et nous fe
rons en gentilshommes ! A demain donc ; par Saint-George:
la nuit te paraîtra courte !

Le militaire prononça ces mots avec un ton de considératio
qu'il n'avait pas montré jusque-là. Eustache se retourna fièr(
ment vers sa femme ; son cartel l'avait grandi de six empan:
Il ramassa son épée et poussa sa porte à grand bruit.

IX

LE CHATEAU-GAILLARD

Le jeune marchand drapier, en se réveillant, se trouva tou
dégrisé de son courage de la veille. Il ne fit point difficulté d
s'avouer qu'il avait été très-ridicule en proposant un duel
l'arquebusier, lui qui ne savait manier d'autre arme que l
demi-aune, dont il s'était escrimé souvent, du temps de so
apprentissage, avec ses compagnons dans le clos des Char
treux. Partant, il ne tarda guère à prendre la ferme résolutio
de rester chez lui et de laisser son adversaire promener so
béjaune dans le Pré-aux-Clercs, en se balançant sur ses pied
comme un *oison bridé*.

Quand l'heure fut passée, il se leva, ouvrit sa boutique et n
parla point à sa femme de la scène de la veille, comme ell
évita, de son côté, d'y faire la moindre allusion. Ils déjeunè
rent silencieusement ; après quoi, Javotte alla, comme à l'or
dinaire, s'établir sous le parapluie rouge, laissant son mar
occupé, avec sa servante, à visiter une pièce de drap et à e
marquer les défauts. Il faut bien dire qu'il tournait souvent le
yeux vers la porte, et tremblait à chaque instant que son re
doutable parent ne vînt lui reprocher sa couardise et son man

que de parole. Or, vers huit heures et demie, il aperçut de loin l'uniforme de l'arquebusier poindre sous la galerie des piliers, encore baignée d'ombre, comme un reître de Rembrandt, qui luit par trois paillettes, celle du morion, celle du haubert et celle du nez; funeste apparition qui s'agrandissait et s'éclaircissait rapidement, et dont le pas métallique semblait battre chaque minute de la dernière heure du drapier.

Mais le même uniforme ne recouvrait point le même moule, et, pour parler plus simplement, c'était un militaire compagnon de l'autre, qui s'arrêta devant la boutique d'Eustache, remis à grand'peine de sa frayeur, et lui adressa la parole d'un ton très-calme et très-civil.

Il lui fit connaître d'abord que son adversaire, l'ayant attendu pendant deux heures au lieu du rendez-vous sans le voir arriver, et jugeant qu'un accident imprévu l'avait empêché de s'y rendre, retournerait le lendemain, à la même heure, au même endroit, y demeurerait le même espace de temps, et que, si c'était sans plus de succès, il se transporterait ensuite à sa boutique, lui couperait les deux oreilles, et les lui mettrait dans sa poche, comme avait fait, en 1605, le célèbre Brusquet à un écuyer du duc de Chevreuse pour le même sujet, action qui obtint l'applaudissement de la cour et fut généralement trouvée de bon goût.

Eustache répondit à cela que son adversaire faisait tort à son courage par une menace pareille, et qu'il aurait à lui rendre raison doublement; il ajouta que l'obstacle ne venait point d'une autre cause que de ce qu'il n'avait pu trouver encore quelqu'un pour lui servir de second.

L'autre parut satisfait de cette explication, et voulut bien instruire le marchand qu'il trouverait d'excellents *seconds* sur le pont Neuf, devant la Samaritaine, où ils se promenaient d'ordinaire; gens qui n'avaient point d'autre profession, et qui, pour un écu, se chargeaient d'embrasser la querelle de qui que ce fût, et même d'apporter des épées. Après ces observations, il fit un salut profond, et se retira.

Eustache, resté seul, se mit à songer, et demeura longtemps dans cet état de perplexité : son esprit *fourchait* à trois résolutions principales. Tantôt il voulait donner avis au lieutenant civil de l'importunité du militaire et de ses menaces, et lui demander l'autorisation de porter des armes pour sa défense ; mais cela aboutissait toujours à un combat. Ou bien il se décidait à se rendre sur le terrain, en avertissant les sergents, de façon qu'ils arrivassent au moment même où le duel commencerait ; mais ils pouvaient arriver quand il serait fini. Enfin, il songeait aussi à s'en aller consulter le bohémien du pont Neuf, et c'est à cela qu'il se résolut en dernier lieu.

A midi, la servante remplaça, sous le parapluie rouge, Javotte, qui vint dîner avec son mari ; celui-ci ne lui parla point, pendant le repas, de la visite qu'il avait reçue ; mais il la pria ensuite de garder la boutique pendant qu'il irait *faire l'article* chez un gentilhomme nouvellement arrivé, et qui voulait se faire habiller. Il prit en effet son sac d'échantillons, et se dirigea vers le pont Neuf.

Le Château-Gaillard, situé au bord de l'eau, à l'extrémité méridionale du pont, était un petit bâtiment surmonté d'une tour ronde, qui avait servi de prison dans son temps, mais qui maintenant commençait à se ruiner et se crevasser, et n'était guère habitable que pour ceux qui n'avaient point d'autre asile. Eustache, après avoir marché quelque temps d'un pas mal assuré parmi les pierres dont le sol était couvert, rencontra une petite porte au centre de laquelle une souris chauve était clouée. Il y frappa doucement, et le singe de maître Gonin lui ouvrit aussitôt en levant un loquet, service auquel il était dressé, comme le sont quelquefois les chats domestiques.

L'escamoteur était à une table et lisait. Il se retourna gravement, et fit signe au jeune homme de s'asseoir sur un escabeau. Quand celui-ci lui eut conté son aventure, il l'assura que c'était la chose du monde la moins fâcheuse, mais qu'il avait bien fait de s'adresser à lui.

— C'est un *charme* que vous demandez, ajouta-t-il, un charme magique pour vaincre votre adversaire à coup sûr; n'est-ce pas cela qu'il vous faut?

— Oui-da, si cela se peut.

— Bien que tout le monde se mêle d'en composer, vous n'en trouverez nulle part d'aussi assurés que les miens; encore ne sont-ils pas, comme d'aucuns, formés par art diabolique; mais ils résultent d'une science approfondie de la blanche magie, et ne peuvent, en aucune façon, compromettre le salut de l'âme.

— Bon cela! dit Eustache; autrement, je me garderais d'en user. Mais combien coûte votre œuvre magique? car encore faut-il que je sache si je la pourrai payer.

— Songez que c'est la vie que vous achetez là, et la gloire encore par-dessus. Ce point convenu, pensez-vous que, pour ces deux choses excellentes, on puisse exiger moins que cent écus?

— Cent diables pour t'emporter! grommela Eustache, dont la figure s'obscurcit; c'est plus que je ne possède!... Et que me sera la vie sans pain et la gloire sans habits? Encore peut-être est-ce là une fausse promesse de charlatan dont on leurre les personnes crédules.

— Vous ne payerez qu'après.

— C'est quelque chose... Enfin, quel gage en voulez-vous?

— Votre main seulement.

— Eh bien donc... Mais je suis un grand fat d'écouter vos sornettes! Ne m'avez-vous pas prédit que je finirais par la hart?

— Sans doute, et je ne m'en dédis point.

— Or donc, si cela est, qu'ai-je à redouter de ce duel?

— Rien, sinon quelques estocades et estafilades, pour ouvrir à votre âme les portes plus grandes... Après cela, vous serez ramassé et hissé néanmoins à la *demi-croix*, haut et court, mort ou vif, comme l'ordonnance le porte; et ainsi votre destinée se verra accomplie. Comprenez-vous cela?

Le drapier comprit tellement, qu'il s'empressa d'offrir sa

main à l'escamoteur, en forme de consentement, lui demandant dix jours pour trouver la somme, à quoi l'autre s'accorda
après avoir noté sur le mur le jour fixe de l'échéance. Ensuite
il prit le livre du grand Albert, commenté par Corneille
Agrippa et l'abbé Trithème, l'ouvrit à l'article des *combats
singuliers*, et, pour assurer davantage Eustache que son opération n'aurait rien de diabolique, lui dit qu'il pourrait cependant réciter ses prières, sans crainte d'y apporter aucun obsta
cle. Il leva alors le couvercle d'un bahut, en tira un pot de
terre non vernissé, et y fit le mélange de divers ingrédients qu
paraissaient lui être indiqués par son livre, en prononçant à
voix basse une sorte d'incantation. Quand il eut fini, il prit la
main droite d'Eustache, qui, de l'autre, faisait le signe de la
croix, et l'oignit jusqu'au poignet de la mixtion qu'il venait de
composer.

Ensuite il tira encore du bahut un flacon très-vieux et très-
gras, et, le renversant lentement, répandit quelques gouttes
sur le dos de la main, en prononçant des mots latins qui se
rapprochaient de la formule que les prêtres emploient pour le
baptême.

Alors seulement, Eustache ressentit dans tout le bras une
sorte de commotion électrique qui l'effraya beaucoup ; sa main
lui sembla comme engourdie, et cependant, chose bien
étrange, elle se tordit et s'allongea plusieurs fois à faire craquer ses articulations, comme un animal qui s'éveille ; puis il
ne sentit plus rien, la circulation parut se rétablir, et maître
Gonin s'écria que tout était fini, et qu'il pouvait bien à présent
défier à l'épée les *plus roides* plumets de la cour et de l'armée,
et leur percer des boutonnières pour tous les boutons inutiles
dont la mode surchargeait alors leurs vêtements.

X

LE PRÉ-AUX-CLERCS

Le lendemain matin, quatre hommes traversaient les vertes
llées du Pré-aux-Clercs en cherchant un endroit convenable
t suffisamment écarté. Arrivés au pied du petit coteau qui
ordait la partie méridionale, ils s'arrêtèrent sur l'emplacement d'un jeu de boules, qui leur parut un terrain très-propre
s'escrimer commodément. Alors, Eustache et son adversaire
airent bas leurs pourpoints, et les témoins les visitèrent, selon
usage, *sous la chemise et sous les chausses*. Le drapier n'était
as sans émotion, mais pourtant il avait foi dans le charme du
ohémien; car on sait que jamais les opérations magiques,
harmes, philtres et *envoultements* n'eurent plus de crédit qu'à
ette époque, où ils donnèrent lieu à tant de procès dont les
egistres des parlements sont remplis, et dans lesquels les juges
ux-mêmes partageaient la crédulité générale.

Le témoin d'Eustache, qu'il avait pris sur le pont Neuf et
ayé un écu, salua l'ami de l'arquebusier, et lui demanda s'il
tait dans l'intention de se battre aussi; l'autre lui ayant fait
éponse que non, il se croisa les bras avec indifférence, et se
ecula pour voir faire les champions.

Le drapier ne put se garder d'un certain mal de cœur quand
on adversaire lui fit le salut d'armes, qu'il ne rendit point. Il
emeurait immobile, tenant son épée devant lui comme un
ierge, et si mal planté sur ses jambes, que le militaire, qui au
ond n'avait pas le cœur mauvais, se promit bien de ne lui faire
ju'une égratignure. Mais à peine les rapières se furent-elles
ouchées, qu'Eustache s'aperçut que sa main entraînait son
oras en avant, et se démenait d'une rude façon. Pour mieux
lire, il ne la sentait plus que par le tiraillement puissant
ju'elle exerçait sur les muscles de son bras; ses mouvements
ıvaient une force et une élasticité prodigieuses, que l'on pour-

rait comparer à celle d'un ressort d'acier ; aussi le militair
eut-il le poignet presque faussé en parant le coup de tierce
mais le coup de quarte envoya son épée à dix pas, tandis qu
celle d'Eustache, sans se reprendre et du même mouvemen
dont elle était lancée, lui traversa le corps si violemment, qu
la coquille s'imprima sur sa poitrine. Eustache, qui ne s'étai
pas fendu, et que la main avait entraîné par une secousse im
prévue, se fût brisé la tête en tombant de toute sa longueur s
elle n'eût porté sur le ventre de son adversaire.

— Tudieu, quel poignet !... s'écria le témoin du soldat ; c
gars-là en remontrerait au chevalier *Tord-Chêne !* Il n'a pas l
grâce pour lui, ni le physique ; mais, pour la roideur du bras
c'est pire qu'un arc du pays de Galles !

Cependant, Eustache s'était relevé avec l'aide de son témoin, et demeura un instant absorbé sur ce qui venait de se
passer ; mais, quand il put distinguer clairement l'arquebusie
étendu à ses pieds, et que l'épée fixait en terre, comme un
crapaud cloué dans un cercle magique, il se prit à fuir de telle
sorte, qu'il oublia sur l'herbe son pourpoint des dimanches,
taillardé et garni de passements de soie.

Or, comme le soldat était bien mort, les deux seconds n'a-
vaient rien à gagner en restant sur le terrain, et ils s'éloignèrent rapidement. Ils avaient fait une centaine de pas, quand
celui d'Eustache s'écria en se frappant le front :

— Et mon épée que j'avais prêtée, et que j'oublie !

Il laissa l'autre poursuivre son chemin, et, revenu au lieu
du combat, se mit à retourner curieusement les poches du
mort, où il ne trouva que des dés, un bout de ficelle et un jeu
de tarots sale et écorné.

— *Floutière* et puis *floutière !* murmura-t-il ; encore un
marpaut qui n'a ni *michon* ni *tocante !* Le *glier t'entrolle,*
souffleur de mèches !

L'éducation encyclopédique du siècle nous dispense d'expliquer, dans cette phrase, autre chose que le dernier terme,
lequel faisait allusion à l'état d'arquebusier du défunt.

Notre homme, n'osant rien emporter de l'uniforme, dont
la vente l'eût pu compromettre, se borna à tirer les bottes du
militaire, les roula sous sa cape avec le pourpoint d'Eustache,
et s'éloigna en maugréant.

XI

OBSESSION

Le drapier fut plusieurs jours sans sortir de chez lui, le
cœur navré de cette mort tragique, qu'il avait causée pour des
offenses assez légères et par un moyen condamnable et dam-
nable, en ce monde comme en l'autre. Il y avait des instants
où il considérait tout cela comme un rêve, et, n'eût été son
pourpoint oublié sur l'herbe, témoin irrécusable qui *brillait
par son absence*, il eût démenti l'exactitude de sa mémoire.

Un soir, enfin, il voulut se brûler les yeux à l'évidence, et
se rendit au Pré-aux-Clercs comme pour s'y promener. Sa vue
se troubla en reconnaissant le jeu de boules où le duel avait eu
lieu, et il fut obligé de s'asseoir. Des procureurs y jouaient,
comme c'est leur usage avant souper ; et Eustache, dès que le
brouillard qui couvrait ses yeux se fut dissipé, crut distinguer
sur le terrain uni, entre les pieds écartés de l'un d'eux, une
large plaque de sang.

Il se leva convulsivement, et pressa sa marche pour sortir
de la promenade, ayant toujours devant les yeux la plaque de
sang qui, gardant sa forme, se posait sur tous les objets où
son regard s'arrêtait en passant, comme ces taches livides
qu'on voit longtemps voltiger autour de soi quand on a fixé
les yeux sur le soleil.

En revenant chez lui, il crut s'apercevoir qu'on l'avait suivi ;
alors seulement, il songea que des gens de l'hôtel de la reine
Marguerite, devant lequel il avait passé l'autre matin et ce
soir-là même, l'avaient peut-être reconnu ; et, quoique les lois
sur le duel ne fussent point à cette époque exécutées à la ri-

gueur, il réfléchit qu'on pouvait fort bien juger à propos d
faire pendre un pauvre marchand pour l'enseignement de
gens de cour, auxquels on n'osait point alors s'attaquer comm
on le fit plus tard.

Ces pensées et plusieurs autres lui procurèrent une nuit for
agitée : il ne pouvait fermer l'œil un instant sans voir mill
gibets lui montrer les poings, de chacun desquels pendait a
bout d'une corde un mort qui se tordait de rire horriblement
ou un squelette dont les côtes se dessinaient avec netteté su
la face large de la lune.

Mais une idée heureuse vint balayer toutes ces visions four
chues : Eustache se ressouvint du lieutenant civil, vieille pra
tique de son beau-père, et qui lui avait déjà fait un accue
assez bienveillant; il se promit d'aller le lendemain le trou
ver, et de se confier entièrement à lui, persuadé qu'il le pr
tégerait au moins en considération de Javotte, qu'il avait vu
et caressée toute petite, et de maître Goubard, dont il faisa
grande estime. Le pauvre marchand s'endormit enfin et repos
jusqu'au matin sur l'oreiller de cette bonne résolution.

Le lendemain, vers neuf heures, il frappait à la porte d
magistrat. Le valet de chambre, supposant qu'il venait pou
prendre mesure d'habits, ou pour proposer quelque achat
l'introduisit aussitôt près de son maître, qui, à demi renvers
dans un grand fauteuil à oreillettes, faisait une lecture réjouis
sante. Il tenait à la main l'ancien poëme de Merlin Coccaie, c
se délectait singulièrement du récit des prouesses de Balde, l
vaillant prototype de Pantagruel, et plus encore des sut
tilités et larronneries sans égales de Cingar, ce grotesqu
patron sur lequel notre Panurge se modela si heureuse
ment.

Maître Chevassut en était à l'histoire des moutons, don
Cingar débarrasse la nef en jetant à la mer celui qu'il a payé
et que tous les autres suivent aussitôt, quand il s'aperçut d
la visite qui lui venait, et, posant le livre sur une table, s
tourna vers son drapier d'un air de belle humeur.

Il le questionna sur la santé de sa femme et de son beau-frère, et lui fit toute sorte de plaisanteries banales touchant on nouvel état de marié. Le jeune homme prit occasion de e propos pour en venir à son aventure, et, ayant récité toute a suite de sa querelle avec l'arquebusier, encouragé par l'air aterne du magistrat, lui fit ausi l'aveu du triste dénoûment u'elle avait eu.

L'autre le regarda avec le même étonnement que s'il eût té le bon géant Fracasse de son livre, ou le fidèle Falquet qui vait l'arrière-train d'un lévrier, au lieu de maître Eustache outeroue, marchand sous les piliers ; car, encore qu'il eût ppris déjà que l'on soupçonnait ledit Eustache, il n'avait pu onner la moindre créance à ce rapport, à ce fait d'armes 'une épée clouant contre terre un soldat du roi, attribué à un ourtaud de boutique, haut de taille comme Gribouille ou Triboulet.

Mais, quand il ne put douter davantage du fait, il assura le auvre drapier qu'il ferait de tout son pouvoir pour assourdir a chose et pour dépister de sa trace les gens de justice, lui romettant, pourvu que les témoins ne l'accusassent point, u'il pourrait bientôt vivre en repos et *franc du collier*.

Maître Chevassut l'accompagnait même jusqu'à la porte en ui réitérant ses assurances, quand, au moment de prendre umblement congé de lui, Eustache s'avisa de lui appliquer n soufflet à lui effacer la figure, un soufflet qui fit au magis-trat une face mi-partie de rouge et de bleu comme l'écusson le Paris, de quoi il demeura plus étonné *qu'un fondeur de loches*, ouvrant la bouche d'un pied ou deux, et aussi inca-pable de parler qu'un poisson privé de sa langue.

Le pauvre Eustache fut si épouvanté de cette action, qu'il e précipita aux pieds de maître Chevassut, et lui demanda pardon de son irrévérence avec les termes les plus suppliants et les plus piteuses protestations, jurant que c'était quelque mouvement convulsif imprévu, où sa volonté n'entrait pour rien, et dont il espérait miséricorde de lui comme du bon

Dieu. Le vieillard le releva, plus étonné que colère; mais à peine Eustache fut-il sur ses pieds, qu'il donna, du revers de sa main, sur l'autre joue, un pendant à l'autre soufflet, tel que les cinq doigts y imprimèrent un *bon creux* où l'on aurait pu les mouler.

Pour cette fois, cela devenait insupportable, et maître Chevassut courut à sa sonnette pour appeler ses gens; mais le drapier le poursuivit, continuant la danse, ce qui formait une scène singulière, parce qu'à chaque maître soufflet dont il gratifiait son protecteur, le malheureux se confondait en excuses larmoyantes et en supplications étouffées, dont le contraste avec son action était des plus réjouissantes; mais en vain cherchait-il à s'arrêter dans les élans où sa main l'entraînait, il semblait un enfant qui tient un grand oiseau par une corde attachée à sa patte. L'oiseau tire par tous les coins de sa chambre l'enfant effrayé, qui n'ose le laisser envoler, et qui n'a point la force de l'arrêter. Ainsi, le malencontreux Eustache était tiré par sa main à la poursuite du lieutenant civil, qui tournait autour des tables et des chaises, et sonnait et criait, outré de rage et de souffrance. Enfin les valets entrèrent, s'emparèrent d'Eustache Bouteroue, et le jetèrent à bas étouffant et défaillant. Maître Chevassut, qui ne croyait guère à la magie blanche, ne devait penser autre chose sinon qu'il avait été joué et maltraité par le jeune homme pour quelque raison qu'il ne pouvait s'expliquer; aussi fit-il chercher les sergents, auxquels il abandonna son homme sous la double accusation de meurtre en duel et d'outrages manuels à un magistrat dans son propre logis. Eustache ne sortit de sa défaillance qu'au grincement des verrous ouvrant le cachot qu'on lui destinait.

— Je suis innocent!... cria-t-il au geôlier qui l'y poussait.

— Oh! vertubleu! lui répliqua gravement cet homme, où donc croyez-vous être? Nous n'en avons jamais ici que de ceux-là!

XII

D'ALBERT LE GRAND ET DE LA MORT

Eustache avait été descendu dans une de ces logettes du Châtelet dont Cyrano disait qu'en l'y voyant, on l'eût pris pour une bougie sous une ventouse.

— Si l'on me donne, ajoutait-il après en avoir visité tous les recoins ensemble par une pirouette, si l'on me donne ce vêtement de roc pour un habit, il est trop large; si c'est pour un tombeau, il est trop étroit. Les poux y ont des dents plus longues que le corps, et l'on y souffre sans cesse de la pierre, qui n'est pas moins douloureuse pour être extérieure.

Là, notre héros put faire à loisir des réflexions sur sa mauvaise fortune, et maudire le fatal secours qu'il avait reçu de l'escamoteur, qui avait distrait ainsi un de ses membres de l'autorité naturelle de sa tête; d'où toute sorte de désordres devaient résulter forcément. Aussi sa surprise fut-elle grande de voir un jour maître Gonin descendre en son cachot, et lui demander d'un ton calme comment il s'y trouvait.

— Que le diable te pende avec tes tripes! méchant hâbleur et jeteur de sorts, lui fit-il, pour tes enchantements damnés!

— Qu'est-ce donc? répondit l'autre; suis-je cause pourquoi vous n'êtes pas venu le dixième jour faire lever le charme en m'apportant la somme dite?

— Eh! savais-je aussi qu'il vous fallût si vite cet argent, dit Eustache un peu moins haut, à vous qui faites de l'or à volonté, comme l'écrivain Flamel?

— Point, point! fit l'autre, c'est bien le contraire! J'y viendrai sans doute, à ce grand œuvre hermétique, étant tout à fait sur la voie; mais je n'ai encore réussi qu'à transmuter l'or fin en un fer très-bon et très-pur : secret qu'avait aussi trouvé le grand Raymond Lulle sur la fin de ses jours...

— La belle science! dit le drapier. Çà! vous venez donc

15

m'ôter d'ici à la fin ; pardigues ! c'est bien raison ! et je n'y comptais plus guère...

— Voici justement l'enclouure, mon compagnon ! C'est en effet à quoi je compte bientôt réussir, que d'ouvrir ainsi les portes sans clefs, pour entrer et sortir ; et vous allez voir par quelle opération on y parvient.

Disant cela, le bohémien tira de sa poche son livre d'Albert le Grand, et, à la clarté de la lanterne qu'il avait apportée, il lut le paragraphe qui suit :

MOYEN HÉROIQUE DONT SE SERVENT LES SCÉLÉRATS POUR S'INTRODUIRE DANS LES MAISONS

« On prend la main coupée d'un pendu, qu'il faut lui avoir achetée avant la mort ; on la plonge, en ayant soin de la tenir presque fermée, dans un vase de cuivre contenant du zimac et du salpêtre, avec de la graisse de *spondillis*. On expose le vase à un feu clair de fougère et de verveine ; de sorte que la main s'y trouve, au bout d'un quart d'heure, parfaitement desséchée et propre à se conserver longtemps. Puis, ayant composé une chandelle avec de la graisse de veau marin et du sésame de Laponie, on se sert de la main comme d'un martinet pour y tenir cette chandelle allumée ; et, par tous les lieux où l'on va, la portant devant soi, les barres tombent, les serrures s'ouvrent, et toutes les personnes que l'on rencontre demeurent immobiles. Cette main ainsi préparée reçoit le nom de *main de gloire*. »

— Quelle belle invention ! s'écria Eustache Bouteroue.

— Attendez donc ; quoique vous ne m'ayez pas vendu votre main, elle m'appartient cependant, parce que vous ne l'avez point dégagée au jour convenu, et la preuve de cela est que, une fois l'échéance passée, elle s'est conduite, par l'esprit dont elle est possédée de façon que je puisse en jouir au plus tôt. Demain, le Parlement vous jugera à la hart ; après-demain, la sentence s'accomplira, et, le soir même, je cueillerai ce fruit tant convoité et l'accommoderai de la manière qu'il faut.

— Non-da! s'écria Eustache; et je veux, dès demain, dire à *messieurs* tout le mystère.

— Ah! c'est bon, faites cela... et seulement vous serez brûlé vif pour avoir usé de magie, ce qui vous habituera par avance à la broche de M. le diable... Mais ceci même ne sera point, car votre horoscope porte la hart, et rien ne peut vous en distraire!

Alors, le misérable Eustache se mit à crier si fort et à pleurer si chaudement, que c'était grande pitié.

— Eh la la! mon ami cher, lui fit doucement maître Gonin, pourquoi se bander ainsi contre la destinée?

— Sainte-Dame! c'est aisé de parler, sanglota Eustache; mais quand la mort est là tout proche...

— Eh bien, qu'est-ce donc que la mort, que l'on s'en doive tant étonner?... Moi, j'estime la mort une rave! « Nul ne meurt avant son heure! » dit Sénèque le Tragique. Êtes-vous donc seul son vassal, à cette dame camarde? Aussi le suis-je, et celui-là, un tiers, un quart, Martin, Philippe!... La mort n'a respect à aucun. Elle est si hardie, qu'elle condamne, tue et prend indifféremment papes, empereurs, rois, comme prévôts, sergents et autres telles canailles.

» Donc, ne vous affligez point de faire ce que tous les autres feront plus tard; leur condition est plus déplorable que la vôtre; car, si la mort est un mal, elle n'est mal qu'à ceux qui ont à mourir. Ainsi, vous n'avez plus qu'un jour de ce mal, et la plupart des autres en ont vingt ou trente ans, et davantage.

» Un ancien disait : « L'heure qui vous a donné la vie l'a déjà diminuée... » Vous êtes en la mort pendant que vous êtes en la vie; car, quand vous n'êtes plus en vie, vous êtes après la mort; ou, pour mieux dire et bien terminer, la mort ne vous concerne ni mort ni vif : vif, parce que vous êtes; mort, parce que vous n'êtes plus!

» Qu'il vous suffise, mon ami, de ces raisonnements, pour vous bien encourager à boire cette absinthe sans grimace, et méditez encore d'ici là un beau vers de Lucrétius dont voici le sens : « Vivez aussi longtemps que vous pourrez, vous n'ôterez rien à l'éternité de votre mort! »

Après ces belles maximes quintessenciées des anciens et des modernes, subtilisées et sophistiquées dans le goût du siècle, maître Gonin releva sa lanterne, frappa à la porte du cachot, que le geôlier vint lui rouvrir, et les ténèbres retombèrent sur le prisonnier comme une chape de plomb.

XIII

OU L'AUTEUR PREND LA PAROLE

Les personnes qui désireront savoir tous les détails du procès d'Eustache Bouteroue en trouveront les pièces dans les *Arrêts mémorables du Parlement de Paris*, qui sont à la bibliothèque des manuscrits, et dont M. Paris leur facilitera la recherche avec son obligeance accoutumée. Ce procès tient sa place alphabétique immédiatement avant celui du baron de Boutteville, très-curieux aussi, à cause de la singularité de son duel avec le marquis de Bussi, où, pour mieux braver les édits, il vint exprès de Lorraine à Paris, et se battit dans la place Royale même, à trois heures après midi, et le propre jour de Pâques (1627). Mais ce n'est point de cela qu'il s'agit ici. Dans le procès d'Eustache Bouteroue, il n'est question que du duel et des outrages au lieutenant civil, et non du charme magique qui causa tout ce désordre. Mais une note annexée aux autres pièces renvoie au *Recueil des histoires tragicques de Belleforest* (édition de la Haye, celle de Rouen étant incomplète); et c'est là que se trouvent encore les détails qui nous restent à donner sur cette aventure, que Belleforest intitule assez heureusement *Main possédée*.

XIV

CONCLUSION

Le matin de son exécution, Eustache, que l'on avait logé dans une cellule mieux éclairée que l'autre, reçut la visite d'un confesseur, qui lui marmonna quelques consolations spirituelles d'un aussi grand goût que celles du bohémien, lesquelles ne produisirent guère plus d'effet. C'était un tonsuré de ces bonnes familles où l'un des enfants est toujours abbé de son nom; il avait un rabat brodé, la barbe cirée et tordue en pointe de fuseau, et une paire de moustaches, de celles qu'on nomme *crocs*, troussée très-galamment; ses cheveux étaient fort frisés, et il affectait de parler un peu gras pour se donner un langage mignard. Eustache, le voyant si léger et si *pimpant*, n'eut point le cœur de lui avouer toute sa *coulpe*, et se confia en ses propres prières pour en obtenir le pardon.

Le prêtre lui donna l'absolution, et, pour passer le temps, comme il fallait qu'il demeurât jusqu'à deux heures auprès du condamné, lui présenta un livre intitulé *les Pleurs de l'âme pénitente, ou le Retour du pécheur vers son Dieu*. Eustache ouvrit le volume à l'endroit du privilége royal, et se mit à le lire avec beaucoup de componction, commençant par: *Henry, roy de France et de Navarre, à nos amés et féaulx*, etc., jusqu'à la phrase: *A ces causes, voulant traiter favorablement ledit exposant...* Là, il ne put s'empêcher de fondre en larmes, et rendit le livre en disant que c'était fort touchant et qu'il craignait trop de s'attendrir en en lisant davantage. Alors, le confesseur tira de sa poche un jeu de cartes fort bien peint, et proposa à son pénitent quelques parties où il lui gagna un peu d'argent que Javotte lui avait fait passer pour qu'il pût se procurer quelques soulagements. Le pauvre homme ne songeait guère à son jeu, mais il est vrai aussi que la perte lui était peu sensible.

15.

A deux heures, il sortit du Châtelet, *tremblant le grelot* en disant les patenôtres du singe, et fut conduit sur la place des Augustins, entre les deux arcades formant l'entrée de la rue Dauphine et la tête du pont Neuf, où il eut l'honneur d'un gibet de pierre. Il montra assez de fermeté sur l'échelle, car beaucoup de gens le regardaient, cette place d'exécution étant une des plus fréquentées. Seulement, comme, pour faire ce grand *saut sur rien*, on prend le plus de champ que l'on peut, dans le moment où l'exécuteur s'apprêtait à lui passer la corde au cou, avec autant de cérémonie que si c'eût été la Toison d'or, car ces sortes de personnes, exerçant leur profession devant le public, mettent d'ordinaire beaucoup d'adresse et même de grâce dans les choses qu'ils font, Eustache le pria de vouloir bien arrêter un instant, qu'il eût débridé encore deux oraisons à saint Ignace et à saint Louis de Gonzague, qu'il avait, entre tous les autres saints, réservés pour les derniers, comme n'ayant été béatifiés que cette même année 1609; mais cet homme lui fit réponse que le public qui était là avait ses affaires, et qu'il était malséant de le faire attendre autant pour un si petit spectacle qu'une simple pendaison; la corde qu'il serrait cependant en le poussant hors de l'échelle coupa en deux la repartie d'Eustache.

On assure que, lorsque tout semblait terminé et que l'exécuteur s'allait retirer chez lui, maître Gonin se montra à une des embrasures du Château-Gaillard, qui donnait du côté de la place.

Aussitôt, bien que le corps du drapier fût parfaitement lâche et inanimé, son bras se leva, et sa main s'agita joyeusement comme la queue d'un chien qui revoit son maître. Cela fit naître dans la foule un long cri de surprise, et ceux qui déjà étaient en marche pour s'en retourner revinrent en grande hâte, comme des gens qui ont cru la pièce finie, tandis qu'il reste encore un acte.

L'exécuteur replanta son échelle, tâta aux pieds du pendu derrière les chevilles : le pouls ne battait plus; il coupa une

rtère, le sang ne jaillit point, et le bras continuait cependant
es mouvements désordonnés.

L'homme rouge ne s'étonnait pas de peu ; il se mit en devoir
e remonter sur les épaules de son sujet, aux grandes huées
es assistants ; mais la main traita son visage bourgeonné avec
a même irrévérence qu'elle avait montrée à l'égard de maître
hevassut, si bien que cet homme tira, en jurant Dieu, un large
outeau qu'il portait toujours sous ses vêtements, et en deux
oups abattit la main *possédée*.

Elle fit un bond prodigieux et tomba sanglante au milieu de
a foule, qui se divisa avec frayeur ; alors, faisant encore plu-
ieurs bonds par l'élasticité de ses doigts, et comme chacun lui
uvrait un large passage, elle se trouva bientôt au pied de la
ourelle du Château-Gaillard ; puis, s'accrochant encore par
es doigts comme un crabe aux aspérités et aux fentes de la
muraille, elle monta ainsi jusqu'à l'embrasure où le bohémien
'attendait.

Belleforest s'arrête à cette conclusion singulière et termine
n ces termes : « Cette aventure, annotée, commentée et illus-
rée, fit pendant longtemps l'entretien des belles compagnies,
omme aussi du populaire, toujours avide des récits bizarres et
surnaturels ; mais c'est peut-être encore une de ces *baies*
bonnes pour amuser les enfants autour du feu et qui ne doivent pas être adoptées légèrement par des personnes graves et
de sens rassis. »

LE MONSTRE VERT ·

I

LE CHATEAU DU DIABLE

Je vais parler d'un des plus anciens habitants de Paris; on l'appelait autrefois le *diable Vauvert*.

D'où est résulté le proverbe : « C'est au diable Vauvert! Allez au diable Vauvert! » C'est-à-dire : « Allez vous... promener aux Champs-Élysées. »

Les portiers disent généralement : « C'est au diable aux vers! » pour exprimer un lieu qui est fort loin. Cela signifie qu'il faut payer très-cher la commission dont on les charge. — Mais c'est là, en outre, une locution vicieuse et corrompue, comme plusieurs autres familières au peuple parisien.

Le diable Vauvert est essentiellement un habitant de Paris, où il demeure depuis bien des siècles, si l'on en croit les historiens. Sauval, Félibien, Sainte-Foix et Dulaure ont raconté longuement ses escapades.

Il semble d'abord avoir habité le château de Vauvert, qui était situé au lieu occupé aujourd'hui par le joyeux bal de la Chartreuse, à l'extrémité du Luxembourg et en face des allées de l'Observatoire, dans la rue d'Enfer.

Ce château, d'une triste renommée, fut démoli en partie, et les ruines devinrent une dépendance d'un couvent de chartreux, dans lequel mourut, en 1414, Jean de la Lune, neveu de 'antipape Benoît XIII. Jean de la Lune avait été soupçonné l'avoir des relations avec un certain diable, qui peut-être était 'esprit familier de l'ancien château de Vauvert, chacun de ces difices féodaux ayant le sien, comme on le sait.

Les historiens ne nous ont rien laissé de précis sur cette hase intéressante.

Le diable Vauvert fit de nouveau parler de lui à l'époque de Louis XIII.

Pendant fort longtemps, on avait entendu, tous les soirs, un grand bruit dans une maison faite des débris de l'ancien couvent, et dont les propriétaires étaient absents depuis plusieurs innées ; ce qui effrayait beaucoup les voisins.

Ils allèrent prévenir le lieutenant de police, qui envoya quelques archers.

Quel fut l'étonnement de ces militaires en entendant un cliquetis de verres mêlé de rires stridents !

On crut d'abord que c'étaient des faux monnayeurs qui se livraient à une orgie, et, jugeant de leur nombre d'après l'intensité du bruit, on alla chercher du renfort.

Mais on jugea encore que l'escouade n'était pas suffisante ; aucun sergent ne se souciait de guider ses hommes dans ce repaire, où il semblait qu'on entendît le fracas de toute une armée.

Il arriva enfin, vers le matin, un corps de troupes suffisant : on pénétra dans la maison. On n'y trouva rien.

Le soleil dissipa les ombres.

Toute la journée, l'on fit des recherches, puis l'on conjectura que le bruit venait des catacombes, situées, comme on ait, sous ce quartier.

On s'apprêtait à y pénétrer ; mais, pendant que la police prenait ses dispositions, le soir était venu de nouveau, et le bruit recommençait plus fort que jamais.

Cette fois, personne n'osa plus redescendre, parce qu'il était évident qu'il n'y avait rien dans la cave que des bouteilles, et qu'alors il fallait bien que ce fût le diable qui les mît en danse.

On se contenta d'occuper les abords de la rue et de demander des prières au clergé.

Le clergé fit une foule d'oraisons, et l'on envoya même de l'eau bénite avec des seringues par le soupirail de la cave.

Le bruit persistait toujours.

II

LE SERGENT

Pendant toute une semaine, la foule des Parisiens ne cessait d'obstruer les abords du faubourg, en s'effrayant et demandant des nouvelles.

Enfin, un sergent de la prévôté, plus hardi que les autres, offrit de pénétrer dans la cave maudite, moyennant une pension réversible, en cas de décès, sur une couturière nommée Margot.

C'était un homme brave et plus amoureux que crédule. Il adorait cette couturière, qui était une personne bien nippée et très-économe, on pourrait même dire un peu avare, et qui n'avait point voulu épouser un simple sergent privé de toute fortune.

Mais, en gagnant la pension, le sergent devenait un autre homme.

Encouragé par cette perspective, il s'écria « qu'il ne croyait ni à Dieu ni à diable, et qu'il aurait raison de ce bruit. »

— A quoi donc croyez-vous? lui dit un de ses compagnons.

— Je crois, répondit-il, à M. le lieutenant criminel et à M. le prévôt de Paris.

C'était trop dire en peu de mots.

Il prit son sabre dans ses dents, un pistolet à chaque main, et s'aventura dans l'escalier.

Le spectacle le plus extraordinaire l'attendait en touchant le sol de la cave.

Toutes les bouteilles se livraient à une sarabande éperdue et formaient les figures les plus gracieuses.

Les cachets verts représentaient les hommes, et les cachets rouges représentaient les femmes.

Il y avait même là un orchestre établi sur les planches à bouteilles.

Les bouteilles vides résonnaient comme des instruments à vent, les bouteilles cassées comme des cymbales et des triangles, et les bouteilles fêlées rendaient quelque chose de l'harmonie pénétrante des violons.

Le sergent, qui avait bu quelques chopines avant d'entreprendre l'expédition, ne voyant là que des bouteilles, se sentit fort rassuré, et se mit à danser lui-même par imitation.

Puis, de plus en plus encouragé par la gaieté et le charme du spectacle, il ramassa une aimable bouteille à long goulot, d'un bordeaux pâle, comme il paraissait, et soigneusement cachetée de rouge, et la pressa amoureusement sur son cœur.

Des rires frénétiques partirent de tous côtés; le sergent, intrigué, laissa tomber la bouteille, qui se brisa en mille morceaux.

La danse s'arrêta, des cris d'effroi se firent entendre dans tous les coins de la cave, et le sergent sentit ses cheveux se dresser en voyant que le vin répandu paraissait former une mare de sang.

Le corps d'une femme nue, dont les blonds cheveux se répandaient à terre et trempaient dans l'humidité, était étendu sous ses pieds.

Le sergent n'aurait pas eu peur du diable en personne, mais cette vue le remplit d'horreur; songeant après tout qu'il avait à rendre compte de sa mission, il s'empara d'un cachet vert qui semblait ricaner devant lui, et s'écria :

— Au moins j'en aurai une !

Un ricanement immense lui répondit.

Cependant, il avait regagné l'escalier, et, montrant la bouteille à ses camarades, il s'écria :

— Voilà le farfadet !... Vous êtes bien capons (il prononç;
un autre mot plus vif encore) de ne pas oser descendre l;
dedans !

Son ironie était amère. Les archers se précipitèrent dans l;
cave, où l'on ne retrouva qu'une bouteille de bordeaux cassée
Le reste était en place.

Les archers déplorèrent le sort de la bouteille cassée ; mais
braves désormais, ils tinrent tous à remonter chacun avec une
bouteille à la main.

On leur permit de les boire.

Le sergent de la prévôté dit :

— Quant à moi, je garderai la mienne pour le jour de mon
mariage.

On ne put lui refuser la pension promise, il épousa la couturière, et...

Vous allez croire qu'ils eurent beaucoup d'enfants ?

Ils n'en eurent qu'un.

III

CE QUI S'ENSUIVIT

Le jour de la noce du sergent, qui eut lieu à la Rapée, il mit
la fameuse bouteille au cachet vert entre lui et son épouse,
et affecta de ne verser de ce vin qu'à elle et à lui.

La bouteille était verte comme ache, le vin était rouge
comme sang.

Neuf mois après, la couturière accouchait d'un petit monstre, entièrement vert, avec des cornes rouges sur le front.

Et maintenant, allez, ô jeunes filles ! allez-vous en danser
à la Chartreuse... sur l'emplacement du château de Vauvert !

Cependant, l'enfant grandissait, sinon en vertu, du moins
en croissance. Deux choses contrariaient ses parents : sa couleur
verte, et un appendice caudal qui semblait n'être d'abord

qu'un prolongement du coccyx, mais qui peu à peu prenait les airs d'une véritable queue.

On alla consulter les savants qui déclarèrent qu'il était impossible d'en opérer l'extirpation sans compromettre la vie de l'enfant. Ils ajoutèrent que c'était un cas assez rare, mais dont on trouvait des exemples cités dans Hérodote et dans Pline le Jeune. On ne prévoyait pas alors le système de Fourier.

Pour ce qui était de la couleur, on l'attribua à une prédominance du système bilieux. Cependant, on essaya de plusieurs caustiques pour atténuer la nuance trop prononcée de l'épiderme, et l'on arriva, après une foule de lotions et frictions, à l'amener tantôt au vert-bouteille, puis au vert d'eau, et enfin au vert-pomme. Un instant, la peau sembla tout à fait blanchir ; mais, le soir, elle reprit sa teinte.

Le sergent et la couturière ne pouvaient se consoler des chagrins que leur donnait ce petit monstre, qui devenait de plus en plus têtu, colère et malicieux.

La mélancolie qu'ils éprouvèrent les conduisit à un vice trop commun parmi les gens de leur sorte. Ils s'adonnèrent à la boisson.

Seulement, le sergent ne voulait jamais boire que du vin cacheté de rouge, et sa femme que du vin cacheté de vert.

Chaque fois que le sergent était ivre-mort, il voyait dans son sommeil la femme sanglante dont l'apparition l'avait épouvanté dans la cave après qu'il eut brisé la bouteille.

Cette femme lui disait :

— Pourquoi m'as-tu pressée sur ton cœur, et ensuite immolée... moi qui t'aimais tant?

Chaque fois que l'épouse du sergent avait trop fêté le cachet vert, elle voyait dans son sommeil apparaître un grand diable, d'un aspect épouvantable, qui lui disait :

— Pourquoi t'étonner de me voir... puisque tu as bu de la bouteille? Ne suis-je pas le père de ton enfant?...

O mystère !

16

Parvenu à l'âge de treize ans, l'enfant disparut.

Ses parents, inconsolables, continuèrent de boire, mais ils ne virent plus se renouveler les terribles apparitions qui avaient tourmenté leur sommeil.

IV

MORALITÉ

C'est ainsi que le sergent fut puni de son impiété, — et la couturière de son avarice.

V

CE QU'ÉTAIT DEVENU LE MONSTRE VERT

On n'a jamais pu le savoir.

PETITS CHATEAUX DE BOHÈME

A ARSÈNE HOUSSAYE

Mon ami, vous me demandez si je pourrais retrouver quelques-uns de mes anciens vers, et vous vous inquiétez même d'apprendre comment j'ai été poëte, longtemps avant de devenir un humble prosateur. — Ne le savez-vous donc pas, vous qui avez écrit ces vers :

Ornons le vieux bahut de vieilles porcelaines
Et faisons refleurir roses et marjolaines.
Qu'un rideau de lampas embrasse encor ces lits
Où nos jeunes amours se sont ensevelis.

Appendons au beau jour le miroir de Venise :
Ne te semble-t-il pas y voir la Cydalise
Respirant une fleur qu'elle avait à la main
Et pressentant déjà le triste lendemain ?

Je vous envoie les trois âges du poëte ; il n'y a plus en moi qu'un prosateur obstiné. J'ai fait les premiers vers par enthousiasme de jeunesse, les seconds par amour, les derniers par désespoir. La Muse est entrée dans mon cœur comme une déesse aux paroles dorées ; elle s'en est échappée comme une pythie en jetant des cris de douleur. Seulement, ses derniers accents se sont adoucis à mesure qu'elle s'éloignait. Elle s'est détour-

née un instant, et j'ai revu comme en un mirage les traits adorés d'autrefois!

La vie d'un poëte est celle de tous. Il est inutile d'en définir
toutes les phases. Et, maintenant,

> Rebâtissons, ami, ce château périssable
> Que le souffle du monde a jeté sur le sable.
> Replaçons le sofa sous les tableaux flamands
> Et pour un jour encor relisons nos romans.

I

PREMIER CHATEAU

C'était dans notre logement commun de la rue du Doyenné
que nous nous étions reconnus frères, — *Arcades ambo*, — bien
près de l'endroit où exista l'ancien hôtel de Rambouillet.

Le vieux salon du Doyenné, restauré par les soins de tant
de peintres, nos amis, qui sont depuis devenus célèbres, reten-
tissait de nos rimes galantes, traversées souvent par les rires
joyeux ou les folles chansons des Cydalises. Le bon Rogier
souriait dans sa barbe, du haut d'une échelle, où il peignait
sur un des quatre dessus de glace un Neptune, — qui lui ressemblait! Puis les deux battants d'une porte s'ouvraient avec
fracas : c'était Théophile. Il cassait, en s'asseyant, un vieux
fauteuil Louis XIII. On s'empressait de lui offrir un escabeau
gothique, et il lisait, à son tour, ses premiers vers, — pendant que Cydalise Iᵉ, ou Lorry, ou Victorine, se balançaient
nonchalamment dans le hamac de Sarah la blonde, tendu à
travers l'immense salon.

Quelqu'un de nous se levait parfois, et rêvait à des vers
nouveaux en contemplant, des fenêtres, les façades sculptées
de la galerie du Musée, égayée de ce côté par les arbres du
manége.

Vous l'avez bien dit :

> Théo, te souviens-tu de ces vertes saisons
> Qui s'effeuillaient si vite en ces vieilles maisons,
> Dont le front s'abritait sous une aile du Louvre ?

Ou bien, par les fenêtres opposées, qui donnaient sur l'impasse, on adressait de vagues provocations aux yeux espagnols de la femme du commissaire, qui apparaissaient assez souvent au-dessus de la lanterne municipale.

Quels temps heureux ! On donnait des bals, des soupers, des fêtes costumées ; on jouait de vieilles comédies, où mademoiselle Plessy, étant encore débutante, ne dédaigna pas d'accepter un rôle : c'était celui de Béatrice dans *Jodelet*. — Et que notre pauvre Édouard Ourliac était comique dans les rôles d'Arlequin [1] !

Nous étions jeunes, toujours gais, quelquefois riches... Mais je viens de faire vibrer la corde sombre : notre palais est rasé. J'en ai foulé les débris l'automne passé. Les ruines mêmes de la chapelle, qui se découpaient si gracieusement sur le vert des arbres, et dont le dôme s'était écroulé un jour, au XVIIe siècle, sur onze malheureux chanoines réunis pour dire un office, n'ont pas été respectées. Le jour où l'on coupera les arbres du manége, j'irai relire sur la place *la Forêt coupée* de Ronsard :

> Écoute, bûcheron, arreste un peu le bras !
> Ce ne sont pas des bois que tu jettes à bas :
> Ne vois-tu pas le sang, lequel dégoutte à force,
> Des nymphes, qui vivoient dessous la dure écorce.

Cela finit ainsi, vous le savez :

> La matière demeure et la forme se perd !

Vers cette époque, je me suis trouvé, un jour, encore assez

---

1. Notamment, dans *le Courrier de Naples*, du théâtre des grands boulevards.

riche pour enlever aux démolisseurs et racheter en deux lots les boiseries du salon, peintes par nos amis. J'ai les deux dessus de porte de Nanteuil ; le *Watteau* de Vattier, signé; les deux panneaux longs de Corot, représentant deux *Paysages* de Provence ; le *Moine rouge*, de Châtillon, lisant la Bible sur la hanche cambrée d'une femme nue [1], qui dort ; les *Bacchantes*, de Chassériau, qui tiennent des tigres en laisse comme des chiens ; les deux trumeaux de Rogier, où la Cydalise, en costume régence, — en robe de taffetas feuille morte, triste présage ! — sourit, de ses yeux chinois, en respirant une rose, en face du portrait en pied de Théophile, vêtu à l'espagnole. L'*affreux* propriétaire, qui demeurait au rez-de-chaussée, mais sur la tête duquel nous dansions trop souvent, après deux ans de souffrances, qui l'avaient conduit à nous donner congé, a fait couvrir depuis toutes ces peintures d'une couche à la détrempe, parce qu'il prétendait que les nudités l'empêchaient de louer à des bourgeois. — Je bénis le sentiment d'économie qui l'a porté à ne pas employer la peinture à l'huile.

De sorte que tout cela est à peu près sauvé. Je n'ai pas retrouvé le *Siège de Lérida*, de Lorentz, où l'armée française monte à l'assaut, précédée par des violons ; ni les deux petits *Paysages* de Rousseau, qu'on aura sans doute coupés d'avance ; mais j'ai, de Lorentz, une *maréchale* poudrée, en uniforme Louis XV. — Quant à mon lit renaissance, à ma console Médicis, à mes buffets [2], à mon *Ribeira* [3], à mes tapisseries des *Quatre Éléments*, il y a longtemps que tout cela s'était dispersé.

— Où avez-vous perdu tant de belles choses ? me dit un jour Balzac.

— Dans les malheurs ! lui répondis-je en citant un de ses mots favoris.

1. Même sujet que le tableau qui se trouvait chez Victor Hugo.

2. Heureusement, Alphonse Karr possède le buffet aux trois femmes et aux trois satyres, avec des ovales de peintures du temps sur les portes.

3. La *Mort de saint Joseph* est à Londres, chez Gavarni.

Reparlons de la Cydalise, ou plutôt, n'en disons qu'un mot :
elle est embaumée et conservée à jamais dans le pur cristal
d'un sonnet de Théophile, — du Théo, comme nous disions.

Le Théophile a toujours passé pour gras ; il n'a jamais cependant pris de ventre, et s'est conservé tel encore que nous
le connaissions. Nos vêtements étriqués sont si absurdes, que
l'Antinoüs, habillé d'un habit, semblerait énorme, comme la
Vénus, habillée d'une robe moderne : l'un aurait l'air d'un
fort de la halle endimanché, l'autre d'une marchande de poisson. L'armature solide du corps de notre ami (on peut le dire,
puisqu'il voyage en Grèce aujourd'hui) lui fait souvent du tort
près des dames abonnées aux journaux de modes ; une connaissance plus parfaite lui a maintenu la faveur du sexe le
plus faible et le plus intelligent ; il jouissait d'une grande réputation dans notre cercle, et ne se mourait pas toujours aux
pieds chinois de la Cydalise.

En remontant plus haut dans mes souvenirs, je retrouve
un Théophile maigre... Vous ne l'avez pas connu. Je l'ai
vu, un jour, étendu sur un lit, — long et vert, — la poitrine
chargée de ventouses. Il s'en allait rejoindre, peu à peu, son
pseudonyme, Théophile de Viau, dont vous avez décrit les
amours panthéistes, par le chemin ombragé de l'*Allée de Sylvie*.
Ces deux poëtes, séparés par deux siècles, se seraient serré la
main, aux Champs-Élysées de Virgile, beaucoup trop tôt.

Voici ce qui s'est passé à ce sujet :

Nous étions plusieurs amis, d'une bohème antérieure, qui
menions gaiement l'existence que nous menons encore quoique
plus rassis. Le Théophile mourant nous faisait peine, et nous
avions des idées nouvelles d'hygiène, que nous communi-
quâmes aux parents. Les parents comprirent, chose rare ;
mais ils aimaient leur fils. On renvoya le médecin, et nous
dimes à Théo :

— Lève-toi... et viens boire.

La faiblesse de son estomac nous inquiéta d'abord. (Il s'était
endormi et senti malade à la première représentation de *Robert*

le Diable.) On rappela le médecin. Ce dernier se mit à réfléchir, et, le voyant plein de santé au réveil, dit aux parents :

— Ses amis ont peut-être raison.

Depuis ce temps-là, le Théophile refleurit. — On ne parla plus de ventouses, et on nous l'abandonna. La nature l'avait fait poëte, nos soins le firent presque immortel. Ce qui réussissait le plus sur son tempérament, c'était une certaine préparation de cassis sans sucre, que ses sœurs lui servaient dans d'énormes amphores en grès de la fabrique de Beauvais ; Ziégler a donné depuis des formes capricieuses à ce qui n'était alors que de simples cruches au ventre lourd. Lorsque nous nous communiquions nos inspirations poétiques, on faisait, par précaution, garnir la chambre de matelas, afin que le *paroxysme*, dû quelquefois au Bacchus du cassis, ne compromît pas nos têtes avec les angles des meubles.

Théophile, sauvé, n'a plus bu que de l'eau rougie et un doigt de champagne dans les petits soupers.

Cependant, nous avions désespéré d'attendrir la femme du commissaire. Son mari, moins farouche qu'elle, avait répondu, par une lettre fort polie, à l'invitation collective que nous leur avions adressée. Comme il était impossible de dormir dans ces vieilles maisons, à cause des suites chorégraphiques de nos soupers, — munis du silence complaisant des autorités voisines, — nous invitions tous les locataires distingués de l'impasse, et nous avions une collection d'attachés d'ambassades, en habit bleu à boutons d'or, de jeunes conseillers d'État[1], de référendaires en herbe, dont la nichée d'hommes déjà sérieux, mais encore aimables, se développait dans ce pâté de maisons, en vue des Tuileries et des ministères voisins. Ils n'étaient reçus qu'à condition d'amener des femmes du monde, protégées, si elles y tenaient, par des dominos et des loups.

---

1. L'un d'eux s'appelait Van Dael, jeune homme charmant, mais dont le nom a porté malheur à notre château.

Les propriétaires et les concierges étaient seuls condamnés à un sommeil troublé — par les accords d'un orchestre de guinguette choisi à dessein, et par les bonds éperdus d'un galop monstre, qui, de la salle aux escaliers et des escaliers à l'impasse, allait aboutir nécessairement à une petite place entourée d'arbres, où un cabaret s'était abrité sous les ruines imposantes de la chapelle du Doyenné. Au clair de lune, on admirait encore les restes de la vaste coupole italienne qui s'était écroulée, au XVIIe siècle, sur les onze malheureux chanoines, — accident duquel le cardinal Mazarin fut un instant soupçonné.

Mais vous me demanderez d'expliquer encore, en pâle prose, ces six vers de votre pièce intitulée *Vingt ans*.

> D'où vous vient, ô Gérard ! cet air académique ?
> Est-ce que les beaux yeux de l'Opéra-Comique
> S'allumeraient ailleurs ? La *reine du Sabbat*,
> Qui, depuis deux hivers, dans vos bras se débat,
> Vous échapperait-elle ainsi qu'une chimère ?
> Et Gérard répondait : « Que la femme est amère ! »

Pourquoi *du Sabbat...*, mon cher ami ? et pourquoi jeter maintenant de l'absinthe dans cette coupe d'or, moulée sur un beau sein ?

Ne vous souvenez-vous plus des vers de votre *Cantique des cantiques*, où l'Ecclésiaste nouveau s'adresse à cette même reine du matin :

> La grenade qui s'ouvre au soleil d'Italie
> N'est pas si gaie encore, à mes yeux enchantés,
> Que ta lèvre entr'ouverte, ô ma belle folie !
> Où je bois à longs flots le vin des voluptés.

Nous reprendrons plus tard ce discours littéraire et philosophique.

La reine de Saba, c'était bien celle, en effet, qui me préoccupait alors, — et doublement. — Le fantôme éclatant de la fille des Hémiarites tourmentait mes nuits sous les hautes co-

16.

lonnes de ce grand lit sculpté, acheté en Touraine, et qui n'était
pas encore garni de sa brocatelle rouge à ramages. Les salamandres de François Ier me versaient leur flamme du haut des
corniches, où se jouaient des amours imprudents. ELLE m'apparaissait radieuse, comme au jour où Salomon l'admira s'avan-
çant vers lui dans les splendeurs pourprées du matin [1]. Elle
venait me proposer l'éternelle énigme que le Sage ne put résoudre, et ses yeux, que la malice animait plus que l'amour,
tempéraient seuls la majesté de son visage oriental. Qu'elle
était belle ! non pas plus belle cependant qu'une autre reine du
matin dont l'image tourmentait mes journées.

Cette dernière réalisait vivante mon rêve idéal et divin. Elle
avait, comme l'immortelle Balkis, le don communiqué par la
huppe miraculeuse. Les oiseaux se taisaient en entendant ses
chants, et l'auraient certainement suivie à travers les airs.

La question était de la faire débuter à l'Opéra. Le triomphe
de Meyerbeer devenait le garant d'un nouveau succès. J'osai en
entreprendre le poëme. J'aurais réuni ainsi dans un trait de
flamme les deux moitiés de mon double amour. C'est pourquoi,
mon ami, vous m'avez vu si préoccupé dans une de ces nuits
splendides où notre Louvre était en fête. — Un mot de Dumas
m'avait averti que Meyerbeer nous attendait à sept heures du
matin.

Je ne songeais qu'à cela au milieu du bal. Une femme, que
vous vous rappelez sans doute, pleurait à chaudes larmes dans
un coin du salon, et ne voulait, pas plus que moi, se résoudre
à danser. Cette belle éplorée ne pouvait parvenir à cacher ses
peines. Tout à coup elle me prit le bras et me dit :

— Ramenez-moi, je ne puis rester ici.

Je sortis en lui donnant le bras. Il n'y avait pas de voiture
sur la place. Je lui conseillai de se calmer et de sécher ses yeux,
puis de rentrer ensuite dans le bal ; elle consentit seulement
à se promener sur la petite place. Je savais ouvrir une certaine.

---

1. Vous connaissez le beau tableau de Gleyre, qui représente la scène.

porte en planches qui donnait sur le manége, et nous causâmes longtemps au clair de lune, sous les tilleuls. Elle me raconta longuement tous ses désespoirs.

Celui qui l'avait amenée s'était épris d'une autre ; de là une querelle intime ; puis elle avait menacé de s'en retourner seule ou accompagnée ; il lui avait répondu qu'elle pouvait bien agir à son gré. De là les soupirs, de là les larmes.

Le jour ne devait pas tarder à poindre. La grande sarabande commençait. Trois ou quatre peintres d'histoire, peu danseurs de leur nature, avaient fait ouvrir le petit cabaret et chantaient à gorge déployée : *Il était un raboureur*, ou bien : *C'était un calonnier qui revenait de Flandre*, souvenir des réunions joyeuses de la mère Saguet. Notre asile fut bientôt troublé par quelques masques qui avaient trouvé ouverte la petite porte. On parlait d'aller déjeuner à Madrid, — au Madrid du bois de Boulogne, — ce qui se faisait quelquefois. Bientôt le signal fut donné, on nous entraîna, et nous partîmes à pied, les uns se trompant de femmes et se trompant de chemin, — vous vous en souvenez, — les autres escortés par trois gardes françaises, dont deux étaient simplement MM. d'Egmont et de Beauvoir ; — le troisième, c'était Giraud, le peintre ordinaire des gardes françaises.

Les sentinelles des Tuileries ne pouvaient comprendre cette apparition inattendue qui semblait le fantôme d'une scène d'il y a cent ans, où des gardes françaises auraient mené au violon une troupe de masques tapageurs. De plus, l'une des deux petites marchandes de tabac si jolies qui faisaient l'ornement de nos bals n'osa se laisser emmener à Madrid sans prévenir son mari, qui gardait la maison. Nous l'accompagnâmes à travers les rues. Elle frappa à sa porte. Le mari parut à la fenêtre de l'entre-sol. Elle lui cria :

— Je vais déjeuner avec ces messieurs.

Il répondit :

— Va-t'en au diable ! c'était bien la peine de me réveiller pour cela !

La belle désolée faisait une résistance assez faible pour se laisser entraîner à Madrid, et, moi, je faisais mes adieux à Rogier en lui expliquant que je voulais aller travailler à mon scénario.

— Comment! tu ne nous suis pas? Cette dame n'a plus d'autre cavalier que toi... et elle t'avait choisi pour la reconduire.

— Mais j'ai rendez-vous à sept heures chez Meyerbeer, entends-tu bien!

Rogier fut pris d'un fou rire. Un de ses bras était occupé par la Cydalise; il offrit l'autre à la belle dame, qui me salua d'un petit air moqueur. J'avais servi du moins à faire succéder un sourire à ses larmes.

J'avais quitté la proie pour l'ombre... comme toujours!

II

DEUXIÈME CHATEAU

Celui-là fut un château d'Espagne, construit avec des châssis, des *fermes* et des praticables... Vous en dirai-je la radieuse histoire, poétique et lyrique à la fois? Revenons d'abord au rendez-vous donné par Dumas, et qui m'en avait fait manquer un autre.

J'avais écrit, avec tout le feu de la jeunesse, un scénario fort compliqué, qui parut faire plaisir à Meyerbeer. J'emportai avec effusion l'espérance qu'il me donnait; seulement, un autre opéra, *les Frères corses*, lui était déjà destiné par Dumas, et le mien n'avait qu'un avenir assez lointain. J'en avais écrit un acte lorsque j'apprends, tout d'un coup, que le traité fait entre le grand poëte et le grand compositeur se trouve rompu, je ne sais pourquoi. — Dumas partait pour son voyage de la Méditerranée, Meyerbeer avait déjà repris la route de l'Allemagne. La pauvre *Reine de Saba*, abandonnée de tous, est devenue depuis un simple conte oriental qui fait partie des *Nuits du Rhamazan*.

C'est ainsi que la poésie tomba dans la prose et mon château théâtral dans le *troisième* dessous. — Toutefois, les idées scéniques et lyriques s'étaient éveillées en moi, j'écrivis en prose un acte d'opéra-comique, me réservant d'y intercaler, plus tard, des morceaux. Je viens d'en retrouver le manuscrit primitif, qui n'a jamais tenté les musiciens auxquels je l'ai soumis. Ce n'est donc qu'un simple proverbe, et je n'en parle ici qu'à titre d'épisode de ces petits mémoires littéraires[1].

III

TROISIÈME CHATEAU

Château de cartes, château de bohème, château en Espagne, — telles sont les premières stations à parcourir pour tout poëte. Comme ce fameux roi dont Charles Nodier a raconté l'histoire, nous en possédons au moins sept de ceux-là pendant le cours de notre vie errante, et peu d'entre nous arrivent à ce fameux château de briques et de pierre, rêvé dans la jeunesse, — d'où quelque belle aux longs cheveux nous sourit amoureusement à la seule fenêtre ouverte, tandis que les vitrages treillissés reflètent les splendeurs du soir.

En attendant, je crois bien que j'ai passé une fois par le château du diable. Ma Cydalise, à moi, perdue, à jamais perdue !... Une longue histoire, qui s'est dénouée dans un pays du Nord, — et qui ressemble à tant d'autres ! Je ne veux ici que donner le motif des *vers dorés*, conçus dans la fièvre et dans l'insomnie. Cela commence par le désespoir et cela finit par la résignation.

Puis revint un souffle épuré de la première jeunesse, et quelques fleurs poétiques s'entr'ouvrirent encore, dans la

1. Voir, dans le *Théâtre complet, Corilla ou les Deux Rendez-vous.*

forme de l'odelette aimée, — sur le rhythme sautillant d'un orchestre d'opéra.

Mais vous me rappelez, mon cher ami, qu'il s'agissait de causer poésie, et j'y arrive incidemment. — Reprenons cet *air académique* que vous m'avez reproché.

Je crois bien que vous voulez faire allusion au mémoire que j'ai adressé autrefois à l'Institut, à l'époque où il s'agissait d'un concours sur l'histoire de la poésie au xvie siècle. Je l'ai retrouvé, et il intéressera peut-être les lecteurs, comme le sermon que le bon Sterne mêla aux aventures macaroniques de Tristram Shandy.

IV

LES POËTES DU XVIe SIÈCLE

Il s'agite actuellement en littérature une question fort importante : on demande si la poésie moderne peut retirer quelque fruit de l'étude des écrivains français, antérieurs au xviie siècle.

L'académie des Jeux floraux avait même indiqué ce sujet pour son prix d'éloquence de cette année; et l'on sent bien que, si une académie de province hasarde une pareille question, c'est que le *statu quo* de Malherbe et de Boileau menace terriblement ruine.

J'ignore si le procès-verbal annuel des Jeux floraux est déjà publié : à Paris, nous ne le voyons guère; mais un journal de province, qui donnait dernièrement quelques détails sur ce concours, nous apprend que le morceau couronné répondait affirmativement à la question.

Elle y était vue de haut et traitée largement, comme on dit aujourd'hui : « Le moyen âge, s'écriait le lauréat, déborde sur nous par la littérature... L'imagination peut seule rouvrir les sources du génie; elle s'est précipitée sur les temps barbares; elle y a cherché les vivantes puissances du moyen âge, le christianisme, la chevalerie, les querelles religieuses, les révolutions politiques, etc... » Mais l'*accessit* était d'un avis bien contraire ; toute la poésie possible, à son sens, était contenue dans le grand siècle : au delà, rien que barbarie et confusion..., quelques épigrammes de Marot exceptées ; rien que l'on pût comprendre avant Ronsard, et quatre vers de lisibles, tout au plus, chez celui-ci (d'après la Harpe). Puis l'*accessit* tançait vertement ces *novateurs rétrogrades* qui veulent nous ramener à l'enfance de la poésie, nous proposant pour modèles des poëtes barbares qui n'avaient pas la moindre teinture des littératures anciennes, comme si les inimitables écrivains du siècle de Louis XIV n'étaient pas les seuls dignes d'être imités !

Travaillez, jeunes lauréats, travaillez ; il se peut que chacun de vous ait raison : que l'un nous offre des compositions où revive tout ce moyen âge qu'il dépeint si bien, que l'autre surpasse, s'il peut, les illustres modèles qu'il se propose... Mais qu'il les surpasse, entendez-vous ? car il est impossible d'admettre une littérature qui ne soit pas progressive. Regardez-y à deux fois : c'est une terrible prétention que celle de perfectionner Racine, et cependant la question est là.

Franchement, je vois chez le jeune novateur plus de conscience d'artiste, jointe à plus de modestie : il respecte trop nos grands auteurs pour se hasarder dans le genre qu'ils ont si glorieusement occupé ; il se propose des modèles moins supérieurs dans une littérature peu frayée, et qui n'a atteint aucune sorte de perfection : ces modèles, il peut sans trop d'orgueil espérer de les effacer, heureux s'il dotait notre siècle d'une source féconde d'inspiration et communiquait à d'autres l'envie de le surpasser lui-même dans cette entreprise.

Car il faut l'avouer, avec tout le respect possible pour les auteurs du grand siècle, ils ont trop resserré le cercle des compositions poétiques ; sûrs pour eux-mêmes de ne jamais manquer d'espace et de matériaux, ils n'ont point songé à ceux qui leur succéderaient, ils ont *dérobé leurs neveux*, selon l'expression du Métromane : au point qu'il ne nous reste que deux partis à prendre, ou de les surpasser, ainsi que je viens de

dire, ou de poursuivre une littérature d'imitation servile qui
ira jusqu'où elle pourra; c'est-à dire qui ressemblera à cette
suite de dessins si connue où, par des copies successives et dé-
gradées, on parvient à faire au profil d'Apollon une tête hideuse de grenouille.

De pareilles observations sont bien vieilles, sans doute; mais
il ne faut pas se lasser de les remettre devant les yeux du public, puisqu'il y a des gens qui ne se lassent pas de répéter les
sophismes qu'elles ont réfutés depuis longtemps. En général,
on paraît trop craindre, en littérature, de redire sans cesse les
bonnes raisons; on écrit trop pour ceux qui savent; et il arrive de là que les nouveaux auditeurs qui surviennent tous les
jours à cette grande querelle, ou ne comprennent point une
discussion déjà avancée, ou s'indignent de voir tout à coup, et
sans savoir pourquoi, remettre en question des principes adop-
tés depuis des siècles.

Il ne s'agit donc pas (loin de nous une telle pensée!) de dé-
précier le mérite de tant de grands écrivains à qui la France
doit sa gloire; mais, n'espérant point faire mieux qu'eux, de
chercher à faire autrement, et d'aborder tous les genres de littérature dont ils ne se sont point emparés.

Et ce n'est pas à dire qu'il faille pour cela imiter les étrangers, mais seulement suivre l'exemple qu'ils nous ont donné,
en étudiant profondément nos poëtes primitifs, comme ils ont
fait des leurs.

Car toute littérature primitive est nationale, n'étant créée
que pour répondre à un besoin, et conformément au caractère
et aux mœurs du peuple qui l'adopte; d'où il suit que, de
même qu'une graine contient un arbre entier, les premiers essais d'une littérature renferment tous les germes de son développement futur, de son développement complet et définitif.

Il suffit, pour faire comprendre ceci, de rappeler ce qui s'est
passé chez nos voisins : après des littératures d'imitation étrangère, comme était notre littérature dite classique, après le siècle de Pope et d'Addison, après celui de Wieland et de Lessing,

quelques gens à courte vue ont pu croire que tout était dit pour l'Angleterre et pour l'Allemagne...

Tout ! excepté les chefs-d'œuvre de Walter Scott et de Byron, excepté ceux de Schiller et de Gœthe ; les uns, produits spontanés de leur époque et de leur sol ; les autres, nouveaux et forts rejetons de la souche antique ; tous abreuvés à la source des traditions, des inspirations primitives de leur patrie, plutôt qu'à celle de l'Hippocrène.

Ainsi, que personne ne dise à l'art : « Tu n'iras pas plus loin ! » au siècle : « Tu ne peux dépasser les siècles qui t'ont précédé !... » C'est là ce que prétendait l'antiquité en posant les bornes d'Hercule : le moyen âge les a méprisées, et il a découvert un monde.

Peut-être ne reste-t-il plus de mondes à découvrir ; peut-être le domaine de l'intelligence est-il au complet aujourd'hui et peut-on en faire le tour, comme celui du globe ; mais il ne suffit pas que tout soit découvert ; dans ce cas même, il faut culiver, il faut perfectionner ce qui est resté inculte ou imparfait. Que de plaines existent que la culture aurait rendues fécondes ! que de riches matériaux, auxquels il n'a manqué que d'être mis en œuvre par des mains habiles ! que de ruines de monuments inachevés !... Voilà ce qui s'offre à nous, et dans notre patrie même, à nous qui nous étions bornés si longtemps à dessiner magnifiquement quelques jardins royaux, à les encombrer de plantes et d'arbres étrangers conservés à grands frais, à les surcharger de dieux de pierre, à les décorer de jets d'eau et d'arbres taillés en portiques.

Mais arrêtons-nous ici, de peur qu'en combattant trop vivement le préjugé qui défend à la littérature française, comme mouvement rétrograde, un retour d'étude et d'investigation vers son origine, nous ne paraissions nous escrimer contre un fantôme, ou frapper dans l'air comme Entelle. Le principe était plus contesté au temps où un célèbre écrivain allemand envisageait ainsi l'avenir de la poésie française :

« Si la poésie (nous traduisons M. Schlegel) pouvait plus

tard refleurir en France, je crois que cela ne serait point par
l'imitation des Anglais ni d'aucun autre peuple, mais par un
retour à l'esprit poétique en général, et en particulier à la littérature française des temps anciens. L'imitation ne conduira
jamais la poésie d'une nation à son but définitif, et surtout
l'imitation d'une littérature étrangère parvenue au plus grand
développement intellectuel et moral dont elle est susceptible ;
mais il suffit à chaque peuple de remonter à la source de sa
poésie et à ses traditions populaires pour y distinguer et ce qui
lui appartient en propre et ce qui lui appartient en commun
avec les autres peuples. Ainsi l'inspiration religieuse est ouverte à tous, et toujours il en sort une poésie nouvelle, convenable à tous les esprits et à tous les temps : c'est ce qu'a compris Lamartine, dont les ouvrages annoncent à la France une
nouvelle ère poétique, » etc.

Mais avions-nous, en effet, une littérature avant Malherbe ?
observent quelques irrésolus, qui n'ont suivi de cours de littérature que celui de la Harpe. — Pour le vulgaire des lecteurs,
non ! Pour ceux qui voudraient voir Rabelais et Montaigne mis
en français moderne, pour ceux à qui le style de la Fontaine et
de Molière paraît tant soit peu négligé, non ! Mais pour ces
intrépides amateurs de poésie et de langue française que n'effraye pas un mot vieilli, que n'égaye pas une expression tri-
viale ou naïve, que ne démontent point les *oncques*, les *ainçois* et
les *ores*, oui ! pour les étrangers qui ont puisé tant de fois à cette
source, oui !... Du reste, ils ne craignent point de le reconnaître [1], et rient bien fort de voir souvent nos écrivains s'accuser humblement d'avoir pris chez eux des idées qu'eux-mêmes
avaient dérobées à nos ancêtres.

1. Tous les critiques étrangers s'accordent sur ce point. Citons entre mille
un passage d'une revue anglaise, rapporté tout récemment par *le Mercure*, et
qui faisait partie d'un article où notre littérature était fort maltraitée : « Il
serait injuste cependant de ne point reconnaître que ce fut aux Français que
l'Europe dut sa première impulsion poétique, et que la littérature *romane*, qui
distingue le génie de l'Europe moderne du génie classique de l'antiquité,
naquit avec les *trouveurs* et les *conteurs* du nord de la France, les *jongleurs*
et les *ménestrels* de Provence.

Mais, avant d'aller plus loin, posons la question de manière à la faire mieux comprendre, et profitons pour cela de la division indiquée par M. Sainte-Beuve, dans son excellent *Tableau de la poésie au* XVIᵉ *siècle*, qui attribue à l'école de Ronsard, et non pas à Malherbe, l'établissement du système classique en France; on n'avait pas jusque-là appuyé assez sur cette circonstance, à cause du peu de cas que l'on faisait, à tort, des poëtes du XVIᵉ siècle.

Nous dirons donc maintenant : Existait-il une littérature nationale avant Ronsard, mais une littérature complète, capable par elle-même, et à elle seule, d'inspirer des hommes de génie, et d'alimenter de vastes conceptions? Une simple énumération va nous prouver qu'elle existait : qu'elle existait, divisée en deux parties bien distinctes, comme la nation elle-même, et dont par conséquent l'une, que les critiques allemands appellent *littérature chevaleresque*, semblait devoir son origine aux Normands, aux Bretons, aux Provençaux et aux Francs; dont l'autre, native du cœur même de la France, et essentiellement populaire, est assez bien caractérisée par l'épithète de *gauloise*.

La première comprend : les poëmes historiques, tels que les romans de *Rou* (Rollon) et du *Brut* (Brutus), la *Philippide*, le *Combat des trente Bretons*, etc.; les poëmes chevaleresques, tels que le *Saint Graal, Tristan, Partenopex, Lancelot*, etc.; les poëmes allégoriques, tels que les romans de la *Rose*, du *Renard*, etc., et enfin toute la poésie légère, chansons, ballades, lais, chants royaux, plus la poésie provençale ou *romane* tout entière.

La seconde comprend les mystères, moralités et farces (y compris *Patelin*); les fabliaux, contes, facéties, livres satiriques, noëls, etc. : toutes œuvres où le plaisant dominait, mais qui ne laissent pas d'offrir souvent des morceaux profonds ou sublimes, et des enseignements d'une haute morale parmi des flots de gaieté frivole et licencieuse.

Eh bien, qui n'eût promis l'avenir à une littérature aussi

forte, aussi variée dans ses éléments, et qui ne s'étonnera de la voir tout à coup renversée, presque sans combat, par une poignée de novateurs qui prétendaient ressusciter la Rome morte depuis seize cents ans, la Rome romaine, et la ramener victorieuse, avec ses costumes, ses formes et ses dieux, chez un peuple du Nord, à moitié composé de nations germaniques, et dans une société toute chrétienne? Ces novateurs, c'étaient Ronsard et les poëtes de son école; le mouvement imprimé par eux aux lettres s'est continué jusqu'à nos jours.

Il serait trop long de nous occuper à faire l'histoire de la haute poésie en France, car elle était vraiment eu décadence au siècle de Ronsard; flétrie dans ses germes, morte sans avoir acquis le développement auquel elle semblait destinée; tout cela, parce qu'elle n'avait trouvé pour l'employer que des poëtes de cour qui n'en tiraient que des chants de fêtes, d'adulation et de fade galanterie; tout cela faute d'hommes de génie qui sussent la comprendre et en mettre en œuvre les riches matériaux.

Ces hommes de génie se sont rencontrés cependant chez les étrangers, et l'Italie surtout nous doit ses plus grands poëtes du moyen âge; mais, chez nous, à quoi avaient abouti les hautes promesses des xiie et xiiie siècles? A je ne sais quelle poésie ridicule, où la contrainte métrique, ou des tours de force en fait de rime tenaient lieu de couleur et de poésie; à de fades et obscurs poëmes allégoriques, à des légendes lourdes et diffuses, à d'arides récits historiques rimés; tout cela recouvert d'un langage poétique plus vieux de cent ans que la prose et le langage usuel, car les rimeurs d'alors imitaient si servilement les poëtes qui les avaient précédés, qu'ils en conservaient même la langue surannée. Aussi tout le monde s'était dégoûté de la poésie dans les genres sérieux, et l'on ne s'occupait plus qu'à traduire les poëmes et romans du xiie siècle dans cette prose qui croissait tous les jours en grâce et en vigueur. Enfin il fut décidé que la langue française

n'était pas propre à la haute poésie, et les savants se hâtèrent
de profiter de cet arrêt pour prétendre qu'on ne devait plus la
traiter qu'en vers latins et en vers grecs.

Quant à la poésie populaire, grâce à Villon et à Marot, elle
avait marché de front avec la prose illustrée par les Joinville,
les Froissart et les Rabelais ; mais, Marot éteint, son école
n'était pas de taille à le continuer : ce fut elle cependant qui
opposa à Ronsard la plus sérieuse résistance, et certes, bien
qu'elle ne comptât plus d'hommes supérieurs, elle était assez
forte sur l'épigramme : la *tenaille de Mellin*[1], qui pinçait si
fort Ronsard au milieu de sa gloire, a fait proverbe.

Je ne sais si le peu de phrases que je viens de hasarder suffit
pour montrer la littérature d'alors dans cet état d'interrègne
qui suit la mort d'un grand génie, ou la fin d'une brillante
époque littéraire, comme cela s'est vu plusieurs fois depuis ; si
on se représente bien le troupeau des écrivains du second
ordre se tournant inquiets à droite et à gauche et cherchant un
guide : les uns fidèles à la mémoire des grands hommes qui
ne sont plus, et laissant dans les rangs une place pour leur
ombre ; les autres tourmentés d'un vague désir d'innovation
qui se produit eu essais ridicules ; les plus sages faisant des
théories et des traductions... Tout à coup un homme apparaît,
à la voix forte, et dépassant la foule de la tête : celle-ci se sépare en deux partis, la lutte s'engage, et le géant finit par
triompher, jusqu'à ce qu'un plus adroit lui saute sur les épaules et soit seul proclamé très-grand.

Mais n'anticipons pas : nous sommes en 1549, et à peu de
mois de distance apparaissent la *Défense et Illustration de la
langue française*[2], et les premières *Odes pindariques* de Pierre
de Ronsard.

La *Défense de la langue française*, par J. du Bellay, l'un des

---

1. Mellin de Saint-Gelais.
2. Par I. D. B. A. (Joachim du Bellay). Paris, Arnoul Angelier, 1549. Le
privilége date de 1548.

compagnons et des élèves de Ronsard, est un manifeste contre
ceux qui prétendaient que la langue française était trop
pauvre pour la poésie, qu'il fallait la laisser au peuple, et
n'écrire qu'en vers grecs et latins; du Bellay leur répond
« que les langues ne sont pas nées d'elles-mêmes en façon
d'herbes, racines et arbres; les unes infirmes et débiles en
leurs espérances, les autres saines et robustes et plus aptes à
porter le faix des conceptions humaines, mais que toute leur
vertu est née au monde, du vouloir et arbitre des mortels.
C'est pourquoi on ne doit ainsi louer une langue et blâmer
l'autre, vu qu'elles viennent toutes d'une même source et origine : c'est la fantaisie des hommes; et ont été formées d'un
même jugement à une même fin : c'est pour signifier entre
nous les conceptions et intelligences de l'esprit. Il est vrai que,
par succession de temps, les unes, pour avoir été curieusement réglées, sont devenues plus riches que les autres; mais
cela ne se doit attribuer à la félicité desdites langues, mais au
seul artifice et industrie des hommes. A ce propos, je ne puis
assez blâmer la sotte arrogance et témérité d'aucuns de notre
nation, qui, n'étant rien moins que grecs ou latins, déprisent
ou rejettent d'un sourcil plus que stoïque toutes choses écrites
en français. »

Il continue en prouvant que la langue française ne doit pas
être appelée *barbare*, et recherche cependant pourquoi elle
n'est pas si riche que les langues grecque et latine : « On le
doit attribuer à l'ignorance de nos ancêtres, qui, ayant en
plus grande recommandation le bien faire que le bien dire, se
sont privés de la gloire de leurs bienfaits, et nous du fruit de
l'imitation d'iceux; et, par le même moyen, nous ont laissé
notre langue si pauvre et nue, qu'elle a besoin des ornements,
et, s'il faut parler ainsi, des plumes d'autrui. Mais qui voudrait dire que la grecque et romaine eussent toujours été en
l'excellence qu'on les a vues au temps d'Horace et de Démos-
thènes, de Virgile et de Cicéron? Et, si ces auteurs eussent
jugé que jamais, pour quelque diligence et culture qu'on eût

u faire, elles n'eussent su produire plus grand fruit, se fus-ent-ils tant efforcés de les mettre au point où nous les voyons maintenant? Ainsi puis-je dire de notre langue qui commence encore à fleurir, sans fructifier ; cela, certainement, non par le défaut de sa nature, aussi apte à engendrer que les autres, mais par la faute de ceux qui l'ont eue en garde et ne l'ont cultivée à suffisance. Que si les anciens Romains eussent été aussi négliges à la culture de leur langue, quand premièrement elle commença à pulluler, pour certain en si peu de temps elle ne fût devenue si grande ; mais eux, en guise de bons agricul-teurs, l'ont premièrement transmuée d'un lieu sauvage dans un lieu domestique, puis, afin que plutôt et mieux elle pût fructi-fier, coupant à l'entour les inutiles rameaux, l'ont, pour échange d'iceux, restaurée de rameaux francs et domestiques, magistralement tirés de la langue grecque, lesquels sou-dainement se sont si bien entés et faits semblables à leurs troncs, que désormais ils n'apparaissent plus adoptifs, mais naturels. »

Suit une diatribe contre les traducteurs, qui abondaient alors, comme il arrive toujours à de pareilles époques litté-raires ; du Bellay prétend que « ce labeur de traduire n'est pas un moyen suffisant pour élever notre vulgaire à l'égal des autres plus fameuses langues. Que faut-il donc ? Imiter ! imiter les Romains, comme ils ont fait des Grecs ; comme Cicéron a imité Démosthène, et Virgile, Homère. »

Nous venons de voir ce qu'il pense des faiseurs de vers la-tins, et des traducteurs ; voici maintenant pour les imitateurs de la vieille littérature : « Et certes, comme ce n'est point chose vicieuse, mais grandement louable, d'emprunter d'une langue étrangère les sentences et les mots, et les approprier à la sienne : aussi est-ce chose grandement à reprendre, voire odieuse à tout lecteur de libérale nature, de voir en une même langue une telle imitation, comme celle d'aucuns savants mêmes, qui s'estiment être des meilleurs plus ils ressemblent à Héroët ou à Marot. Je t'admoneste donc, ô toi qui désires

l'accroissement de ta langue et veux y exceller, de n'imiter à
pied levé, comme naguère a dit quelqu'un, les plus fameux
auteurs d'icelle; chose certainement aussi vicieuse comme de
nul profit à notre vulgaire, vu que ce n'est autre chose, sinon
lui donner ce qui était à lui. »

Il jette un regard sur l'avenir, et ne croit pas qu'il faille
désespérer d'égaler les Grecs et les Romains : « Et comme
Homère se plaignait que, de son temps, les corps étaient trop
petits, il ne faut point dire que les esprits modernes ne sont à
comparer aux anciens; l'architecture, l'art du navigateur et
autres inventions antiques, certainement sont admirables, et
non si grandes toutefois qu'on doive estimer les cieux et la
nature d'y avoir dépensé toute leur vertu, vigueur et industrie.
Je produirai pour témoins de ce que je dis l'imprimerie,
sœur des Muses et dixième d'elles, et cette non moins admirable que pernicieuse foudre d'artillerie; avec tant d'autres
non antiques inventions qui montrent véritablement que,
par le long cours des siècles, les esprits des hommes ne
sont point si abâtardis qu'on voudrait bien dire. Mais j'entends encore quelque opiniâtre s'écrier : « Ta langue tarde
» trop à recevoir sa perfection » et je dis que ce retardemen
ne prouve point qu'elle ne puisse la recevoir; je dis encore
qu'elle se pourra tenir certain de la garder longuement
l'ayant acquise avec si longue peine; suivant la loi de nature
qui a voulu que tout arbre qui naît fleurit et fructifie bientôt
bientôt aussi vieillisse et meure, et au contraire que celui-là
dure par longues années qui a longuement travaillé à jeter ses
racines. »

Ici finit le premier livre, où il n'a été encore question que
de la langue et du style poétique; dans le second, la question
est abordée plus franchement, et l'intention de renverser l'ancienne littérature et d'y substituer les formes antiques est ex-
primée avec plus d'audace :

« Je penserai avoir beaucoup mérité des miens si je leur
montre seulement du doigt le chemin qu'ils doivent suivre

pour atteindre à l'excellence des anciens : mettons donc pour le commencement ce que nous avons, ce me semble, assez prouvé au premier livre. C'est que, sans l'imitation des Grecs et Romains, nous ne pouvons donner à notre langue l'excellence et lumière des autres plus fameuses. Je sais que beaucoup me reprendront d'avoir osé, le premier des Français, introduire quasi une nouvelle poésie, ou ne se tiendront pleinement satisfaits, tant pour la brièveté dont j'ai voulu user que pour la diversité des esprits dont les uns trouvent bon ce que les autres trouvent mauvais. Marot me plaît, dit quelqu'un, parce qu'il est facile et ne s'éloigne point de la commune manière de parler; Héroët, dit quelque autre, parce que tous ses vers sont doctes, graves et élaborés; les autres d'un autre se délectent. Quant à moi, telle superstition ne m'a point retiré de mon entreprise, parce que j'ai toujours estimé notre poésie française être capable de quelque plus haut et merveilleux style que celui dont nous nous sommes si longuement contentés. Disons donc brièvement ce que nous semble de nos poëtes français.

» De tous les anciens poëtes français, quasi un seul, Guillaume de Loris et Jean de Meun[1], sont dignes d'être lus, non tant pour ce qu'il y ait en eux beaucoup de choses qui se doivent imiter des modernes, que pour y voir quasi une première image de la langue française, vénérable pour son antiquité. Je ne doute point que tous les pères crieraient la honte être perdue si j'osais reprendre ou émender quelque chose en ceux que jeunes ils ont appris, ce que je ne veux faire aussi; mais bien soutiens-je que celui-là est trop grand admirateur de l'ancienneté qui veut défrauder les jeunes de leur gloire méritée : n'estimant rien, sinon ce que la mort a sacré, comme si le temps, ainsi que les vins, rendait les poésies meilleures. Les plus récents, même ceux qui ont été nommés par Clément Marot en une certaine épigramme à Salel, sont

---

1. Auteurs du roman de la *Rose*.

assez connus par leurs œuvres; j'y renvoie les lecteurs pour
en faire jugement. »

Il continue par quelques louanges et beaucoup de critiques
des auteurs du temps, et revient à son premier dire, qu'il
faut imiter les anciens, « et non point les auteurs français,
pour ce qu'en ceux-ci on ne saurait prendre que bien peu,
comme la peau et la couleur, tandis qu'en ceux-là on peut
prendre la chair, les os, les nerfs et le sang. »

« Lis donc, et relis premièrement, ô poëte futur! les exem-
plaires grecs et latins : puis me laisse toutes ces vieilles poésies françaises aux Jeux floraux de Toulouse et au Puy de
Rouan, comme rondeaux, ballades, virelais, chants royaux,
chansons et telles autres épiceries qui corrompent le goût de
notre langue, et ne servent sinon à porter témoignage de
notre ignorance. Jette-toi à ces plaisantes épigrammes, non
point comme font aujourd'hui un tas de faiseurs de contes
nouveaux qui en un dizain sont contents n'avoir rien dit qui
vaille aux neuf premiers vers, pourvu qu'au dixième il y ait
le petit mot pour rire, mais à l'imitation d'un Martial, ou de
quelque autre bien approuvé; si la lascivité ne te plaît, mêle
le profitable avec le doux; distille avec un style coulant et
non scabreux de tendres élégies, à l'exemple d'un Ovide, d'un
Tibulle et d'un Properce; y entremêlant quelquefois de ces
fables anciennes, non petit ornement de poésie. Chante-moi
ces odes inconnues encore de la langue française, d'un luth
bien accordé au son de la lyre grecque et romaine, et qu'il
n'y ait rien où apparaissent quelques vestiges de rare et antique érudition. Quant aux épîtres, ce n'est un poëme qui
puisse grandement enrichir notre vulgaire, parce qu'elles sont
volontiers des choses familières et domestiques, si tu ne les
voulais faire à l'imitation d'élégies comme Ovide, ou senten-
cieuses et graves comme Horace : autant te dis-je des satires
que les Français, je ne sais comment, ont nommées coq-à-
l'âne, auxquelles je te conseille aussi peu t'exercer, si ce n'est
à l'exemple des anciens en vers héroïques, et, sous ce nom

de satire, y taxer modestement les vices de son temps et pardonner aux noms des personnes vicieuses. Tu as pour ceci Horace, qui, selon Quintilien, tient le premier lieu entre les satiriques. *Sonne-moi* ces beaux *sonnets*[1]; non moins docte que plaisante invention italienne, pour lequel tu as Pétrarque et quelques modernes Italiens. Chante-moi d'une musette bien résonnante les plaisantes églogues rustiques, à l'exemple de Théocrite et de Virgile. Quant aux comédies et tragédies, si les rois et les républiques les voulaient restituer en leur ancienne dignité qu'ont usurpée les farces et moralités, je serais bien d'opinion que tu t'y employasses, et, si tu le veux faire pour l'ornement de la langue, tu sais où tu en dois trouver les archétypes. »

Je ne crois pas qu'on me reproche d'avoir cité tout entier ce chapitre où la révolution littéraire est si audacieusement proclamée; il est curieux d'assister à cette démolition complète d'une littérature du moyen âge au profit de tous les genres de composition de l'antiquité, et la réaction analogue qui s'opère aujourd'hui doit lui donner un nouvel intérêt.

Du Bellay conseille encore l'introduction dans la langue française de mots composés du latin et du grec, recommandant principalement de s'en servir dans les arts et sciences libérales. Il recommande, avec plus de raison, l'étude du langage figuré, dont la poésie française avait jusqu'alors peu de connaissance; il propose de plus quelques nouvelles alliances de mots accueillies depuis en partie : « d'user hardiment de l'infinitif pour le nom, comme l'*aller*, le *chanter*, le *vivre*, le *mourir*; de l'adjectif substantivé, comme le *vide de l'air*, le *frais de l'ombre*, l'*épais des forêts*; des verbes et des participes, qui de leur nature n'ont point d'infinitifs après eux,

1. *Sonne-moi ces sonnets :* ceci est un trait du mauvais goût d'alors, auquel le jeune novateur n'a pu entièrement se soustraire. Nous trouvons plus haut : *Distille* avec un *style.* Ronsard lui-même a cédé quelquefois à ce plaisir de jouer sur les mots : *Dorat* qui *redore* le langage français; *Mellin* aux paroles de *miel*, etc.

avec des infinitifs, comme *tremblant de mourir* pour *craignant de mourir*, etc. Garde-toi encore de tomber en un vice commun, même aux plus excellents de notre langue : c'est l'omission des articles. »

« Je ne veux oublier l'émendation, partie certes la plus utile de nos études ; son office est d'ajouter, ôter, ou changer à loisir ce que la première impétuosité et ardeur d'écrire n'avait permis de faire; il est nécessaire de remettre à part nos écrits nouveau-nés, les revoir souvent, et, en la manière des ours, leur donner forme, à force de lécher. Il ne faut pourtant y être trop superstitieux, ou, comme les éléphants leurs petits, être dix ans à enfanter ses vers. Surtout nous convient avoir quelques gens savants et fidèles compagnons qui puissent connaître nos fautes et ne craignent pas de blesser notre papier avec leurs ongles. Encore te veux-je avertir de hanter quelquefois non-seulement les savants, mais aussi toute sorte d'ouvriers et gens mécaniques, savoir leurs inventions, les noms des matières et termes usités en leurs arts et métiers pour tirer de là de belles comparaisons et descriptions de toutes choses.

» Vous semble-t-il pas, messieurs, qui êtes si ennemis de votre langue, que notre poëte ainsi armé puisse sortir en campagne, et se montrer sur les rangs avec les braves escadrons grecs et romains. Et vous autres si mal équipés, dont l'ignorance a donné le ridicule nom de *rimeur* à notre langue, oserez-vous bien endurer le soleil, la poudre et le dangereux labeur de ce combat? Je suis d'avis que vous vous retiriez au bagage avec les pages et laquais, ou bien (car j'ai pitié de vous) sous les frais ombrages, entre les dames et damoiselles où vos beaux et mignons écrits, non de plus longue durée que votre vie, seront reçus, admirés et adorés. Que plût aux Muses pour le bien que je veux à notre langue que vos ineptes œuvres fussent bannies non-seulement, comme elles le sont des bibliothèques des savants, mais de toute la France. »

On voit que les disputes littéraires de ce temps-là n'étaient

pas moins animées qu'elles ne le sont aujourd'hui. Du Bellay
s'écrie qu'il faudrait que tous les rois amateurs de leur langue défendissent d'imprimer les œuvres des poëtes surannés
de l'époque.

« Oh! combien je désire voir sécher ces *printemps*, châtier
ces petites jeunesses, rabattre ces *coups d'essai*, tarir ces
fontaines, bref abolir ces beaux titres suffisants pour dégoûter
tout lecteur savant d'en lire davantage! Je ne souhaite pas
moins que ces *dépourvus*, ces *humbles espérants*, ces *bains de
Liesse*, ces *esclaves*, ces *traverseurs*[1], soient renvoyés à la table
ronde, et ces belles petites devises aux gentilshommes et damoiselles, d'où on les a empruntées. Que dirai-je plus? Je sup-
plie à Phébus Apollon que la France, après avoir été si longuement stérile, grosse de lui, enfante bientôt un poëte dont le
luth bien résonnant fasse tarir ces enrouées cornemuses, non
autrement que les grenouilles quand on jette une pierre en
leur marais [2]. »

Après une nouvelle exhortation aux Français d'écrire en
leur langue, du Bellay finit ainsi : « Or, nous voici, grâce à
Dieu, après beaucoup de périls et de flots étrangers, rendus
au port à sûreté. Nous avons échappé du milieu des Grecs et
au travers des escadrons romains, pénétré jusqu'au sein de la
France, France tant désirée. Là donc, Français, marchez
courageusement vers cette superbe cité romaine, et, de ses
serves dépouilles, ornez vos temples et autels. Ne craignez plus
ces oies criardes, ce fier Manlie et ce traître Camille, qui sous
ombre de bonne foi vous surprennent tout nus comptant la

---

1. Allusion aux ridicules surnoms que prenaient les poëtes du temps :
l'*Humble Espérant* (Jehan le Blond) ; le *Banni de Liesse* (François Habert) ;
l'*Esclave fortuné* (Michel d'Amboise) ; le *Traverseur des voies périlleuses*
(Jehan Bouchet). Il y avait encore le *Solitaire* (Jehan Gohorry) ; l'*Esperon-
nier de discipline* (Antoine de Saix), etc., etc.
2. Il s'agit là de Pierre de Ronsard, annoncé comme le Messie par ce nouveau saint Jean. Du Bellay a-t-il voulu équivoquer sur le prénom de Ronsard
avec cette figure de la *pierre?* Ce serait peut-être aller trop loin que de le
supposer.

rançon du Capitole. Donnez en cette Grèce menteresse et y semez encore un coup la fameuse nation des Gallo-Grecs. Pillez-moi sans conscience les sacrés trésors de ce temple Delphique, ainsi que vous avez fait autrefois, et ne craignez plus ce muet Apollon ni ses faux oracles. Vous souvienne de votre ancienne Marseille, seconde Athènes ; et de votre Hercule gallique tirant les peuples après lui par leurs oreilles avec une chaîne attachée à sa langue. »

C'est un livre bien remarquable que ce livre de du Bellay ; c'est un de ceux qui jettent le plus de jour sur l'histoire de la littérature française, et peut-être aussi le moins connu de tous les traités écrits sur ce sujet : je ne sache pas qu'aucun auteur s'en soit servi depuis deux siècles, si ce n'est M. Sainte-Beuve qui en a donné une analyse. Je n'aurais pas hasardé cette citation, beaucoup plus longue encore, si je ne la regardais comme l'histoire la plus exacte que l'on puisse faire de l'école de Ronsard.

En effet, tout est là : à voir comme les réformes prêchées, les théories développées dans la *Défense et Illustration de la langue française*, ont été fidèlement adoptées depuis et mises en pratique dans tous leurs points, il est même difficile de douter qu'elle ne soit l'œuvre de cette école tout entière ; je veux dire de Ronsard, Ponthus de Thiard, Remi Belleau, Étienne Jodelle, J. Antoine de Baïf, qui, joints à du Bellay, composaient ce qu'on appela depuis *la Pléiade*[1]. Du reste, la plupart de ces auteurs avaient écrit beaucoup d'ouvrages dans le système prêché par du Bellay, bien qu'ils ne les eussent point fait encore imprimer ; de plus, il est question des *odes* dans l'*Illustration*, et Ronsard dit plus tard dans une préface avoir le premier introduit le mot *ode* dans la langue française ; ce qu'on n'a jamais contesté.

Mais, soit que ce livre ait été de plusieurs mains, soit qu'une

---

1. Il est à remarquer que l'*Illustration* ne parle nominativement d'aucun d'entre eux ; plusieurs cependant étaient déjà connus. Il me semble que du Bellay n'aurait pas manqué de citer ses amis s'il eût porté seul la parole.

seule plume ait exprimé les vœux et les doctrines de toute
une association de poëtes, il porte l'empreinte de la plus complète ignorance de l'ancienne littérature française ou de la
plus criante injustice. Tout le mépris que du Bellay professe, à
juste titre, envers les poëtes de son temps imitateurs des vieux
poëtes, y est, à grand tort, reporté aussi sur ceux-là qui
n'en pouvaient mais. C'est comme si, aujourd'hui, on en voulait aux auteurs du grand siècle de la platitude des rimeurs
modernes qui marchent sous leur invocation.

Se peut-il que du Bellay, qui recommande si fort d'enter
sur le tronc national près de périr des branches étrangères, ne
songe point même qu'une meilleure culture puisse lui rendre
la vie et ne le croie pas capable de porter des fruits par lui-
même? Il conseille de faire des mots d'après le grec et le latin,
comme si les sources eussent manqué pour en composer de
nouveaux d'après le vieux français seul; il appuie sur l'introduction des odes, élégies, satires, etc., comme si toutes ces
formes poétiques n'avaient pas existé déjà sous d'autres noms;
du poëme antique, comme si les chroniques normandes et les
romans chevaleresques n'en remplissaient pas toutes les conditions, appropriées de plus au caractère et à l'histoire du
moyen âge; de la tragédie, comme s'il eût manqué aux mystères autre chose que d'être traités par des hommes de génie
pour devenir la tragédie du moyen âge, plus libre et plus
vraie que l'ancienne. Supposons, en effet, un instant, les plus
grands poëtes étrangers et les plus opposés au système classique de l'antiquité, nés en France au xviᵉ siècle, et dans la
même situation que du Bellay et ses amis. Croyez-vous qu'ils
n'eussent pas été là, et avec les seules ressources et les éléments existant alors dans la littérature française, ce qu'ils furent à différentes époques et dans différents pays? Croyez-vous
que l'Arioste n'eût pas aussi bien composé son *Roland furieux*
avec nos fabliaux et nos poëmes chevaleresques; Shakspeare,
ses drames avec nos romans, nos chroniques, nos farces et
même nos mystères; le Tasse, sa *Jérusalem* avec nos livres de

chevalerie et les éblouissantes couleurs poétiques de notre littérature romane, etc. ? Mais les poëtes de la réforme classique
n'étaient point de cette taille, et peut-être est-il injuste de
vouloir qu'ils aient vu dans l'ancienne littérature française ce que
ces grands hommes y ont vu avec le regard du génie, et ce que
nous n'y voyons aujourd'hui sans doute que par eux. Au moins
rien ne peut-il justifier ce superbe dédain qui fait prononcer
aux poëtes de la Pléiade qu'il n'y a absolument rien avant eux,
non-seulement dans les genres sérieux, mais dans tous ; ne tenant pas plus compte de Rutebœuf que de Charles d'Anjou, de
Villon que de Charles d'Orléans, de Clément Marot que de
Saint-Gelais, et de Rabelais que de Joinville et de Froissart
dans la prose. Sans cette ardeur d'exclure, de ne rebâtir que
sur des ruines, on ne peut nier que l'étude et même l'imitation
momentanée de la littérature antique n'eussent pu être, dans
les circonstances d'alors, très-favorables aux progrès de la nôtre et de notre langue aussi ; mais l'excès a tout gâté : de la
forme, on a passé au fond ; on ne s'est pas contenté d'introduire le poëme antique, on a voulu qu'il dît l'histoire des anciens et non la nôtre ; la tragédie, on a voulu qu'elle ne célé-
brât que les infortunes des illustres familles d'OEdipe et d'Aga-
memnon ; on a amené la poésie à ne reconnaître et n'invoquer
d'autres dieux que ceux de la mythologie ; en un mot, cette
expédition, présentée si adroitement par du Bellay comme une
conquête sur les étrangers, n'a fait, au contraire, que les
amener vainqueurs dans nos murs ; elle a tendu à effacer petit
à petit notre caractère de nation, à nous faire rougir de nos
usages et même de notre langue au profit de l'antiquité ; à
nous amener, en un mot, à ce comble de ridicule qu'au
xixe siècle même, nous représentions encore nos rois et nos
héros en costumes romains, et que nous ayons employé le latin
pour les inscriptions de nos monuments, séduits que nous
sommes par de fausses idées de goût et de convenance. Bon
Dieu ! que diront un jour nos arrière-neveux en découvrant
des pierres sépulcrales de chrétiens, qui portent pour lé-

gende : DIIS MANIBUS [1] ! des monuments où il est inscrit : MDCCCXXXᵒ ANNO REGNANTE CAROLO DECIMO, PRÆFECTUS ET ÆDILES POSUERUNT, etc.[2] ! Ne seront-ils pas fondés à croire qu'en l'an 1830, la domination romaine subsistait encore en France ; de même qu'en lisant quelques lambeaux échappés au temps de notre poésie, ils pourront se persuader que le paganisme était aussi notre religion dominante? C'est certainement à ce défaut d'accord et de sympathie de la littérature classique avec nos mœurs et notre caractère national qu'il faut attribuer, outre les ridicules anomalies que je viens de citer en partie, le peu de popularité qu'elle a obtenu.

Voilà une digression qui m'entraîne bien loin : j'y ai jeté au hasard quelques raisons déjà rebattues ; il y en a des volumes de beaucoup meilleures, et cependant que de gens refusent encore de s'y rendre ! Une tendance plus raisonnable se fait, il est vrai, remarquer depuis quelques années[3] : on se met à lire un peu d'histoire de France ; et, quand dans les colléges on sera parvenu à la savoir presque aussi bien que l'histoire ancienne, et quand aussi on consacrera à l'étude de la langue française quelques heures arrachées au grec et au latin, un grand progrès sera sans doute accompli pour l'esprit national, et peut-être s'ensuivra-t-il moins de dédain pour la vieille littérature française, car tout cela se tient.

J'ai accusé l'école de Ronsard de nous avoir imposé une

1. Quelques-unes ne portent que D. M. au sommet de la légende ; mais il n'y en a peut-être pas le quart où il ne soit question des *mânes* du défunt. Que d'observations de ce genre il y aurait encore à faire !

2. Écoutons Paul Courier, à propos des inscriptions latines : « *Camera comotorum* leur paraissait beaucoup plus beau que *la Chambre des comptes :* cette manie dura, et même n'a point passé ; des inscriptions qui nous disent en mots de Cicéron qu'ici est le Marché-Neuf ou bien la Place-aux-Veaux.

3. Il est à espérer que la révolution de 93 aura donné lieu à la dernière explosion de l'imitation des anciens, et que nous en aurons fini cette fois avec les Léonidas, et les Brutus, et les Régulus, et les grandes odes pindariques, et les consuls, et les tribuns, et toute la défroque de la république romaine ajustée au XIXᵉ siècle ; c'est quelque chose déjà pour nous que d'avoir le coq gaulois en place de l'aigle classique.

littérature classique, quand nous pouvions fort bien nous en
passer, et surtout de nous l'avoir imposée si exclusive, si dé-
daigneuse de tout le passé qui était à nous; mais, à considérer
ses travaux et ses innovations, sous un autre point de vue, celui
des progrès du style et de la couleur poétique, il faut avouer
que nous lui devons beaucoup de reconnaissance; il faut
avouer que, dans tous les genres qui ne demandent pas une
grande force de création, dans tous les genres de poésie gracieuse et légère, elle a surpassé et les poëtes qui l'avaient précédée, et beaucoup de ceux qui l'ont suivie. Dans ces sortes
de compositions aussi, l'imitation classique est moins sensible :
les petites odes de Ronsard, par exemple, semblent la plupart
inspirées, plutôt par les chansons du xiie siècle, qu'elles
surpassent souvent encore en naïveté et en fraîcheur; ses sonnets aussi, et quelques-unes de ses élégies sont empreints du
véritable sentiment poétique, si rare quoi qu'on dise, que tout
le xviiie siècle, si riche qu'il soit en poésies diverses, semble en
être absolument dénué.

Mais, pour faire sentir les immenses progrès que Ronsard a
fait faire à la langue poétique, si pâle jusqu'à lui dans les
genres sérieux, il est bon de donner une idée de ce qu'elle
était au moment qu'il l'a prise. Pour cela, je transcris au hasard le début d'un poëme publié la même année que ses odes
pindariques, et par un des auteurs les plus estimés du temps.
(*Pandore*, par Guillaume de Tours.)

> O dieu Phœbus, des saints poëtes père,
> Du grand tonnant la lignée tant clère,
> Qui sus ton chef à perruque dorée
> Portes les fleurs de Daphnes transmuée
> Dans un laurier toujours verd qu'on blasonne,
> Car tu t'en ceints, et en fais ta couronne,
> Viens, viens à nous, viens ici en la guise
> Qu'en Hélicon, haute montagne sise
> Très-hautement les doctes sœurs enseignes
> Là des pieds nus dansantes aux enseignes
> De leur gaîté, tout autour des autiers

De ton parent Jupiter et au tiers
Toi réjoui de douce mélodie
Les adoucis et de ta poésie ;
Sois ci présent, et au labeur et peine
De toi chantant donne joyeux étrenne
De bien ditter et lui donne faveur,
Car il nous plaît la fable qui n'est moindre
D'aultres narrez intexer et la joindre
Que bien ditta Astreus sainct poëte, etc.

En vérité, rien qui surpasse ces vers, dans toute la haute poésie d'alors ; si quelqu'un en doute, qu'il lise encore les hymnes de Marot, de Marot si poëte dans les genres plaisants, et il verra quel abîme existait entre le style élevé et le style gracieux et naïf. Maintenant, jugez de quelle admiration le public de 1550 dût se sentir saisi en entendant des strophes pareilles à celles que je vais citer, et qui faisaient partie d'une ode pindarique où le poëte racontait la guerre des dieux contre les titans[1].

Bellone eut la tête couverte
D'un acier, sur qui rechignoit
De Méduse la gueule ouverte,
Qui pleine de flammes grognoit ;
En sa dextre elle enta la hache
Par qui les rois sont irrités,
Alors que, dépite, elle arrache
Les vieilles tours de leurs cités !

Adonc le Père puissant,
Qui de nerfs roidis s'efforce !

1. Cette ode était contenue dans le recueil intitulé : *Les quatre premiers Livres d'odes de P. de Ronsard vendomois, ensemble et son Boccaige ;* Paris, G. Cavellat, 1550.

Ronsard avait déjà publié séparément, l'année précédente, l'*Hymne de France*, Paris, Vascosan, et l'*Hymne de la paix*, G. Cavellat, 1549. Ces trois pièces très-rares ne sont point indiquées sur le catalogue de la Bibliothèque royale, ce qui a fait commettre a tous les bibliographes une erreur de date touchant la publication des premiers écrits de Ronsard.

Ne mit en oubli la force
De son foudre rougissant :
Mi-courbant la tête en bas,
Et bien haut levant le bras,
Contre eux guigna sa tempête,
Laquelle, en les foudroyant,
Siffloit, aigu-tournoyant,
Comme un fuseau sur leur tête.

De feu, les deux piliers du monde,
Brûlés jusqu'au fond, chanceloient :
Le ciel ardoit, la terre et l'onde
Tout petillants étinceloient, etc.

La langue est encore la même que dans le morceau cit[é]
plus haut; mais quelle différence dans la vigueur du style e[t]
l'éclat de la pensée! Eh bien, veut-on savoir tout d'un coup [à]
quoi s'en tenir sur les progrès que Ronsard a fait faire à l[a]
langue poétique, qu'on rapproche ce fragment, composé dan[s]
ses premières années, des vers suivants, composés dix an[s]
après, pour l'avénement au trône de Charles IX. Ce sont quel[-]
ques-uns des conseils qu'il lui adresse :

Ne vous montrez jamais pompeusement vêtu
L'habillement des rois est la seule vertu ;
Que votre corps reluise en vertus glorieuses,
Non par habits chargés de pierres précieuses.
D'amis plus que d'argent montrez-vous désireux,
Les princes sans amis sont toujours malheureux ;
Aimez les gens de bien, ayant toujours envie
De ressembler à ceux qui sont de bonne vie ;
Punissez les malins et les séditieux :
Ne soyez point chagrin, dépit, ni furieux,
Mais honnête et gaillard, portant sur le visage
De votre gentille âme un gentil témoignage.

Or, sire, pour autant que nul n'a le pouvoir
De châtier les rois qui font mal leur devoir,
Corrigez-vous vous-même, afin que la justice
De Dieu qui est plus grand vos fautes ne punisse.

Je dis ce puissant Dieu, dont la force est partout,
Qui conduit l'univers de l'un à l'autre bout,
Et fait à tous humains ses justices égales,
Autant aux laboureurs qu'aux personnes royales.
Lequel nous supplions vous tenir en sa loi,
Et vous aimer autant qu'il fit David son roi,
Et rendre comme à lui votre sceptre tranquille,
Car, sans l'aide de Dieu, la force est inutile.

On pourra juger d'après ces vers, dont le style est, en général, celui de tous les discours de Ronsard, combien est ridicule
l'accusation d'obscurité et de dureté qui depuis deux siècles
flétrit ses poésies; et il nous sera de plus loisible d'avancer
que la Harpe ne les avait jamais lues, lorsqu'il s'écrie qu'on
ne peut pas lire et comprendre quatre vers de suite chez Ronsard. Qu'on me permette de citer encore une de ses élégies,
qui, sans être partout aussi pure que le morceau précédent, lui
est supérieure, ce me semble, sous le rapport de la poésie :

A MARIE

Six ans étoient coulés, et la septième année
Étoit presques entière en ses pas retournée,
Quand, loin d'affection, de désir et d'amour,
En pure liberté je passois tout le jour,
Et, franc de tout souci qui les âmes dévore,
Je dormois dès le soir jusqu'au point de l'aurore ;
Car seul, maître de moi, j'allois plein de loisir
Où le pied me portoit, conduit de mon desir,
Ayant toujours aux mains, pour me servir de guide,
Aristote ou Platon, ou le docte Euripide,
Mes bons hôtes muets, qui ne fâchent jamais ;
Ainsi je les reprends, ainsi je les remets.
O douce compagnie, et utile et honnête !
Un autre en caquetant m'étourdiroit la tête.

Puis, du livre ennuyé, je regardois les fleurs,
Feuilles, tiges, rameaux, espèces et couleurs ;
Et l'entrecoupement de leurs formes diverses,
Peintes de cent façons, jaunes, rouges et perses[1].

1. Bleues.

18

Ne me pouvant soûler, ainsi qu'en un tableau,
D'admirer la nature et ce qu'elle a de beau,
Et de dire en passant aux fleurettes écloses :
« Celui est presque Dieu qui connoît toutes choses,
Écarté du vulgaire et loin des courtisans
De fraude et de malice impudents artisans. »

Tantôt j'errois seulet par les forêts sauvages
Sur les bords émaillés des peinturés rivages ;
Tantôt par les rochers reculés et déserts,
Tantôt par les taillis, verte maison des cerfs.
J'aimois le cours suivi d'une longue rivière,
A voir onde sur onde allonger sa carrière,
Et flot à l'autre flot en roulant s'attacher ;
Et, penché sur les bords, me plaisoit d'y pêcher,
Étant plus réjoui d'une chasse muette,
Troubler des écaillés la demeure secrète,
Tirer avec la ligne en tremblant emporté
Le crédule poisson pris à l'haim appâté,
Qu'un grand prince n'est aise ayant pris à la chasse
Un cerf qu'en haletant tout un jour il pourchasse :
Heureux si vous eussiez d'un mutuel émoi
Pris l'appât amoureux aussi bien comme moi...
Las ! couché dessus l'herbe, en mes discours je pense
Que, pour aimer beaucoup, j'ai peu de récompense,
Et que mettre son cœur aux dames si avant,
C'est vouloir peindre en l'onde et arrêter le vent.
M'assurant toutefois qu'alors que le vieil âge
Aura, comme sorcier, changé votre visage,
Et lorsque vos cheveux deviendront argentés,
Et que vos yeux d'amour ne seront plus hantés,
Que toujours vous aurez, quelque soin qui vous touche,
En l'esprit mes écrits, mon nom en votre bouche.

Le lecteur doit être bien surpris de ne point rencontrer là
cette *muse en françois parlant grec et latin* contre laquelle
Boileau s'escrime si rudement, de fort bien comprendre ce *pa-
tois que jargonnoit Ronsard à la cour des Valois*, et de ne le
point trouver si éloigné qu'il croyait du *beau françois* d'aujourd'hui. C'est qu'il n'est pas en littérature de plus étrange
destinée que celle de Ronsard : idole d'un siècle éclairé ; il-

lustré de l'admiration d'hommes tels que les de Thou, les
l'Hospital, les Pasquier, les Scaliger; proclamé plus tard par
Montaigne l'égal des plus grands poëtes anciens, traduit dans
toutes les langues, entouré d'une considération telle, que le
Tasse, dans un voyage à Paris, ambitionna l'avantage de lui
être présenté; honoré à sa mort de funérailles presque royales
et des regrets de la France entière, il semblait devoir, selon
l'expression de M. Sainte-Beuve, entrer dans la postérité,
comme dans un temple. Non! la postérité est venue, et elle a
convaincu le xviᵉ siècle de mensonge et de mauvais goût,
elle a livré au rire et à l'injure les morceaux de l'idole brisée,
et des dieux nouveaux se sont substitués à la trop célèbre
Pléiade, en se parant de ses dépouilles.

La Pléiade, soit : qu'importe tous ces poëtes à la suite, qui
sont Baïf, Belleau, Ponthus, sous Ronsard; qui sont Racan,
Segrais, Sarrazin, sous Malherbe; qui sont Desmahis, Bernis,
Villette, sous Voltaire, etc.?... Mais, pour Ronsard, il y a encore une postérité : et aujourd'hui surtout qu'on remet tout en
question, et que les hautes renommées sont pesées, comme
les âmes aux enfers, nues, dépouillées de toutes les préventions, favorables ou non, avec lesquelles elles s'étaient pré-
sentées à nous, qui sait si Malherbe se trouvera encore
de poids à représenter le père de la poésie classique? Ce
ne serait point là le seul arrêt de Boileau qu'aurait cassé
l'avenir.

Nous n'exprimons ici qu'un vœu de justice et d'ordre, selon
nous, et nous n'avons pas jugé l'école de Ronsard assez favorablement pour qu'on nous soupçonne de partialité. Si notre
conviction est erronée, ce ne sera pas faute d'avoir examiné
les pièces du procès, faute d'avoir feuilleté des livres oubliés
depuis trois cents ans. Si tous les auteurs d'histoires littéraires
avaient eu cette conscience, on n'aurait pas vu des erreurs
grossières se perpétuer dans mille volumes différents, composés les uns sur les autres; on n'aurait pas vu des jugements
définitifs se fonder sur d'aigres et partiales critiques échappées

à l'acharnement momentané d'une lutte littéraire, ni de
hautes réputations s'échafauder avec des œuvres admirées sur
parole.

Non, sans doute, nous ne sommes pas indulgents envers
l'école de Ronsard : et, en effet, on ne peut que s'indigner, au
premier abord, de l'espèce de despotisme qu'elle a introduit
en littérature, de cet orgueil avec lequel elle prononçait les
Odi profanum vulgus, d'Horace, repoussant toute popularité
comme une injure, et n'estimant rien que le noble, et sacri-
fiant toujours à l'art le naturel et le vrai. Ainsi aucun poëte
n'a célébré plus et la nature et le printemps que ne l'ont
fait ceux du xvie siècle, et croyez-vous qu'ils aient jamais songé
à demander des inspirations à la nature et au printemps ? Jamais : ils se contentaient de rassembler ce que l'antiquité avait
dit de plus gracieux sur ce sujet, et d'en composer un tout,
digne d'être apprécié par les connaisseurs ; il arrivait de là
qu'ils se gardaient de leur mieux d'avoir une pensée à eux ; et
cela est tellement vrai, que les savants commentaires dont on
honorait leurs œuvres ne s'attachaient qu'à y découvrir le
plus possible d'imitations de l'antiquité. Ces poëtes ressemblaient en cela beaucoup à certains peintres qui ne composent
leurs tableaux que d'après ceux des maîtres, imitant un bras
chez celui-ci, une tête chez cet autre, une draperie chez un
troisième, le tout pour la plus grande gloire de l'art, et qui
traitent d'ignorants ceux qui se hasardent à leur demander s'il ne vaudrait pas mieux imiter tout bonnement la
nature.

Puis, après ces réflexions qui vous affectent désagréablement à la première lecture des œuvres de la Pléiade, une lecture plus particulière vous réconcilie avec elle : les principes
ne valent rien ; l'ensemble est défectueux, d'accord, et faux et
ridicule ; mais on se laisse aller à admirer certaines parties des
détails ; ce style primitif et verdissant assaisonne si bien de
vieilles pensées déjà banales chez les Grecs et les Romains,
qu'elles ont pour nous tout le charme de la nouveauté ; quoi

de plus rebattu, par exemple, que cette espèce de syllogisme
sur lequel est fondée l'odelette de Ronsard :

Mignonne, allons voir si la rose...

Eh bien, la mise en œuvre en fait un des morceaux les
plus frais et les plus gracieux de notre poésie légère. Celle de
Belleau, intitulée *Avril*, toute composée, au reste, d'idées connues, n'en ravit pas moins quiconque a de la poésie dans le
cœur. Qui pourrait dire en combien de façons est retournée
dans beaucoup d'autres pièces l'éternelle comparaison des
fleurs et des amours qui ne durent qu'un printemps ; et tant
d'autres lieux communs que toutes les poésies fugitives nous
offrent encore aujourd'hui ? Eh bien, nous autres Français,
qui attachons toujours moins de prix aux choses qu'à la manière dont elles sont dites, nous nous en laissons charmer,
ainsi que d'un accord mille fois entendu, si l'instrument qui le
répète est mélodieux.

Voilà pour la plus grande partie de l'école de Ronsard ; la
part du maître doit être plus vaste : toutes ses pensées à lui
ne viennent pas de l'antiquité ; tout ne se borne pas dans ses
écrits à la grâce et à la naïveté de l'expression : on taillerait
aisément chez lui plusieurs poëtes fort remarquables et fort
distincts, et peut-être suffirait-il pour cela d'attribuer à chacun
d'eux quelques années successives de sa vie. Le poëte pindarique se présente d'abord : c'est au style de celui-là qu'ont
pu s'adresser avec le plus de justice les reproches d'obscurité,
d'hellénisme, de latinisme et d'enflure qui se sont perpétués
sans examen jusqu'à nous de notice en notice ; l'étude des
autres poëtes du temps aurait cependant prouvé que ce style
existait avant lui : cette fureur de faire des mots d'après les
anciens a été attaquée par Rabelais, bien avant l'apparition
de Ronsard et de ses amis ; au total, il s'en trouve peu chez
eux qui ne fussent en usage déjà. Leur principale affaire était
l'introduction des formes classiques, et, bien qu'ils aient aussi
recommandé celle des mots, il ne paraît pas qu'ils s'en soient

occupés beaucoup, et qu'ils aient même employé les premiers
ces doubles mots qu'on a représentés comme si fréquents dans
leur style.

Voici venir maintenant le poëte amoureux et anacréontique :
à lui s'adressent les observations faites plus haut, et c'est celui-là qui a le plus fait école. Vers les derniers temps, il tourne
à l'élégie, et là seulement peu de ses imitateurs ont pu l'atteindre, à cause de la supériorité avec laquelle il y manie l'a-
lexandrin, employé fort peu avant lui, et qu'il a immensément
perfectionné.

Ceci nous conduit à la dernière époque du talent de Ronsard, et, ce me semble, à la plus brillante, bien que la moins
célébrée. Ses *Discours* contiennent en germe l'épître et la satire régulière, et, mieux que tout cela, une perfection de style
qui étonne plus qu'on ne peut dire. Mais aussi combien peu
de poëtes l'ont immédiatement suivi dans cette région supérieure ! Régnier seulement s'y présente longtemps après, et on
ne se doute guère de tout ce qu'il doit à celui qu'il avouait
hautement pour son maître.

Dans les discours surtout se déploie cet alexandrin fort et
bien rempli dont Corneille eut depuis le secret, et qui fait
contraster son style avec celui de Racine d'une manière si remarquable : il est singulier qu'un étranger; M. Schlegel ait
fait le premier cette observation : « Je regarde comme incontestable, dit-il, que le grand Corneille appartienne encore à certains égards, pour la langue surtout, à cette ancienne école de
Ronsard, ou du moins la rappelle souvent. » On se convaincra bien aisément de cette vérité en lisant les discours de
Ronsard, et surtout celui des *Misères du temps.*

Depuis peu d'années, quelques poëtes, et Victor Hugo surtout, paraissent avoir étudié cette versification énergique et
brillante de Ronsard, dégoûtés qu'ils étaient de l'autre : j'entends la versification *racinienne*, si belle à son commencement,
et que depuis on a tant usée et aplatie à force de la limer et de
la polir. Elle n'était point usée, au contraire, celle de Ron-

sard et de Corneille, mais rouillée seulement, faute d'avoir
servi.

Ronsard mort, après toute une vie de triomphes incontestés,
ses disciples, tels que les généraux d'Alexandre, se partagè-
rent tout son empire, et achevèrent paisiblement d'asservir ce
monde littéraire, dont certainement sans lui ils n'eussent pas
fait la conquête. Mais, pour en conserver longtemps la possession, il eût fallu, ou qu'eux-mêmes ne fussent pas aussi secon-
daires qu'ils étaient, ou qu'un maître nouveau étendît sur tous
ces petits souverains une main révérée et protectrice. Cela ne
fut pas; et dès lors on dut prévoir, aux divisions qui éclatè-
rent, aux prétentions qui surgirent, à la froideur et à l'hésitation du public envers les œuvres nouvelles, l'imminence
d'une révolution analogue à celle de 1549, dont le grand souvenir de Ronsard, qui survivait encore craint des uns et vénéré
du plus grand nombre, pouvait seul retarder l'explosion de
quelques années.

Enfin Malherbe vint! et la lutte commença. Certes, il était
alors beaucoup plus aisé que du temps de Ronsard et de du
Bellay de fonder en France une littérature originale : la langue
poétique était toute faite grâce à eux, et, bien que nous nous
soyons élevé contre la poésie antique substituée par eux à une
poésie du moyen âge, nous ne pensons pas que cela eût nui à
un homme de génie, à un véritable réformateur venu immédiatement après eux; cet homme de génie ne se présenta pas :
de là tout le mal; le mouvement imprimé dans le sens classique, qui eût pu même être de quelque utilité comme secon-
daire, fut pernicieux, parce qu'il domina tout : la réforme pré-
tendue de Malherbe ne consista absolument qu'à le régulariser,
et c'est de cette opération qu'il a tiré toute sa gloire[1].

On sentait bien, dès ce temps-là, combien cette réforme annoncée si pompeusement était mesquine et conçue d'après des

_____

1. Il ne s'agit dans tout ceci que de principes généraux. Nous avançons
que le système classique a été fatal aux auteurs des deux siècles derniers, sans
porter, du reste, aucune atteinte à leur gloire et au mérite de leurs écrits.

vues étroites. Régnier surtout, Régnier, poëte d'une tout autre
force que Malherbe, et qui n'eut que le tort d'être trop modeste, et de se contenter d'exceller dans un genre à lui, sans
se mettre à la tête d'aucune école, tance celle de Malherbe
avec une sorte de mépris :

> Cependant, leur savoir ne s'étend seulement
> Qu'à regratter un mot douteux au jugement ;
> Prendre garde qu'un *qui* ne heurte une diphthongue,
> Épier si des vers la rime est brève ou longue,
> Ou bien si la voyelle, à l'autre s'unissant,
> Ne rend point à l'oreille un vers trop languissant,
> Et laissent sur le verd le noble de l'ouvrage.
>
> (*Le Critique outré.*)

Tout cela est très-vrai. Malherbe réformait en grammairien,
en éplucheur de mots, et non pas en poëte, et, malgré toutes
ses invectives contre Ronsard, il ne songeait pas même qu'il y
eût à sortir du chemin qu'avaient frayé les poëtes de la Pléiade,
ni par un retour à la vieille littérature nationale, ni par la
création d'une littérature nouvelle, fondée sur les mœurs et les
besoins du temps, ce qui, dans ces deux cas, eût probablement
amené à un même résultat. Toute sa prétention, à lui, fut de
purifier le fleuve qui coulait du limon que roulaient ses ondes,
ce qu'il ne put faire sans lui enlever aussi en partie l'or et
les germes précieux qui s'y trouvaient mêlés : aussi voyez ce
qu'a été la poésie après lui : je dis la poésie.

L'art, toujours l'art, froid, calculé, jamais de douce rêverie,
jamais de véritable sentiment religieux, rien que la nature ait
immédiament inspiré : le correct, le beau exclusivement ; une
noblesse uniforme de pensées et d'expression ; c'est Midas qui
a le don de changer en or tout ce qu'il touche. Décidément, le
branle est donné à la poésie classique : la Fontaine seul y résis-
tera ; aussi Boileau l'oubliera-t-il dans son *Art poétique.*

V

EXPLICATIONS

Vous le voyez, mon ami, — *en ce temps, je ronsardinisais,*
— pour me servir d'un mot de Malherbe. Considérez, toute
fois, le paradoxe ingénieux qui fait le fond de ce travail : il s'a -
gissait alors pour nous, jeunes gens, de rehausser la vieille
versification française, affaiblie par les langueurs du xviii[e]
siècle, troublée par les brutalités des novateurs trop ardents ;
mais il fallait aussi maintenir le droit antérieur de la littérature nationale dans ce qui se rapporte à l'invention et aux
formes générales. Cette distinction, que je devais à l'étude de
Schlegel, parut obscure alors même à beaucoup de nos amis,
qui voyaient dans Ronsard le précurseur du *romantisme.* —
Que de peine on a en France pour se débattre contre les
mots !

Je ne sais trop qui obtint le prix proposé alors par l'Académie ; mais je crois bien que ce ne fut pas, Sainte-Beuve, qui a
fait couronner depuis, par le public, son *Histoire de la poésie
au* xvie *siècle.* Quant à moi-même, il est évident qu'alors je
n'avais droit d'aspirer qu'aux prix du collége, dont ce morceau ambitieux me détournait sans profit.

> Qui n'a pas l'esprit de son âge
> De son âge a tout le malheur!

Je fus cependant si furieux de ma déconvenue, que j'écrivis
une satire dialoguée contre l'Académie, qui parut chez Touquet. Ce n'était pas bon, et cependant Touquet m'avait dit,
avec ses yeux fins sous ses besicles ombragées par sa casquette
à large visière : « Jeune homme, vous irez loin. » Le destin
lui a donné raison en me donnant la passion des longs voyages.

Mais, me direz-vous, il faut enfin parler de ces premiers

18.

vers, ces *juvenilia*. « Sonnez-moi ces sonnets, » comme disait du Bellay.

Eh bien, étant admis à l'étude assidue de ces vieux poètes, croyez bien que je n'ai nullement cherché à en faire le pastiche, mais que leurs formes de style m'impressionnaient malgré moi, comme il est arrivé à beaucoup de poètes de notre temps.

Les *odelettes*, ou petites odes de Ronsard, m'avaient servi de modèle. C'était encore une forme classique, imitée par lui d'Anacréon, de Bion, et, jusqu'à un certain point, d'Horace. La forme concentrée de l'odelette ne me paraissait pas moins précieuse à conserver que celle du sonnet, où Ronsard s'est inspiré si heureusement de Pétrarque, de même que, dans ses élégies, il a suivi les traces d'Ovide ; toutefois, Ronsard a été généralement plutôt grec que latin, c'est là ce qui distingue son école de celle de Malherbe.

VI

MUSIQUE

Ces poésies déjà vieilles ont-elles encore conservé quelque parfum ? — J'en ai écrit de tous les rhythmes, imitant plus ou moins, comme on fait quand on commence. Il y en a que je ne puis plus retrouver : une notamment sur les papillons, dont je ne me rappelle que cette strophe [1] :

> Le papillon, fleur sans tige
> Qui voltige,
> Que l'on cueille en un réseau ;
> Dans la nature infinie,
> Harmonie
> Entre la fleur et l'oiseau.

C'est encore une coupe à la Ronsard, et cela peut se chanter

---

1. Cette pièce, et toutes celles dont parle ici Gérard de Nerval, se retrouveront dans ses *Poésies complètes*.

sur l'air du cantique de Joseph. Remarquez une chose, c'est que les odelettes se chantaient et devenaient même populaires, témoin cette phrase du *Roman comique :* « Nous entendîmes la servante, qui, d'une bouche imprégnée d'ail, chantait l'ode du vieux Ronsard :

> Allons de nos voix
> Et de nos luts d'ivoire
> Ravir les esprits ! »

Ce n'était, du reste, que renouvelé des odes antiques, lesquelles se chantaient aussi. J'avais écrit les premières sans songer à cela, de sorte qu'elles ne sont nullement lyriques. Celle qui est intitulée *les Cydalises* est venue malgré moi sous forme de chant ; j'en avais trouvé en même temps les vers et la mélodie, que j'ai été obligé de faire noter, et qui a été trouvée très-concordante aux paroles. — *Ni bonjour ni bonsoir,* est calqué sur un air grec.

Je suis persuadé que tout poëte ferait facilement la musique de ses vers s'il avait quelque connaissance de la notation. Rousseau est cependant presque le seul qui, avant Pierre Dupont, ait réussi.

Je discutais dernièrement là-dessus avec S***, à propos des tentatives de Richard Wagner. Sans approuver le système musical actuel, qui fait du poëte un *parolier*, S*** paraissait craindre que l'innovation de l'auteur de *Lohengrin*, qui soumet entièrement la musique au rhythme poétique, ne la fît remonter à l'enfance de l'art. Mais n'arrive-t-il pas tous les jours qu'un art quelconque se rajeunit en se retrempant à ses sources ? S'il y a décadence, pourquoi le craindre ? s'il y a progrès, où est le danger ?

Il est très-vrai que les Grecs avaient quatorze modes lyriques fondés sur les rhythmes poétiques de quatorze chants ou chansons. Les Arabes en ont le même nombre, à leur imitation. De ces timbres primitifs résultent des combinaisons infinies, soit pour l'orchestre, soit pour l'opéra. Les tragédies antiques étaient des opéras, moins avancés sans doute que les nôtres ; les mystères du moyen âge étaient aussi des opéras complets avec récitatifs, airs et chœurs; on y voit poindre même le duo, le trio, etc. On me dira que les chœurs n'étaient chantés qu'à l'unisson, — soit. Mais n'aurions-nous réalisé qu'un de ces progrès matériels qui perfectionnent la forme aux dépens de la grandeur et du sentiment ? Qu'un faiseur italien vole un air populaire qui court les rues de Naples ou de Venise, et qu'il en fasse le motif principal d'un duo, d'un trio ou d'un chœur, qu'il le dessine dans l'orchestre, le complète et le fasse suivre d'un autre motif également pillé, sera-t-il pour cela inventeur ? Pas plus que poëte. Il aura seulement le mérite de la composition, c'est-à-dire de l'arrangement selon les règles et selon son style ou son goût particulier.

Mais cette esthétique nous entraînerait trop loin, et je suis incapable de la soutenir avec les termes acceptés, n'ayant jamais pu mordre au solfége. Seules, mes strophes intitulées *Chœur souterrain*, ont une couleur ancienne qui aurait réjoui le vieux Gluck.

Il est difficile de devenir un bon prosateur si l'on n'a pas été poëte ; ce qui ne signifie pas que tout poëte puisse devenir un prosateur. Mais comment s'expliquer la séparation qui s'établit presque toujours entre ces deux talents ? Il est rare qu'on les accorde tous les deux au même écrivain : du moins l'un prédomine l'autre. Pourquoi aussi notre poésie n'est-elle pas populaire comme celle des Allemands ? C'est, je crois, qu'il faut distinguer toujours ces deux styles et ces deux genres — chevaleresque et gaulois, dans l'origine, — qui, en perdant leurs noms, ont conservé leur division générale. On parle en ce moment d'une collection de chants nationaux recueillis et publiés à grands frais. Là, sans doute, nous pourrons étudier les rhythmes anciens conformes au génie primitif de la langue, et peut-être en sortira-t-il quelque moyen d'assouplir et de varier ces coupes belles mais monotones que nous devons à la réforme classique. La rime riche est une grâce, sans doute, mais elle ramène trop souvent les mêmes formules. Elle rend le récit poétique ennuyeux et lourd le plus souvent, et est un grand obstacle à la popularité des poëmes.

Je renvoie ici le lecteur aux *Filles du feu*, dans lesquelles j'ai cité quelques chants d'une province où j'ai été élevé et qu'on appelle spécialement « la France ». C'était, en effet, l'ancien domaine des empereurs et des rois, aujourd'hui découpé en mille possessions diverses.

MES PRISONS

SAINTE-PÉLAGIE EN 1831

Ces souvenirs ne réussiront jamais à faire de moi un Silvio
Pellico, pas même un Magallon... Peut-être encore ai-je moins
pourri dans les cachots que bien des gardes nationaux littéraires de mes amis; cependant, j'ai eu le privilége d'émotions
plus variées; j'ai secoué plus de chaînes, j'ai vu filtrer le jour
à travers plus de grilles; j'ai été un prisonnier plus sérieux,
plus considérable; en un mot, si à cause de *mes prisons* je ne
me suis point posé sur un piédestal héroïque, je puis dire que
ce fut pure modestie de ma part.

L'aventure remonte à quelques années; les *Mémoires de
M. Gisquet* viennent de préciser l'époque dans mon souvenir;
cela se rattache, d'ailleurs, à des circonstances fort connues;
c'était dans un certain hiver où quelques artistes et poëtes s'é-
taient mis à parodier les soupers et les nuits de la Régence. On
avait la prétention de s'enivrer au cabaret; on était raffiné,
truand et talon rouge tout à la fois. Et ce qu'il y avait de plus
réel dans cette réaction vers les vieilles mœurs de la jeunesse
française, c'était, non le talon rouge, mais le cabaret et l'orgie;
c'était le vin de la barrière bu dans des crânes en chantant la
ronde de *Lucrèce Borgia;* au total, peu de filles enlevées,
moins encore de bourgeois battus; et, quant au guet, formulé
par des gardes municipaux et des sergents de ville, loin de se

laisser *charger* de coups de bâton et de coups d'épée, il comprenait assez mal la couleur d'une époque illustre, pour mettre
parfois les soupeurs au violon, en qualité de simples tapageurs
nocturnes.

C'est ce qui arriva à quelques amis et à moi, un certain soir
où la ville était en rumeur par des motifs politiques que nous
ignorions profondément; nous traversions l'émeute en chantant et en raillant, comme les épicuriens d'Alexandrie (du
moins, nous nous en flattions). Un instant après, les rues voisines étaient cernées, et, du sein d'une foule immense, composée, comme toujours, en majorité de simples curieux, on
extrayait les plus barbus et les plus chevelus, d'après un ren-
seignement fallacieux qui, à cette époque, amenait souvent de
pareilles erreurs.

Je ne peindrai pas les douleurs d'une nuit passée *au violon* ;
à l'âge que j'avais alors, on dort parfaitement sur la planche
inclinée de ces sortes de lieux ; le réveil est plus pénible. On
nous avait divisés ; nous étions trois sous la même clef au
corps de garde de la place du Palais-Royal. Le violon de ce
poste est un véritable cachot, et je ne conseille à personne de
se faire arrêter de ce côté. Après avoir probablement dormi
plusieurs heures, nous nous réveillâmes au bruit qui se faisait
dans le corps de garde ; du reste, nous ne savions s'il était jour
ou nuit.

Nous commençâmes par appeler ; on nous enjoignit de nous
tenir tranquilles. Nous demandions d'abord à sortir, puis à
déjeuner, puis à fumer quelques cigares : refus sur tous ces
points ; ensuite personne ne songea plus à nous ; alors, nous
agitons la porte, nous frappons sur les planches, nous faisons rendre au violon toute l'harmonie qui lui est propre ; ce
fut de quoi nous fatiguer une heure ; le jour ne venait pas encore ; enfin, quelques heures après, vers midi probablement,
l'ombre à peine perceptible d'une certaine lueur se projeta sur
le plafond et s'y promena dès lors comme une aiguille de pendule. Nous regrettâmes le sort des prisonniers célèbres, qui

avaient pu du moins élever une fleur ou apprivoiser une araignée; le donjon de Fouquet, les plombs de Casanova, nous
revinrent longuement en mémoire; puis, comme nous étions
privés de toute nourriture, il fallut nous arrêter au supplice
d'Ugolin... Vers quatre heures, nous entendîmes un bruit actif
de verres et de fourchettes : c'étaient les municipaux qui
dînaient.

Je regretterais de prolonger ce journal d'impressions fort
vulgaires partagées par tant d'ivrognes, de tapageurs ou de
cochers en contravention; après dix-huit heures de violon,
nous sommes conduits devant un commissaire, qui nous envoie
à la Préfecture, toujours sous le poids des mêmes préventions.
Dès lors, notre position prenait du moins de l'intérêt. Nous
pouvions écrire aux journaux, faire appel à l'opinion, nous
plaindre amèrement d'être traités en criminels; mais nous
préférâmes prendre bien les choses et profiter gaiement de
cette occasion d'étudier des détails nouveaux pour nous. Malheureusement, nous eûmes la faiblesse de nous faire mettre à
la *pistole*, au lieu de partager la salle commune, ce qui ôte
beaucoup à la valeur de nos observations.

La pistole se compose de petites chambres fort propres à
un ou deux lits, où le concierge fournit tout ce qu'on demande,
comme à la prison de la garde nationale; le plancher est en
dalles, les murs sont couverts de dessins et d'inscriptions; on
boit, on lit et on fume; la situation est donc fort supportable.

Vers midi, le concierge nous demanda si nous voulions
passer avec la société, pendant qu'on faisait le service. Cette
proposition n'était que dans le but de nous distraire, car nous
pouvions simplement attendre dans une autre chambre. La
société, c'étaient les voleurs.

Nous entrâmes dans une vaste salle garnie de bancs et de
tables; cela ressemblait simplement à un cabaret de bas étage.
On nous fit voir près du poêle un homme en redingote verte
qu'on nous dit être le célèbre Fossard, arrêté pour le vol des
médailles de la Bibliothèque.

C'était une figure assez farouche et refrognée, des cheveux grisonnants, un œil hypocrite. Un de mes compagnons se mit à causer avec lui. Il crut pouvoir le plaindre d'être une *haute intelligence* mal dirigée peut-être ; il émit une foule d'idées sociales et de paradoxes de l'époque, lui trouva au front du génie et lui demanda la permission de lui tâter la tête, pour examiner les bosses phrénologiques.

Là-dessus, M. Fossard se fâcha très-vertement, s'écriant qu'il n'était nullement un homme d'intelligence, mais un bijoutier fort honorable et fort connu dans son quartier, arrêté par erreur ; qu'il n'y avait que des mouchards qui pussent l'interroger comme on le faisait.

— Apprenez, monsieur, dit un voisin à notre camarade, qu'il ne se trouve que d'honnêtes gens ici.

Nous nous hâtâmes d'excuser et d'expliquer la sollicitude d'artiste de notre ami, qui, pour dissiper la malveillance naissante, se mit à dessiner un superbe Napoléon sur le mur ; on le reconnut aussitôt pour un peintre fort distingué.

En rentrant dans nos cellules, nous apprîmes du concierge que le Fossard auquel nous avions parlé n'était pas le forçat célébré par Vidocq, mais son frère, arrêté en même temps que lui.

Quelques heures après, nous comparûmes devant un juge d'instruction, qui envoya deux d'entre nous à Sainte-Pélagie sous la prévention de complot contre l'État. Il s'agissait alors, autant que je puis m'en souvenir, du célèbre complot de la rue des Prouvaires, auquel on avait rattaché notre pauvre souper par je ne sais quels fils très-embrouillés.

A cette époque, Sainte-Pélagie offrait trois grandes divisions complétement séparées. Les détenus politiques occupaient la plus belle partie de la prison. Une cour très-vaste, entourée de grilles et de galeries couvertes, servait toute la journée à la promenade et à la circulation. Il y avait le quartier des carlistes et le quartier des républicains. Beaucoup d'illustrations des deux partis se trouvaient alors sous les verrous. Les gérants de journaux, destinés à rester longtemps prisonniers, avaient tous obtenu de fort jolies chambres. Ceux du *National*, de *la Tribune* et de *la Révolution* étaient les mieux logés dans le pavillon de droite. *La Gazette* et *la Quotidienne* habitaient le pavillon de gauche, au dessus du *chauffoir* public.

Je viens de citer l'aristocratie de la prison; les détenus non journalistes, mais payant la pistole, étaient répartis en plusieurs chambrées de sept à huit personnes; on avait égard dans ces divisions non-seulement aux opinions prononcées, mais même aux nuances. Il y avait plusieurs chambrées de républicains, parmi lesquels on distinguait rigoureusement les unitaires, les fédéralistes, et même les socialistes, peu nombreux encore. Les bonapartistes, qui avaient pour journal *la Révolution de* 1830, éteinte depuis, étaient aussi représentés ; les combattants carlistes de la Vendée et les conspirateurs de la rue des Prouvaires ne le cédaient guère en nombre aux républicains ; de plus, il y avait tout un vaste dortoir rempli des malheureux Suisses arrêtés en Vendée et constituant la *plèbe* du parti légitimiste. Celle des divers partis populaires, le résidu de tant d'émeutes et de tant de complots d'alors, composait encore la partie la plus nombreuse et la plus turbulente de la prison ; toutefois, il était merveilleux de voir l'ordre parfait et même l'union qui régnaient entre tous ces prisonniers de diverses origines ; jamais une dispute, jamais une parole hostile ou railleuse; les légitimistes chantaient *O Richard* ou *Vive Henri IV* d'un côté, les républicains répondaient avec *la Marseillaise* ou *le Chant du départ;* mais cela sans trouble, sans affectation, sans inimitié, et comme les apôtres de deux religions opprimées qui protestent chacun devant leur autel.

J'étais arrivé fort tard à Sainte-Pélagie, et l'on ne pouvait me donner place à la pistole que le lendemain. Il me fallut donc coucher dans l'un des dortoirs communs. C'était une vaste galerie qui contenait une quarantaine de lits. J'étais fatigué, ennuyé du bruit qui se faisait dans le chauffoir, où l'on m'avait introduit d'abord, et où j'avais le droit de rester jusqu'à l'heure du couvre-feu; je préférai gagner le lit de sangle qu'on m'avait assigné, et où je m'endormis profondément.

L'arrivée de mes camarades de chambre ne tarda pas à me réveiller. Ces messieurs montaient l'escalier en chantant *la Marseillaise* à gorge déployée; on appelait cela la *prière du soir*. Après *la Marseillaise* arrivait naturellement *le Chant du départ*, puis le *Ça ira*, à la suite duquel j'espérais pouvoir me rendormir en paix; mais j'étais bien loin de compte. Ces braves gens eurent l'idée de compléter la cérémonie par une représentation de la révolution de Juillet. C'était une sorte de pièce de leur composition, une *charade* à grand spectacle, qu'ils exécutaient fort souvent, à ce qu'on m'apprit. On commençait par réunir deux ou trois tables; quelques-uns se dévouaient et représentaient Charles X et ses ministres tenant conseil sur cette scène improvisée; on peut penser avec quel déguisement et quel dialogue. Ensuite venait la prise de l'hôtel de ville; puis *une soirée de la cour* à Saint-Cloud, le gouvernement provisoire, la Fayette, Laffitte, etc. : chacun avait son rôle et parlait en conséquence. Le bouquet de la représentation était un vaste combat des barricades, pour lequel on avait dû renverser lits et matelas; les traversins de crin, durs comme des bûches, servaient de projectiles. Pour moi qui m'étais obstiné à garder mon lit, je ne peux point cacher que je reçus quelques éclaboussures de la bataille. Enfin, quand le triomphe fut regardé comme suffisamment décidé, vainqueurs et vaincus se réunirent pour chanter de nouveau *la Marseillaise*, ce qui dura jusqu'à une heure du matin.

En me réveillant, le lendemain, d'un sommeil si interrompu, j'entendis une voix partir du lit de sangle situé à ma gauche. Cette voix s'adressait à l'habitant du lit de sangle situé à ma droite; personne encore n'était levé.

— Pierre !

— Qu'est-ce que c'est ?

— C'est-il toi qui es de corvée ce matin ?

— Non, ce n'est pas moi ; j'ai fait la chambre hier.

— Eh bien, qui donc ?

— C'est le nouveau ; c'est un qui est là, qui dort.

Il devenait clair que le nouveau, c'était moi-même ; je feignis de continuer à dormir ; mais déjà ce n'était plus possible ; tout le monde se levait aux coups d'une cloche, et je fus forcé d'en faire autant.

Je songeais tristement à la *corvée* et à l'ennui de travailler pour les représentants du peuple libre ; les inconvénients de l'égalité m'apparaissaient cette fois bien positivement ; mais je ne tardai pas à apprendre que, là aussi, l'argent était une aristocratie. Mon voisin de droite vint me dire à l'oreille :

— Monsieur, si vous voulez, je ferai votre corvée ; cela coûte cinq sous.

On comprend avec quel plaisir je me rachetai de la charge que m'imposait l'égalité républicaine, et je me disais, en y songeant, qu'il eût été peut-être moins pénible, en fait de corvée, de faire la chambre d'un roi que celle d'un peuple. Les gens qui ont fait la Jacquerie n'avaient peut-être pas prévu ma position.

Une demi-heure après, un second coup de cloche nous avertit que toute la prison était rendue à sa liberté intérieure ; c'était en même temps le signal de la distribution des vivres. Chacun prit une sébile de terre et une cruche, ce qui nous faisait un peu ressembler à l'armée de Gédéon. Dans une galerie inférieure, la distribution était déjà commencée ; elle se faisait à tous les prisonniers sans exception, et se composait d'un pain de munition et d'une cruche d'eau ; après quoi, on remplissait les sébiles d'une sorte de bouillon sur lequel flottait un très-léger morceau de bœuf ; au fond de ce bouillon limpide on trouvait encore de gros pois ou des haricots que les prisonniers appelaient des *vestiges*, en raison sans doute de leur rareté.

Du reste, la cantine était ouverte au fond de la cour et desservait les trois divisions de Sainte-Pélagie. Seulement, les pri-

sonniers politiques avaient seuls l'avantage de pouvoir y entrer
et s'y mettre à table. Deux petites lucarnes suffisaient au service des prisonniers de la dette (qui n'étaient pas encore à Clichy) et des voleurs, situés dans une aile différente. La communication n'était même pas tout à fait interdite entre ces
prisonniers si divers. Quelques lucarnes percées dans le mur
servaient à faire passer d'une prison à l'autre de l'eau-de-vie,
du vin ou des livres. Ainsi, les voleurs manquaient d'eau-de-
vie, mais l'un d'eux tenait une sorte de cabinet de lecture ; on
échangeait, à l'aide de ficelles, des bouteilles et des romans ;
les dettiers envoyaient des journaux ; on leur rendait leurs po-
litesses en provisions de bouche, dont la section politique était
mieux fournie que toute autre.

En effet, le parti légitimiste nourrissait libéralement ses défenseurs. Tous les matins, des montagnes de pâtés, de volailles
et de bouteilles s'amoncelaient au parloir de la prison. Les
Suisses-Vendéens étaient surtout l'objet de ces attentions et
tenaient table ouverte. Je fus invité à prendre part à l'un de
ces repas, ou plutôt à ce repas, qui dura tout le temps de mon
séjour ; car la plupart des convives restaient à table toute la
journée, et sous la table toute la nuit, et l'on pouvait appliquer
là ce vers de Victor Hugo :

> Toujours, par quelque bout, le festin recommence.

D'ailleurs, les liaisons étaient rapides, et toutes les opinions
prenaient part à cette hospitalité, chacun apportant, en outre,
ce qu'il pouvait, en comestibles et en vins ; il n'y avait qu'un
fort petit nombre de républicains farouches qui se tinssent à
part de ces réunions ; encore cherchaient-ils à n'y point mettre
d'affectation. Vers le milieu du jour, la grande cour, le promenoir, présentait un spectacle fort animé ; quelques bonnets
phrygiens indiquaient seuls la nuance la plus prononcée ; du
reste, il y avait parfaite liberté de costumes, de paroles et de
chants. Cette prison était l'idéal de l'indépendance absolue rê-
vée par un grand nombre de ces messieurs, et, hormis la fa-

culté de franchir la porte extérieure, ils s'applaudissaient d'y jouir de toutes les libertés et de tous les droits de l'homme et du citoyen.

Cependant, si la liberté régnait avec évidence dans ce petit coin du monde, il n'en était pas de même de l'égalité. Ainsi que je l'ai remarqué déjà, la question d'argent mettait une grande différence dans les positions, comme celle de costume et d'éducation dans les relations et dans les amitiés. Mes anciens camarades de dortoir y étaient si accoutumés, qu'à partir du moment où je fus logé à la pistole, aucun d'entre eux n'osa plus m'adresser la parole; de même, on ne voyait presque jamais un républicain en redingote se promener ou causer familièrement avec un républicain en veste. J'eus lieu souvent de remarquer que ces derniers s'en apercevaient fort bien, et l'on s'en convaincra par une aventure assez amusante qui arriva pendant mon séjour. L'un des garçons de l'établissement portait un poulet à l'un des gros bonnets du parti, logé dans le pavillon de droite. Il avait en même temps à remettre une bouteille de vin à des ouvriers qui jouaient aux cartes dans le chauffoir. Il entre là, tenant d'une main la bouteille, et de l'autre le plat dans une serviette :

—A qui portes-tu cela ? lui dit un gamin de Juillet familier.

— C'est un poulet pour M. M***.

— Tiens ! tiens ! mais cela doit être bon...

— C'est meilleur que ton bouilli et tes *vestiges*, observe un autre.

— Il n'y a pas une patte pour moi ? dit l'enfant de Paris...

Et il tire un peu une patte qui sortait de la serviette. Par malheur, la patte se détache. On comprend dès lors ce qui dut arriver. Le poulet disparut en un clin d'œil. Le garçon de la cantine se désolait, ne sachant à qui s'en prendre.

— Porte-lui cela, dit un plaisant de la chambrée.

Il réunit tous les os dans l'assiette et écrivit sur un morceau de papier : « Les républicains ne doivent pas manger de poulet. »

De temps en temps, une grande voiture, dite *panier à salade*, venait chercher quelques-uns des prisonniers qui n'étaient que *prévenus*, et les transportait au Palais de Justice, devant le juge d'instruction. Je dus moi-même y comparaître deux fois. C'était alors une journée entière perdue ; car, arrivé à la Préfecture, il fallait attendre son tour dans une grande salle remplie de monde, qu'on appelait, je crois, la *souricière*. Je ne puis m'empêcher de protester ici contre la confusion qui se faisait alors des diverses sortes de détenus. Je pense que cela ne provenait, d'ailleurs, que d'un encombrement momentané.

Après ma dernière entrevue avec le juge, ma liberté ne dépendait plus que d'une décision de la chambre du conseil. Il fut déclaré qu'il n'y avait lieu à suivre ; et dès lors je n'avais plus même à défendre mon innocence. Je dînais fort gaiement avec plusieurs de mes nouveaux amis, lorsque j'entendis crier mon nom du bas de l'escalier, avec ces mots : *Armes et bagages !* qui signifient : « En liberté. » La prison m'était devenue si agréable, que je demandai à rester jusqu'au lendemain. Mais il fallait partir. Je voulus du moins finir le dîner ; cela ne se pouvait pas. Je faillis donner le spectacle d'un prisonnier mis de force à la porte de la prison. Il était cinq heures. L'un des convives me reconduisit jusqu'à la porte, et m'embrassa, me promettant de venir me voir en sortant de prison. Il avait, lui, deux ou trois mois à faire encore. C'était le malheureux Gallois, que je ne revis plus, car il fut tué en duel le lendemain de sa mise en liberté.

LES NUITS D'OCTOBRE

PARIS — PANTIN — MEAUX

I

LE RÉALISME

Avec le temps, la passion des grands voyages s'éteint, à moins qu'on n'ait voyagé assez longtemps pour devenir étranger à sa patrie. Le cercle se rétrécit de plus en plus, se rapprochant peu à peu du foyer. — Ne pouvant m'éloigner beaucoup cet automne, j'avais formé le projet d'un simple voyage à Meaux.

Il faut dire que j'ai déjà vu Pontoise.

J'aime assez ces petites villes qui s'écartent d'une dizaine de lieues du centre rayonnant de Paris, planètes modestes. Dix lieues, c'est assez loin pour qu'on ne soit pas tenté de revenir le soir, — pour qu'on soit sûr que la même sonnette ne vous réveillera pas le lendemain, pour qu'on trouve entre deux jours affairés une matinée de calme.

Je plains ceux qui, cherchant le silence et la solitude, se réveillent candidement à Asnières.

Lorsque cette idée m'arriva, il était déjà plus de midi. J'ignorais qu'au 1er du mois on avait changé l'heure des départs au chemin de Strasbourg. Il fallait attendre jusqu'à trois heures et demie.

Je redescends la rue d'Hauteville. Je rencontre un flâneur que je n'aurais pas reconnu si je n'eusse été désœuvré, et qui, après les premiers mots sur la pluie et le beau temps, se met à ouvrir une discussion touchant un point de philosophie. Au milieu de mes arguments en réplique, je manque l'omnibus de trois heures. C'était sur le boulevard Montmartre que cela se passait. Le plus simple était d'aller prendre un verre d'absinthe au café Vachette et de dîner ensuite tranquillement chez Désiré et Baurain.

La politique des journaux fut bientôt lue, et je me mis à effeuiller négligemment la *Revue Britannique*. L'intérêt de quelques pages, traduites de Charles Dickens, me porta à lire tout l'article intitulé *la Clef de la rue*.

Qu'ils sont heureux, les Anglais, de pouvoir écrire et lire des chapitres d'observation dénués de tout alliage d'invention romanesque ! A Paris, on nous demanderait que cela fût semé d'anecdotes et d'histoires sentimentales, — se terminant soit par une mort, soit par un mariage. L'intelligence réaliste de nos voisins se contente du vrai absolu.

En effet, le roman rendra-t-il jamais l'effet des combinaisons bizarres de la vie ! Vous inventez l'homme, ne sachant pas l'observer. Quels sont les romans préférables aux histoires comiques ou tragiques d'un journal de tribunaux ?

Cicéron critiquait un orateur prolixe qui, ayant à dire que son client s'était embarqué, s'exprimait ainsi : « Il se lève, — il s'habille, — il ouvre sa porte, — il met le pied hors du seuil, — il suit à droite la voie Flaminia, — pour gagner la place des Thermes, » etc., etc.

On se demande si ce voyageur arrivera jamais au port ; mais déjà il vous intéresse, et, loin de trouver l'avocat prolixe, j'aurais exigé le portrait du client, la description de sa maison et la physionomie des rues ; j'aurais voulu connaitre même

19

l'heure du jour et le temps qu'il faisait. Mais Cicéron était l'ora
teur de convention, et l'autre n'était pas assez l'orateur vrai.

II

MON AMI

« Et puis qu'est-ce que cela prouve? » comme disait Denis
Diderot.

Cela prouve que l'ami dont j'ai fait la rencontre est un de
ces *badauds* enracinés que Dickens appellerait *cockneys*, produit assez commun de notre civilisation et de la capitale.
Vous l'aurez aperçu vingt fois, vous êtes son ami, et il ne vous
reconnaît pas. Il marche dans un rêve comme les dieux de
l'*Iliade* marchaient parfois dans un nuage ; seulement, c'est le
contraire : vous le voyez, et il ne vous voit pas.

Il s'arrêtera une heure à la porte d'un marchand d'oiseaux,
cherchant à comprendre leur langage d'après le dictionnaire
phonétique laissé par Dupont (de Nemours), — qui a déterminé
quinze cents mots dans la langue seule du rossignol !

Pas un cercle entourant quelque chanteur ou quelque marchand de cirage, pas une rixe, pas une bataille de chiens, où
il n'arrête sa contemplation distraite. L'escamoteur lui emprunte toujours son mouchoir, qu'il a quelquefois, ou la pièce
de cent sous, qu'il n'a pas toujours.

L'abordez-vous, le voilà charmé d'obtenir un auditeur à son
bavardage, à ses systèmes, à ses interminables dissertations, à
ses récits de l'autre monde. Il vous parlera *de omni re scibili
et quibusdam aliis*, pendant quatre heures, avec des poumons
qui prennent de la force en s'échauffant; et ne s'arrêtera qu'en
s'apercevant que les passants font cercle, ou que les garçons
du café font leurs lits. Il attend encore qu'ils éteignent le gaz.
Alors, il faut bien partir; laissez-le s'enivrer du triomphe qu'il
vient d'obtenir, car il a toutes les ressources de la dialectique,
et avec lui vous n'aurez jamais le dernier mot sur quoi que ce
soit. A minuit, tout le monde pense avec terreur à son portier.

— Quant à lui-même, il a déjà fait son deuil du sien, et il ira se promener à quelques lieues, ou, seulement, à Montmartre.

Quelle bonne promenade, en effet, que celle des buttes Montmartre, à minuit, quand les étoiles scintillent et que l'on peut les observer régulièrement au méridien de Louis XIII, près du moulin de Beurre! Un tel homme ne craint pas les voleurs. Ils le connaissent; non qu'il soit pauvre toujours, quelquefois il est riche; mais ils savent qu'au besoin il saurait jouer du couteau, ou faire le *moulinet à quatre faces*, en s'aidant du premier bâton venu. Pour le chausson, c'est l'élève de Lozès. Il n'ignore que l'escrime, parce qu'il n'aime pas les pointes, et n'a jamais appris sérieusement le pistolet, parce qu'il croit que les balles ont leurs numéros.

III

LA NUIT DE MONTMARTRE

Ce n'est pas qu'il songe à coucher dans les carrières de Montmartre, mais il aura de longues conversations avec les chaufourniers. Il demandera aux carriers des renseignements sur les animaux antéduliviens, s'enquérant des anciens carriers qui furent les compagnons de Cuvier dans ses recherches géologiques. Il s'en trouve encore. Ces hommes abrupts, mais intelligents, écouteront pendant des heures, aux lueurs des fagots qui flambent, l'histoire des monstres dont ils retrouvent encore des débris, et le tableau des révolutions primitives du globe. — Parfois un vagabond se réveille et demande du silence, mais on le fait taire aussitôt.

Malheureusement, les grandes carrières sont fermées aujourd'hui. Il y en avait une du côté du château Rouge, qui semblait un temple druidique, avec ses hauts piliers soutenant des voûtes carrées. L'œil plongeait dans des profondeurs d'où l'on tremblait de voir sortir Ésus, ou Thot, ou Cérunnos, les dieux redoutables de nos pères.

Il n'existe plus aujourd'hui que deux carrières habitables du côté de Clignancourt. Mais tout cela est rempli de travailleurs dont la moitié dort pour pouvoir plus tard relayer l'autre. C'est ainsi que la couleur se perd! Un voleur sait toujours où coucher : on n'arrêtait, en général, dans les carrières que d'honnêtes vagabonds qui n'osaient pas demander asile au poste, ou des ivrognes descendus des buttes, qui ne pouvaient se traîner plus loin.

Il y a quelquefois, du côté de Clichy, d'énormes tuyaux de gaz préparés pour servir plus tard, et qu'on laisse en dehors parce qu'ils défient toute tentative d'enlèvement. Ce fut le dernier refuge des vagabonds, après la fermeture des grandes carrières. On finit par les déloger; ils sortaient des tuyaux par séries de cinq ou six. Il suffisait d'attaquer l'un des bouts avec la crosse d'un fusil.

Un commissaire demandait paternellement à l'un d'eux depuis combien de temps il habitait ce gîte.

— Depuis un terme.

— Et cela ne vous paraissait pas trop dur?

— Pas trop... Et même, vous ne croiriez pas, monsieur le commissaire, le matin, j'étais paresseux au lit.

J'emprunte à mon ami ces détails sur les nuits de Montmartre. Mais il est bon de songer que, ne pouvant partir, je trouve inutile de rentrer chez moi en costume de voyage. Je serais obligé d'expliquer pourquoi j'ai manqué deux fois les omnibus. — Le premier départ du chemin de fer de Strasbourg n'est qu'à sept heures du matin; que faire jusque-là?

IV

CAUSERIE

— Puisque nous sommes *anuités*, dit mon ami, si tu n'as pas sommeil, nous irons souper quelque part. La *Maison d'or*, c'est bien mal composé : des lorettes, des quarts d'agent de change, et les débris de la jeunesse dorée. Aujourd'hui, tout le monde a quarante ans, ils en ont soixante. Cherchons encore la jeunesse non dorée. Rien ne me blesse comme les mœurs d'un jeune homme dans un homme âgé, à moins qu'il ne soit Brancas ou Saint-Cricq. Tu n'as jamais connu Saint-Cricq?

— Au contraire.

— C'est lui qui se faisait de si belles salades au café Anglais, entremêlées de tasses de chocolat. Quelquefois, par distraction, il mêlait le chocolat avec la salade, cela n'offensait personne. Eh bien, les viveurs sérieux, les gens ruinés qui voulaient se refaire avec des places, les diplomates en herbe, les sous-préfets en expectative, les directeurs de théâtre ou de n'importe quoi — futurs — avaient mis ce pauvre Saint-Cricq en interdit. Mis au ban, comme nous disions jadis, Saint-Cricq s'en vengea d'une manière bien spirituelle. On lui avait refusé la porte du café Anglais; visage de bois partout. Il délibéra en lui-même pour savoir s'il n'attaquerait pas la porte avec des rossignols ou à grands coups de pavé. Une réflexion l'arrêta :

» — Pas d'effraction, pas de dégradation; il vaut mieux aller trouver mon ami le préfet de police.

» Il prend un fiacre, deux fiacres; il aurait pris quarante fiacres s'il les eût trouvés sur la place.

» A une heure du matin, il faisait grand bruit rue de Jérusalem.

» — Je suis Saint-Cricq, je viens demander justice d'un tas de... polissons; hommes charmants, mais qui ne comprennent pas..., enfin, qui ne comprennent pas ! Où est Gisquet?

» — Monsieur le préfet est couché.

» — Qu'on le réveille. J'ai des révélations importantes à lui faire.

» On réveille le préfet, croyant qu'il s'agissait d'un complot politique. Saint-Cricq avait eu le temps de se calmer. Il redevient posé, précis, parfait gentilhomme, traite avec aménité le

19.

haut fonctionnaire, lui parle de ses parents, de ses entours, lui raconte des scènes du grand monde, et s'étonne un peu de ne pouvoir, lui, Saint-Cricq, aller souper paisiblement dans un café où il a ses habitudes.

» Le préfet, fatigué, lui donne quelqu'un pour l'accompagner. Il retourne au café Anglais, dont l'agent fait ouvrir la porte ; Saint-Cricq triomphant demande ses salades et ses chocolats ordinaires, et adresse à ses ennemis cette objurgation :

» — Je suis ici par la volonté de mon père et de M. le préfet, etc., et je n'en sortirai, etc.

— Ton histoire est jolie, dis-je à mon ami, mais je la connaissais, et je ne l'ai écoutée que pour l'entendre raconter par toi. Nous savons toutes les facéties de ce bonhomme, ses grandeurs et sa décadence, ses quarante fiacres, son amitié pour Harel et ses procès avec la Comédie-Française, en raison de ce qu'il admirait trop hautement Molière. Il traitait les ministres d'alors de *polichinelles*. Il osa s'adresser plus haut... Le monde ne pouvait supporter de telles excentricités. — Soyons gais, mais convenables. Ceci est la parole du sage.

V

LES NUITS DE LONDRES

— Eh bien, si nous ne soupons pas *dans la haute,* dit mon ami, je ne sais guère où nous irions à cette heure-ci. Pour la Halle, il est trop tôt encore. J'aime que cela soit peuplé autour de moi. Nous avions récemment, au boulevard du Temple, dans un café près de l'*Épi-Scié,* une combinaison de soupers à un franc, où se réunissaient principalement des modèles, hommes et femmes, employés quelquefois dans les tableaux vivants ou dans les drames et vaudevilles à poses. Des festins de Trimalcion comme ceux du vieux Tibère à Caprée. On a encore fermé cela.

— Pourquoi ?

— Je le demande. Es-tu allé à Londres ?

— Trois fois.

— Eh bien, tu sais la splendeur de ses nuits, auxquelles manque trop souvent le soleil d'Italie ? Quand on sort de *Majesty-Theater*, ou de *Drury-Lane*, ou de *Covent-Garden*, ou seulement de la charmante bonbonnière du Strand dirigée par madame Céleste, l'âme excitée par une musique bruyante ou délicieusement énervante (oh ! les Italiens !), par les facéties de je ne sais quel clown, par des scènes de boxe que l'on voit dans des box [1]..., l'âme, dis-je, sent le besoin, dans cette heureuse ville où le portier manque, où l'on a négligé de l'inventer, de se remettre d'une telle tension. La foule alors se précipite dans les *bœuf-maisons*, dans les *huître-maisons*, dans les cercles, dans les clubs et dans les *saloons !*

— Que m'apprends-tu là ! Les nuits de Londres sont délicieuses ; c'est une série de paradis ou une série d'enfers, selon les moyens qu'on possède. Les *gin-palace* (palais de genièvre) resplendissants de gaz, de glaces et de dorures, où l'on s'enivre entre un pair d'Angleterre et un chiffonnier... Les petites filles maigrelettes qui vous offrent des fleurs. Les dames des wauxhalls et des amphithéâtres, qui, rentrant à pied, vous coudoient à l'anglaise, et vous laissent éblouis d'une désinvolture de pairesse ! Des velours, des hermines, des diamants, comme au théâtre de la Reine !... De sorte que l'on ne sait si ce sont les grandes dames qui sont des...

— Tais-toi !

VI

DEUX SAGES

Nous nous entendons si bien, mon ami et moi, qu'en vérité, sans le désir d'agiter notre langue et de nous animer un peu,

[1]. Loges.

il serait inutile que nous eussions ensemble la moindre conversation. Nous ressemblerions au besoin à ces deux philosophes marseillais qui avaient longtemps abîmé leurs organes à
discuter sur le *grand peut-être*. A force de dissertations, ils
avaient fini par s'apercevoir qu'ils étaient du même avis, que
leurs pensées se trouvaient *adéquates*, et que les angles sor-
tants du raisonnement de l'un s'appliquaient exactement aux
angles rentrants du raisonnement de l'autre.

Alors, pour ménager leurs poumons, ils se bornaient, sur
toute question philosophique, politique on religieuse, à un
certain *Hum* ou *Heuh*, diversement accentué, qui suffisait pour
amener la solution du problème.

L'un, par exemple, montrait à l'autre, pendant qu'ils prenaient le café ensemble, un article sur la *fusion* :

— Hum ! disait l'un.

— Heuh ! disait l'autre.

La question des classiques et des scolastiques, soulevée par
un journal bien connu, était pour eux comme celle des
réalistes et des nominaux du temps d'Abeilard :

— Heuh ! disait l'un.

— Hum ! disait l'autre.

Il en était de même pour ce qui concerne la femme ou
l'homme, le chat ou le chien. Rien de ce qui est dans la nature, ou qui s'en éloigne, n'avait la vertu de les étonner autrement.

Cela finissait toujours par une partie de dominos; jeu spécialement silencieux et méditatif.

— Mais pourquoi, dis-je à mon ami, n'est-ce pas ici comme
à Londres? Une grande capitale ne devrait jamais dormir !

— Parce qu'il y a ici des portiers, et qu'à Londres chacun,
ayant un passe-partout de la porte extérieure, rentre à l'heure
qu'il veut.

— Cependant, moyennant cinquante centimes, on peut ici
rentrer partout après minuit.

— Et l'on est regardé comme un homme qui n'a pas de conduite.

— Si j'étais préfet de police, au lieu de faire fermer les boutiques, les théâtres, les cafés et les restaurants à minuit, je payerais une prime à ceux qui resteraient ouverts jusqu'au matin. Car enfin je ne crois pas que la police ait jamais favorisé les voleurs ; mais il semble, d'après ces dispositions, qu'elle leur livre la ville sans défense, une ville surtout où un grand nombre d'habitants : imprimeurs, acteurs, critiques, machinistes, allumeurs, etc., ont des occupations qui les retiennent jusqu'après minuit. Et les étrangers, que de fois je les ai entendus rire... en voyant que l'on couche les Parisiens sitôt.

— La routine ! dit mon ami.

VII

LE CAFÉ DES AVEUGLES

— Mais, reprit-il, si nous ne craignons pas les tire-laine, nous pouvons encore jouir des agréments de la soirée ; ensuite nous reviendrons souper, soit à la *pâtisserie* du boulevard Montmartre, soit à la *boulangerie*, que d'autres appellent la *boulange*, rue de Richelieu. Ces établissements ont la permission de deux heures. Mais on n'y soupe guère *à fond*. Ce sont des pâtés, des *sandwich*, une volaille peut-être, ou quelques assiettes assorties de gâteaux, que l'on arrose invariablement de madère. Souper de figurante, ou de pensionnaire... lyrique. Allons plutôt chez le rôtisseur de la rue Saint-Honoré.

Il n'était pas encore tard, en effet. Notre désœuvrement nous faisait paraître les heures longues... En passant au perron pour traverser le Palais-Royal, un grand bruit de tambour nous avertit que le Sauvage continuait ses exercices au café des Aveugles.

L'orchestre *homérique*[1] exécutait avec zèle les accompagne-

1. Ο μὴ ὁράων, aveugle.

ments. La foule était composée d'un parterre inouï, garnissant les tables, et qui, comme aux Funambules, vient fidèlement jouir tous les soirs du même spectacle et du même acteur. Les dilettantes trouvaient que M. Blondelet (le Sauvage) semblait fatigué et n'avait pas dans son jeu toutes les nuances de la veille. Je ne pus apprécier cette critique; mais je l'ai trouvé fort beau. Je crains seulement que ce ne soit aussi un aveugle et qu'il n'ait des yeux d'émail.

Pourquoi des aveugles, direz-vous, dans ce seul café, qui est un caveau? C'est que, vers la fondation, qui remonte à l'époque révolutionnaire, il se passait là des choses qui eussent révolté la pudeur d'un orchestre. Aujourd'hui, tout est calme et décent. Et même la galerie sombre du caveau est placée sous l'œil vigilant d'un sergent de ville.

Le spectacle éternel de l'*Homme à la poupée* nous fit fuir, parce que nous le connaissions déjà. Du reste, cet homme imite parfaitement le français-belge.

Et maintenant, plongeons-nous plus profondément encore dans les cercles inextricables de l'enfer parisien. Mon ami m'a promis de me faire passer la nuit à *Pantin*.

VIII

PANTIN

Pantin, c'est le Paris obscur, quelques-uns diraient le Paris canaille; mais ce dernier s'appelle, en argot, *Pantruche*. N'allons pas si loin.

En tournant la rue de Valois, nous avons rencontré une façade lumineuse d'une douzaine de fenêtres: c'est l'ancien *Athénée*, inauguré par les doctes leçons de la Harpe. Aujourd'hui, c'est le splendide estaminet des *Nations*, contenant douze billards. Plus d'esthétique, plus de poésie; on y rencontre des gens assez forts pour faire circuler des billes autour de trois chapeaux espacés sur le tapis vert, aux places où sont les mou-

ches. Les *blocs* n'existent plus ; le progrès a dépassé ces
vaines promesses de nos pères. Le carambolage seul est encore admis ; mais il n'est pas convenable d'en manquer un
seul (de carambolage).

J'ai peur de ne plus parler français, c'est pourquoi je viens
de me permettre cette dernière parenthèse. Le français de
M. Scribe, celui de la Montansier, celui des estaminets, celui
des lorettes, des concierges, des réunions bourgeoises, des salons, commence à s'éloigner des traditions du grand siècle.
La langue de Corneille et de Bossuet devient peu à peu du
sanscrit (langue savante). Le règne du *prâcrit* (langue vulgaire)
commence pour nous, je m'en suis convaincu en prenant mon
billet et celui de mon ami au bal situé rue *Honoré*, que les
envieux désignent sous le nom de *bal des Chiens*. Un habitué
nous a dit :

— Vous *roulez* (vous entrez) dans le bal (on prononce b-a-l),
c'est assez *rigolo* ce soir.

Rigolo signifie amusant.

En effet, c'était rigolo.

La maison intérieure, à laquelle on arrive par une longue
allée, peut se comparer aux gymnases antiques. La jeunesse y
rencontre tous les exercices qui peuvent développer sa force
et son intelligence. Au rez-de-chaussée, le café-billard ; au premier, la salle de danse ; au second, la salle d'escrime et de
boxe ; au troisième, le daguerréotype, instrument de patience
qui s'adresse aux esprits fatigués, et qui, détruisant les illusions, oppose à chaque figure le miroir de la vérité.

Mais, la nuit, il n'est question ni de boxe ni de portraits ;
un orchestre étourdissant de cuivres, dirigé par M. Hesse,
dit *Décati*, vous attire invinciblement à la salle de danse, où
vous commencez à vous débattre contre les marchandes de
biscuits et de gâteaux. On arrive dans la première pièce, où
sont les tables, et où l'on a le droit d'échanger son billet de
25 centimes contre la même somme *en consommation*. Vous
apercevez des colonnes entre lesquelles s'agitent des quadrilles

joyeux. Un sergent de ville vous avertit paternellement que l'on ne peut fumer que dans la salle d'entrée, — le prodrome.

Nous jetons nos bouts de cigare, immédiatement ramassés par des jeunes gens moins fortunés que nous. Mais, vraiment, le bal est très-bien ; on se croirait dans le monde si l'on ne s'arrêtait à quelques imperfections de costume. C'est, au fond, ce qu'on appelle à Vienne un *bal négligé*.

Ne faites pas le fier. Les femmes qui sont là en valent bien d'autres, et l'on peut dire des hommes, en parodiant certains vers d'Alfred de Musset sur les derviches turcs :

> Ne les dérange pas, ils t'appelleraient chien...
> Ne les insulte pas, car ils te valent bien !

Tâchez de trouver dans le monde une pareille animation. La salle est assez grande et peinte en jaune. Les gens respectables s'adossent aux colonnes, avec défense de fumer, et n'exposent que leurs poitrines aux coups de coude, et leurs pieds aux trépignements éperdus du galop et de la valse. Quand la danse s'arrête, les tables se garnissent. Vers onze heures, les ouvrières sortent et font place à des personnes qui sortent des théâtres, des cafés-concerts et de plusieurs établissements publics. L'orchestre se ranime pour cette population nouvelle, et ne s'arrête que vers minuit.

IX

LA GOGUETTE

Nous n'attendîmes pas cette heure. Une affiche bizarre attira notre attention. Le règlement d'une goguette était affiché dans la salle :

SOCIÉTÉ LYRIQUE DES TROUBADOURS

« Bury, président. Beauvais, maître de chant, etc.

» Art. 1er. Toutes chansons politiques ou atteignant la religion ou les mœurs sont formellement interdites.

» 2° Les *échos* ne seront accordés que lorsque le président le jugera convenable.

» 3° Toute personne se présentant en état de troubler l'ordre de la soirée, l'entrée lui en sera refusée.

» 4° Toute personne qui aurait troublé l'ordre, qui, après *deux avertissements* dans la soirée, n'en tiendrait pas compte, sera priée de sortir immédiatement.

» *Approuvé*, etc. »

Nous trouvons ces dispositions fort sages ; mais la Société lyrique des Troubadours, si bien placée en face de l'ancien Athénée, ne se réunit pas ce soir-là. Une autre goguette existait dans une autre cour du quartier. Quatre lanternes mauresques annonçaient la porte, surmontée d'une équerre dorée.

Un contrôleur vous prie de déposer le montant d'une chopine (six sous), et l'on arrive au premier, où derrière la porte se rencontre le *chef d'ordre*.

— Êtes-vous du bâtiment? nous dit-il.

— Oui, nous sommes du bâtiment, répondit mon ami.

Ils se firent les attouchements obligés, et nous pûmes entrer dans la salle.

Je me rappelai aussitôt la vieille chanson exprimant l'étonnement d'un *louveteau*[1] nouveau-né qui rencontre une société fort agréable et se croit obligé de la célébrer :

— Mes yeux sont éblouis, dit-il. Que vois-je dans cette enceinte ?

> Des menuisiers ! des ébénisses !
> Des entrepreneurs de bâtisses !...
> Qu'on dirait un bouquet de fleurs,
> Paré de ses mille couleurs !

Enfin nous étions *du bâtiment*, et le mot se dit aussi au moral, attendu que le *bâtiment* n'exclut pas les poëtes ; Amphyon, qui élevait des murs aux sons de sa lyre, était du bâtiment. Il

---

1. Fils de maître, selon les termes du compagnonnage.

20

en est de même des artistes peintres et statuaires, qui en sont les enfants gâtés.

Comme le *louveteau*, je fus ébloui de la splendeur du coup d'œil. Le *chef d'ordre* nous fit asseoir à une table, d'où nous pûmes admirer les trophées ajustés entre chaque panneau. Je fus étonné de ne pas y rencontrer les anciennes légendes obligées : « Respect aux dames ! Honneur aux Polonais ! » Comme les traditions se perdent !

En revanche, le bureau, drapé de rouge, était occupé par trois commissaires fort majestueux. Chacun d'eux avait devant soi sa sonnette, et le président frappa trois coups avec le marteau consacré. La *mère* des compagnons était assise au pied du bureau. On ne la voyait que de profil, mais le profil était plein de grâce et de dignité.

— Mes petits amis, dit le président, notre ami *** va chanter une nouvelle composition, intitulée *la Feuille de saule.*

La chanson n'était pas plus mauvaise que bien d'autres. Elle imitait faiblement le genre de Pierre Dupont. Celui qui la chantait était un beau jeune homme aux longs cheveux noirs, si abondants, qu'il avait dû s'entourer la tête d'un cordon, afin de les maintenir ; il avait une voix douce parfaitement timbrée, et les applaudissements furent doubles, — pour l'*auteur* et pour le *chanteur*.

Le président réclama l'indulgence pour une demoiselle dont le premier essai allait se produire devant *les amis*. Ayant frappé les trois coups, il se recueillit, et, au milieu du plus complet silence, on entendit une voix jeune, encore imprégnée des rudesses du premier âge, mais qui, *se dépouillant* peu à peu (selon l'expression d'un de nos voisins), arrivait aux *traits* et aux fioritures les plus hardis. L'éducation classique n'avait pas gâté cette fraîcheur d'intonation, cette pureté d'organe, cette parole émue et vibrante, qui n'appartiennent qu'aux talents vierges encore des leçons du Conservatoire.

X

LE RÔTISSEUR

O jeune fille à la voix perlée ! tu ne sais pas *phraser* comme au Conservatoire ; tu ne sais pas *chanter*, ainsi que dirait un critique musical... Et pourtant ce timbre jeune, ces désinences tremblées à la façon des chants naïfs de nos aïeules, me remplissent d'un certain charme ! Tu as composé des paroles qui ne riment pas et une mélodie qui n'est pas *carrée;* et c'est dans ce petit cercle seulement que tu es comprise et rudement applaudie. On va conseiller à ta mère de t'envoyer chez un maître de chant, et, dès lors, te voilà perdue... perdue pour nous ! Tu chantes au bord des abîmes, comme les cygnes de l'Edda. Puissé-je conserver le souvenir de ta voix si pure et si ignorante, et ne t'entendre plus, soit dans un théâtre lyrique, soit dans un concert, ou seulement dans un café chantant!

Adieu, adieu, et pour jamais adieu !... Tu ressembles au séraphin doré du Dante, qui répand un dernier éclair de poésie sur les cercles ténébreux dont la spirale immense se rétrécit toujours, pour aboutir à ce puits sombre où Lucifer est enchaîné jusqu'au jour du dernier jugement.

Et maintenant, passez autour de nous, couples souriants ou plaintifs..., « spectres où saigne encore la place de l'amour. » Les tourbillons que vous formez s'effacent peu à peu dans la brume... La *Pia,* la *Francesca,* passent peut-être à nos côtés... L'adultère, le crime et la faiblesse se coudoient, sans se reconnaître, à travers ces ombres trompeuses.

Derrière l'ancien cloître Saint-Honoré, dont les derniers débris subsistent encore, cachés par les façades des maisons modernes, est la boutique d'un rôtisseur ouverte jusqu'à deux heures du matin. Avant d'entrer dans l'établissement, mon ami murmura cette chanson colorée :

A la *Grand'Pinte*, quand le vent
Fait grincer l'enseigne en fer-blanc
   Alors qu'il gèle,
Dans la cuisine, on voit briller
Toujours un tronc d'arbre au foyer,
   Flamme éternelle,

Où rôtissent en chapelets,
Oisons, canards, dindons, poulets,
   Au tournebroche !
Et puis le soleil jaune d'or
Sur les casseroles encor,
   Darde et s'accroche!

Mais ne parlons pas du soleil, il est minuit passé.

Les tables du rôtisseur sont peu nombreuses ; elles étaient toutes occupées.

— Allons ailleurs, dis-je.

— Mais, auparavant, répondit mon ami, consommons un petit bouillon de poulet. Cela ne peut suffire à nous ôter l'appétit, et, chez Véry, cela coûterait un franc ; ici, c'est dix centimes. Tu conçois qu'un rôtisseur qui débite par jour cinq cents poulets en doit conserver les abatis, les cœurs et les foies, qu'il lui suffit d'entasser dans une marmite pour faire d'excellent consommé.

Les deux bols nous furent servis sur le comptoir et le bouillon était parfait. Ensuite on suce quelques écrevisses de Strasbourg grosses comme de petits homards. Les moules, la friture, et les volailles découpées jusque dans les prix les plus modestes, composent le souper ordinaire des habitués.

Aucune table ne se dégarnissait. Une femme d'un aspect majestueux, type habillé des néréides de Rubens ou des bacchantes de Jordaens, donnait, près de nous, des conseils à un jeune homme.

Ce dernier, élégamment vêtu, mince de taille, et dont la pâleur était relevée par de longs cheveux noirs et de petites moustaches soigneusement tordues et cirées aux pointes, écoutait avec déférence les avis de l'imposante matrone. On ne pouvait guère lui reprocher qu'une chemise prétentieuse à jabot de dentelle et à manchettes plissées, une cravate bleue et un gilet d'un rouge ardent croisé de lignes vertes. Sa chaîne de montre pouvait être en chrysocale, son épingle en strass du Rhin ; mais l'effet en était assez riche aux lumières.

— Vois-tu, *muffeton*, disait la dame, tu n'es pas fait pour ce métier-là, de vivre la nuit. Tu t'obstines, tu ne pourras pas ! Le bouillon de poulet te soutient, c'est vrai ; mais la liqueur t'abîme. Tu as des palpitations, et les pommettes rouges le matin. Tu as l'air fort, parce que tu es nerveux... Tu feras mieux de dormir à cette heure-ci.

— De quoi ! observa le jeune homme avec cet accent des voyoux parisiens qui semble un râle, et que crée l'usage précoce de l'eau-de-vie et de la pipe : est-ce qu'il ne faut pas que je fasse mon état ? C'est les chagrins qui me font boire : pourquoi est-ce que Gustine m'a trahi !

— Elle t'a trahi sans te trahir... C'est une baladeuse, voilà tout.

— Je te parle comme à ma mère : si elle revient, c'est fini, je me range. Je prends un fonds de bimbeloterie. Je l'épouse.

— Encore une bêtise !

— Puisqu'elle m'a dit que je n'avais pas d'établissement !

— Ah ! jeune homme, cette femme-là, ça sera ta mort.

— Elle ne sait pas encore la roulée qu'elle va recevoir !

— Tais-toi donc ! dit la femme-Rubens en souriant, ce n'est pas toi qui es capable de corriger une femme !

Je n'en voulus pas entendre davantage. Jean-Jacques avait bien raison de s'en prendre aux mœurs des villes d'un principe de corruption qui s'étend plus tard jusqu'aux campagnes. A travers tout cela cependant, n'est-il pas triste d'entendre retentir l'accent de l'amour, la voix pénétrée d'émotion, la voix mourante du vice, à travers la phraséologie de la crapule?

Si je n'étais sûr d'accomplir une des missions douloureuses de l'écrivain, je m'arrêterais ici; mais mon ami me dit comme Virgile à Dante :

— *Or sie forte ed ardito; omai si scende per i fatte scale...* [1].

A quoi je répondis sur un air de Mozart :

— *Andiam! andiam! andiamo bene!*

— Tu te trompes! reprit-il, ce n'est pas là l'enfer : c'est tout au plus le purgatoire. Allons plus loin.

XI

LA HALLE

— Quelle belle nuit ! dis-je en voyant scintiller les étoiles au-dessus du vaste emplacement où se dessinent, à gauche, la coupole de la halle aux blés avec la colonne cabalistique qui faisait partie de l'hôtel de Soissons, et qu'on appelle l'observatoire de Catherine de Médicis, puis le marché à la volaille; à droite, le marché au beurre, et, plus loin, la construction inachevée du marché à la viande. La silhouette grisâtre de Saint-Eustache ferme le tableau. Cet admirable édifice, où le style fleuri du moyen âge s'allie si bien aux desseins corrects de la renaissance, s'éclaire encore magnifiquement aux rayons de la lune, avec son armature gothique, ses arcs-boutants multipliés comme les côtes d'un cétacé prodigieux, et les cintres romains de ses portes et de ses fenêtres, dont les ornements semblent appartenir à la coupe ogivale. Quel malheur qu'un si rare vaisseau soit déshonoré, à droite par une porte de sacristie à colonnes d'ordre ionique, et à gauche par un portail dans le goût de Vignole !

---

1. Sois fort et hardi; on ne descend ici que par de tels escaliers.

Le petit carreau des halles commençait à s'animer. Les charrettes des maraîchers, des mareyeurs, des beurriers, des verduriers, se croisaient sans interruption. Les charretiers arrivés au port se rafraîchissaient dans les cafés et dans les cabarets, ouverts sur cette place pour toute la nuit. Dans la rue Mauconseil, ces établissements s'étendent jusqu'à la halle aux huîtres; dans la rue Montmartre, de la pointe Saint-Eustache à la rue du Jour.

On trouve là, à droite, des marchands de sangsues; l'autre côté est occupé par les pharmaciens-Raspail et les débitants de cidre, chez lesquels on peut se régaler d'huîtres et de tripes à la mode de Caen. Les pharmaciens ne sont pas inutiles, à cause des accidents; mais, pour des gens sains qui se promènent, il est bon de boire un verre de cidre ou de poiré. C'est rafraîchissant.

Nous demandâmes du cidre nouveau, car il n'y a que des Normands ou des Bretons qui puissent se plaire au cidre *dur*.

— On nous répondit que les cidres nouveaux n'arriveraient que dans huit jours, et qu'encore la récolte était mauvaise.

— Quant aux poirés, ajouta-t-on, ils sont arrivés depuis hier; ils avaient manqué l'année passée.

La ville de Domfront (ville de malheur) est cette fois très-heureuse. Cette liqueur blanche et écumante comme le champagne rappelle beaucoup la blanquette de Limoux. Conservée en bouteille, elle grise très-bien son homme. — Il existe de plus une certaine eau-de-vie de cidre de la même localité, dont le prix varie selon la grandeur des petits verres. Voici ce que nous lûmes sur une pancarte attachée au flacon :

Le monsieur	4 sous.
La demoiselle.	2 sous.
Le misérable	1 sou.

Cette eau-de-vie, dont les diverses mesures sont ainsi qualifiées, n'est point mauvaise et peut servir d'absinthe. Elle est inconnue sur les grandes tables.

XII

LE MARCHÉ DES INNOCENTS

En passant à gauche du marché aux poissons, où l'animation ne commence que de cinq à six heures, moment de la vente à la criée, nous avons remarqué une foule d'hommes en blouse, en chapeau rond et en manteau blanc rayé de noir, couchés sur des sacs de haricots... Quelques-uns se chauffaient autour de feux comme ceux que font les soldats qui campent, d'autres s'allumaient des *foyers* intérieurs dans les cabarets voisins. D'autres, encore debout près des sacs, se livraient à des adjudications de haricots... Là, on parlait prime, différence, couverture, reports, hausse et baisse, enfin comme à la bourse.

— Ces gens en blouse sont plus riches que nous, dit mon compagnon. Ce sont de faux paysans. Sous leur roulière ou leur bourgeron, ils sont parfaitement vêtus et laisseront demain leur blouse chez le marchand de vin pour retourner chez eux en tilbury. Le spéculateur adroit revêt la blouse comme l'avocat revêt la robe. Ceux de ces gens-là qui dorment sont les *moutons*, ou les simples voituriers.

— 46-66 l'haricot de Soissons! dit près de nous une voix grave.

— 48, fin courant, ajouta un autre.

— Les suisses blancs sont hors de prix.

— Les nains 28.

— La vesce à 13-34... Les *flageolets* sont mous, etc.

Nous laissons ces braves gens à leurs combinaisons. Que d'argent il se gagne et se perd ainsi!... Et l'on a supprimé les jeux!

XIII

LES CHARNIERS

Sous les colonnes du marché aux pommes de terre, des femmes matinales, ou bien tardives, épluchaient leurs denrées à la lueur des lanternes. Il y en avait de jolies qui travaillaient sous l'œil des mères en chantant de vieilles chansons. Ces dames sont souvent plus riches qu'il ne semble, et la fortune même n'interrompt pas leur rude labeur. Mon compagnon prit plaisir à s'entretenir très-longtemps avec une jolie blonde, lui parlant du dernier bal de la Halle, dont elle avait dû faire l'un des plus beaux ornements... Elle répondit fort élégamment et comme une personne du monde, quand je ne sais par quelle fantaisie il s'adressa à la mère en lui disant :

— Mais votre demoiselle est charmante... *A-t-elle le sac ?*
Cela veut dire en langage des halles : « A-t-elle de l'argent ? »

— Non, mon fy, dit la mère, c'est moi qui l'ai, le sac !

— Eh ! mais, madame, si vous étiez veuve, on pourrait... Nous recauserons de cela !

— Va-t'en donc, vieux *mufle !* cria la jeune fille avec un accent entièrement local qui tranchait sur ses phrases précédentes.

Elle me fit l'effet de la blonde sorcière de *Faust*, qui, causant tendrement avec son valseur, laisse échapper de sa bouche une souris rouge.

Nous tournâmes les talons, poursuivis d'imprécations railleuses, qui rappelaient d'une façon assez classique les colloques de Vadé.

— Il s'agit décidément de souper, dit mon compagnon. Voici Bordier, mais la salle est étroite. C'est le rendez-vous des fruitiers-orangers et des orangères. Il y a un autre Bordier qui fait le coin de la rue aux Ours, et qui est passable ; puis le restaurant des Halles, fraîchement sculpté et doré,

20.

près de la rue de la Reynie... Mais autant vaudrait la *Maison d'or*.

— En voilà d'autres, dis-je en tournant les yeux vers cette longue ligne de maisons régulières qui bordent la partie du marché consacré aux choux.

— Y penses-tu? Ce sont les *charniers*. C'est là que des poëtes en habit de soie, épée et manchettes, venaient souper, au siècle dernier, les jours où leur manquaient les invitations du grand monde. Puis, après avoir consommé l'ordinaire de six sous, ils lisaient leurs vers par habitude aux rouliers, aux maraî-chers et aux forts : « Jamais je n'ai eu tant de succès, disait Robbé, qu'auprès de ce public formé aux arts par les mains de la nature ! »

Les hôtes poétiques de ces caves voûtées s'étendaient, après souper, sur les bancs ou sur les tables, et il fallait, le lende-main matin, qu'ils se fissent poudrer à deux sous par quelque *merlan* en plein air, et repriser par les ravaudeuses, pour aller ensuite briller aux petits levers de madame de Luxembourg, de mademoiselle Hus ou de la comtesse de Beauharnais.

XIV

BARATTE

Ces temps sont passés. Les caves des charniers sont aujour-d'hui restaurées, éclairées au gaz; la consommation y est pro-pre, et il est défendu d'y dormir, soit sur les tables, soit des-sous; mais que de choux dans cette rue !... La rue parallèle de la Ferronnerie en est également remplie, et le cloître voisin de Sainte-Opportune en présente de véritables montagnes. La carotte et le navet appartiennent au même département.

— Voulez-vous des *frisés*, des *milans*, des *cabus*, mes petits amours? nous crie une marchande.

En traversant la place, nous admirons des potirons mons-trueux. On nous offre des saucisses et des boudins, du café à un sou la tasse, et, au pied même de la fontaine de Pierre Lescot et de Jean Goujon sont installés, en plein vent, d'autres soupeurs plus modestes encore que ceux des charniers.

Nous fermons l'oreille aux provocations, et nous nous dirigeons vers Baratte, en fendant la presse des marchandes de fruits et de fleurs. — L'une crie :

— Mes petits choux ! fleurissez vos dames !

Et, comme on ne vend à cette heure-là qu'en gros, il faudrait avoir beaucoup de dames *à fleurir* pour acheter de telles bottes de bouquets. — Une autre chante la chanson de son état :

« Pommes de reinette et pommes d'api ! — Calville, calville, calville rouge ! — Calville rouge et calville gris !

» Étant en crique, — dans ma boutique, — j' vis des inconnus qui m' dirent : « Mon p'tit cœur ! venez me voir, vous aurez grand débit !

» — Nenni, messieurs ! — je n' puis, d'ailleurs, — car il n' m' reste qu'un artichaut et trois petits choux-fleurs ! »

Insensibles aux voix de ces sirènes, nous entrons enfin chez Baratte. Un individu en blouse, qui semblait avoir *son petit jeune homme* (être gris), roulait au même instant sur les bottes de fleurs, expulsé avec force, parce qu'il avait fait du bruit. Il s'apprête à dormir sur un amas de roses rouges, imaginant sans doute être le vieux Silène, et que les bacchantes lui ont préparé ce lit odorant. Les fleuristes se jettent sur lui, et le voilà bien plutôt exposé au sort d'Orphée... Un sergent de ville s'entremet et le conduit au poste de la halle aux cuirs, signalé de loin par une campanille et un cadran éclairé.

La grande salle est un peu tumultueuse chez Baratte ; mais il y a des salles particulières et des cabinets. Il ne faut pas se dissimuler que c'est là le restaurant des aristos. L'usage est d'y demander des huîtres d'Ostende avec un petit ragoût d'échalotes découpées dans du vinaigre et poivrées, dont on arrose légèrement lesdites huîtres. Ensuite, c'est la soupe à l'oignon, qui s'exécute admirablement à la Halle, et dans laquelle les raffinés sèment du parmesan râpé. — Ajoutez à cela un per-

dreau ou quelque poisson qu'on obtient naturellement de première main, du bordeaux, un dessert de fruit premier choix,
et vous conviendrez qu'on soupe fort bien à la Halle. — C'est
une affaire de sept francs par personne environ.

On ne comprend guère que tous ces hommes en blouse,
mélangés du plus beau sexe de la banlieue en cornettes et en
marmottes, se nourrissent si convenablement; mais, je l'ai dit,
ce sont de faux paysans et des millionnaires méconnaissables.
Les facteurs de la Halle, les gros marchands de légumes, de
viande, de beurre et de marée sont des gens qui savent se traiter comme il faut, et les forts eux-mêmes ressemblent un peu
à ces braves portefaix de Marseille qui soutiennent de leurs
capitaux les maisons qui les font travailler.

XV

PAUL NIQUET

Le souper fait, nous allâmes prendre le café et le pousse-
café à l'établissement célèbre de Paul Niquet. — Il y a là évidemment moins de millionnaires que chez Baratte... Les murs,
très-élevés et surmontés d'un vitrage, sont entièrement nus.
Les pieds posent sur des dalles humides. Un comptoir immense
partage en deux la salle, et sept ou huit chiffonnières, habi-
tuées de l'endroit, font tapisserie sur un banc opposé au comptoir. Le fond est occupé par une foule assez mêlée, où les disputes ne sont pas rares. Comme on ne peut pas à tout moment
aller chercher la garde, le vieux Niquet, si célèbre sous l'Empire par ses cerises à l'eau-de-vie, avait fait établir des conduits d'eau très-utiles dans le cas d'une rixe violente.

On les lâche de plusieurs points de la salle sur les combattants, et, si cela ne les calme pas, on lève un certain appareil
qui bouche hermétiquement l'issue. Alors, l'eau monte, et les
plus furieux demandent grâce; — c'est du moins ce qui se
passait autrefois.

Mon compagnon m'avertit qu'il fallait payer une tournée aux chiffonnières pour se faire un parti dans l'établissement en cas de dispute. C'est, du reste, l'usage pour les gens mis en bourgeois. Ensuite vous pouvez vous livrer sans crainte aux charmes de la société. Vous avez conquis la faveur des dames.

Une des chiffonnières demanda de l'eau-de-vie.

— Tu sais bien que ça t'est défendu ! répondit le garçon limonadier.

— Eh bien, alors, nn petit *verjus !* mon amour de Polyte ! Tu es si gentil avec tes beaux yeux noirs... Ah ! si j'étais encore... ce que j'ai été !

Sa main tremblante laissa échapper le petit verre plein de grains de verjus à l'eau-de-vie, que l'on ramassa aussitôt; les petits verres chez Paul Niquet sont épais comme des bouchons de carafe : ils rebondissent, et la liqueur seule est perdue.

— Un autre verjus ! dit mon ami.

— Toi, t'es bien zentil aussi, mon p'tit fy, lui dit la chiffonnière ; tu me *happelles* le p'tit *Ba'as* (Barras) qu'était si zentil, si zentil, avec ses cadenettes et son *zabot* d'Angueleterre... Ah ! c'était z'un homme *aux oiseaux*, mon p'tit fy, aux oiseaux !... vrai ! z'un bel homme comme toi !

Après le second verjus, elle nous dit :

— Vous ne savez pas, mes enfants, que j'ai été une des *merveilleuses* de ce temps-là... J'ai eu des bagues à mes doigts de pieds... Il y a des *mirliflores* et des généraux qui se sont battus pour moi !

— Tout ça, c'est la punition du bon Dieu ! dit un voisin. Où est-ce qu'il est à présent, ton *phaéton ?*

— Le bon Dieu ! dit la chiffonnière exaspérée, le bon Dieu, c'est le diable !

Un homme maigre, en habit noir râpé, qui dormait sur un banc, se leva en trébuchant :

— Si le bon Dieu, c'est le diable, alors c'est le diable qui est le bon Dieu, cela revient toujours au même. Cette brave femme fait un affreux paralogisme, dit-il en se tournant vers nous... Comme ce peuple est ignorant ! Ah ! l'éducation, je m'y suis livré bien longtemps. Ma philosophie me console de tout ce que j'ai perdu.

— Et un petit verre ! dit mon compagnon.

— J'accepte ! si vous me permettez de définir la loi divine et la loi humaine...

La tête commençait à me tourner au milieu de ce public étrange ; mon ami cependant prenait plaisir à la conversation du philosophe, et redoublait les petits verres pour l'entendre raisonner et déraisonner plus longtemps.

Si tous ces détails n'étaient exacts, et si je ne cherchais ici à daguerréotyper la vérité, que de ressources romanesques me fourniraient ces deux types du malheur et de l'abrutissement ! Les hommes riches manquent trop du courage qui consiste à pénétrer dans de semblables lieux, dans ce vestibule du purgatoire, d'où il serait peut-être facile de sauver quelques âmes... Un simple écrivain ne peut que mettre les doigts sur ces plaies, sans prétendre à les fermer.

Les prêtres eux-mêmes qui songent à sauver des âmes chinoises, indiennes ou thibétaines, n'accompliraient-ils pas dans de pareils lieux de dangereuses et sublimes missions ? — Pourquoi le Seigneur vivait-il avec les païens et les publicains ?

Le soleil commence à percer le vitrage supérieur de la salle, la porte s'éclaire. Je m'élance de cet enfer au moment d'une arrestation, et je respire avec bonheur le parfum de fleurs entassées sur le trottoir de la rue aux Fers.

La grande enceinte du marché présente deux longues rangées de femmes dont l'aube éclaire les visages pâles. Ce sont les revendeuses des divers marchés, auxquelles on a distribué des numéros, et qui attendent leur tour pour recevoir leurs denrées d'après la mercuriale fixée.

Je crois qu'il est temps de me diriger vers l'embarcadère de Strasbourg, emportant dans ma pensée le vain fantôme de cette nuit.

XVI

MEAUX

Voilà, voilà, celui qui vient de l'enfer !

Je m'appliquais ce vers en roulant le matin sur les rails du chemin de Strasbourg, et je me flattais... et je n'avais pas encore pénétré jusqu'aux plus profondes *souricières;* je n'avais guère, au fond, rencontré que d'honnêtes travailleurs, des pauvres diables avinés, des malheureux sans asile... Là n'est pas encore le dernier abîme.

L'air frais du matin, l'aspect des vertes campagnes, les bords riants de la Marne, Pantin à droite, d'abord, — le vrai Pantin, — Chelles à gauche, et plus tard Lagny, les longs rideaux de peupliers, les premiers coteaux abrités qui se dirigent vers la Champagne, tout cela me charmait et faisait rentrer le calme dans mes pensées.

Malheureusement, un gros nuage noir se dessinait au fond de l'horizon, et, quand je descendis à Meaux, il pleuvait à verse. Je me réfugiai dans un café, où je fus frappé par l'aspect d'une énorme affiche rouge conçue en ces termes :

PAR PERMISSION DE M. LE MAIRE (de Meaux)

MERVEILLE SURPRENANTE

Tout ce que la nature offre de plus bizarre :

UNE TRÈS-JOLIE FEMME

Ayant pour chevelure une belle

TOISON DE MÉRINOS

Couleur marron.

« M. Montaldo, de passage en cette ville, a l'honneur d'exposer au public une rareté, un phénomène tellement extraordinaire, que Messieurs de la Faculté de médecine de Paris et de Montpellier n'ont pu encore le définir.

CE PHÉNOMÈNE

consiste en une jeune femme de dix-huit ans, native de Venise, qui, au lieu de chevelure, porte une magnifique toison en laine mérinos de Barbarie, couleur marron, d'une longueur d'environ cinquante-deux centimètres. Elle pousse comme les plantes, et on lui voit sur la tête des tiges qui supportent quatorze ou quinze branches.

» Deux de ces tiges s'élèvent sur son front et forment des cornes.

» Dans le cours de l'année, il tombe de sa toison, comme de celle des moutons qui ne sont pas tondus à temps, des fragments de laine.

» Cette personne est très-avenante, ses yeux sont expressifs, elle a la peau très-blanche ; elle a excité dans les grandes villes l'admiration de ceux qui l'ont vue, et, dans son séjour à Londres, en 1846, Sa Majesté la reine, à qui elle a été présentée, a témoigné sa surprise en disant que jamais la nature ne s'était montrée si bizarre.

» Les spectateurs pourront s'assurer de la vérité au tact de la laine, comme à l'élasticité, à l'odorat, etc., etc.

» Visible tous les jours jusqu'à dimanche 5 courant.

» Plusieurs morceaux d'opéra seront exécutés par un artiste distingué.

» Des danses de caractère, espagnoles et italiennes, par des artistes pensionnés.

» Prix d'entrée : 25 centimes. — Enfants et militaires : 10 centimes. »

A défaut d'autre spectacle, je voulus vérifier par moi-même les merveilles de cette affiche, et je ne sortis de la représentation qu'après minuit.

J'ose à peine analyser maintenant les sensations étranges du sommeil qui succéda à cette soirée. Mon esprit, surexcité sans doute par les souvenirs de la nuit précédente, et un peu par l'aspect du pont des Arches, qu'il fallut traverser pour me rendre à l'hôtel, imagina le rêve suivant, dont le souvenir m'est fidèlement resté :

XVII

CAPHARNAUM

Des corridors, des corridors sans fin ! Des escaliers, des escaliers où l'on monte, où l'on descend, où l'on remonte, et dont le bas trempe toujours dans une eau noire agitée par des roues, sous d'immenses arches de pont... à travers des charpentes inextricables ! Monter, descendre, ou parcourir les corridors, et cela, pendant plusieurs éternités... Serait-ce la peine à laquelle je serais condamné pour mes fautes ?

J'aimerais mieux vivre !

Au contraire, voilà qu'on me brise la tête à grands coups de marteau : qu'est-ce que cela veut dire?

Je rêvais à des queues de billard... à des petits verres *de verjus*...

« Monsieur et mame le maire est-il content ? »

Bon ! je confonds à présent Bilboquet avec Macaire. Mais ce n'est pas une raison pour qu'on me casse la tête avec des foulons.

« Brûler n'est pas répondre ! »

Serait-ce pour avoir embrassé la femme à cornes, ou pour avoir promené mes doigts dans sa chevelure de mérinos ?

« Qu'est-ce que c'est donc que ce cynisme ! » dirait Macaire.

Mais Desbarreaux le cartésien répondrait à la Providence :

« Voilà bien du tapage pour... bien peu de chose. »

XVIII

CHOEUR DES GNOMES [1]

Les petits gnomes chantent ainsi :

« Profitons de son sommeil ! — Il a eu bien tort de régaler le saltimbanque, et d'absorber tant de bière de Mars en octobre, — à ce même café — de *Mars*, avec accompagnement de cigares, de cigarettes, de clarinette et de basson.

» Travaillons, frères, — jusqu'au point du jour, jusqu'au chant du coq, — jusqu'à l'heure où part la voiture de Dammartin, — et qu'il puisse entendre la sonnerie de la vieille cathédrale où repose L'AIGLE DE MEAUX.

» Décidément, la femme mérinos lui travaille l'esprit, — non moins que la bière de Mars et les foulons du pont des Arches ; — cependant, les cornes de cette femme ne sont pas telles que l'avait dit le saltimbanque : — notre Parisien est encore jeune... Il ne s'est pas assez méfié du *boniment*.

» Travaillons, frères, travaillons pendant qu'il dort. — Commençons par lui dévisser la tête, puis, à petits coups de marteau, — oui, de marteau, — nous descellerons les parois de ce crâne philosophique — et biscornu !

» Pourvu qu'il n'aille pas se loger dans une des cases de son cerveau — l'idée d'épouser la femme à la chevelure de mérinos ! Nettoyons d'abord le sinciput et l'occiput ; — que le sang circule plus clair à travers les centres nerveux qui s'épanouissent au-dessus des vertèbres.

» Le *moi* et le *non-moi* de Fichte se livrent un terrible combat dans cet esprit plein d'objectivité. — Si seulement il n'avait pas arrosé la bière de Mars — de quelques tournées de

---

1. Ceci est un chapitre dans le goût allemand. Les *gnomes* sont de petits êtres appartenant à la classe des esprits de la terre, qui sont attachés au service de l'homme, ou du moins que leur sympathie conduit parfois à lui être utile. (Voir les légendes recueillies par Simrock.)

punch offert à ces dames!... L'Espagnole était presque aussi séduisante que la Vénitienne; mais elle avait de faux mollets, — et sa cachucha parassait due aux leçons de Mabille.

» Travaillons, frères, travaillons; — la boîte osseuse se nettoie. — Le compartiment de la mémoire embrasse déjà une certaine série de faits. — La causalité, — oui, la causalité, — le ramènera au sentiment de sa subjectivité. — Prenons garde seulement qu'il ne s'éveille avant que notre tâche soit finie.

» Le malheureux se réveillerait pour mourir d'un coup de sang, que la Faculté qualifierait d'épanchement au cerveau, — et c'est nous qu'on accuserait là-haut. — Dieux immortels ! il fait un mouvement; il respire avec peine. — Raffermissons la boîte osseuse avec un dernier coup de foulon, — oui, de foulon. — Le coq chante, — l'heure sonne... Il en est quitte pour un mal de tête... *Il le fallait !* »

XIX

JE M'ÉVEILLE

Décidément, ce rêve est trop extravagant... même pour moi! Il vaut mieux se réveiller tout à fait. — Ces petits drôles! qui me démontaient la tête, et qui se permettaient après de rajuster les morceaux du crâne avec de grands coups de leurs petits marteaux ! — Tiens, un coq qui chante !... Je suis donc à la campagne? C'est peut-être le coq de Lucien : ἀλεκτρυών. — Oh ! souvenirs classiques, que vous êtes loin de moi !

Cinq heures sonnent, — où suis-je? — Ce n'est pas là ma chambre... Ah! je m'en souviens, — je me suis endormi hier à la *Sirène*, tenue par le Vallois, — *dans la bonne ville de Meaux* (Meaux en Brie, Seine-et-Marne).

Et j'ai négligé d'aller présenter mes hommages à monsieur

et à mame le maire! — C'est la faute de Bilboquet (*Faisant sa toilette*) :

Air des Prétendus.

Allons présenter — hum! — présenter notre hommage
A la fille de la maison!... (*Bis.*)
Oui, j'en conviens, elle a raison,
Oui, oui, la friponne a raison!
Allons présenter, etc.

Tiens, le mal de tête s'en va... Oui, mais la voiture est partie. Restons, et tirons-nous de cet affreux mélange de comédie, — de rêve — et de réalité.

Pascal a dit :

« Les hommes sont fous, si nécessairement fous, que ce serait être fou par une autre sorte que de n'être pas fou. »

La Rochefoucauld a ajouté :

« C'est une grande folie de vouloir être sage tout seul. »

Ces maximes sont consolantes:

XX

RÉFLEXIONS

Recomposons nos souvenirs.

Je suis majeur et vacciné; mes qualités physiques importent peu pour le moment. Ma position sociale est supérieure à celle du saltimbanque d'hier au soir; et décidément, sa Vénitienne n'aura pas ma main.

Un sentiment de soif me travaille.

Retourner au café de *Mars* à cette heure, ce serait vouloir marcher sur les fusées d'un feu d'artifice éteint.

D'ailleurs, personne n'y peut être levé encore. Allons errer sur les bords de la Marne et le long de ces terribles moulins à eau dont le souvenir a troublé mon sommeil.

Ces moulins, écaillés d'ardoises, si sombres et si bruyants

au clair de lune, doivent être pleins de charmes aux rayons du soleil levant.

Je viens de réveiller les garçons du café du *Commerce*. Une légion de chats s'échappe de la grande salle de billard, et va se jouer sur la terrasse parmi les thuyas, les orangers et les balsamines roses et blanches. — Les voilà qui grimpent comme des singes le long des berceaux de treillage revêtus de lierre.

O nature, je te salue!

Et, quoique ami des chats, je caresse aussi ce chien à longs poils gris qui s'étire péniblement. Il n'est pas muselé. — N'importe; la chasse est ouverte.

Qu'il est doux pour un cœur sensible *de voir lever l'aurore* sur la Marne, à quarante kilomètres de Paris!

Là-bas, sur le même bord, au delà des moulins, est un autre café non moins pittoresque, qui s'intitule café de l'*Hôtel-de-ville* (sous-préfecture). Le maire de Meaux, qui habite tout près, doit, en se levant, y reposer ses yeux sur les allées d'ormeaux et sur les berceaux d'un vert glauque qui garnissent la terrasse. On admire là une statue en terre cuite de la Camargo, grandeur naturelle, dont il faut regretter les bras cassés. Ses jambes sont effilées comme celles de l'Espagnole d'hier — et des Espagnoles de l'Opéra.

Elle préside à un jeu de boules.

J'ai demandé de l'encre au garçon. Quant au café, il n'est pas encore fait. Les tables sont couvertes de tabourets; j'en dérange deux; et je me recueille en prenant possession d'un petit chat blanc qui a les yeux verts.

On commence à passer sur le pont; j'y compte huit arches. La Marne est *marneuse* naturellement; mais elle revêt maintenant des teintes plombées que rident parfois les courants qui sortent des moulins, ou plus loin les jeux folâtres des hirondelles.

Est-ce qu'il pleuvra ce soir?

Quelquefois, un poisson fait un soubresaut qui ressemble, ma foi, à la cachucha éperdue de cette demoiselle bronzée que je n'oserais qualifier de dame sans plus d'informations.

Il y a en face de moi, sur l'autre bord, des sorbiers à grains de corail du plus bel effet : sorbier des oiseaux, — *aviaria*. — J'ai appris cela quand je me destinais à la position de bachelier dans l'Université de Paris.

XXI

LA FEMME MÉRINOS

... Je m'arrête. Le métier de *réaliste* est trop dur à faire. La lecture d'un article de Charles Dickens est pourtant la source de ces divagations !... Une voix grave me rappelle à moi-même.

Je viens de tirer de dessous plusieurs journaux parisiens et *marnois* un certain feuilleton d'où l'anathème s'exhale avec raison sur les imaginations bizarres qui constituent aujourd'hui l'*école du vrai*.

Le même mouvement a existé après 1830, après 1794, après 1716 et après bien d'autres dates antérieures. Les esprits, fatigués des conventions politiques ou romanesques, voulaient du *vrai* à tout prix.

Or, le vrai, c'est le faux, du moins en art et en poésie. Quoi de plus faux que l'*Iliade*, que l'*Énéide*, que la *Jérusalem délivrée*, que la *Henriade?* que les tragédies, que les romans?...

— Eh bien, moi, dit le critique, j'aime ce faux. Est-ce que cela m'amuse, que vous me racontiez votre vie pas à pas, que vous analysiez vos rêves, vos impressions, vos sensations?... Que m'importe que vous ayez couché à la *Sirène*, chez le Vallois? Je présume que cela n'est pas vrai, ou bien que cela est arrangé. Vous me direz d'aller y voir... Je n'ai pas besoin de me rendre à Meaux ! Du reste, les mêmes choses m'arriveraient, que je n'aurais pas l'aplomb d'en entretenir le public.

Et d'abord est-ce que l'on croit à cette femme aux cheveux de mérinos?

Je suis forcé d'y croire; et plus sûrement encore que par les promesses de l'affiche. L'affiche *existe*, mais la femme pourrait ne pas exister... Eh bien, le saltimbanque n'avait rien écrit que de véritable.

La représentation a commencé à l'heure dite. Un homme assez replet, mais encore vert, est entré en costume de Figaro. Les tables étaient garnies en partie par le peuple de Meaux, en partie par les cuirassiers du 6e.

M. Montaldo — car c'était lui — a dit avec modestie :

— Signori, ze vais vi faire entendre le grand aria di *Figaro.*

Il commence.

— *Tra de ra la, de ra la, de ra la, ah !...*

Sa voix, un peu usée, mais encore agréable, était accompagnée d'un basson.

Quand il arriva au vers : *Largo al fattotum della cità!* je crus devoir me permettre une observation. Il prononçait *cita.* Je dis tout haut : *Tchita!* ce qui étonna un peu les cuirassiers et le peuple de Meaux. Le chanteur me fit un signe d'assentiment, et, quand il arriva à cet autre vers : « Figaro-*ci*, Figaro-*là...* » il eut soin de prononcer *tchi.* — J'étais flatté de cette attention.

Mais, en faisant sa quête, il vint à moi et me dit (je ne donne pas ici la phrase patoisée) :

— On est heureux de rencontrer des amateurs instruits... Ma ze souis de Tourino, et, à Tourino, nous prononçons *ci.* Vous aurez entendu le *tchi* à Rome ou à Naples?

— Effectivement!... Et votre Vénitienne?

— Elle va paraître à neuf heures. En attendant, je vais danser une cachucha avec cette jeune personne que j'ai l'honneur de vous présenter.

La cachucha n'était pas mal, mais exécutée dans un goût un peu classique... Enfin, la femme aux cheveux de mérinos parut dans toute sa splendeur. C'étaient effectivement des cheveux de mérinos. Deux touffes, placées sur le front, se dressaient en cornes. — Elle aurait pu se faire faire un châle de cette abondante chevelure. Que de maris seraient heureux de trouver dans les cheveux de leurs femmes cette *matière première* qui réduirait le prix de leurs vêtements à la simple main-d'œuvre !

La figure était pâle et régulière. Elle rappelait le type des vierges de Carlo Dolci. Je dis à la jeune femme :

— *Sete voi Veneziana ?*

Elle me répondit :

— *Signor, si.*

Si elle avait dit : *Si, signor*, je l'aurais soupçonnée Piémontaise ou Savoyarde ; mais, évidemment, c'est une Vénitienne des montagnes qui confinent au Tyrol. Les doigts sont effilés, les pieds petits, les attaches fines ; elle a les yeux presque rouges et la douceur d'un mouton ; sa voix même semble un bêlement accentué. Les cheveux, si l'on peut appeler cela des cheveux, résisteraient à tous les efforts du peigne. C'est un amas de cordelettes comme celles que se font les Nubiennes en les imprégnant de beurre. Toutefois, sa peau étant d'un blanc mat irrécusable et sa chevelure d'un *marron* assez clair (voir l'affiche), je pense qu'il y a eu croisement ; un nègre, Othello peut-être, se sera allié au type vénitien, et, après plusieurs générations, ce produit local se sera révélé.

Quant à l'Espagnole, elle est évidemment originaire de Savoie ou d'Auvergne, ainsi que M. Montaldo.

Mon récit est terminé. « Le vrai est ce qu'il peut, » comme disait M. Dufougeray. J'aurais pu raconter l'histoire de la Vénitienne, de M. Montaldo, de l'Espagnole, et même du basson. Je pourrais supposer que je me suis épris de l'une ou de l'autre de ces deux femmes, et que la rivalité du saltimbanque ou du basson m'a conduit aux aventures les plus extraordinaires. — Mais la vérité, c'est qu'il n'en est rien. L'Espagnole avait, comme je l'ai dit, les jambes maigres ; la femme mérinos ne m'intéressait qu'à travers une atmosphère de fumée de tabac et une consommation de bière qui me rappelait l'Allemagne. — Laissons ce phénomène à ses habitudes et à ses attachements probables.

Je soupçonne le basson, jeune homme assez fluet, noir de chevelure, de ne pas lui être indifférent.

XXII

ITINÉRAIRE

Je n'ai pas encore expliqué au lecteur le motif véritable de mon voyage à Meaux... Il convient d'avouer que je n'ai rien à faire dans ce pays; mais, comme le public français veut toujours savoir les raisons de tout, il est temps d'indiquer ce point.

Un de mes amis, — un limonadier de Creil, — ancien *hercule* retiré, et se livrant à la chasse dans ses moments perdus, m'avait invité, ces jours derniers, à une chasse à la loutre sur les bords de l'Oise.

Il était très-simple de me rendre à Creil par le Nord ; mais le chemin du Nord est un chemin tortu, bossu, qui fait un coude considérable avant de parvenir à Creil, où se trouve le confluent du railway de Lille et de celui de Saint-Quentin. De sorte que je m'étais dit :

— En prenant par Meaux, je rencontrerai l'omnibus de Dammartin ; je traverserai à pied les bois d'Ermenonville, et, suivant les bords de la Nonette, je parviendrai, après trois heures de marche, à Senlis, où je rencontrerai l'omnibus de Creil. De là, j'aurai le plaisir de revenir à Paris par *le plus long*, c'est-à-dire par le chemin de fer du Nord.

En conséquence, ayant manqué la voiture de Dammartin, il s'agissait de trouver une autre correspondance. — Le système des chemins de fer a dérangé toutes les voitures des pays intermédiaires. Le pâté immense des contrées situées au nord de Paris se trouve privé de communications directes; il faut faire

21

dix lieues à droite ou dix-huit lieues à gauche, en chemin de fer, pour y parvenir, au moyen des correspondances, qui mettent encore deux ou trois heures à vous transporter dans des pays où l'on arrivait autrefois en quatre heures.

La spirale célèbre que traça en l'air le bâton du caporal Trim n'était pas plus capricieuse que le chemin qu'il faut faire, soit d'un côté, soit de l'autre.

On m'a dit à Meaux :

— La voiture de Nanteuil-le-Haudouin vous mettra à une lieue d'Ermenonville, et, dès lors, vous n'avez plus qu'à marcher.

A mesure que je m'éloignais de Meaux, le souvenir de la femme mérinos et de l'Espagnole s'évanouissait dans les brumes de l'horizon. Enlever l'une au basson, ou l'autre au ténor chorégraphe, eût été un procédé plein de petitesse, en cas de réussite, attendu qu'ils avaient été polis et charmants ; — une tentative vaine m'aurait couvert de confusion. N'y pensons plus.

Nous arrivons à Nanteuil par un temps abominable ; il devient impossible de traverser les bois. Quant à prendre des voitures à volonté, je connais trop les chemins vicinaux du pays pour m'y risquer.

Nanteuil est un bourg montueux qui n'a jamais eu de remarquable que son château désormais disparu. Je m'informe à l'hôtel des moyens de sortir d'un pareil lieu ; et l'on me répond :

— Prenez la voiture de Crespy en Valois, qui passe à deux heures ; cela vous fera faire un détour, mais vous trouverez ce soir une autre voiture qui vous conduira sur les bords de l'Oise.

Dix lieues encore pour voir une pêche à la loutre. Il était si simple de rester à Meaux, dans l'aimable compagnie du saltimbanque, de la Vénitienne et de l'Espagnole !...

XXIII

CRESPY EN VALOIS

Trois heures plus tard, nous arrivons à Crespy. Les portes de la ville sont monumentales et surmontées de trophées dans le goût du XVIIᵉ siècle. Le clocher de la cathédrale est élancé, taillé à six pans et découpé à jour comme celui de la vieille église de Soissons.

Il s'agissait d'attendre jusqu'à huit heures la voiture de correspondance. L'après-dînée, le temps s'est éclairci. J'ai admiré les environs assez pittoresques de la vieille cité valoise, et la vaste place du marché que l'on y crée en ce moment. Les constructions sont dans le goût de celles de Meaux. Ce n'est plus parisien, et ce n'est pas encore flamand. On construisait une église dans un quartier signalé par un assez grand nombre de maisons bourgeoises. — Un dernier rayon de soleil, qui teignait de rose la face de l'ancienne cathédrale, m'a fait revenir dans le quartier opposé. Il ne reste malheureusement que le chevet. La tour et les ornements du portail m'ont paru remonter au XIVᵉ siècle. — J'ai demandé à des voisins pourquoi l'on s'occupait de construire une église moderne, au lieu de restaurer un si beau monument.

— C'est, m'a-t-on dit, parce que les bourgeois ont principalement leurs maisons dans l'autre quartier, et cela les dérangerait trop de venir à l'ancienne église... Au contraire, l'autre sera sous leur main.

— C'est, en effet, dis-je, bien plus commode d'avoir une église à sa porte ; mais les vieux chrétiens n'auraient pas regardé à deux cents pas de plus pour se rendre à une vieille et splendide basilique. Aujourd'hui, tout est changé, c'est le bon Dieu qui est obligé de se rapprocher des paroissiens !...

XXIV

EN PRISON

Certes, je n'avais rien dit d'inconvenant ni de monstrueux. Aussi, la nuit arrivant, je crus bon de me diriger vers le bureau des voitures. Il fallait encore attendre une demi-heure. — J'ai demandé à souper pour passer le temps.

Je finissais une excellente soupe, et je me tournais pour demander autre chose, lorsque j'aperçus un gendarme qui me dit :

— Vos papiers ?

J'interroge ma poche avec dignité... Le passe-port était resté à Meaux, où on me l'avait demandé à l'hôtel pour m'inscrire ; et j'avais oublié de le reprendre le lendemain matin. La jolie servante à laquelle j'avais payé mon compte n'y avait pas pensé plus que moi.

— Eh bien, dit le gendarme, vous allez me suivre chez M. le maire.

Le maire ! Encore si c'était le maire de Meaux ! Mais c'est le maire de Crespy ! L'autre eût certainement été plus indulgent.

— D'où venez-vous ?

— De Meaux.

— Où allez-vous ?

— A Creil.

— Dans quel but ?

— Dans le but de faire une chasse à la loutre.

— Et pas de papiers, à ce que dit le gendarme ?

— Je les ai oubliés à Meaux.

Je sentais moi-même que ces réponses n'avaient rien de satisfaisant ; aussi le maire me dit-il paternellement :

— Eh bien, vous êtes en état d'arrestation !

— Et où coucherai-je ?

— A la prison.

— Diable ! mais je crains de ne pas être bien couché.

— C'est votre affaire.

— Et si je payais un ou deux gendarmes pour me garder à l'hôtel ?...

— Ce n'est pas l'usage.

— Cela se faisait au xviiie siècle.

— Plus aujourd'hui.

Je suivis le gendarme assez mélancoliquement.

La prison de Crespy est ancienne. Je pense même que le caveau dans lequel on m'a introduit date du temps des croisades ; il a été soigneusement recrépi avec du béton romain.

J'ai été fâché de ce luxe ; j'aurais aimé à élever des rats ou à apprivoiser des araignées.

— Est-ce que c'est humide? dis-je au geôlier.

— Très-sec, au contraire. Aucun de ces *messieurs* ne s'en est plaint depuis les restaurations. Ma femme va vous faire un lit.

— Pardon, je suis Parisien : je le voudrais très-doux.

— On vous mettra deux lits de plume.

— Est-ce que je ne pourrais pas finir de souper? Le gendarme m'a interrompu après le potage.

— Nous n'avons rien. Mais, demain, j'irai vous chercher ce que vous voudrez; maintenant, tout le monde est couché à Crespy.

— A huit heures et demie !

— Il en est neuf.

La femme du geôlier avait établi un lit de sangle dans le caveau, comprenant sans doute que je payerais bien la pistole. Outre les lits de plume, il y avait un édredon. J'étais dans les plumes de tous côtés.

21.

XXV

AUTRE RÊVE

J'eus à peine deux heures d'un sommeil tourmenté ; je ne revis pas les petits gnomes bienfaisants ; ces êtres panthéistes, éclos sur le sol germain, m'avaient totalement abandonné. En revanche, je comparaissais devant un tribunal, qui se dessinait au fond d'une ombre épaisse, imprégnée au bas d'une poussière scolastique.

Le président avait un faux air de M. Nisard ; les deux assesseurs ressemblaient à M. Cousin et à M. Guizot, mes anciens maîtres. Je ne passais plus comme autrefois devant eux mon examen en Sorbonne. J'allais subir une condamnation capitale.

Sur une table étaient étendus plusieurs numéros de *Magazines* anglais et américains, et une foule de livraisons illustrées à *jour* et à *six pence*, où apparaissaient vaguement les noms d'Edgar Poe, de Dickens, d'Ainsworth, etc., et trois figures pâles et maigres se dressaient à droite du tribunal, drapées de thèses en latin imprimées sur satin, où je crus distinguer ces noms : *Sapientia, Ethica, Grammatica.* — Les trois spectres accusateurs me jetaient ces mots méprisants :

— *Fantaisiste ! réaliste !! essayste !!!*

Je saisis quelques phrases de l'accusation formulée à l'aide d'un organe qui semblait être celui de M. Patin :

— Du *réalisme* au crime, il n'y a qu'un pas ; car le crime est essentiellement réaliste. Le *fantaisisme* conduit tout droit à l'adoration des monstres. L'*essaysme* amène ce faux esprit à pourrir sur la paille humide des cachots. On commence par visiter Paul Niquet, — on en vient à adorer une femme à cornes et à chevelure de mérinos, — on finit par se faire arrêter à Crespy pour cause de vagabondage et de troubadourisme exagéré !...

J'essayai de répondre : j'invoquai Lucien, Rabelais, Érasme et autres fantaisistes classiques. — Je sentis alors que je devenais prétentieux.

Alors, je m'écriai en pleurant :

— *Confiteor! plangior! juro!...* — Je jure de renoncer à ces œuvres maudites par la Sorbonne et par l'Institut : je n'écrirai plus que de l'histoire, de la philosophie, de la philologie et de la statistique... On semble en douter?... Eh bien, je ferai des romans vertueux et champêtres, je viserai aux prix de poésie, de morale ; je ferai des livres contre l'esclavage et pour les enfants, des poëmes didactiques, des tragédies ! — des tragédies !... Je vais même en réciter une que j'ai écrite en seconde, et dont le souvenir me revient...

Les fantômes disparurent en jetant des cris plaintifs.

XXVI

MORALITÉ

Nuit profonde ! où suis-je? Au cachot !

Imprudent! voilà pourtant où t'a conduit la lecture de l'article anglais intitulé *la Clef de la rue...* Tâche maintenant de découvrir la clef des champs !

La serrure a grincé, les barres ont résonné. Le geôlier m'a demandé si j'avais bien dormi :

— Très-bien! très-bien!

Il faut être poli.

— Comment sort-on d'ici?

— On écrira à Paris, et, si les renseignements sont favorables, au bout de trois ou quatre jours...

— Est-ce que je pourrais causer avec un gendarme?

— Le vôtre viendra tout à l'heure.

Le gendarme, quand il entra, me parut un dieu. Il me dit :

— Vous avez de la chance.

— En quoi?

— C'est aujourd'hui jour de *correspondance* avec Senlis, vous pourrez paraître devant le substitut. Allons, levez-vous.

— Et comment va-t-on à Senlis?

— A pied; cinq lieues, ce n'est rien.

— Oui, mais s'il pleut..., entre deux gendarmes, sur des routes détrempées.

— Vous pouvez prendre une voiture.

Il m'a bien fallu prendre une voiture. Une petite affaire de onze francs; deux francs à la pistole; — en tout, treize. — O fatalité!

Du reste, les deux gendarmes étaient très-aimables, et je me suis mis fort bien avec eux sur la route en leur racontant les combats qui avaient eu lieu dans ce pays du temps de la Ligue. En arrivant en vue de la tour de Montépilloy, mon récit devint pathétique, je peignis la bataille, j'énumerai les escadrons de gens d'armes qui reposaient sous les sillons; — ils s'arrêtèrent cinq minutes à contempler la tour, et je leur expliquai ce que c'était qu'un château fort de ce temps-là.

Histoire! archéologie! philosophie! Vous êtes donc bonnes à quelque chose.

Il fallut monter à pied au village de Montépilloy, situé dans un bouquet de bois. Là, mes deux braves gendarmes de Crespy m'ont remis aux mains de ceux de Senlis, et leur ont dit :

— Il a pour *deux jours de pain* dans le coffre de la voiture.

— Si vous voulez déjeuner? m'a-t-on dit avec bienveillance.

— Pardon, je suis comme les Anglais, je mange très-peu de pain.

— Oh! l'on s'y fait.

Les nouveaux gendarmes semblaient moins aimables que les autres. L'un d'eux me dit :

— Nous avons encore une petite formalité à remplir.

Il m'attacha des chaînes comme à un héros de l'Ambigu, et ferma les fers avec deux cadenas.

— Tiens, dis-je, pourquoi ne m'a-t-on mis des fers qu'ici ?

— Parce que les gendarmes étaient avec vous dans la voiture, et que nous, nous sommes à cheval.

Arrivés à Senlis, nous allâmes chez le substitut, et, étant connu dans la ville, je fus relâché tout de suite. L'un des gendarmes m'a dit :

— Cela vous apprrendra à oublier votrre passe-porrt une autrre fois quand vous sorrtirrez de votrre déparrtement.

Avis au lecteur. — J'étais dans mon tort... Le substitut a été fort poli, ainsi que tout le monde. Je ne trouve de trop que le cachot et les fers. Ceci n'est pas une critique de ce qui se passe aujourd'hui. Cela s'est toujours fait ainsi. Je ne raconte cette aventure que pour demander que, comme pour d'autres choses, on tente un progrès sur ce point. — Si je n'avais pas parcouru la moitié du monde, et vécu avec les Arabes, les Grecs, les Persans, dans les khans des caravansérais et sous les tentes, j'aurais eu peut-être un sommeil plus troublé encore, et un réveil plus triste, pendant ce simple épisode d'un voyage de Meaux à Creil.

Il est inutile de dire que je suis arrivé trop tard pour la chasse à la loutre. Mon ami le limonadier, après sa chasse, était parti pour Clermont afin d'assister à un enterrement. Sa femme m'a montré la loutre empaillée, et complétant une collection de bêtes et d'oiseaux du Valois, qu'il espère vendre à quelque Anglais.

Voilà l'histoire fidèle de trois nuits d'octobre, qui m'ont corrigé des excès d'un réalisme trop absolu ; — j'ai du moins tout lieu de l'espérer.

PROMENADES ET SOUVENIRS

I

LA BUTTE MONTMARTRE

Il est véritablement difficile de trouver à se loger dans Paris. Je n'en ai jamais été si convaincu que depuis deux mois. Arrivé d'Allemagne, après un court séjour dans une ville de la banlieue, je me suis cherché un domicile plus assuré que les précédents, dont l'un se trouvait sur la place du Louvre et l'autre dans la rue du Mail. Je ne remonte qu'à six années. Évincé du premier avec vingt francs de dédommagement, que j'ai négligé, je ne sais pourquoi, d'aller toucher à la Ville, j'avais trouvé dans le second ce qu'on ne trouve plus guère au centre de Paris : une vue sur deux ou trois arbres occupant un certain espace, qui permet à la fois de respirer et de se délasser l'esprit en regardant autre chose qu'un échiquier de fenêtres noires, où de jolies figures n'apparaissent que par exception. Je respecte la vie intime de mes voisins, et ne suis pas de ceux qui examinent avec des longues-vues le galbe d'une femme qui se couche, ou surprennent à l'œil nu les silhouettes particulières aux incidents et accidents de la vie conjugale. J'aime mieux tel horizon « à souhait pour le plaisir des yeux, » comme dirait Fénelon, où l'on peut jouir, soit d'un lever, soit d'un coucher de soleil, mais plus particuliè-

ement du lever. Le coucher ne m'embarrasse guère : je suis sûr
de le rencontrer partout ailleurs que chez moi. Pour le lever,
c'est différent : j'aime à voir le soleil découper des angles sur
es murs, à entendre au dehors des gazouillements d'oiseaux,
fût-ce de simples moineaux francs... Grétry offrait un louis à
entendre une chanterelle, je donnerais vingt francs pour un
merle ; les vingt francs que la ville de Paris me doit encore !

J'ai longtemps habité Montmartre ; on y jouit d'un air très-
sur, de perspectives variées, et l'on y découvre des horizons
magnifiques, soit « qu'ayant été vertueux, l'on aime à voir lever l'aurore, » qui est très-belle du côté de Paris, soit qu'avec
des goûts moins simples, on préfère ces teintes pourprées du
couchant, où les nuages déchiquetés et flottants peignent des
tableaux de bataille et de transfiguration au-dessous du grand
cimetière, entre l'arc de l'Étoile et les coteaux bleuâtres qui
vont d'Argenteuil à Pontoise. Les maisons nouvelles s'avancent
toujours, comme la mer diluvienne qui a baigné les flancs de
l'antique montagne, gagnant peu à peu les retraites où s'é-
taient réfugiés les monstres informes reconstruits depuis par
Cuvier. Attaqué d'un côté par la rue de l'Empereur, de l'autre
par la mairie, qui sape les âpres montées et abaisse les hauteurs du versant de Paris, le vieux mont de Mars aura bientôt
le sort de la butte des Moulins, qui, au siècle dernier, ne
montrait guère un front moins superbe. Cependant, il nous
reste encore un certain nombre de coteaux ceints d'épaisses
haies vertes, que l'épine-vinette décore tour à tour de ses fleurs
violettes et de ses baies pourprées.

Il y a des moulins, des cabarets et des tonnelles, des élysées
champêtres et des ruelles silencieuses, bordées de chaumières,
de granges et de jardins touffus, des plaines vertes coupées de
précipices, où les sources filtrent dans la glaise, détachant peu
à peu certains flots de verdure où s'ébattent des chèvres, qui
broutent l'acanthe suspendue aux rochers ; des petites filles à
l'œil fier, au pied montagnard, les surveillent en jouant entre

elles. On rencontre même une vigne, la dernière du cru célèbre de Montmartre, qui luttait, du temps des Romains, avec
Argenteuil et Suresnes. Chaque année, cet humble coteau perd
une rangée de ses ceps rabougris, qui tombent dans une carrière. Il y a dix ans, j'aurais pu l'acquérir au prix de trois
mille francs... On en demande aujourd'hui trente mille. C'est
le plus beau point de vue des environs de Paris.

Ce qui me séduisait dans ce petit espace abrité par les
grands arbres du château des Brouillards, c'était d'abord ce
reste de vignoble lié au souvenir de saint Denis, qui, au point
de vue des philosophes, était peut être le second Bacchus,
Διονύσιος, et qui a eu trois corps, dont l'un a été enterré à
Montmartre, le second à Ratisbonne et le troisième à Corinthe.
C'était ensuite le voisinage de l'abreuvoir, qui, le soir, s'anime
du spectacle de chevaux et de chiens que l'on y baigne, et d'une
fontaine construite dans le goût antique, où les laveuses causent
et chantent comme dans un des premiers chapitres de *Werther*.
Avec un bas-relief consacré à Diane et peut-être deux figures
de naïades sculptées en demi-bosse, on obtiendrait, à l'ombre
des vieux tilleuls qui se penchent sur le monument, un admirable lieu de retraite, silencieux à ses heures, et qui rappelle-
rait certains points d'étude de la campagne romaine. Au-dessus se dessine et serpente la rue des Brouillards, qui descend
vers le chemin des Bœufs, puis le jardin du restaurant Gau-
cher, avec ses kiosques, ses lanternes et ses statues peintes...
La plaine Saint-Denis a des lignes admirables, bornées par les
coteaux de Saint-Ouen et de Montmorency, avec des reflets de
soleil ou des nuages qui varient à chaque heure du jour. A
droite est une rangée de maisons, la plupart fermées pour
cause de craquements dans les murs. C'est ce qui assure la solitude relative de ce site ; car les chevaux et les bœufs qui passent, les laveuses, ne troublent pas les méditations d'un sage,
et même s'y associent. La vie bourgeoise, ses intérêts et ses
relations vulgaires, lui donnent seuls l'idée de s'éloigner le
plus possible des grands centres d'activité.

Il y a à gauche de vastes terrains, recouvrant l'emplacement d'une carrière éboulée, que la commune a concédés à des hommes industrieux qui en ont transformé l'aspect. Ils ont planté des arbres, créé des champs où verdissent la pomme de terre et la betterave, où l'asperge montée étalait naguère ses panaches verts décorés de perles rouges.

On descend le chemin et l'on tourne à gauche. Là sont encore deux ou trois collines vertes, entaillées par une route qui plus loin comble des ravins profonds, et qui tend à joindre un jour la rue de l'Empereur entre les buttes et le cimetière. On rencontre là un hameau qui sent fortement la campagne, et qui a renoncé depuis trois ans aux travaux malsains d'un atelier de *poudrette*. — Aujourd'hui, l'on y travaille les résidus des fabriques de bougies stéariques. — Que d'artistes repoussés du prix de Rome sont venus sur ce point étudier la campagne romaine et l'aspect des marais Pontins! Il y reste un marais animé par des canards, des oisons et des poules.

Il n'est pas rare, aussi d'y trouver des haillons pittoresques sur les épaules des travailleurs. Les collines, fendues çà et là, accusent le tassement du terrain sur d'anciennes carrières; mais rien n'est plus beau que l'aspect de la grande butte, quand le soleil éclaire ses terrains d'ocre rouge veinés de plâtre et de glaise, ses roches dénudées et quelques bouquets d'arbres encore assez touffus, où serpentent des ravins et des sentiers.

La plupart des terrains et des maisons éparses de cette petite vallée appartiennent à de vieux propriétaires, qui ont calculé sur l'embarras des Parisiens à se créer de nouvelles demeures et sur la tendance qu'ont les maisons du quartier Montmartre à envahir, dans un temps donné, la plaine Saint-Denis. C'est une écluse qui arrête le torrent; quand elle s'ouvrira, le terrain vaudra cher. — Je regrette d'autant plus d'avoir hésité, il y a dix ans, à donner trois mille francs du dernier vignoble de Montmartre.

Il ne faut plus y penser. Je ne serai jamais propriétaire !

22

et pourtant que de fois, au 8 ou au 15 de chaque trimestre (près Paris, du moins), j'ai chanté le refrain de M. Vautour :

Quand on n'a pas de quoi payer son terme...

J'aurais fait faire dans cette vigne une construction si légère !... Une petite villa dans le goût de Pompéi avec un impluvium et une cella, quelque chose comme la maison du poëte tragique. Le pauvre Laviron, mort depuis sous les murs de Rome, m'en avait dessiné le plan. — A dire le vrai pourtant, il n'y a pas de propriétaires aux buttes Montmartre. On ne peut asseoir légalement sur des terrains minés par des cavités peuplées dans leurs parois de mammouths et de mastodontes. La commune concède un droit de possession qui s'éteint au bout de cent ans... On est campé comme les Turcs ; et les doctrines les plus avancées auraient peine à contester un droit si fugitif où l'hérédité ne peut longuement s'établir [1].

II

LE CHATEAU DE SAINT-GERMAIN

J'ai parcouru les quartiers de Paris qui correspondent à mes relations, et n'ai rien trouvé qu'à des prix impossibles, augmentés par les conditions que formulent les concierges. Ayant rencontré un seul logement au-dessous de trois cents francs, on m'a demandé si j'avais un état pour lequel il fallût du jour. — J'ai répondu, je crois, qu'il m'en fallait pour l'état de ma santé.

— C'est, m'a dit le concierge, que la fenêtre de la chambre s'ouvre sur un corridor qui n'est pas bien clair.

Je n'ai pas voulu en savoir davantage, et j'ai même négligé

---

1. Certains propriétaires nient ce détail, qui m'a été affirmé par d'autres. N'y aurait-il pas eu, là aussi, des usurpations pareilles à celles qui ont rendu les fiefs héréditaires sous Hugues Capet ?

de visiter une cave à louer, me souvenant d'avoir vu à Londres cette même inscription, suivie de ces mots : « Pour un gentleman seul. »

Je me suis dit :

— Pourquoi ne pas aller demeurer à Versailles ou à Saint-Germain? La banlieue est encore plus chère que Paris; mais, en prenant un abonnement du chemin de fer, on peut sans doute trouver des logements dans la plus déserte ou dans la plus abandonnée de ces deux villes. En réalité, qu'est-ce qu'une demi-heure de chemin de fer, le matin et le soir? On a là les ressources d'une cité, et l'on est presque à la campagne. Vous vous trouvez logé par le fait rue Saint-Lazare, n° 130. Le trajet n'offre que de l'agrément, et n'équivaut jamais, comme ennui ou comme fatigue, à une course d'omnibus.

Je me suis trouvé très-heureux de cette idée, et j'ai choisi Saint-Germain, qui est pour moi une ville de souvenirs. Quel voyage charmant! Asnières, Chatou, Nanterre et le Pecq; la Seine trois fois repliée, des points de vue d'îles vertes, de plaines, de bois, de chalets et de villas; à droite, les coteaux de Colombes, d'Argenteuil et de Carrières; à gauche, le mont Valérien, Bougival, Luciennes et Marly; puis la plus belle perspective du monde : la terrasse et les vieilles galeries du château de Henri IV, couronnées par le profil sévère du château de François Ier. J'ai toujours aimé ce château bizarre, qui, sur le plan, a la forme d'un D gothique, en l'honneur, dit-on, du nom de la belle Diane. — Je regrette seulement de n'y pas voir ces grands toits écaillés d'ardoises, ces clochetons à jour où se déroulaient des escaliers en spirale, ces hautes fenêtres sculptées s'élançant d'un fouillis de toits anguleux qui caractérisent l'architecture valoise. Des maçons ont défiguré, sous Louis XVIII, la face qui regarde le parterre. Depuis, l'on a transformé ce monument en pénitencier, et l'on a déshonoré l'aspect des fossés et des ponts antiques par une enceinte de murailles couvertes d'affiches. Les hautes fenêtres et les balcons dorés, les terrasses où ont paru tour à tour les beautés blondes de la cour des Valois et de la cour des Stuarts, les galants chevaliers des Médicis et les Écossais fidèles de Marie Stuart et du roi Jacques, n'ont jamais été restaurés; il n'en reste rien que le noble dessin des baies, des tours et des façades, que cet étrange contraste de la brique et de l'ardoise, s'éclairant des feux du soir ou des reflets argentés de la nuit, et cet aspect moitié galant, moitié guerrier, d'un château fort qui, en dedans, contenait un palais splendide dressé sur une montagne, entre une vallée boisée où serpente un fleuve et un parterre qui se dessine sur la lisière d'une vaste forêt.

Je revenais là, comme Ravenswood au château de ses pères; j'avais eu des parents parmi les hôtes de ce château, — il y a vingt ans déjà; — d'autres, habitants de la ville; en tout, quatre tombeaux... Il se mêlait encore à ces impressions des souvenirs d'amour et de fêtes remontant à l'époque des Bourbons; — de sorte que je fus tour à tour heureux et triste tout un soir!

Un incident vulgaire vint m'arracher à la poésie de ces rêves de jeunesse. La nuit étant venue, après avoir parcouru les rues et les places, et salué des demeures aimées jadis, donné un dernier coup d'œil aux côtes de l'étang de Mareil et de Chambourcy, je m'étais enfin reposé dans un café qui donne sur la place du Marché. On me servit une chope de bière. Il y avait au fond trois cloportes; — un homme qui a vécu en Orient est incapable de s'affecter d'un pareil détail.

— Garçon! dis-je, il est possible que j'aime les cloportes; mais, une autre fois, si j'en demande, je désirerais qu'on me les servît à part.

Le mot n'était pas neuf, s'étant déjà appliqué à des cheveux servis sur une omelette; mais il pouvait encore être goûté à Saint-Germain. Les habitués, les bouchers ou conducteurs de bestiaux, le trouvèrent agréable.

Le garçon me répondit imperturbablement :

— Monsieur, cela ne doit pas vous étonner; on fait en ce moment des réparations au château, et ces insectes se réfugient dans les maisons de ville. Ils aiment beaucoup la bière et y trouvent leur tombeau.

— Garçon, lui dis-je, vous êtes plus beau que nature; et votre conversation me séduit... Mais est-il vrai que l'on fasse des réparations au château?

— Monsieur vient d'en être convaincu.

— Convaincu, grâce à votre raisonnement; mais êtes-vous sûr du fait en lui-même?

— Les journaux en ont parlé.

Absent de France pendant longtemps, je ne pouvais contester ce témoignage. Le lendemain, je me rendis au château pour voir où en était la restauration. Le sergent-concierge me dit, avec un sourire qui n'appartient qu'à un militaire de ce grade :

— Monsieur, seulement pour raffermir les fondations, il faudrait neuf millions; les apportez-vous?

Je suis habitué à ne m'étonner de rien.

— Je ne les ai pas sur moi, observai-je; mais cela pourrait encore se trouver!

— Eh bien, dit-il, quand vous les apporterez, nous vous ferons voir le château.

J'étais piqué; ce qui me fit retourner à Saint-Germain deux jours après. J'avais trouvé l'idée.

— Pourquoi, me disais-je, ne pas faire une souscription? La France est pauvre; mais il viendra beaucoup d'Anglais l'année prochaine pour l'exposition des Champs-Élysées. Il est impossible qu'ils ne nous aident pas à sauver de la destruction un château qui a hébergé plusieurs générations de leurs reines et de leurs rois. Toutes les familles jacobites y ont passé. — La ville encore est à moitié pleine d'Anglais; j'ai chanté tout enfant les chansons du roi Jacques et pleuré Marie Stuart en déclamant les vers de Ronsard et de du Bellay... La race des *king-charles* emplit les rues comme une preuve vivante encore des affections de tant de races disparues... Non! me dis-je, les Anglais ne refuseront pas de s'associer à une souscription doublement nationale. Si nous contribuons par des monacos, ils trouveront bien des couronnes et des guinées!

Fort de cette combinaison, je suis allé la soumettre aux habitués du café du Marché. Ils l'ont accueillie avec enthousiasme, et, quand j'ai demandé une chope de bière *sans cloportes*, le garçon m'a dit :

— Oh ! non, monsieur, plus aujourd'hui !

Au château, je me suis présenté la tête haute. Le sergent m'a introduit au corps de garde, où j'ai développé mon idée avec succès, et le commandant, qu'on a averti, a bien voulu permettre que l'on me fît voir la chapelle et les appartements des Stuarts, fermés aux simples curieux. Ces derniers sont dans un triste état, et, quant aux galeries, aux salles antiques et aux chambres des Médicis, il est impossible de les reconnaître depuis des siècles, grâce aux clôtures, aux maçonneries et aux faux plafonds qui ont approprié ce château aux gouvernances militaires.

Que la cour est belle, pourtant! ces profils sculptés, ces arceaux, ces galeries chevaleresques, l'irrégularité même du plan, la teinte rouge des façades, tout cela fait rêver aux châteaux d'Écosse et d'Irlande, à Walter Scott et à Byron. On a tant fait pour Versailles et tant pour Fontainebleau. Pourquoi donc ne pas relever ce débris précieux de notre histoire? La malédiction de Catherine de Médicis, jalouse du monument construit en l'honneur de Diane, s'est continuée sous les Bourbons. Louis XIV craignait de voir la flèche de Saint-Denis; ses successeurs ont tout fait pour Saint-Cloud et Versailles. Aujourd'hui, Saint-Germain attend encore le résultat d'une promesse que la guerre a peut-être empêché de réaliser.

III

UNE SOCIÉTÉ CHANTANTE

Ce que le concierge m'a fait voir avec le plus d'amour, c'est une série de petites loges qu'on appelle les *cellules*, où couchent quelques militaires du pénitencier. Ce sont de véritables boudoirs ornés de peintures à fresque représentant des paysages. Le lit se compose d'un matelas de crin soutenu par des élastiques ; le tout très-propre et très-coquet, comme une cabine d'officier de vaisseau.

Seulement, le jour y manque, comme dans la chambre qu'on m'offrait à Paris, et l'on ne pourrait pas y demeurer *ayant un état* pour lequel il faudrait du jour.

— J'aimerais, dis-je au sergent, une chambre moins bien décorée et plus près des fenêtres.

— Quand on se lève avant le jour, c'est bien indifférent ! me répondit-il.

Je trouvai cette observation de la plus grande justesse.

En repassant par le corps de garde, je n'eus qu'à remercier le commandant de sa politesse, et le sergent ne voulut accepter aucune *buona mano*.

Mon idée de souscription anglaise me trottait dans la tête, et j'étais bien aise d'en essayer l'effet sur les habitants de la ville ; de sorte qu'allant dîner au pavillon de Henri IV, d'où l'on jouit de la plus admirable vue qui soit en France, dans un kiosque ouvert sur un panorama de dix lieues, j'en fis part à trois Anglais et à une Anglaise, qui en furent émerveillés, et trouvèrent ce plan très-conforme à leurs idées nationales. — Saint-Germain a cela de particulier, que tout le monde s'y connaît, qu'on y parle haut dans les établissements publics, et que l'on peut même s'y entretenir avec des dames anglaises sans leur être présenté. On s'ennuierait tellement sans cela !

Puis c'est une population à part, classée, il est vrai, selon les conditions, mais entièrement locale.

Il est très-rare qu'un habitant de Saint-Germain vienne à Paris ; certains d'entre eux ne font pas ce voyage une fois en dix ans. Les familles étrangères vivent aussi là entre elles avec la familiarité qui existe dans les villes d'eaux. Et ce n'est pas l'eau, c'est l'air pur que l'on vient chercher à Saint-Germain. Il y a des maisons de santé charmantes, habitées par des gens très-bien portants, mais fatigués du bourdonnement et du mouvement insensés de la capitale. La garnison, qui était autrefois de gardes du corps, et qui est aujourd'hui de cuirassiers de la garde, n'est pas étrangère peut-être à la résidence de quelques jeunes beautés, filles ou veuves, qu'on rencontre à cheval ou à âne sur la route des Loges ou du château du Val. — Le soir, les boutiques s'éclairent rue de Paris et rue au Pain ; on cause d'abord sur la porte, on rit, on chante même. — L'accent des voix est fort distinct de celui de Paris ; les jeunes filles ont la voix pure et bien timbrée, comme dans les pays de montagnes. En passant dans la rue de l'Église, j'entendis chanter au fond d'un petit café. J'y voyais entrer beaucoup de monde et surtout des femmes. En traversant la boutique, je me trouvai dans une grande salle toute pavoisée de drapeaux et de guirlandes avec les insignes maçonniques et les inscriptions d'usage. — J'ai fait partie autrefois des *Joyeux* et des *Bergers de Syracuse ;* je n'étais donc pas embarrassé de me présenter.

Le bureau était majestueusement établi sous un dais orné de draperies tricolores, et le président me fit le salut cordial qui se doit à un *visiteur.* — Je me rappelai qu'aux *Bergers de Syracuse*, on ouvrait généralement la séance par ce toast : « Aux Polonais!... et à ces dames! » Aujourd'hui, les Polonais sont un peu oubliés. — Du reste, j'ai entendu de fort jolies chansons dans cette réunion, mais surtout des voix de femmes ravissantes. Le Conservatoire n'a pas terni l'éclat de ces intonations pures et naturelles, de ces trilles empruntés au chant du rossignol ou du merle; on n'a pas faussé avec les leçons du solfége ces gosiers si frais et si riches en mélo-die. Comment se fait-il que ces femmes chantent si juste? Et pourtant tout musicien de profession pourrait dire à chacune d'elles : « Vous ne savez pas chanter. » Rien n'est amusant comme les chansons que les jeunes filles composent elles-mêmes, et qui font, en général, allusion aux trahisons des amoureux ou aux caprices de l'autre sexe. Quelquefois, il y a des traits de raillerie locale qui échappent au visiteur étran-ger. Souvent un jeune homme et une jeune fille se répondent comme Daphnis et Chloé, comme Myrtil et Sylvie. En m'at-tachant à cette pensée, je me suis trouvé tout ému, tout at-tendri comme à un souvenir de la jeunesse... C'est qu'il y a un âge — âge critique, comme on le dit, pour les femmes, — où les souvenirs renaissent si vivement, que certains dessins oubliés reparaissent sous la trame froissée de la vie! On n'est pas assez vieux pour ne plus songer à l'amour, on n'est plus assez jeune pour penser toujours à plaire. — Cette phrase, je l'avoue, est un peu Directoire. Ce qui l'amène sous ma plume, c'est que j'ai entendu un ancien jeune homme qui, ayant décroché du mur une guitare, exécuta admirablement la vieille romance de Garat :

> Plaisir d'amour ne dure qu'un moment...
> Chagrin d'amour dure toute la vie!

Il avait les cheveux frisés à l'incroyable, une cravate blanche, une épingle de diamant sur son jabot, et des bagues à lacs d'amour. Ses mains étaient blanches et fines comme celles d'une jolie femme. Et, si j'avais été femme, je l'aurais aimé, malgré son âge; car sa voix allait au cœur.

Ce brave homme m'a rappelé mon père, qui, jeune encore, chantait avec goût des airs italiens, à son retour de Pologne. Il y avait perdu sa femme, et ne pouvait s'empêcher de pleu-rer, en s'accompagnant de la guitare, aux paroles d'une ro-

mance qu'elle avait aimée, et dont j'ai toujours retenu ce
passage :

> Mamma mia, medicate
> Questa piaga, per pietà !
> Melicerto fu l'arciero
> Perchè pace in cor non ho [1]!...

Malheureusement, la guitare est aujourd'hui vaincue par le
piano, ainsi que la harpe ; ce sont là des galanteries et des
grâces d'un autre temps. Il faut aller à Saint-Germain pour
retrouver, dans le petit monde paisible encore, les charmes
effacés de la société d'autrefois.

Je suis sorti par un beau clair de lune, m'imaginant vivre
en 1827, époque où j'ai quelque temps habité Saint-Germain.
Parmi les jeunes filles présentes à cette petite fête, j'avais
reconnu des yeux accentués, des traits réguliers, et, pour
ainsi dire, classiques, des intonations particulières au pays,
qui me faisaient rêver à des cousines, à des amies de cette
époque, comme si dans un autre monde j'avais retrouvé mes
premières amours. Je parcourais au clair de lune ces rues et
ces promenades endormies. J'admirais les profils majestueux
du château, j'allais respirer l'odeur des arbres effeuillés à la
lisière de la forêt, je goûtais mieux à cette heure l'architecture de l'église, où repose l'épouse de Jacques II, et qui
semble un temple romain [2].

Vers minuit, j'allai frapper à la porte d'un hôtel où je cou-
chais souvent, il y a quelques années. Impossible d'éveiller
personne. Des bœufs défilaient silencieusement, et leurs conducteurs ne purent me renseigner sur les moyens de passer
la nuit. En revenant sur la place du Marché, je demandai au

---

1. « O ma mère ! guérissez-moi cette blessure, par pitié ! Mélicerte fut l'ar-
cher par qui j'ai perdu la paix de mon cœur. »

2. L'intérieur est aujourd'hui restauré dans le style byzantin, et l'on commence à y découvrir des fresques remarquables commencées depuis plusieurs
années.

factionnaire s'il connaissait un hôtel où l'on pût recevoir un Parisien relativement attardé.

— Entrez au poste, on vous dira cela, me répondit-il.

Dans le poste, je rencontrai de jeunes militaires qui me dirent :

— C'est bien difficile! On se couche ici à dix heures; mais chauffez-vous un instant..

On jeta du bois dans le poêle; je me mis à causer de l'Afrique et de l'Asie. Cela les intéressa tellement, que l'on réveillait pour m'écouter ceux qui s'étaient endormis. Je me vis conduit à chanter des chansons arabes et grecques; car la société chantante m'avait mis dans cette disposition. Vers deux heures, un des soldats me dit :

— Vous avez bien couché sous la tente... Si vous voulez, prenez place sur le lit de camp.

On me fit un traversin avec un sac de munition, je m'enveloppai de mon manteau, et je m'apprêtais à dormir quand le sergent rentra et dit :

— Où est-ce qu'ils ont encore ramassé cet homme-là?

— C'est un homme qui parle assez bien, dit un des fusiliers; il a été en Afrique.

— S'il a été en Afrique, c'est différent, dit le sergent; mais on admet quelquefois ici des individus qu'on ne connaît pas; c'est imprudent... Ils pourraient enlever quelque chose!

— Ce ne serait pas un matelas, m'écriai-je.

— Ne faites pas attention, me dit l'un des soldats : c'est son caractère; et puis il vient de recevoir une *politesse*... ça le rend grognon.

J'ai dormi fort bien jusqu'au point du jour; et, remerciant ces braves soldats ainsi que le sergent, tout à fait radouci, je m'en allai faire un tour vers les coteaux de Mareil pour admirer les splendeurs du soleil levant.

Je le disais tout à l'heure, « mes jeunes années me reviennent, » et l'aspect des lieux aimés rappelle en moi le sentiment des choses passées. Saint-Germain, Senlis et Dammartin, sont les trois villes qui, non loin de Paris, correspondent à mes souvenirs les plus chers. La mémoire de vieux parents morts se rattache mélancoliquement à la pensée de plusieurs jeunes filles dont l'amour m'a fait poëte, ou dont les dédains m'ont fait parfois ironique et songeur.

J'ai appris le style en écrivant des lettres de tendresse ou d'amitié, et, quand je relis celles qui ont été conservées, j'y retrouve fortement tracée l'empreinte de mes lectures d'alors, surtout de Diderot, de Rousseau et de Sénancourt. Ce que je viens de dire expliquera le sentiment dans lequel ont été écrites les pages suivantes. Je m'étais repris à aimer Saint-Germain par ces derniers beaux jours d'automne. Je m'établis à l'*Ange Gardien*, et, dans les intervalles de mes promenades, j'ai tracé quelques souvenirs que je n'ose intituler *Mémoires*, et qui seraient plutôt conçus selon le plan des promenades solitaires de Jean-Jacques. Je les terminerai dans le pays même où j'ai été élevé, et où il est mort.

IV

JUVENILIA

Le hasard a joué un si grand rôle dans ma vie, que je ne m'étonne pas en songeant à la façon singulière dont il a présidé à ma naissance. C'est, dira-t-on, l'histoire de tout le monde. Mais tout le monde n'a pas occasion de raconter son histoire.

Et, si chacun le faisait, il n'y aurait pas grand mal : l'expérience de chacun est le trésor de tous.

Un jour, un cheval s'échappa d'une pelouse verte qui bordait l'Aisne, et disparut bientôt entre les halliers; il gagna la région sombre des arbres et se perdit dans la forêt de Compiègne. Cela se passait vers 1770.

Ce n'est pas un accident rare qu'un cheval échappé à travers une forêt, et cependant, je n'ai guère d'autre titre à l'existence. Cela est probable du moins, si l'on croit à ce que Hoffmann appelait *l'enchaînement des choses.*

Mon grand-père était jeune alors. Il avait pris le cheval dans l'écurie de son père, puis il s'était assis sur le bord de la rivière, rêvant à je ne sais quoi, pendant que le soleil se couchait dans les nuages empourprés du Valois et du Beauvoisis.

L'eau verdissait et chatoyait de reflets sombres, des bandes violettes striaient les rougeurs du couchant. Mon grand-père, en se retournant pour partir, ne trouva plus le cheval qui l'avait amené. En vain il le chercha, l'appela jusqu'à la nuit. Il lui fallut revenir à la ferme.

Il était d'un naturel silencieux ; il évita les rencontres, monta à sa chambre et s'endormit, comptant sur la Providence et sur l'instinct de l'animal, qui pouvait bien lui faire retrouver la maison.

C'est ce qui n'arriva pas. Le lendemain matin, mon grand-père descendit de sa chambre et rencontra dans la cour son père, qui se promenait à grands pas. Il s'était aperçu déjà qu'il manquait un cheval à l'écurie. Silencieux comme son fils, il n'avait pas demandé quel était le coupable : il le reconnut en le voyant devant lui.

Je ne sais ce qui se passa. Un reproche trop vif fut cause sans doute de la résolution que prit mon grand-père. Il monta à sa chambre, fit un paquet de quelques habits, et, à travers la forêt de Compiègne, il gagna un petit pays situé entre Ermenonville et Senlis, près des étangs de Châalis, vieille résidence carlovingienne. Là, vivait un de ses oncles, qui descendait, dit-on, d'un peintre flamand du XVIIe siècle. Il habitait un ancien pavillon de chasse aujourd'hui ruiné, qui avait fait partie des apanages de Marguerite de Valois. Le champ voisin, entouré de halliers qu'on appelle les *bosquets*, était situé sur l'emplacement d'un ancien camp romain et a conservé le nom du dixième des Césars. On y récolte du seigle dans les parties qui ne sont pas couvertes de granits et de bruyères. Quelquefois, on y a rencontré, en *traçant*, des pots étrusques, des médailles,

des épées rouillées ou des images informes de dieux celtiques.

Mon grand-père aida le vieillard à cultiver ce champ, et fut
récompensé patriarcalement en épousant sa cousine. Je ne sais
pas au juste l'époque de leur mariage ; mais, comme il se maria
avec l'épée, comme aussi ma grand-mère reçut le nom de Ma-
rie-Antoinette avec celui de Laurence, il est probable qu'ils
furent mariés un peu avant la Révolution. Aujourd'hui, mon
grand-père repose, avec sa femme et sa plus jeune fille, au
milieu de ce champ qu'il cultivait jadis. Sa fille aînée est ensevelie bien loin de là, dans la froide Silésie, au cimetière catho-
lique polonais de Gross-Glogaw. Elle est morte à vingt-cinq
ans des fatigues de la guerre, d'une fièvre qu'elle gagna en
traversant un pont chargé de cadavres, où sa voiture manqua
d'être renversée. Mon père, chargé de rejoindre l'armée à
Moscou, perdit plus tard ses lettres et ses bijoux dans les flots
de la Bérésina.

Je n'ai jamais vu ma mère, ses portraits ont été perdus ou
volés ; je sais seulement qu'elle ressemblait à une gravure du
temps, d'après Prudhon ou Fragonard, qu'on appelait *la Modestie*. La fièvre dont elle est morte m'a saisi trois fois, à des
époques qui forment dans ma vie des divisions singulières, pé-
riodiques. Toujours, à ces époques, je me suis senti l'esprit
frappé des images de deuil et de désolation qui ont entouré
mon berceau. Les lettres qu'écrivait ma mère des bords de la
Baltique, ou des rives de la Sprée ou du Danube, m'avaient été
lues tant de fois ! Le sentiment du merveilleux, le goût des
voyages lointains, ont été sans doute pour moi le résultat de
ces impressions premières, ainsi que du séjour que j'ai fait
longtemps dans une campagne isolée au milieu des bois. Livré
souvent aux soins des domestiques et des paysans, j'avais
nourri mon esprit de croyances bizarres, de légendes et de
vieilles chansons. Il y avait là de quoi faire un poëte, et je ne
suis qu'un rêveur en prose.

J'avais sept ans, et je jouais, insoucieux, sur la porte de mon oncle, quand trois officiers parurent devant la maison ; l'or noirci de leurs uniformes brillait à peine sous leurs capotes de soldat. Le premier m'embrassa avec une telle effusion, que je m'écriai :

— Mon père !... tu me fais mal !

De ce jour, mon destin changea.

Tous trois revenaient du siége de Strasbourg. Le plus âgé, sauvé des flots de la Bérésina glacée, me prit avec lui pour m'apprendre ce qu'on appelait mes devoirs. J'étais faible encore, et la gaieté de son plus jeune frère me charmait pendant mon travail. Un soldat qui les servait eut l'idée de me consacrer une partie de ses nuits. Il me réveillait avant l'aube et me promenait sur les collines voisines de Paris, me faisant déjeuner de pain et de crème dans les fermes et dans les laiteries.

<h2 style="text-align:center">V</h2>

PREMIÈRES ANNÉES

Une heure fatale sonna pour la France ; son héros, captif lui-même au sein d'un vaste empire, voulut réunir dans le champ de Mai l'élite de ses héros fidèles. Je vis ce spectacle sublime dans la loge des généraux. On distribuait aux régiments des étendards ornés d'aigles d'or, confiés désormais à la fidélité de tous.

Un soir, je vis se dérouler sur la grande place de la ville une immense décoration qui représentait un vaisseau en mer. La nef se mouvait sur une onde agitée, et semblait voguer vers une tour qui marquait le rivage. Une rafale violente détruisit l'effet de cette représentation. Sinistre augure, qui présidait à la patrie le retour des étrangers.

Nous revîmes les fils du Nord, et les cavales de l'Ukraine rongèrent encore une fois l'écorce des arbres de nos jardins. Mes sœurs du hameau revinrent à tire-d'aile, comme des colombes plaintives, et m'apportèrent dans leurs bras une tourterelle aux pieds roses, que j'aimais comme une autre sœur.

Un jour, une des belles dames qui visitaient mon père me demanda un léger service : j'eus le malheur de lui répondre avec impatience. Quand je retournai sur la terrasse, la tourterelle s'était envolée.

J'en conçus un tel chagrin, que je faillis mourir d'une fièvre purpurine qui fit porter à l'épiderme tout le sang de mon cœur. On crut me consoler en me donnant pour compagnon un jeune sapajou rapporté d'Amérique par un capitaine, ami de mon père. Cette jolie bête devint la compagne de mes jeux et de mes travaux.

J'étudais à la fois l'italien, le grec et le latin, l'allemand, l'arabe et le persan. Le *Pastor fido*, *Faust*, Ovide et Anacréon, étaient mes poëmes et mes poëtes favoris. Mon écriture, cultivée avec soin, rivalisait parfois de grâce et de correction avec les manuscrits les plus célèbres de l'Iram. Il fallait encore que le trait de l'amour perçât mon cœur d'une de ses flèches les plus brûlantes ! Celle-là partit de l'arc délié du sourcil noir d'une vierge à l'œil d'ébène, qui s'appelait Héloïse. — J'y reviendrai plus tard.

J'étais toujours entouré de jeunes filles ; l'une d'elles était ma tante ; deux femmes de la maison, Jeannette et Fanchette, me comblaient aussi de leurs soins. Mon sourire enfantin rappelait celui de ma mère, et mes cheveux blonds, mollement ondulés, couvraient avec caprice la grandeur précoce de mon front. Je devins épris de Fanchette, et je conçus l'idée singulière de la prendre pour épouse selon les rites des aïeux. Je célébrai moi-même le mariage, en figurant la cérémonie au moyen d'une vieille robe de ma grand'mère que j'avais jetée sur mes épaules. Un ruban pailleté d'argent ceignait mon front, et j'avais relevé la pâleur ordinaire de mes joues d'une légère couche de fard. Je pris à témoin le Dieu de nos pères et la Vierge sainte, dont je possédais une image, et chacun se prêta avec complaisance à ce jeu naïf d'un enfant.

Cependant, j'avais grandi; un sang vermeil colorait mes joues; j'aimais à respirer l'air des forêts profondes. Les ombrages d'Ermenonville, les solitudes de Morfontaine, n'avaient plus de secrets pour moi. Deux de mes cousines habitaient par là. J'étais fier de les accompagner dans ces vieilles forêts, qui semblaient leur domaine.

Le soir, pour divertir de vieux parents, nous représentions les chefs-d'œuvre des poëtes, et un public bienveillant nous comblait d'éloges et de couronnes. Une jeune fille vive et spirituelle, nommée Louise, partageait nos triomphes; on l'aimait dans cette famille, où elle représentait la gloire des arts.

Je m'étais rendu très-fort sur la danse. Un mulâtre, nommé Major, m'enseignait à la fois les premiers éléments de cet art et ceux de la musique, pendant qu'un peintre de portraits, nommé Mignard, me donnait des leçons de dessin. Mademoiselle Nouvelle était l'*étoile* de notre salle de danse. Je rencontrai un rival dans un joli garçon nommé Provost. Ce fut lui qui m'enseigna l'art dramatique : nous représentions ensemble de petites comédies qu'il improvisait avec esprit. Mademoiselle Nouvelle était naturellement notre actrice principale et tenait une balance si exacte entre nous deux, que nous soupirions sans espoir... Le pauvre Provost s'est fait depuis acteur sous le nom de Raymond; il se souvint de ses premières tentatives, et se mit à composer des féeries, dans lesquelles il eut pour collaborateurs les frères Cogniard. — Il a fini bien tristement en se prenant de querelle avec un régisseur de la Gaieté, auquel il donna un soufflet. Rentré chez lui, il réfléchit amèrement aux suites de son imprudence, et, la nuit suivante, se perça le cœur d'un coup de poignard. ⸰

VI

HÉLOISE

La pension que j'habitais avait un voisinage de jeunes brodeuses. L'une d'elles, qu'on appelait la Créole, fut l'objet de mes premiers vers d'amour; son œil sévère, la sereine placidité de son profil grec, me réconciliaient avec la froide dignité des études; c'est pour elle que je composai des traductions versifiées de l'ode d'Horace *A Tyndaris*, et d'une mélodie de Byron, dont je traduisais ainsi le refrain :

> Dis-moi, jeune fille d'Athènes,
> Pourquoi m'as-tu ravi mon cœur?

Quelquefois, je me levais dès le point du jour et je prenais la route de ***, courant et déclamant mes vers au milieu d'une pluie battante. La cruelle se riait de mes amours errantes et de mes soupirs! C'est pour elle que je composai une poésie, imitée d'une mélodie de Thomas Moore.

J'échappe à ces amours volages pour raconter mes premières peines. Jamais un mot blessant, un soupir impur, n'avaient souillé l'hommage que je rendais à mes cousines. Héloïse, la première, me fit connaître la douleur. Elle avait pour gouvernante une bonne vieille Italienne qui fut instruite de mon amour. Celle-ci s'entendit avec la servante de mon père pour nous procurer une entrevue. On me fit descendre en secret dans une chambre où la figure d'Héloïse était représentée par un vaste tableau. Une épingle d'argent perçait le nœud touffu de ses cheveux d'ébène, et son buste étincelait comme celui d'une reine, pailleté de tresses d'or sur un fond de soie et de velours. Éperdu, fou d'ivresse, je m'étais jeté à genoux devant l'image; une porte s'ouvrit, Héloïse vint à ma rencontre et me regarda d'un œil souriant.

— Pardon, reine, m'écriai-je, je me croyais le Tasse aux pieds d'Éléonore, ou le tendre Ovide aux pieds de Julie!...

Elle ne put rien me répondre, et nous restâmes tous deux muets dans une demi-obscurité. Je n'osai lui baiser la main, car mon cœur se serait brisé. — O douleurs et regrets de mes jeunes amours perdues! que vos souvenirs sont cruels! « Fièvres éteintes de l'âme humaine, pourquoi revenez-vous encore échauffer un cœur qui ne bat plus? » Héloïse est mariée aujourd'hui; Fanchette, Sylvie et Adrienne sont à jamais perdues pour moi; — le monde est désert. Peuplé de fantômes aux voies plaintives, il murmure des chants d'amour sur les débris de mon néant! Revenez pourtant, douces images; j'ai tant aimé! j'ai tant souffert! « Un oiseau qui vole dans l'air a dit son secret au bocage, qui l'a redit au vent qui passe, — et les eaux plaintives ont répété le mot suprême : — Amour! amour! »

VII

VOYAGE AU NORD

Que le vent enlève ces pages écrites dans des instants de fièvre ou de mélancolie, peu importe : il en a déjà dispersé quelques-unes, et je n'ai pas le courage de les récrire. En fait de mémoires, on ne sait jamais si le public s'en soucie, et cependant je suis du nombre des écrivains dont la vie tient intimement aux ouvrages qui les ont fait connaître. N'est-on pas aussi, sans le vouloir, le sujet de biographies directes ou déguisées? Est-il plus modeste de se peindre dans un roman sous le nom de Lélio, d'Octave ou d'Arthur, ou de trahir ses plus intimes émotions dans un volume de poésies? Qu'on nous pardonne ces élans de personnalité, à nous qui vivons sous le regard de tous, et qui, glorieux ou perdus, ne pouvons plus atteindre au bénéfice de l'obscurité !

Si je pouvais faire un peu de bien en passant, j'essayerais d'appeler quelque attention sur ces pauvres villes délaissées

dont les chemins de fer ont détourné la circulation et la vie.
Elles s'asseyent tristement sur les débris de leur fortune passée, et se concentrent en elles-mêmes, jetant un regard dés-
enchanté sur les merveilles d'une civilisation qui les condamne
ou les oublie. Saint-Germain m'a fait penser à Senlis, et,
comme c'était un mardi, j'ai pris l'omnibus de Pontoise, qui ne
circule plus que les jours de marché. J'aime à contrarier les
chemins de fer, et Alexandre Dumas, que j'accuse d'avoir un
peu brodé dernièrement sur mes folies de jeunesse, a dit avec
vérité que j'avais dépensé deux cents francs et mis huit jours
pour l'aller voir à Bruxelles, par l'ancienne route de Flandre,
et en dépit du chemin de fer du Nord.

Non, je n'admettrai jamais, quelles que soient les difficultés
des terrains, que l'on fasse huit lieues, ou, si vous voulez,
trente-deux kilomètres, pour aller à Poissy en évitant Saint-
Germain, et trente lieues pour aller à Compiègne en évitant
Senlis. Ce n'est qu'en France que l'on peut rencontrer des
chemins si contrefaits. Quand le chemin belge perçait douze
montagnes pour arriver à Spa, nous étions en admiration devant ces faciles contours de notre principale artère, qui suivent tour à tour les lits capricieux de la Seine et de l'Oise,
pour éviter une ou deux pentes de l'ancienne route du Nord.

Pontoise est encore une de ces villes, situées sur des hauteurs, qui me plaisent par leur aspect patriarcal, leurs promenades, leurs points de vue, et la conservation de certaines
mœurs, qu'on ne rencontre plus ailleurs. On y joue encore
dans les rues, on cause, on chante le soir sur le devant des
portes; les restaurateurs sont des pâtissiers; on trouve chez
eux quelque chose de la vie de famille; les rues, en escaliers,
sont amusantes à parcourir; la promenade tracée sur les anciennes tours domine la magnifique vallée où coule l'Oise. De
jolies femmes et de beaux enfants s'y promènent. On surprend
en passant, on envie tout ce petit monde paisible qui vit à part
dans ses vieilles maisons, sous ses beaux arbres, au milieu de
ces beaux aspects et de cet air pur. L'église est belle et d'une

conservation parfaite. Un magasin de nouveautés parisiennes s'éclaire auprès, et ses demoiselles sont vives et rieuses comme dans *la Fiancée* de M. Scribe... Ce qui fait le charme, pour moi, des petites villes un peu abandonnées, c'est que j'y retrouve quelque chose du Paris de ma jeunesse. L'aspect des maisons, la forme des boutiques, certains usages, quelques costumes... A ce point de vue, si Saint-Germain rappelle 1830, Pontoise rappelle 1820; — je vais plus loin encore retrouver mon enfance et le souvenir de mes parents.

Cette fois, je bénis le chemin de fer, — une heure au plus me sépare de Saint-Leu : — le cours de l'Oise, si calme et si verte, découpant au clair de lune ses îlots de peupliers, l'horizon festonné de collines et de forêts, les villages aux noms connus qu'on appelle à chaque station, l'accent déjà sensible des paysans qui montent d'une distance à l'autre, les jeunes filles coiffées de madras, selon l'usage de cette province, tout cela m'attendrit et me charme : il me semble que je respire un autre air; et, mettant le pied sur le sol, j'éprouve un sentiment plus vif encore que celui qui m'animait naguère en repassant le Rhin : la terre paternelle, c'est deux fois la patrie.

J'aime beaucoup Paris, où le hasard m'a fait naître, mais j'aurais pu naître aussi bien sur un vaisseau, et Paris, qui porte dans ses armes la *bari* ou nef mystique des Égyptiens, n'a pas dans ses murs cent mille Parisiens véritables. Un homme du Midi, s'unissant là par hasard à une femme du Nord, ne peut produire un enfant de nature lutécienne. On dira à cela : « Qu'importe! » Mais demandez un peu aux gens de province s'il importe d'être de tel ou tel pays.

Je ne sais si ces observations ne semblent pas bizarres; cherchant à étudier les autres dans moi-même, je me dis qu'il y a dans l'attachement à la terre beaucoup de l'amour de la famille. Cette piété qui s'attache aux lieux est aussi une portion du noble sentiment qui nous unit à la patrie. En revanche, les cités et les villages se parent avec fierté des illustrations qui proviennent de leur sol. Il n'y a plus là division ou jalousie

locale, tout se rapporte au centre national, et Paris est le foyer
de toutes ces gloires. Me direz-vous pourquoi j'aime tout le
monde dans ce pays, où je retrouve des intonations connues
autrefois, où les vieilles ont les traits de celles qui m'ont bercé,
où les jeunes gens et les jeunes filles me rappellent les compagnons de ma première jeunesse? Un vieillard passe : il m'a
semblé voir mon grand-père; il parle, c'est presque sa voix;
— cette jeune personne a les traits de ma tante, morte à vingt-
cinq ans; une plus jeune me rappelle une petite paysanne qui
m'a aimé, qui m'appelait son petit mari, — qui dansait et
chantait toujours, et qui, le dimanche au printemps, se faisait
des couronnes de marguerites. Qu'est-elle devenue, la pauvre
Célénie, avec qui je courais dans la forêt de Chantilly, et qui
avait si peur des gardes-chasse et des loups !

VIII

CHANTILLY

Voici les deux tours de Saint-Leu, le village sur la hauteur,
séparé par le chemin de fer de la partie qui borde l'Oise. On
monte vers Chantilly en côtoyant de hautes collines de grès
d'un aspect solennel, puis c'est un bout de la forêt; la Nonette
brille dans les prés bordant les dernières maisons de la ville.
La Nonette ! une des chères petites rivières où j'ai pêché des
écrevisses; de l'autre côté de la forêt coule sa sœur la Thève,
où je me suis presque noyé pour n'avoir pas voulu paraître
poltron devant la petite Célénie !

Célénie m'apparaît souvent dans mes rêves comme une
nymphe des eaux, tentatrice naïve, follement enivrée de
l'odeur des prés, couronnée d'ache et de nénufar, découvrant,
dans son rire enfantin, entre ses joues à fossettes, les dents de
perles de la nixe germanique. Et certes, l'ourlet de sa robe
était très-souvent mouillé comme il convient à ses pareilles...
Il fallait lui cueillir des fleurs aux bords marneux des étangs

de Commelle, ou parmi les joncs et oseraies qui bordent les
métairies de Coye. Elle aimait les grottes perdues dans les bois,
les ruines des vieux châteaux, les temples écroulés aux colonnes festonnées de lierre, le foyer des bûcherons, où elle chantait et racontait les vieilles légendes du pays : — madame de
Montfort, prisonnière dans sa tour, qui tantôt s'envolait en
cygne, et tantôt frétillait en beau poisson d'or dans les fossés
de son château ; — la fille du pâtissier, qui portait des gâteaux
au comte Ory, et qui, forcée à passer la nuit chez son seigneur, lui demanda son poignard pour ouvrir le nœud d'un
lacet et s'en perça le cœur ; — les moines rouges, qui enle-
vaient les femmes, et les plongeaient dans des souterrains ; —
la fille du sire de Pontarmé, éprise du beau Lautrec, et enfer-
mée sept ans par son père, après quoi elle meurt ; et le chevalier, revenant de la croisade, fait découdre avec un couteau
d'or fin son linceul de fine toile ; elle ressuscite, mais ce n'est
plus qu'une goule affamée de sang... Henri IV et Gabrielle,
Biron et Marie de Loches, et que sais-je encore de tant de
récits dont sa mémoire était peuplée ! Saint Rieul parlant aux
grenouilles, saint Nicolas ressuscitant les trois petits enfants
hachés comme chair à pâté par un boucher de Clermont-sur-
Oise. Saint Léonard, saint Loup et saint Guy ont laissé dans
ces cantons mille témoignages de leur sainteté et de leurs
miracles. Célénie montait sur les roches ou sur les dolmens
druidiques, et les racontait aux jeunes bergers. Cette petite
Velléda du vieux pays des Sylvanectes m'a laissé des souvenirs
que le temps ravive. Qu'est-elle devenue ? Je m'en informerai
du côté de la Chapelle-en-Serval ou de Charlepont, ou de
Montméliant... Elle avait des tantes partout, des cousines sans
nombre : que de morts dans tout cela ! que de malheureux
sans doute dans un pays si heureux autrefois !

Au moins, Chantilly porte noblement sa misère ; comme ces
vieux gentilshommes au linge blanc, à la tenue irréprochable,
il a cette fière attitude qui dissimule le chapeau déteint ou les
habits râpés... Tout est propre, rangé, circonspect ; les voix

résonnent harmonieusement dans les salles sonores. On sent
partout l'habitude du respect, et la cérémonie qui régnait jadis
au château règle un peu les rapports des placides habitants.
C'est plein d'anciens domestiques retraités, conduisant des
chiens invalides; — quelques-uns sont devenus des maîtres,
et ont pris l'aspect vénérable des vieux seigneurs qu'ils ont
servis.

Chantilly est comme une longue rue de Versailles. Il faut
voir cela l'été, par un splendide soleil, en passant à grand
bruit sur ce beau pavé qui résonne. Tout est préparé là pour
les splendeurs princières et pour la foule privilégiée des
chasses et des courses. Rien n'est étrange comme cette grande
porte qui s'ouvre sur la pelouse du château et qui semble un
arc de triomphe, comme le monument voisin, qui paraît une
basilique et qui n'est qu'une écurie. Il y a là quelque chose
encore de la lutte des Condé contre la branche aînée des
Bourbons. C'est la chasse qui triomphe à défaut de la guerre,
et où cette famille trouva encore une gloire après que Clio eut
déchiré les pages de la jeunesse guerrière du grand Condé,
comme l'exprime le mélancolique tableau qu'il a fait peindre
lui-même.

A quoi bon maintenant revoir ce château démeublé qui n'a
plus à lui que le cabinet satirique de Watteau et l'ombre tragique du cuisinier Vatel se perçant le cœur dans un fruitier!
J'ai mieux aimé entendre les regrets sincères de mon hôtesse
touchant ce bon prince de Condé, qui est encore le sujet des
conversations locales. Il y a dans ces sortes de villes quelque
chose de pareil à ces cercles du purgatoire de Dante immobi-
lisés dans un seul souvenir, et où se refont dans un centre
plus étroit les actes de la vie passée.

— Et qu'est devenue votre fille, qui était si blonde et gaie?
lui ai-je dit; elle s'est sans doute mariée?

— Mon Dieu oui, et, depuis, elle est morte de la poitrine...

J'ose à peine dire que cela me frappa plus vivement que les

souvenirs du prince de Condé. Je l'avais vue toute jeune, et certes je l'aurais aimée, si à cette époque je n'avais eu le cœur occupé d'une autre... Et maintenant voilà que je pense à la ballade allemande *la Fille de l'hôtesse*, et aux trois compagnons, dont l'un disait : « Oh! si je l'avais connue, comme je l'aurais aimée! » — et le second : « Je t'ai connue, et je t'ai tendrement aimée! » — et le troisième : « Je ne t'ai pas connue... mais je t'aime et t'aimerai pendant l'éternité! »

Encore une figure blonde qui pâlit, se détache et tombe glacée à l'horizon de ces bois baignés de vapeurs grises... J'ai pris la voiture de Senlis, qui suit le cours de la Nouette en passant par Saint-Firmin et par Courteuil; nous laissons à gauche Saint-Léonard et sa vieille chapelle, et nous apercevons déjà le haut clocher de la cathédrale. A gauche est le champ des *Raines*, où saint Rieul, interrompu par les grenouilles dans une de ses prédications, leur imposa silence, et, quand il eut fini, permit à une seule de se faire entendre à l'avenir. Il y a quelque chose d'oriental dans cette naïve légende et dans cette bonté du saint, qui permet du moins à une grenouille d'exprimer les plaintes des autres.

J'ai trouvé un bonheur indicible à parcourir les rues et les ruelles de la vieille cité romaine, si célèbre encore depuis par ses siéges et ses combats. « O pauvre ville! que tu es enviée! » disait Henri IV. — Aujourd'hui, personne n'y pense, et ses habitants paraissent peu se soucier du reste de l'univers. Ils vivent plus à part encore que ceux de Saint-Germain. Cette colline aux antiques constructions domine fièrement son horizon de prés verts bordés de quatre forêts ; Halatte, Apremont, Pontarmé, Ermenonville, dessinent au loin leurs masses ombreuses où pointent çà et là les ruines des abbayes et des châteaux.

En passant devant la porte de Reims, j'ai rencontré une de ces énormes voitures de saltimbanques qui promènent de foire en foire toute une famille artistique, son matériel et son ménage. Il s'était mis à pleuvoir, et l'on m'offrit cordialement

23

un abri. Le local était vaste, chauffé par un poêle, éclairé par huit fenêtres, et six personnes paraissaient y vivre assez commodément. Deux jolies filles s'occupaient de repriser leurs ajustements pailletés, une femme encore belle faisait la cuisine et le chef de la famille donnait des leçons de maintien à un jeune homme de bonne mine qu'il dressait à jouer les amoureux. C'est que ces gens ne se bornaient pas aux exercices d'agilité, et jouaient aussi la comédie. On les invitait souvent dans les châteaux de la province, et ils me montrèrent plusieurs attestations de leurs talents, signées de noms illustres. Une des jeunes filles se mit à déclamer des vers d'une vieille comédie du temps au moins de Montfleury, car le nouveau répertoire leur est défendu. Ils jouent aussi des pièces à l'impromptu sur des canevas à l'italienne, avec une grande facilité d'invention et de répliques. En regardant les deux jeunes filles, l'une vive et brune, l'autre blonde et rieuse, je me mis à penser à Mignon et Philine dans *Wilhelm Meister*, et voilà un rêve germanique qui me revient entre la perspective des bois et l'antique profil de Senlis. Pourquoi ne pas rester dans cette maison errante à défaut d'un domicile parisien? Mais il n'est plus temps d'obéir à ces fantaisies de la verte bohème; et j'ai pris congé de mes hôtes, car la pluie avait cessé.

FIN.

TABLE

LE RÊVE ET LA VIE

FIN DE LA TABLE

Imprimerie générale de Ch. Lahure, rue de Fleurus, 9, à Paris

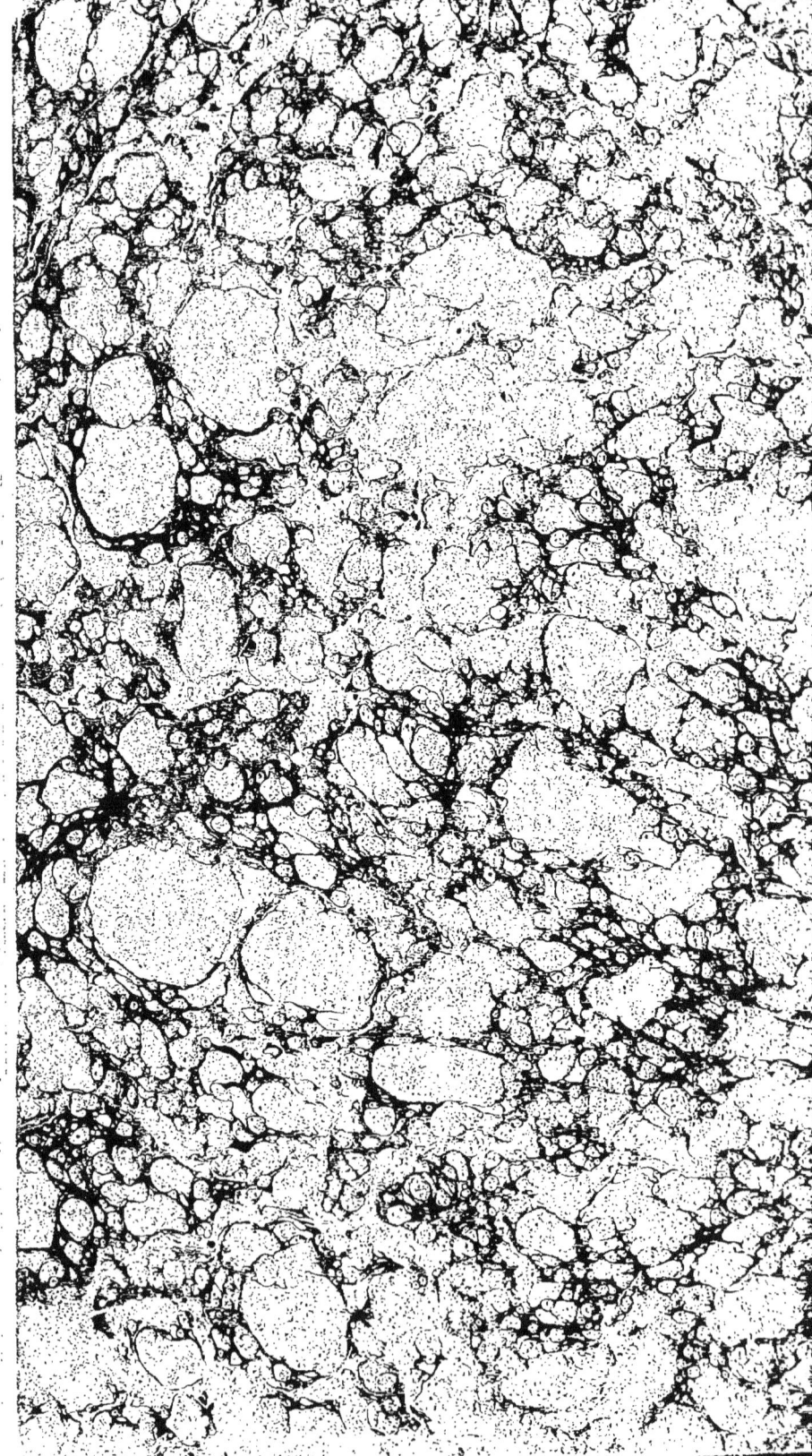

www.ingramcontent.com/pod-product-compliance
Lightning Source LLC
Chambersburg PA
CBHW050734030726
47505CB00002B/255